Koud rood

Chris Ryan bij Boekerij:

Hebzucht
Codenaam: verkenner
De achtste man
Doelwit
Executie
Krachtstrijd
Het laatste wapen
Tegenaanval
Vuurgevecht
Bloedbroeders
Killzone
Complot
Osama
Schietschijf
Missie 1
Missie 2
Missie 3
Missie 4
De krijgsheren
Terroristenjager
Spervuur
Moordcommando
Dodenlijst
Vijandig gebied
Machtsspel
Geen genade
Global strike
Klopjacht
Code zwart
Rood gevaar
Verstoten
Koud rood

boekerij.nl

Chris Ryan

Koud rood

Vertaald door Marieke van Muijden en Jan van den Berg

BOEKERIJ

ISBN 978-90-492-0279-8
ISBN 978-94-023-2284-2 (e-book)
NUR 330

Oorspronkelijke titel: *Cold Red*
Vertaling: Marieke van Muijden en Jan van den Berg
Omslagontwerp: DPS Design & Prepress Studio
Omslagbeeld: © Shutterstock
Auteursfoto: © Mick Kavanagh
Zetwerk: Mat-Zet bv, Huizen

Dit boek is opgedragen aan alle
gesneuvelde soldaten van Oekraïne

Een

Balanivka, oblast Charkov, Oekraïne, herfst 2022

Roeslan Mazoetov zat in het halfduistere schuilhol met een dikke koptelefoon over zijn oren naar de livefeed op het laptopscherm te kijken. Vlakbij controleerden de drie andere leden van het team hun wapens nog een laatste keer. De afgelopen dagen hadden ze in de krappe ondergrondse ruimte geleefd, koude rantsoenen gegeten en om de beurt het radiokanaal in de gaten gehouden in afwachting van het teken.

Ze waren er klaar voor.

Mazoetov was de aanvoerder. Hij was een beer van een vent, met een volle baard en een neus waarop iemand een moker leek te hebben losgelaten. Op zijn platte kop stond een met vuil en zweet bevlekte, gerafelde *bush hat*. Die hoed was ooit van een Australiër geweest, een vrijwilliger bij het Oekraïense vreemdelingenlegioen. Bij een aanval op een dorp een paar kilometer buiten Charkov hadden Mazoetov en zijn team de man gevangengenomen. Ze hadden de gevangene naar een verlaten hutje gesleept, hem uitgekleed en zijn handen en voeten met touw bij elkaar gebonden. Daarna hadden ze hun woede op hem gekoeld.

Twee afschuwelijke dagen lang had de Australiër weerstand weten te bieden aan zijn martelaars. Uiteindelijk walgde zelfs Mazoetov van de verwondingen die ze de man hadden toegebracht. Toen een andere soldaat een stanleymes tevoorschijn haalde had Mazoetov zijn wapen getrokken en de Australiër door het hoofd geschoten. Je zou het een genadige dood kunnen noemen. Later hadden ze het lijk in de tuin verbrand. Mazoetov had orders gekregen om zich van elk bewijs van hun misdaad te ontdoen, maar de hoed had hij gehouden. Als souvenir. Een aandenken. Sindsdien droeg hij het ding.

De andere soldaten in het team kwamen net als Mazoetov van oorsprong uit Tsjetsjenië. Soengajev en Arsanov hadden beiden in Syrië onder Mazoetov gediend en daarvoor in de Krim. Het waren allebei betrouwbare, nuchtere krijgers die rustig bleven onder druk. Islamov was met zijn drieëntwintig jaar de jongste van de vier mannen en de nieuwste rekruut in het Achmat-bataljon. Hij was slank, had een bleek gezicht, een zielig, onverzorgd baardje en korte stekeltjes.

Ze droegen allemaal hetzelfde standaard militaire uniform, met een Tsjetsjeense vlag op de schouder. Om hun arm droegen ze een stuk zwart-oranje gestreepte stof, de kleuren van de St. George-band die alle trouwe aanhangers van de zaak droegen. De band stond voor de Russische militaire bekwaamheid.

Islamov, de jongste, zat een stukje van zijn team vandaan met lege blik naar de muur te staren en snel met zijn linkerbeen te tikken. De knul scheet zeven kleuren. Dat viel te begrijpen, dacht Mazoetov. Als alles volgens plan verliep zouden ze over minder dan een half uur allemaal dood zijn.

Vijf dagen geleden, terwijl op straat strijd werd geleverd om Balanivka, waren Mazoetov en zijn kameraden apart genomen door hun commandant en kregen ze te horen dat ze waren uitverkoren voor een speciale missie. Een missie die hun roem onder hun broeders zou opleveren en die uiteindelijk tot het verslaan van de fascistische vijand zou leiden. Maar daarvoor zouden ze ook het ultieme offer moeten brengen, had hun commandant er ernstig aan toegevoegd.

Zonder aarzelen waren de mannen akkoord gegaan. Deels omdat ze trouwe soldaten waren, maar ook omdat ze wisten dat ze geen keus hadden. Thuis hadden ze familie. De commandant had nauwgezet en tot in detail de afschuwelijkheden uit de doeken gedaan die hun families te wachten stonden als ze hun missie weigerden uit te voeren. Ze hoefden er niet over na te denken. Daarover waren ze het allemaal eens. Het was beter dat zij stierven zodat anderen bleven leven. Als extra stimulans had de commandant beloofd dat er voor hun dierbaren zou worden gezorgd als ze hun missie eenmaal hadden volbracht. Moeder Rusland zorgde altijd voor haar mensen.

Terwijl de verpulverde resten van de Russische troepen zich de volgende dag uit het dorp terugtrokken, hadden Mazoetov en de andere kerels heimelijk hun positie ingenomen in de kelder in een licht bebost gebied twintig meter ten oosten van het stadsplein. De kelder zelf was in feite een enorm, vier meter diep gat dat door een mechanische graafmachine was uitgegraven, aan alle kanten versterkt met een stalen, T-vormig frame van tweeënhalve centimeter dik en bedekt met een waterdichte laag. Vervolgens was het hele gebied tot op grondniveau weer dichtgegooid met bijna vijftig centimeter aarde; een laag gevallen bladeren daarbovenop onttrok het stuk omgewoelde aarde aan het zicht.

Het schuilhol bood alles wat de Tsjetsjenen nodig hadden om een paar dagen te overleven. Een gecamoufleerd filtersysteem zorgde voor een constante stroom schone lucht van buiten. Op verschillende plekken in het schuilhol stonden LED-lampen op batterijen. Vanaf het luik liep een coaxkabel naar een antenne in een van de bovenste takken van de dichtstbijzijnde boom, waardoor een versleutelde communicatielijn ontstond met het surveillanceteam, terwijl ze door de verborgen camera met hoge resolutie livebeelden doorkregen van het doel naar het westen. Op de linker poot van de T was een schijthokje te vinden en daar tegenover een opslagplek voor rantsoenen, uitrusting en flessen water. Op de lange kant van het schuilhol stond een rij kampeerbedden, een geïmproviseerde tafel en zitje gemaakt van rantsoenpakketten achterin.

Mazoetov en Soengajev hadden beiden AK-47-aanvalsgeweren mee en Islamov en Arsanov ieder een AK-12. Dat laatste wapen was in feite een vernieuwde versie van het AK-74-geweer uit het Sovjettijdperk, gekamerd voor dezelfde 5.45 x 39 mm-patronen. Ieder lid had ook een gordel met RGN-handgranaten meegekregen. Basisuitrusting. Je klaarde er de klus mee, maar in feite uitrusting van lage kwaliteit. Niet onnodig duur. Niets wat voor hun superieuren te kostbaar was om op de plek van de aanval te laten liggen. Dat op zichzelf wees al op de onheilspellende aard van hun missie.

Vier dagen geleden en een paar uur voordat de laatste Russen de stad verlieten waren Mazoetov en zijn mannen in het bleke licht dat aan de dageraad vooraf gaat in hun schuilplaats opgesloten.

Toen was het een kwestie van wachten.

In het Westen noemden ze dit een *stay-behindshelter*. In de Koude Oorlog hadden NAVO-troepen er ontelbare gebouwd langs de grens met Oost-Duitsland, in afwachting van de dag waarop een uitgestrekte kolonne Russische tanks over de Fulda-Lücke zou trekken. De logica achter een dergelijk schuilhol was simpel. Terwijl conventionele troepen zich terugtrokken kropen eenheden van de commando's in zo'n kelder om te wachten tot de vijand tot voorbij hun positie was opgerukt. Vervolgens voerden ze stay-behindoperaties uit: ze saboteerden fabrieken, bevoorradingslijnen en communicatiesystemen.

Tijdens hun reguliere patrouilles langs de Oost-Duitse grens waren Sovjettroepen een paar keer op zo'n bouwwerk gestuit. In Moskou was men zo onder de indruk geweest van het idee, dat ze hadden besloten het over te nemen. Dus hadden agenten van het Kremlin door heel Duitsland, Frankrijk en op andere plekken een geïmproviseerd netwerk van schuilholen opgezet. Een kerel uit Mazoetovs bataljon beweerde eens dat hij had geholpen een schuilplaats te graven in een veld in Lincolnshire.

De Tsjetsjenen hadden opdracht gekregen zich aan een strenge routine te houden in het schuilhol. Dat hield in dat ze in plastic zakjes moesten pissen en schijten, alleen koud voedsel mochten eten, niet mochten roken en alleen zacht mochten praten. Geen telefoons. Niets waardoor ze ontdekt konden worden door een patrouille die zich eventueel in het gebied schuilhield.

Beurtelings hield iemand de videobeelden en het radiokanaal in de gaten. Na zes uur trok hij zich terug en nam de volgende het over. Soengajev en Arsanov doodden de tijd met lezen, dutten en setjes opdruk- en buikspieroefeningen. Alles om maar niet aan de aanval te hoeven denken.

Islamov hield zich afzijdig in een hoekje van het schuilhol. De knul was bang. Mazoetov herkende de tekenen. Die had hij vlak voor een vuurgevecht vaker op de gezichten van jonge strijders gezien. Deels angst voor de dood. Maar ook de angst dat je je broeders teleurstelt. Mazoetov probeerde iets troostends te bedenken, iets om de knul op te peppen. Er viel hem niets in. Hij gaf het op en richtte zich weer op de laptop.

De afgelopen drie dagen hadden ze op het scherm gezien hoe hun kameraden zich terugtrokken. Het waren uitgeputte mannen die haastig hun verdedigingsposities verlieten. Sommigen waren ernstig gewond geraakt, anderen hadden in hun haast om te ontsnappen hun uitrusting achtergelaten. Korte tijd waren de straten haast verlaten geweest. Toen was het plotseling een drukte van belang. Van verschillende kanten kwamen kolonnes aangesneld, soldaten zaten boven op pantservoertuigen te juichen en met blauw-en-gele vlaggen te zwaaien.

Oekraïners.

Vlak daarachter trok de fascistische infanterie door de gebouwen die uitkeken op het plein, op zoek naar vijanden die zich hadden verborgen. Een paar mannen hadden voor een in de prak gereden tank geposeerd voor een selfie. Langzaam maar zeker kwamen burgers uit de puinhopen van de gebouwen tevoorschijn om hun bevrijders te omhelzen of om voedsel te smeken.

Bij het toekijken had Mazoetov de woede in zijn aderen voelen kloppen.

Hij was met trots soldaat. Hij had zich als vrijwilliger bij het bataljon aangemeld omdat het goed betaalde en omdat doden het enige was wat hij kon. Maar de oorlog waarin hij terechtkwam was een hele andere dan waarin hij had willen vechten.

Uitrusting werkte niet of ontbrak. Er was continu een tekort aan voorraden. Leiders waren er niet. Mazoetovs eenheid had met afschuwelijke tegenslagen te kampen gehad. De vijand was onverwacht halsstarrig gebleken en het moreel had een knauw gekregen. Een paar weken geleden was hun een nieuwe taak opgelegd: dienstplichtige Russische veroordeelden neerschieten die van het slagveld probeerden te vluchten. Wie weigerde werd zelf neergeschoten. De situatie was een grote teringzooi.

Hoewel hij dat nooit aan zijn broeders zou toegeven, begon Mazoetov zich bij zichzelf af te vragen of degenen die de belangrijke besluiten namen in Moskou wel zo verstandig waren. Af en toe betwijfelde hij of ze wel konden winnen. Hij dacht dat er iets uitzonderlijks moest gebeuren om het tij te laten keren. Een gok met hoge inzet. Alles of niets.

Een *Hail Mary pass* noemden de Amerikanen dat met een footballterm.

De eerste zeventig uur was hij sceptisch geweest over hun kans op succes. Het leek een grote gok. Hoe konden ze er zeker van zijn dat het doelwit daadwerkelijk op kwam dagen? Dat was in het gunstigste geval een te berekenen risico. Dan was er nog iets anders om rekening mee te houden. Als het doelwit niet op kwam dagen moest de missie afgeblazen worden, dat leed geen twijfel. In dat geval zouden Mazoetov en zijn maten niet sterven bij een zelfmoordaanval. Ongetwijfeld gunstig. Maar het betekende ook dat ze er alleen voor stonden, kilometers van veilig gebied vandaan, in een omgeving die was vergeven van vijandelijke troepen. Ze moesten een besluit nemen.

Zich overgeven aan de Oekraïense fascisten, vluchten of in de schuilkelder blijven zitten in de hoop dat hun kameraden hen kwamen redden?

Zoals iedere goede soldaat had Mazoetov zich voor al deze vragen afgesloten. Hij richtte zich enkel en alleen op de missie. Hij keek en wachtte. Maar na tweeënzeventig uur was hij bereid zijn nederlaag toe te geven. Het doelwit was in geen velden of wegen te bekennen. Hij kwam niet. Iemand hoger in de voedselketen had het verkloot. Hij legde zich erbij neer dat hij de operatie af moest blazen.

En toen was alles een half uur geleden veranderd.

Mazoetov had achter de laptop gezeten toen hij de beweging op het scherm zag. Een kleine menigte dromde samen aan de westkant van het plein, zestig meter van het schuilhol. Mannen en vrouwen in burgerkleding. Voornamelijk jonge mensen, gewapend met een keur aan videocamera's en statieven, microfoons en smartphones.

Verslaggevers.

Mazoetov had er minstens dertig geteld. Ze werden door een groep Oekraïense soldaten naar de juiste plek gedreven. Cameramensen hadden hoeken en licht gecontroleerd, de mensen van het geluid hadden hun microfoons getest. Assistenten rolden kabels uit. Iedereen bereidde zich voor op de show.

De missie ging van start.

Mazoetovs hart ging sneller kloppen zodra hij de camera's zag. Snel waarschuwde hij zijn mannen.

Kop erbij nu, sprak hij zichzelf toe. Het is zover.

Het gaat echt gebeuren.

Nu zaten ze in gespannen stilte te wachten. De laatste ogenblikken van hun leven. Arsanov dronk water uit een plastic fles. Soengajev sloot zijn ogen en prevelde een gebed. Islamov zat nerveus met zijn voet te tikken. Mazoetov snakte naar een sigaret.

Er klonk een stem door de radio. 'Kijken jullie naar de camera, jongens?'

'Ja. We houden ze in de gaten,' antwoordde Mazoetov. 'Zijn ze al vertrokken?'

Er volgde een lange stilte. Toen klonk de stem weer. 'Nog niet, maar het duurt niet lang meer. We laten het weten als het doelwit onderweg is. Zorg ervoor dat jullie zover zijn.'

Met een klik verdween de stem. Het werd weer stil op het kanaal. Mazoetov probeerde de spanning die hij in zijn buik voelde te negeren en keek op zijn prullerige horloge. Tien uur 's morgens.

Bijna tijd.

'Dit is een verdomd slecht idee, maat,' zei Carl Hedges.

Sergeant Luke Carter keek naar zijn maat. De twee SAS'ers zaten aan een tafeltje in de hoek van een groot gebied met tenten, elf kilometer ten westen van Balanivka. In de buurt stond een groep Oekraiense soldaten te kletsen en koffie te drinken, terwijl anderen borden warm eten naar binnen werkten die in de geïmproviseerde kantine werden geserveerd door keukenhulpjes. Achter de tent lag een munitieopslag, een stel stalen vaten van bijna tweehonderd liter en op een brede strook aarde in de buurt van de weg stond een groep pantservoertuigen geparkeerd. Verder weg strekten de velden met suikerbieten en aardappels zich tot de horizon uit, met groepjes bomen ertussendoor en een paar bouwvallige schuurtjes. De wolken met de kleur van nat cement waarmee de lucht was bezaaid voorspelden regen.

In de recente strijd om Balanivka te heroveren had het verzamelpunt als vooruitgeschoven basis gediend voor de Oekraïense troepen. Een uitvalsbasis om van daaruit mankracht en wapens naar de frontlinie te vervoeren. Wekenlang had de strijd gewoed. Terrein was gewonnen en weer verloren. Het leek net de Grote Oorlog. Tot drie dagen geleden, toen er onverwacht een doorbraak had plaatsgevonden. Plotseling hadden de Russische soldaten zich uit het dorp teruggetrokken naar een zwaarbewaakt punt op vijfendertig kilometer naar het oosten. Balanivka was verlaten en weer in Oekraïense handen.

De herovering van de geboorteplaats van de president vormde een symbolische overwinning voor zijn regering. Nu was hij van plan de kroon op die prestatie te zetten met een toespraak voor het gemeentehuis tegenover media van over de hele wereld.

Dat was de reden dat Carter en Hedges nu zelf in de woestenij in Oost-Oekraïne zaten, vijfhonderd kilometer van Kyiv.

Luke Carter was de leider van het vierkoppige Regimentsteam dat aan de presidentiële lijfwachten was verbonden. De afgelopen paar maanden hadden Carter en zijn drie collega's de Oekraïners begeleid, geadviseerd en ervoor gezorgd dat er geen zwakke plekken in het beveiligingsplan voor de president zaten. De kerels zaten alle vier bij de Wing, de geheime eenheid binnen het 22ste SAS, die vaak twee handen op één buik was met MI5 en MI6. Beoogde rekruten voor de Wing werden grondig doorgelicht voor ze in het heiligste der heiligen van het Regiment werden toegelaten. Elk aspect van hun leven werd onder een vergrootglas gelegd, elke zwakte werd onderzocht. Alleen wie deze test doorstond kreeg het vertrouwen om de president veilig te stellen.

Het was vanzelfsprekend dat de SAS de taak op zich zou nemen. Een groep kerels van Squadron E had de afgelopen acht jaar afwisselend in Oekraïne geopereerd en in het geheim plaatselijke troepen getraind om tegen Russische guerrillastrijders in het oosten te vechten, ter voorbereiding op de dag dat Moskou opnieuw zou proberen een hap uit het land te nemen. Ze beschikten over de ervaring en de reputatie; maar weinig speciale eenheden konden aan het Regiment tippen als het op de kunst van het beveiligen aankwam. Het handboek over beveiligingstactiek was destijds praktisch door de pioniers in Hereford geschreven.

Aanvankelijk was de president tegen het voorstel geweest. Voor zijn gevoel getuigde het van slechte PR om op de landelijke televisie zijn landgenoten te smeken zich tegen elke prijs tegen de aanvallers te verzetten, terwijl hij zelf werd bewaakt door een stel buitenlandse soldaten. Maar zijn NAVO-medestanders bleven aandringen. Er stond te veel op het spel, zeiden ze. Ze hadden een kapitaal geïnvesteerd in het gevecht tegen het Kremlin. Er waren miljarden uitgegeven aan wapens en uitrusting, er waren trainingspakketten samengesteld, de inlichtingendiensten in Washington en Londen hadden propagandacampagnes opgezet om de vijand te ondermijnen. Het verlies van de Oekraïense opperbevelhebber zou een verwoestende klap voor hun inspanningen betekenen.

Dus was er een compromis gesloten. De SAS zou zijn Oekraïense tegenhangers aansturen, maar zou zich zodra de camera's begonnen te draaien discreet buiten beeld opstellen.

Het bezoek van de president aan Balanivka was een streng bewaakt geheim. Afgezien van de kring intimi wist slechts een handjevol mensen van zijn voornemen naar het pas bevrijde stadje af te reizen. Eerder die ochtend waren de president, zijn meest betrouwbare adviseurs, zijn zestienkoppige Oekraïense beveiligingsteam en zijn vier SAS-adviseurs per helikopter van Kyiv naar het verzamelpunt gevlogen. Ondertussen was een groep van twee SAS-soldaten en een stel Oekraïners vooruit gegaan om daar voorbereidingen te treffen. Zodra zij groen licht gaven, zouden Carter en de anderen rechtstreeks naar het stadsplein gaan.

Een in-en-uit-klus, dacht Carter.

Van begin tot eind vijf minuten. Uitstappen, een ontmoeting met een aantal bevrijders van het dorp, toespraak, terug naar de vooruitgeschoven basis en de helikopter weer in naar Kyiv.

Dat was in elk geval het plan.

'Hoorde je me wel, knul?' Hedges ging over op zijn melodische Welshe accent. 'Ik zei...'

'Ja,' antwoordde Carter geërgerd. 'Je vindt deze missie maar niets.' Hij zuchtte. 'Ik heb al gezegd dat we er geen flikker aan kunnen doen.'

Hedges schudde zijn hoofd. 'Dit is niet in de haak. We nemen een gigantisch risico. Tering, de Russen zijn er nog maar drie dagen geleden uit geschopt.'

'Daar hebben wij niets mee te maken. We moeten een klus klaren. Meer niet.'

'Interesseert me niet,' reageerde Hedges scherp. 'Iemand moet met die kerel gaan praten. Als hij vandaag door een sluipschutter wordt neergeknald krijgen wij de klappen van het hoofdkwartier.'

Carter wierp een blik op de andere SAS'er. Hedges had de bouw van een bodybuilder. Zijn armen leken wel in sokken gepropte snookerballen en zijn benen waren zo breed als V2-raketten. Veel van de kerels op Hereford hadden buiten het soldaat zijn ook interesses. Sommigen hielden van geschiedenis, anderen gaven de voorkeur aan rugby, of aan zuipen met de jongens. Hedges niet. Die kerel gaf maar om twee dingen: deuren intrappen en fitness. In het kamp zat hij in zijn vrije tijd meestal in de sportzaal setjes deadlifts en squats te doen en proteïneshakes naar binnen te werken.

Maar hij had ook een vreselijk humeur. Hij kon bij het minste of geringste ontploffen. Vooral op dagen dat hij niet kon trainen en geen controle over zijn voeding had.

Zoals vandaag.

Carter haalde zijn schouders op. 'Hij heeft tenminste ballen. Durft hier een toespraak te komen geven. Zie je echt een van die lui in Westminster dat al doen?'

Hedges snoof. 'Het is onnodig. Wij geven die kerel zijn zin. Dit is gewoon een egotrip.'

Luke Carter keek tandenknarsend de andere kant op. Als Hedges in zo'n bui was had het geen zin om tegen hem in te gaan. Carter kon uitleggen dat de president met deze reis zijn ego niet wilde strelen – dat zijn komst in feite een verzetsdaad was, bedoeld om het kelderende moreel van zijn troepen een oppepper te geven, terwijl hij tegelijkertijd zijn aartsrivaal in het Kremlin het leven zuur maakte in een poging hem te frustreren. Hem zover opjutten dat hij fouten maakte. Maar Carter wist dat het geen verschil zou maken. Hedges was niet het soort SAS'er dat het grote geheel zag. Alles buiten zijn eigen bekrompen activiteiten interesseerde hem geen donder.

Carter zei: 'Gozer, we lopen maar een paar minuten gevaar. Niet meer dan dat.'

Hedges ademde hoorbaar uit door zijn neus. 'Het is te hopen dat de anderen het gebied grondig hebben doorzocht. Anders zijn we de bok.'

In gedachten herhaalde Carter het plan dat ze voor hun vertrek uit Kyiv hadden opgesteld. De voorhoede had de opdracht de plek voor het bezoek van de president veilig te stellen. Gebouwen moesten doorzocht worden op sluipschutters. Er moest worden gecontroleerd of er zich op de wegen van en naar het plein obstakels of boobytraps bevonden. De verslaggevers moesten naar hun plaats worden gedirigeerd en hun camera's en andere uitrusting geïnspecteerd om ervoor te zorgen dat er nergens mee geknoeid was. Ondertussen zouden Amerikaanse seiners de zenders afspeuren op zoek naar tekenen van Russische uitzendingen of mobiele activiteit.

Zodra ze groen licht kregen zou Carter de president en de leider van het beveiligingsteam een seintje geven. Dan zou de groep het kleine stukje naar het dorpscentrum rijden, een paar kilometer ten oosten van waar ze nu zaten.

Ze namen geen enkel risico. Zolang hij in Balanivka was zou de president gevaarlijk onbeschermd zijn.

Daar heeft Hedges wel gelijk in, dacht Carter. Als we dit vernachelen, gaan onze koppen rollen.

Even later kwaakte er een stem in Carters oortje. 'We zijn hier zover,' zei Josh Bowman.

Bowman had de leiding over de voorhoede die het plein zou schoonvegen. Deze East Ender in hart en nieren, geboren en getogen in Barking was een van de ouderen bij het 22ste SAS en behoorde tot een uitstervend ras, een bijzonder kundige operator en een Regiment-raadsel.

Iedereen op Hereford kende het verhaal dat twee Albaanse bendeleden Bowmans vrouw en dochter in zijn tijd als undercover politieagent hadden vermoord. Later had Bowman zich bij het leger aangesloten, waarna hij zich aanmeldde voor de selectieprocedure. Vervolgens was hij twee jaar lang en zonder enige uitleg uit het kamp verdwenen. Er gingen geruchten dat hij was overgestapt naar de Cell, de uiterst geheime eenheid binnen de SAS.

'Alles staat klaar voor de opname,' ging Bowman op de zender verder. 'Het is een goed punt, met de kerk en het stadhuis op de achtergrond, precies zoals jouw mannetje vroeg. De vlag is tot boven het gebouw uit gestreken. Terwijl jullie vanaf het westen aankomen staan wij links van het beeld. Een van de Oekraïners komt naar de plek waar jullie uitstappen. Vanaf daar is het vijftien meter lopen naar de plek waar de president zijn toespraak zal houden. Gezichtsveld onbelemmerd, dus de camera's kunnen omdraaien om hem in beeld te nemen als hij op ze af loopt.'

'Tering, hij klinkt als James Cameron op een filmset,' mompelde Hedges. 'Straks houdt hij nog een Oscar-toespraak.'

Carter drukte op het drukknopje om in zijn keelmicrofoon te praten. 'Nog blinde vlekken in de buurt?'

'Nee. We hebben de plek helemaal uitgekamd. Volledig veilig.'

'En de plaatselijke soldaten, maat?'

'Die zitten allemaal hier,' antwoordde Bowman. 'Drie mannen en drie vrouwen van de strijdkrachten die het dorp hebben bevrijd, plus hun commandant. Ze denken dat ze het hijsen van de vlag komen bijwonen, niets meer,' voegde hij daaraan toe.

'Duidelijk,' zei Carter. 'We laten het weten als we onderweg zijn.'

'Jullie kunnen beter opschieten, knul. Voordat Tyler het overgebleven plaatselijk schoon talent ook nog wegjaagt.'

'Cockney-sukkel,' siste een andere stem op de zender.

Tyler Dunk was de tweede SAS'er in de voorhoede, een boom van een kerel uit Black Country in de Engelse Midlands, met een pokdalige huid en een gezicht waar je een trigger-waarschuwing bij zou moeten krijgen. Ook was hij de sjofelste kerel in het Regiment. Zo'n gozer die er zelfs in een pak van Savile Row nog gehavend uitziet.

'Zeg maar tegen de commandant dat we nu vertrekken,' zei Carter tegen Hedges. 'Zorg dat zijn mannen zich opstellen. Ik breng het doelwit op de hoogte.'

'Begrepen.'

Carter stond op en marcheerde kordaat door de tent naar een lange, breedgeschouderde man in een beige kakibroek en een olijfgroen T-shirt die een geprinte versie van de toespraak zat te lezen.

'Sir,' begon Carter.

Artem Volosjyn, de president van Oekraïne, keek op. 'Ja?'

'Ze zijn zover, sir.'

'Nu? We gaan nu?' vroeg de stevige gestalte naast Volosjyn. Andrii Kravets, persvoorlichter van de president, was een zweterige, donkerharige en ongeschoren kerel. Zijn ronde gezicht werd getooid door een te grote bril. Onder zijn gekreukelde overhemd puilde zijn buik uit.

'Dat klopt,' antwoordde Carter. Hij knikte naar Volosjyn. 'Sergeant Hedges en ik rijden in het belangrijkste voertuig met u mee, sir.'

'En mijn beveiligers?'

'Majoor Lysenko en sergeant Tatarin gaan met ons mee,' antwoordde Carter. 'De rest zit in de volgauto's. Denk erom...'

'Vijf minuten, niet langer. Ja, ik weet het.' Weer glimlachte Volosjyn. 'Je hebt één ding gemeen met mijn persvoorlichter, sergeant. Volgens mij worden jullie allebei moe van het geluid van mijn stem.'

Carter grijnsde.

Hij draaide zich om en ging Volosjyn en Kravets voor naar de andere kant van de tent, waar de zestien Oekraïense beveiligers zich haastig verzamelden onder de woedende blik van Hedges. Twee mannen stonden naast de gedrongen Welshman. Majoor Lysenko, de commandant van het presidentiële beveiligingsteam, was een serieus uitziende man met gewelfde wenkbrauwen en ogen met zware oogleden. Naast hem stond sergeant Tatarin, zijn plaatsvervanger, een soldaat met een lange, vierkante kaak, een grote kin, een keurige stoppelbaard en een eeuwige frons. Carter liep op hen af en keek schuin naar Lysenko.

'Zijn je jongens zover, majoor?' vroeg hij.

Lysenko knikte. 'Ja. Alles in orde.'

'Wij rijden met de president mee in de Mastiff,' vertelde Carter. 'Op de plaats van bestemming wachten we tot de andere jongens er zijn en hun respectievelijke positie op het plein hebben ingenomen. De president komt die wagen pas uit als we een ondoordringbare ring om hem heen hebben gecreëerd. Als er problemen zijn, blazen we de boel af en komen we via een van de aangewezen routes hier terug. Is dat duidelijk?'

Lysenko en zijn plaatsvervanger wisselden een betekenisvolle blik. Ze hadden er een pesthekel aan om bevelen van een Regimentsman te krijgen en deden geen moeite dat te verbergen. Misschien had het met trots te maken. Ze waren het neusje van de Oekraïense zalm. De meest toegewijde soldaten van Volosjyn. Naar hun gevoel gaf zijn aanwezigheid aan dat zij hun baas niet konden beschermen.

Waarschijnlijk zou ik hetzelfde gevoel hebben als ik in hun schoenen stond, dacht Carter.

Maar het interesseerde Carter niet als hij Lysenko kwetste. Wat hem betrof moesten ze een klus klaren. Als dat een paar vertrapte zieltjes opleverde, prima.

'Best,' antwoordde Lysenko koel. 'Dat begrijpen we.'

Carter knikte. 'En nou opschieten.'

Lysenko brulde zijn mannen een bevel toe. Onmiddellijk grepen de andere veertien kerels hun wapen en uitrusting, liepen de tent uit en haastten zich naar de pantservoertuigen.

Carter en Hedges droegen hetzelfde uniform als de Oekraïners: legerkleding, een kogelwerend vest, een eigen radiosysteem en een naar achteren geschoven legerhelm. Daarnaast hadden de twee operators van Hereford hun neus en mond bedekt met olijfgroene maskers. Tijdens een missie in Oekraïne moesten ze te allen tijde vermomd zijn, aangezien de aanwezigheid van SAS-mensen politiek gevoelig lag. Werden ze per ongeluk door de camera gespot en herkend door de Russische inlichtingendienst, dan zou dat leiden tot een bak diplomatieke ellende.

Daarnaast beschikten Carter en Hedges allebei nog over een zender met dubbel netwerk, waarmee ze snel van kanaal konden wisselen en via een versleutelde lijn met Hereford konden communiceren, zonder bang te hoeven zijn dat een ander teamlid meeluisterde.

Dat was om diverse redenen logisch. Hoewel ze sterke bondgenoten waren, kende de hoeveelheid inlichtingen die Whitehall met de Oekraïners wilde delen grenzen.

Ze namen een flinke hoeveelheid wapens mee. Carter en zijn teamleden hadden L119A2-aanvalsgeweren met dempers bij zich, vervaardigd door Colt Canada en gebaseerd op de oude Diemaco C8. In feite was het de Canadese variant van de M4-karabijnen. De Oekraïners waren uitgerust met standaard M4's, in feite hetzelfde wapen, min de demper en een paar andere kleine specialistische kenmerken. Iedere man had ook vier reservepatronen met dertig 5.56 NAVO-kogels in de voorste zak van zijn vest, plus een halfautomatische Glock in de holster als reservewapen, en een strook felblauwe tape op zijn linkerbeen.

De stroken gaven aan dat ze eigen troepen waren en maakten dus een essentieel deel uit van hun uniform. Enige tijd geleden waren de Russen begonnen de Oekraïense troepen na te doen door dezelfde stroken blauwe stof om hun rechterarm te dragen. Als reactie hierop had het Oekraïense opperbevel dagelijks nieuwe orders uitgevaardigd en bepaald waar soldaten hun band moesten dragen. De ene dag moest die bijvoorbeeld om hun linkerarm, de volgende dag om hun rechterbeen. Het was een lastige veiligheidsmaatregel, maar noodzakelijk om te voorkomen dat Russische troepen zich voordeden als de goeien.

Ze hadden te maken met een in de hoek gedreven en wanhopige vijand, hun aanvankelijke hoop op een overweldigende overwinning was verdwenen. Nu was de tegenpartij hun te slim af geweest en hadden ze te kampen met een rampzalige daling van moreel en toenemende ontevredenheid aan het thuisfront. Van nu af aan zou de vijand dus steeds vaker vuil spel aanwenden om te proberen het voordeel weer in handen te krijgen.

Vandaag moeten we ogen in ons achterhoofd hebben, dacht Carter.

In looppas begaven ze zich naar de rij voertuigen die honderd meter verderop aan een onverhard stuk grond stonden geparkeerd. Vanaf de wagens leidde een onregelmatig spoor naar de hoofdweg naar het noorden. Carter en Hedges gingen voorop, gevolgd door majoor Lysenko en zijn ondergeschikte, sergeant Tatarin, die de president flankeerden. De rest van het Oekraïense beveiligingsteam kwam er vlak achteraan en de modderige grond maakte een zompig, zuigend geluid onder het gestamp van hun laarzen.

Carter, Hedges, Kravets, Lysenko en Tatarin liepen recht op een Mastiff-patrouillevoertuig af, een zwaar gepantserde zeswieler uitgerust met een Browning.50 kaliber en een 40 mm-granaatwerper erop gemonteerd. Whitehall had Oekraïne sinds het begin van de oorlog een aantal van deze voertuigen geleverd. De Mastiff was een bakbeest dat de inzittenden de maximale bescherming bood als ze onderweg naar het stadje op een bermbom stuitten.

Carter stapte achter in de Mastiff en liet zich op een van de opklapstoeltjes vallen die aan de zijkant van de hoofdcabine waren gemonteerd. Majoor Lysenko, Kravets en Volosjyn lieten zich op de stoeltjes tegenover hem zakken en Tatarin en Hedges liepen naar de voorste cabine. De Oekraïense sergeant ging achter het stuur zitten en de Welshman nam plaats in de bijrijdersstoel. Een andere Oekraïner liep langs Carter heen naar het luik verder vooraan en nam de plek van de schutter in tussen de voorste cabine en de hoofdcabine.

Van buitenaf klonk het doffe gedreun van portieren die dichtvielen, terwijl de andere dertien Oekraïners zich over twee pantservoertuigen van Bushmaster verdeelden. Zeven jongens zouden in de wagen op kop rijden en de andere zes volgden achter aan het konvooi. Mochten ze onderweg op een hinderlaag stuiten, dan zouden het voorste en achterste voertuig vuren, zodat de kerels in de Mastiff de kans kregen te ontsnappen.

Lysenko trok het achterportier dicht en schreeuwde naar Tatarin dat iedereen in de wagen zat. Direct kwam de zender tot leven met verschillende stemmen, die een stroom Oekraïense keelklanken lieten horen. De jongens in de Bushmasters, nam Carter aan, die bevestigden dat ze ook zover waren.

Sergeant Tatarin startte de wagen. De Mastiff schoot naar voren op het spoor en volgde een van de Bushmasters die naar de hoofdweg reed.

Een halve minuut later reden ze richting Balanivka.

Twaalf kilometer naar het oosten klonk de stem weer op de zender. 'Doelwit is onderweg. Ze zijn net vertrokken.'

Mazoetov ging rechtop zitten en merkte dat de adem in zijn keel stokte. Het is zover, dacht hij. Het gaat echt gebeuren.

'Hoeveel?' vroeg hij.

'Zestien,' antwoordde de stem. 'In totaal drie voertuigen. Doelwit zit in het middelste voertuig.'

Hij wist niet eens hoe ze zo'n zwaarbewaakte figuur in de gaten konden houden. Vroeg ook niks. Daarvoor werd hij niet betaald. Hij nam aan dat ze een drone hadden. Ogen in de lucht. Misschien wel een van die geavanceerde nieuwe verkenningsmodellen die het

Kremlin naar Oekraïne had gestuurd, die een paar kilometer boven de grond zweefden en het presidentiële konvooi volgden dat op zijn bestemming af rolde.

De stem zei: 'Denk aan het plan. Ga er hard en snel in. De eerste dertig seconden zijn allesbepalend.'

'Ja,' zei Mazoetov. 'Dat vergeet ik niet.'

'Verkloot het deze keer niet. Denk aan jullie gezin.' Met een klik verdween de stem weer.

De voertuigen rolden door de verwoeste buitenwijken van het stadje. Niet dat Carter er iets van kon zien: er zaten geen ramen achter in de Mastiff. Het was niet meer dan een besloten ruimte met een netwerk aan dikke kabels aan de zijkanten en een stel metalen gereedschapskisten onder de stoelen.

Carter speurde het gezicht van de president af op zoek naar tekenen van nervositeit of spanning, maar vond niets. De kerel leek haast bovennatuurlijk rustig. Rechts van zijn baas zat Kravets. Het zweet parelde op zijn bleke voorhoofd.

Carter voelde een ongemakkelijke steek in zijn borst. Hetzelfde gevoel dat hij had gehad toen hij voor het eerst hoorde dat de president naar Balanivka wilde.

Hij had geprobeerd zichzelf gerust te stellen met de gedachte dat de kans op een aanval vanmorgen minimaal was. Elke centimeter van het belangrijkste plein en het omliggende gebied was door de voorhoede grondig doorzocht. Seinteams van de NSA en het hoofdkwartier hadden hun werk goed gedaan en er was niets boven water gekomen. Geen spoor van Russische zenderactiviteit in het stadje.

Maar de spanning bleef knagen.

We nemen een enorm risico, had Hedges gezegd. *Dat is onnodig.*

Carter vroeg zich af of hij beter zijn best had moeten doen om

Volosjyn van het idee af te praten. Hij had kunnen voorstellen het evenement een paar dagen uit te stellen om hun tijd te geven een tweede veegeenheid te sturen. Ervoor te zorgen dat ze de eerste keer niets over het hoofd hadden gezien.

Nooit ergens halfbakken aan beginnen, het ongeschreven credo van het Regiment. Je zonder goede planning ergens instorten leidde tot fouten. In het verleden waren er mannen gesneuveld door een fout plan.

Maar Carter had geen tegenwerpingen gemaakt. In plaats daarvan had hij geknikt en was hij akkoord gegaan met de taak, in de veronderstelling dat het niet aan hem was om heisa te maken. Tenslotte was hij soldaat, geen politiek strateeg.

Mijn broer zou zijn mond niet hebben gehouden, zei hij tegen zichzelf.

Luke had altijd tegen zijn grote broer opgekeken en respect voor hem gehad. Jamie was de reden geweest dat hij soldaat had willen worden. Als kinderen waren ze altijd heel hecht geweest. Ze groeiden op een ruig landgoed in Northumberland op, met een gewelddadige, alcoholistische vader, en samenspannen was de enige manier om het te overleven. Op die duistere avonden dat de oude man binnen kwam wankelen met een naar whisky riekende adem, klaar om bij de minste provocatie uit zijn slof te schieten, had Jamie zijn kleine broertje verdedigd.

Op een dag had hun vader tijdens hun zoveelste ruzie een keukenmes gepakt en een uitval naar hun moeder gedaan. Jamie had het wapen uit zijn hand gemept en hem bewusteloos geslagen. Destijds was Luke twaalf jaar geweest, maar zelfs nu nog stond het hem helder voor de geest hoe zijn vader op de keukenvloer naar zijn verbrijzelde neus had gegraaid, terwijl het bloed uit zijn mond stroomde. Jamie had het flink op zijn bord gehad voor dat incident, al raakte de oude man hun moeder nooit meer met een vinger aan.

Luke had geen vader als voorbeeld. Maar hij had zijn oudere broer.

Toen Jamie zich dus bij het 22ste SAS aansloot was Luke vastberaden geweest om in zijn voetsporen te treden. Vier jaar nadat hij bij de Para's was gegaan kwam hij door de selectieprocedure.

Vanaf dat moment waren hun carrières een totaal andere kant uit gegaan.

Luke was een soldaten-soldaat. Een teamspeler. Een van de jongens, die door iedereen werd gerespecteerd, niet iemand die een kant koos of er een verborgen agenda op na hield. Hij zette geen vraagtekens bij een bevel, noch streek hij mensen tegen de haren in. Hij deed wat hem werd gezegd, hield zich rustig en lette niet op de beerput van Regimentspolitiek. Hij was bij de SAS gegaan om te vechten. Waarom zou je je energie aan andere zaken verspillen?

Sommige jongens meldden zich voor de selectieprocedure aan met de gedachte dat ze zich bij een eenheid aansloten waar het rechttoe-rechtaan verliep. Als ze er eenmaal bij zaten, kwamen ze erachter dat dat niet zo was. Wat dat betreft was het Regiment hetzelfde als alle andere eenheden. Je had *gloryhunters* die zichzelf medailles opspeldden terwijl ze dat niet verdienden, carrièrejagers die meer aandacht besteedden aan hun promotiemogelijkheden dan aan het soldaat zijn, hielenlikkers die zich omhoogwerkten door vriendjes te worden met de juiste mensen. Met dat alles had Luke nooit gezeten. Overal had je eikels en verraders. Het was het beste om ze te negeren.

Maar Jamie dacht er anders over. Het zat in zijn genen om van niemand iets te pikken. Hij weigerde een oogje toe te knijpen voor het institutionele gezeik dat er op Hereford nu eenmaal bij hoorde.

Door die houding was het leven lastig voor hem geweest. Hij had vijanden gemaakt. Heel veel vijanden. Zoveel dat hij in de problemen kwam. Een poosje had zijn reputatie als briljant soldaat hem beschermd, maar uiteindelijk was het fout gegaan. Toen hadden de wolven toegeslagen.

Nu was Jamie een verschoppeling en maakte hij zijn contract bij het leger vol met veredeld betaald verlof, terwijl Luke op missies ging met de Wing.

Luke wist niet wat hij daarvan vond. Hij hield van zijn broer. Nadat hun moeder aan kanker was overleden was Jamie zijn enige familielid. Luke wist hoe belangrijk het voor hem was om bij de SAS te zitten; hij had er alles voor over om Jamie uit dat vagevuur te krijgen. Maar hij stond machteloos. Hij wist hoe het systeem in elkaar zat. Had je de hoge omes eenmaal kwaad gemaakt, dan was er geen weg terug meer, tenzij je vrienden had in de echte hoge regionen.

En die heeft Jamie niet, wist hij.

Luke schudde deze deprimerende gedachtegang van zich af, terwijl de Mastiff door de straten scheurde.

We hoeven alleen de komende tien minuten te overleven, bracht hij zichzelf in herinnering. Een kort nummertje voor de camera, en dan gaan we meteen terug naar de veilige basis.

In en uit. Klaar.

De Mastiff maakte kort op elkaar een aantal bochten en minderde toen vaart. Twee minuten later kwamen ze schokkend tot stilstand. De motor werd afgezet en toen klonk de stem van Hedges in Carters oortje. 'We zijn er, maat. We kunnen het plein zien.'

Carter sprak in zijn keelmicrofoon. 'Josh, is iedereen in positie?'

'In positie,' klonk het antwoord van Bowman. 'We zijn zover.'

Carter liet zijn blik op Lysenko rusten. 'Majoor, zeg tegen uw mannen dat ze moeten uitstappen en op verdere orders moeten wachten. De bestuurders blijven zitten, net als de artillerist,' voegde hij daaraan toe en gebaarde naar de soldaat die voor hen bij het luik van de geschutskoepel stond en de Browning.50 kaliber op het voertuig bewaakte.

'Oké.'

Lysenko brulde over de zender dat de soldaten in de twee Bushmasters moesten uitstappen. Carter knikte beurtelings naar Volosjyn en Kravets en zei: 'Wacht hier. Verroer je niet tot ik het teken geef dat het veilig is uit te stappen.'

Carter maakte zijn veiligheidsriem los, kwam tot op handen en knieën overeind, wrikte het achterportier open en liet zich achter uit het voertuig vallen, met zijn geweer aan zijn draagband. Lysenko kwam achter hem aan en sloot het portier van de hoofdcabine achter zich, terwijl Hedges om de voorste cabine heen liep. Vlakbij waren andere soldaten al uit de Bushmasters gestapt en hadden zich in een hechte groep opgesteld.

Carter richtte zich in zijn volle lengte op en keek rond om zich te oriënteren. In Kyiv had hij uren naar satellietbeelden en kaarten van het stadje zitten kijken. Het konvooi had aan de zuidkant van het plein haltgehouden. Ten noorden van hun positie lag het plein zelf, in feite een keurige tuin bezaaid met bomen en bloembedden. Geplaveide straatjes leidden naar de marmeren verhoging in het midden, waarop een bronzen beeld stond van een middeleeuwse strijder te paard die met een speer en een schild zwaaide.

Zo'n twintig meter ten noorden van het plein bevond zich een klein bosachtig gebied. Naar het westen een speelplaats, naast een rij gebombardeerde winkelpuien. Overal om zich heen zag Carter tekenen van de recente slag om het stadje. De wegen lagen bezaaid met de verwrongen metalen frames van Russische voertuigen, overal op de stoep lagen brokken puin, glasscherven, granaatscherven, plassen opgedroogd bloed en haastig achterlaten uitrusting.

Ten noorden van het plein stond het gemeentehuis: een pastelkleurig gebouw van drie verdiepingen met een Oekraïense vlag aan een koperen mast die boven de ingang uitstak. Daarnaast stond een gewitte kerk met een leien torenspits. Verder weg ving Carter een glimp op van de geblakerde resten van een aantal verlaten appartementen en kantoren. Een horde verslaggevers had zich vlak bij het midden van het plein verzameld, dat deels werd afgeschermd door een kluwen bomen en bosjes. Bowman en Dunk stonden naast hen en waren duidelijk te herkennen aan hun gezichtsbedekking en de gedempte L119A2-geweren die ze voor hun borst hadden hangen. Vijf stappen van hen vandaan, in de buurt van het bronzen beeld, stonden zeven Oekraïense soldaten – mannen en vrouwen van de infanterie – geduldig te wachten tot de ceremonie begon.

Carter draaide zich om naar majoor Lysenko.

'Zet twee van uw mannen op die hoek,' zei hij en priemde met zijn vinger naar een kruispunt vijftig meter vanaf waar ze stonden, in de noordwesthoek van het plein. 'Ik wil twee paar ogen op de weg op zes uur van ons, nog eens twee jongens die naar de kruising naar het noordoosten kijken en twee in de straat naar het zuidoosten. De artillerist houdt de zijstraat direct naar het zuiden van onze positie in de gaten. Nog vragen?'

Lysenko schudde zijn hoofd en blafte bevelen naar zijn mannen. Snel splitsten de vier teamleden zich op en sprintten naar hun respectievelijke positie. De artillerist op de Mastiff draaide de geschutskoepel naar de zijstraat tien meter ten zuiden van het konvooi. Met elkaar hadden ze zicht op de belangrijkste toegangswegen van en naar het plein.

Zodra majoor Lysenko had bevestigd dat zijn soldaten zich op hun post bevonden, trok Carter het portier van de Mastiff open en zei: 'Oké, sir. We zijn zover.'

Volosjyn sloeg met zijn handen op zijn dijen, kwam overeind en klom de Mastiff uit. Carter dirigeerde hem naar de verslaggevers vijftien meter naar het noorden, terwijl Kravets vlak achter zijn baas bleef lopen. Het bloed was uit zijn gezicht weggetrokken en zijn ogen vlogen nerveus van links naar rechts. Terwijl Lysenko en de andere lijfwachten naast hun president marcheerden draaide de zee van camera's en smartphones naar hen toe. Klaar om het moment vast te leggen dat Volosjyn de laan op liep.

Carter sprak weer over de zender. 'Hoe ver moeten we van het doel vandaan staan om niet in beeld te komen?'

'Ga drie meter naar links,' zei Tyler Dunk in zijn trage, lijzige Birmingham-accent. 'Dat moet goed zijn.'

Carter en Hedges bewogen zich van de president vandaan, tot

Dunks stem weer over de radio klonk: 'Zo is het goed. Jullie staan nu niet in beeld.'

'Het is maar goed dat je er niet bij staat, Tyler,' bemoeide Bowman zich ermee. 'Met jouw kop in beeld zouden we met kapotte camera's zitten.'

'Flikker toch op, Josh.'

Volosjyn beende doelbewust naar de menigte die op het plein op hem stond te wachten. Snel liepen Carter en Hedges dezelfde kant op, maar dan een aantal stappen van de president vandaan. Als de beelden die avond op het nieuws werden uitgezonden, was daarop Volosjyn te zien, samen met zijn trouwe lijfwachten. Geen enkele kijker zou vermoeden dat de Oekraïners bij elke stap werden vergezeld door een stel SAS-jongens.

De camera's volgden Volosjyn terwijl hij recht op de rij soldaten afliep. Op de heldhaftige verdedigers van Balanivka.

Een van hen, een officier met een baret in camouflagekleuren op, deed een stap naar voren en salueerde stijfjes voor zijn opperbevelhebber. Volosjyn glimlachte breed en de twee mannen schudden elkaar onder razend klikkende en draaiende camera's de hand. Dunk en Bowman stonden naast de rij Oekraïense soldaten met hun rug naar de media de omgeving af te speuren.

De kerel met de baret op wisselde een paar woorden met de president en gebaarde naar een aantal uitgebrande gebouwen die uitkeken over het plein. Hij beschreef vast de wandaden die het stadje onder de bezetters hadden moeten ondergaan, dacht Carter. Zware artilleriebombardementen. Verschroeide aarde. Dienstplichtigen die genadeloos aan de vleesmolen van het Russische leger werden gevoerd. Min of meer dezelfde tactiek die tachtig jaar geleden aan het Oostfront was gebruikt. Alleen was die nu minder effectief.

Volosjyn luisterde en knikte somber. Toen stelde de officier hem voor aan de rij soldaten naast hem. De bevrijders van het geboortestadje van hun geliefde president. Volosjyn was een klasse apart. Dat bleek wel uit de manier waarop hij het publiek bespeelde. Hij schudde de soldaten beurtelings de hand, glimlachte vriendelijk, wisselde een paar woorden en poseerde voor een selfie. De Oekraïners waren overduidelijk dol op hem. Waarschijnlijk de populairste kerel in de geschiedenis van zijn land. Slechts één andere persoon in Oekraïne kon op dezelfde mate van adoratie rekenen.

Kravets probeerde zijn baas te laten opschieten. De PR-man wilde overduidelijk zo snel mogelijk terug naar de relatieve veiligheid van Kyiv, dacht Carter. Maar Volosjyn weigerde zich te laten opjagen. Hij nam er de tijd voor. Carter nam aan dat dat allemaal bij het optreden hoorde. De president zond een duidelijk signaal naar het heersende kartel in Moskou. Liet zien dat hij niet bang was. Dat hij zich vrij door de straten kon bewegen van een stadje op slechts een paar kilometer van een gebied dat de Russen in handen hadden, zonder bang te zijn voor een aanval.

De president glimlachte voor een foto met de laatste soldaat en toen stuurde Lysenko hem haastig naar een stuk grond waar twee stokken in de aarde waren geslagen. Die waren door de voorhoede geplaatst en gaven de plek aan waar de president zijn livetoespraak voor de camera's zou houden. Vanaf dat punt zou het legertje pers Volosjyn in beeld kunnen krijgen met het door kogels beschadigde gemeentehuis en de kerk in het noorden op de achtergrond.

Volosjyn schraapte zijn keel en draaide zich geflankeerd door zijn mannetjes naar de camera voor zijn toespraak.

'Vandaag vieren we een historisch moment in de geschiedenis van ons land,' begon hij in het Engels met een zweem van een accent. Ook dat hoorde bij zijn charmeoffensief besefte Carter: ervoor zorgen dat zijn woorden zo veel mogelijk in de internationale media werden verspreid. Dat zijn boodschap werd overgebracht. Daar was Volosjyn al vanaf het begin van de oorlog goed in geweest.

'Mijn volk is afkomstig uit dit land,' ging hij verder. 'Mijn vader bewerkte het land hier en zijn vader voor hem. Deze grond zit in mijn bloed. Die is geen eigendom van president Zjirkov of een van zijn maten in het Kremlin. Ze hebben dit land niet bewerkt of erom gestreden, of zijn gesneuveld bij de verdediging ervan. Nee. Het land is van de mensen die er wonen, wier voorouders hier generaties lang hebben geploeterd. Dat geldt ook voor het oosten van Oekraïne. Dat geldt ook voor Cherson. Dat geldt ook voor de Krim.'

Carter liet zijn blik over het plein dwalen, op zoek naar tekenen van een dreiging. Hij zag de twee Oekraïners bij het kruispunt naar het noordoosten. De andere teams hielden de aangrenzende wegen in de gaten vanaf hun positie op de hoeken van het plein. De artillerist boven op de Mastiff had de .50-kaliber op de zijstraat naar het zuiden gericht.

Een stuk of vijf stappen verderop hielden Bowman en Dunk nog steeds het terrein naar het noorden in de gaten, met het gemeentehuis en de kerk.

Hedges en Lysenko hadden hun blik op de menigte gericht. Kravets wiste met een zakdoek het zweet van zijn voorhoofd.

Volosjyn praatte door: 'Maar dit gevecht, dat is niet slechts een gevecht om Oekraïne. Nee. Deze strijd draait om de ziel van de westerse beschaving. Ooit probeerde de hele wereld onze vijanden tevreden te stellen. Nu begrijpen ze dat je niet met het kwaad kunt onderhandelen, het niet kunt sussen. Dat vergeten sommige mensen. Die beseffen niet dat je voor de belangrijkste waarden moet vechten. Ervoor sterven. Het is aan onze soldaten in dit land om het vuur van de vrijheid brandend te houden. Elke stad die we innemen, elke Russische troepenmacht die terug naar het oosten wordt gedreven is een overwinning voor alle westerse volkeren.

De Russen proberen in te nemen wat niet van hen is. Ze vermoorden onze mensen, bombarderen onze steden. Ze dreigen onze kerncentrales te vernietigen. Ze maken hun bedoeling duidelijk om ons van de aarde weg te vagen. Dat doet er allemaal niet toe. We drijven ze terug. De overwinning hier bij Balanivka is slechts de eerste stap op een lange weg. Vandaag is het begin van het einde van de illegale bezetting door de vijand...'

Toen hoorde Carter de schoten. Een aantal achter elkaar.

Ze kwamen vanuit het westen, op negen uur van Carter.

Het volgende moment hoorde hij de snerpende herrie van kogels op metaal. Juist toen hij in zuidwaartse richting keek schokte de artillerist op de Mastiff heftig omdat een kogel hem vol in het gezicht had geraakt. De drie volgende kogels misten hun doel en ketsten in een opgloeiende vonkenregen af op de geschutskoepel en de .50-kaliber.

'Contact! Contact!' brulde Bowman over de zender. 'Inkomende kogels!'

Carter draaide zich vliegensvlug om naar het bosachtige gebied aan de andere kant van het plein. Hij zag hoe op minder dan veertig meter van waar hij stond vier gedaantes in legerkleding zich losmaakten van de rij bomen. Ze hadden aanvalsgeweren bij zich.

Kwamen al kogels afvurend op de groep verslaggevers af.

Dunk, Hedges en Bowman hadden zich omgedraaid en keken dezelfde kant uit. Net als majoor Lysenko en de rest van de menigte. Een seconde lang stonden ze verlamd van de schok besluiteloos.

Toen brak de hel los.

Onmiddellijk verspreidde paniek zich door de menigte. Mensen vluchtten alle kanten uit, schreeuwend van angst en dekking zoekend achter de sokkel van het beeld en in de omliggende bosschage. Een geluidsman gooide zijn microfoon aan de kant en sprintte naar de pantservoertuigen. Al na vier of vijf meter werd hij door een regen hete kogels in zijn onderrug geraakt en tuimelde hij op de grond.

Dunk en Hedges schoten naar voren om het tegen de vijand op te nemen. Bowman en Lysenko lieten zich op hun knieën naast het standbeeld vallen en losten schoten om hun bij het oprukken dekking te geven. De twee soldaten op de verste hoek van het plein beseften wat er gaande was en stoven van hun post in zuidelijke richting naar de aanvallers. De twee dichtstbijzijnde aanvallers draaiden zich razendsnel naar hen toe en vuurden, waardoor beide Oekraïners werden uitgeschakeld.

Meer kogels ketsten af op het asfalt en vanuit de zuidoosthoek kwamen nog eens twee Oekraïners de straat in gerend, met vlammende M4-lopen. De aanvallers doken achter het uitgebrande geraamte van een vrachtauto voordat de Oekraïners hen onder schot konden nemen.

Carter ging tot actie over. Dat was geen bewust besluit, maar meer een instinctieve reactie in zijn amygdala. Het resultaat van miljoenen jaren evolutie, verscherpt door de duizenden uren zware training bij het Regiment.

Eerste prioriteit: het doel veiligstellen.

Hem naar een veilige plek brengen.

De menigte was al snel uiteen geweken. Vlak bij de plek waar Volosjyn zijn toespraak had gehouden lagen diverse lijken. Carter zag een blondine in een gewatteerde jas, haar benen en buik doorzeefd met kogels, haar vernielde camera naast zich. Kravets lag levenloos uitgestrekt op de grond vlakbij. De onderste helft van zijn gezicht was eraf geblazen.

Midden in de chaos zag Carter dat de president zich de kant van het gemeentehuis op haastte, weg van de veiligheid van het konvooi. Carter schreeuwde dat hij moest blijven staan, maar de kerel leek hem niet te horen en rende door. Sensorische deprivatie. Zijn dreigingsniveau stond ver in het rood. Carter had hetzelfde bij mensen gezien die midden in een vuurgevecht stonden. Overdosis adrenaline. Sommige mensen hadden geen beheersing meer over hun zintuigen. Een soort chemische onbalans. Ze dachten niet meer rationeel.

Carter begon te rennen en schoot over het open terrein, terwijl kogels om hem heen door de lucht zoefden. Hij negeerde de wanhopige kreten van gewonde burgers die om hulp smeekten. Hij kon zich op dit moment niet druk om hen maken. Het leven van de president was van het allerhoogste belang. Dat was misschien onaangenaam, maar daarmee nog niet minder waar.

Carter versnelde zijn pas en haalde de president met vijf stappen in. Hij stak een arm uit en greep de kerel bij zijn bovenarm.

'Deze kant op!' schreeuwde Carter en gebaarde naar de Mastiff aan de zuidkant van het plein. 'Nu!'

Hij sleepte de president naar het konvooi veertig meter naar het zuiden. Op negen uur lagen twee van de aanvallers ineengezakt op het asfalt naast de vrachtwagen, hun lichamen één grote gatenkaas. De twee overgebleven schutters zaten ineengedoken naast een bushokje. Dunk en Hedges hielden ze op hun plaats met onderdrukkingsvuur, terwijl Lysenko en de andere Oekraïners naar voren renden. Inmiddels had de rest van de soldaten zich over de groenstrook naar het gevecht gehaast. Vuren-en-lopen-tactiek. De vijandelijke schutters waren aanzienlijk in de minderheid. Binnen een paar tellen zouden ze dood zijn.

Er waren sinds het begin van de aanval tien of twaalf seconden verstreken. Carter liep haastig door.

Een stemmetje in zijn achterhoofd vroeg zich af waarom de Russen zo'n zinloze aanval op touw hadden gezet. Vier jongens tegen zestien getrainde soldaten en hun SAS-adviseurs. De vijand had geen schijn van kans.

Waarom vallen ze ons dan in godsnaam aan, dacht Carter. Er klopt iets niet.

Nog terwijl Carter de president ruw naar de Mastiff werkte viel hem in zijn ooghoek een plotseling waas van beweging op. Die kwam van drie uur. Ten westen van het plein.

Veertig meter verderop.

Carter bleef staan en keek over zijn schouder. Toen zag hij ze.

Drie gestaltes die uit een mangat midden in de weg gekropen kwamen.

Ze renden recht op hem af.

Alle drie droegen ze hetzelfde basic uniform als de schutters in het oosten. Maar geen van deze jongens had een wapen bij zich. Alle drie hadden ze een uitpuilend vest om hun bovenlichaam – en plotseling begreep Carter het.

Dit zijn geen schutters. Dit zijn zelfmoordterroristen.

Afleiding – een eenvoudige, maar effectieve tactiek. De schutters in het oosten waren kanonnenvoer. Zij trokken de aandacht zodat hun maten steeds dichter bij de president konden komen en hem naar de Andere Wereld konden helpen.

'Godsklere,' gromde hij naar Volosjyn. 'Schiet op.'

Hij rende door naar het konvooi, maar toen hij weer achterom keek zag hij dat de terroristen dichterbij waren gekomen, hun vuisten stevig om hun ontstekers geklemd. De gordels waren zo ontworpen dat ze afgingen zodra de drager zijn duim van de ontstekingsschakelaar haalde. Vrijwillig of niet. Faalveilig. Voor het geval iemand probeerde de aanvaller uit te schakelen. Schoot je de kerel neer, dan verslapte zijn greep automatisch en ging de gordel af.

Nu bevonden de terroristen zich minder dan dertig meter achter hen. Nog veertig meter naar de Mastiff.

Het is te ver, besefte Carter grimmig. Dat halen we nooit.

Simpelweg een kwestie van tijd en afstand. De drie jongens van het zelfmoordteam werden niet vertraagd door zware uitrusting of wapens. Ze kwamen snel dichterbij. Lang voor Carter Volosjyn achter in de wagen zou krijgen zouden ze al bij hen zijn.

Doorgaans werd iedereen binnen een straal van tien meter door een bomgordel gedood wist Carter. Het kon meer zijn, dat hing af van hoeveel explosieven de drager op zijn lichaam had gebonden.

Carter had nog maar een paar seconden voor de dichtstbijzijnde terrorist in die buurt kwam.

Onmiddellijk kwam hij tot een besluit.

Carter bleef staan, draaide zich om, duwde Volosjyn op de grond en hield hem met zijn volle gewicht vastgepind. Deels om hem tegen eventuele scherfwerking te beschermen, maar ook zodat hij niet in blinde paniek wegrende. In de verwarring van een vuurgevecht bestond de kans dat de kerel recht op de aanstormende terroristen af zou wankelen.

'Vijand achter ons!' schreeuwde Carter. 'Bomgordels! Ze dragen gordels, verdomme!'

Met één arm hield Carter de president op de grond en met zijn andere rukte hij zijn halfautomatische Glock uit zijn dijholster.

Vanuit zijn ooghoek zag hij dat de Oekraïense soldaten naar het oosten nog steeds de schutters achter het bushokje beschoten. Ook Hedges en Dunk waren erbij. Ze leken Carter geen van allen te hebben gehoord.

De dichtstbijzijnde terrorist bevond zich op niet meer dan twintig meter afstand toen Carter de Glock midden voor zijn lichaam hield en schoot. Twee schoten 9-mm Parabellum vlamden kort op elkaar uit de loop van het pistool op. De eerste kogel raakte de hufter precies in het kruis en scheurde zijn ballen aan flarden. De tweede raakte hem in het gezicht en versplinterde zijn onderkaak. De terrorist verkrampte alsof dokter Frankenstein een schakelaar had omgezet om hem weer tot leven te wekken. Hij viel naar voren en er klonk een gigantische dreun toen de gordel tot ontploffing kwam en de kerel verdampte. Een instant-crematie.

De andere terroristen renden langs de atoompjes die nog over waren van hun maat.

Vlug zwiepte Carter de Glock hun kant op. Nam het volgende doelwit op de korrel. De tweede terrorist bevond zich vijftien meter van de president. Carter loste vier schoten en raakte de hufter in zijn schouder en nek, waarmee hij hem een enkeltje paradijs cadeau deed.

Een paar tellen voor de ontsteker afging viel de kerel. Met een fel gebrul spoelde de scherfwerking van de ontploffing over Carter heen en sneed in zijn vlees. Hij voelde een brandende pijn in zijn rechterhand, liet de Glock los en keek naar beneden. Een granaatscherf zat diep in zijn handpalm gebed.

Toen keek hij weer op en voelde zich misselijk worden.

De derde terrorist bevond zich gevaarlijk dichtbij. Op tien meter afstand. Hij was om zijn kameraden heen gelopen en kwam nu in een hoek op Carter af, met zijn vuist strak om zijn schakelaar geklemd.

Klaar om de bommen tot ontploffing te brengen.

Carter wist dat zijn geluk op was. Zijn dominante hand was waardeloos. Hij had geen tijd meer om de Glock met zijn goede hand te grijpen en het doelwit uit te schakelen. Nog een paar seconden en de terrorist zou naast hem staan. Dichtbij genoeg om te doden.

We zijn er geweest, dacht hij.

Op drie uur van hem ontplofte het snelle knallen van een geweer. De terrorist schokte en tuimelde naar achteren, alsof hij tegen een waslijn op was geklapt. Toen de gordel van de terrorist ontplofte, drukte Carter zich strak tegen Volosjyn aan. De hitte van de explosie straalde naar buiten en er golfde een lading rotzooi over hem heen.

Al snel verstomde het vuurgevecht aan de andere kant van het plein. Carter tilde zijn hoofd op en zag Bowman op één uur met geheven geweer gericht op de plek waar nog maar een paar tellen daarvoor de terrorist had gestaan. Afgezien van een zwartgeblakerd stuk aarde en een paar flarden verschroeide kleding was er niets van hem over. De kerel was verdwenen. Alsof een goochelaar live op het toneel een verdwijntruc had gedaan.

Het afgerukte hoofd van de terrorist was een paar meter verderop terechtgekomen in een bed pioenrozen en anjers. De mond gaapte in stomme verbazing open. Carter krabbelde overeind en opluchting stroomde door zijn aderen.

Hij keek naar de oostkant van het plein. Het stof plakte in zijn ogen, tussen zijn tanden en op zijn tandvlees. De twee overgebleven aanvallers lagen in een wirwar van ledenmaten en gebroken glas naast het bushokje. Dunk, Hedges en verschillende Oekraïners liepen naar het bosachtige gebied achter het plein, op zoek naar eventuele andere vijanden die zich in de directe omgeving schuilhielden. De andere vier Oekraïense soldaten kwamen naar hem toe gejogd om zich met de verminkte burgers bezig te houden.

Carter beklopte de president om te controleren of hij gewond was. De kerel had wat schrammen en sneetjes in zijn handen opgelopen en hij was aardig geschrokken, maar verder leek hij niets te mankeren.

'Alles in orde, sir?' vroeg hij. 'Heeft u ergens pijn?'

Volosjyn kromp ineen en antwoordde: 'Ik denk dat mijn ribben gekneusd zijn omdat je boven op me bent gaan zitten. Verder gaat het wel.'

Hij glimlachte zwakjes, hoestte weer en kromp ineen van de pijn. Vlakbij stond Bowman naar een stel Oekraïense soldaten aan de andere kant van het plein te schreeuwen en naar een mangat te wijzen.

'Plaats wat granaten bij die put! Nu verdomme!'

Direct haastten de mannen zich de kant op die Bowman had aangewezen. Een van hen rukte een granaat van zijn riem, wierp die door de opening en stoof naar achteren. Er was een stilte, gevolgd door een oorverdovende dreun, en een rookpluim steeg op uit het gat. Even later schoven de twee mannen naar voren en losten met hun M4's een aantal schoten in de afvoermond. Als daar beneden nog vijanden zaten waren die nu aan stukken gescheurd.

Carter sloeg een arm om de president heen en hielp hem overeind. Hij keek naar Bowman en zei: 'Laat de bestuurders de wagens starten. We gaan.'

'Begrepen, Luke.'

Bowman beende naar het konvooi en brulde iets naar de bestuurders. Standaard procedure bij een missie. Haal het doel weg. Je eerste prioriteit. Zorg dat iedereen bij elkaar is en verlaat het gebied.

Naast hem stond Volosjyn wezenloos naar het bloedbad te staren. Lijken, hulzen van kogels, glanzende bloedplassen.

Zachtjes zei Carter: 'Sir, we moeten u hier weg krijgen. Onmiddellijk.'

De president wilde protesteren. 'Mijn volk. Ik kan ze niet… Ik kan ze niet achterlaten.'

'Er is geen tijd, sir.' Hij begon aan Volosjyn te trekken. 'We moeten nu weg.'

De kans was groot dat de Russen een raket op het gebied afvuurden als ze eenmaal wisten dat de aanval was mislukt. Die gedachte besloot Carter maar niet met de president te delen.

Op dat moment hoorde hij een stem uit de richting van het standbeeld. Carter keek die kant uit en zag een jonge vrouw in een blouse met haar rug tegen de sokkel. Met haar linkerhand probeerde ze de bloedstroom van een wond aan haar rechterarm te stelpen. In het Oekraïens zei ze iets tegen Volosjyn. Carter begreep er geen woord van, maar wat ze zei had een krachtig effect op de president. De tranen sprongen in zijn ogen en zijn onderlip trilde. Hij slikte moeizaam, draaide zich toen om en beende met tegenzin naar de Mastiff.

Naast hem begon Carter dringend in zijn keelmicrofoon te praten. Hij bracht de rest van het team op de hoogte van de situatie van de president en van de mislukte aanval door de zelfmoordterroristen.

'Is iedereen ongedeerd? Nog slachtoffers?'

Boven het tuiten van zijn oren uit hoorde Carter een schor Birminghams accent op de zender: 'Carl en ik zijn in orde,' zei Dunk.

'Majoor?'

Lysenko antwoordde: 'Er zijn drie mannen geraakt. Ik herhaal, drie mannen geraakt. Alle vijanden uitgeschakeld.' Hij zweeg even. 'Het zijn Tsjetsjenen.'

Carter vroeg: 'Hoe hebben we die in godsnaam over het hoofd gezien? We hebben alles schoongeveegd.'

'Er is daar een schuilhol,' antwoordde Dunk. 'Op pisafstand van het plein. Professioneel ding. Zo te zien waren ze getraind zich schuil te houden.'

Carter voelde zijn maag samenballen.

Jezus, dacht hij. Ze moeten daar dagen verborgen hebben gezeten.

'Iedereen terug naar de ontmoetingsplek,' zei hij op de zender. 'Wegwezen hier.'

Bowman stond naast de wagen en scande de straten achter hen. Carter bracht Volosjyn naar de achterkant van de Mastiff, rukte het portier open en hielp de president de treetjes op. Volosjyn wankelde naar binnen en liet zich op de dichtstbijzijnde stoel vallen. In het zwakke licht van de hoofdcabine zag Carter de levenloze gestalte van de artillerist onder het luikgat liggen. Zijn gezicht was een klodderige boel bloed en botten.

'Wacht hier,' zei Carter tegen de president.

Hij liep een stukje weg van de cabine en zag dat Bowman naar hem stond te staren.

'Jezus, wat is er in godsnaam gebeurd?' fluisterde hij.

Carter antwoordde zachtjes: 'Het was een val. Ze wisten dat we zouden komen.'

'Hoe dan?'

'Dat weet ik niet. Maar de enige reden dat ze de moeite hebben genomen een schuilhol te bouwen, is dat ze wisten dat de president zou komen opdagen. Klopt niks van.'

Bowman wreef over zijn kaak. 'Misschien was het puur mazzel. Misschien hebben ze een paar jongens hier achtergelaten in de hoop dat Volosjyn zou komen.' Hij haalde zijn schouders op. 'Hij komt hier vandaan. Ze zullen wel hebben gedacht dat er een redelijke kans bestond dat hij zijn gezicht liet zien.'

'Misschien.'

Maar Carter was er niet van overtuigd.

Voor de manier waarop de Tsjetsjenen ons aanvielen was een degelijk plan nodig, dacht hij. Ze hebben het zo geregeld dat de Oekraïners naar hen toe zouden komen. Zo kregen de terroristen de tijd om onbelemmerd op de president af te stormen.

Dertig seconden.

Meer zouden ze niet nodig hebben gehad.

De rest van het beveiligingsteam haastte zich terug naar het konvooi. Snel bewogen de Oekraïense soldaten zich over het plein om de lichamen van hun dode kameraden op te halen, terwijl Carter verslag deed aan de radio-operator op de vooruitgeschoven gevechtsbasis.

'Er is contact geweest,' zei hij. Hij dwong zichzelf langzaam te spreken zodat de Oekraïense operator hem goed zou begrijpen. 'Ik herhaal, er is contact geweest. We keren terug via route bravo. Ik herhaal, route bravo. Zorg dat er een ontvangstcomité klaarstaat en dat de heli draait. We zijn er over twintig minuten.'

'Is het doel gewond?'

'Hem mankeert niets, maar er zijn drie van onze mannen uitgeschakeld en diverse burgerslachtoffers. Er moeten ambulances en versterking komen om een kordon te vormen en het gebied veilig te stellen.' Er kwam nog iets in hem op. 'Zorg dat iemand alle camera's en telefoons van de verslaggevers inneemt. Er mogen geen opnames lekken. Niemand mag weten dat dit is gebeurd.'

De Oekraïense soldaten hadden de laatste lichamen achter in de Bushmasters gelegd en jogden naar hun eigen voertuig. Majoor Lysenko, Hedges en Dunk klommen achter Bowman aan de cabine van de Mastiff in.

Net wilde Carter hem volgen toen een kerel in een hoody smekend iets riep. Niet in het Oekraïens, maar in het Engels met een accent. Amerikaans of Canadees, misschien. Carter bleef staan en wierp een blik op de man. Die zat op de grond onder een eik geknield en hield een grijsharige vrouw in een pakje in zijn armen. Bloed uit een wond aan zijn schedel stroomde over het gezicht van de man. Zijn overhemd was rood doorweekt.

'Laat ons hier niet achter,' riep de kerel in de hoody. 'Alstublieft niet!'

'Er is hulp onderweg,' liet Carter hem weten. 'Blijf hier. De ambulance komt eraan.'

Toen stapte hij in de wagen en trok het portier achter zich dicht. Hij ging op de lege stoel tegenover de president zitten, terwijl Lysenko de bestuurder via de zender opdracht gaf te gaan rijden.

Een paar seconden later reden ze weg van het plein.

Terug naar de relatieve veiligheid van de vooruitgeschoven gevechtspost.

'Godsamme, dat scheelde niet veel,' zei Hedges.

Niemand reageerde.

Bowman knikte naar Carters dominante hand en zei: 'Dat moet worden schoongemaakt, voordat je een infectie oploopt.'

Carter keek naar zijn met bloed besmeurde hand. In de paniekerige aftocht uit het stadje was hij zijn wond helemaal vergeten. Adrenaline had de pijn verdoofd en teruggebracht tot een dof, constant kloppen. De pijnstiller van de natuur. De gekartelde granaatscherf zat ongeveer tweeënhalve centimeter diep in zijn handpalm. De verwonding was pijnlijk, maar zou hem niet lang uitschakelen.

'Wat zei die vrouw daarstraks tegen u?' wilde Carter van de president weten. 'Sir?'

Volosjyn had naar de vloer zitten staren. Hij keek op en knipperde snel met zijn ogen, alsof hij uit een trance kwam.

'Ze smeekte me om haar achter te laten en mezelf te redden,' antwoordde hij met een door emotie verstikte stem. 'Ze zei dat ik moest overleven. Zodat Oekraïne kon overleven. Zelfs als dat betekende...'

Hij zweeg en keek de andere kant op. De tranen stonden in zijn ogen.

Carter leunde naar achteren en zweeg. Tegen zijn schedel klopte een verontrustende gedachte.

Om veiligheidsredenen wist maar een handjevol mensen van Volosjyns bezoek aan Balanivka. Majoor Lysenko, zijn plaatsvervanger Tatarin, het beschermingsteam van de SAS en zijn intiemste adviseurs. In totaal misschien een stuk of twaalf mensen. Mensen met onberispelijke referenties, die door de inlichtingendiensten grondig waren doorgelicht. Ze hadden allemaal laten zien niet-aflatend trouw aan hun leider te zijn.

Hoe wisten de Tsjetsjenen dan in godsnaam waar ze ons konden vinden, vroeg Carter zich af.

Maar hij wist het antwoord al.

Iemand had hun verteld waar de president zich bevond, besefte hij. Hun een tip gegeven. Dat was de enige verklaring voor de aanval, en dat kon slechts één ding betekenen.

We zijn verraden.

Twee

Credenhill, Herefordshire

Zevenentwintighonderd kilometer verderop, om precies tien uur 's morgens, stapte adjudant-onderofficier Steve Duncan de neutraal ingerichte vergaderruimte in op de eerste verdieping van het SAS-hoofdkwartier. De veertien kerels in de rijen goedkope stoelen zaten zwijgend te wachten terwijl de commandant van de Luchttroep, Squadron G recht op de lessenaar afliep. Zijn massieve armen zwaaiden langs zijn zij en zijn vuisten hadden de grootte van sloopkogels. Naast hem marcheerde een iets jongere kerel van eind dertig, slank als een windhond en met een ruig gezicht, gekleed in een zwarte spijkerbroek, geblokt overhemd en Timberlands. Zijn rommelige bruine haar begon aan de randjes al grijs te worden.

Onderofficier Jamie Carter, ooit de held van het Regiment en nu verbannen van Hereford, bleef naast Duncan achter de lessenaar staan en voelde een schok van opwinding.

Zes maanden geleden had het hoofdkantoor Carter in een verschoppeling veranderd. Ze hadden hem van zijn squadron verbannen, hem op langdurig verlof gezet en hem weg laten rotten. Dat was zijn beloning voor het eigenhandig aan het licht brengen van een samenzwering door losgeslagen medewerkers binnen de CIA, een voormalig Regimentslegende en het plan om draagbare atoombommen naar Taiwan te smokkelen. Hij had onderscheiden moeten worden voor zijn daden. In plaats daarvan hadden de hoge omes hem de mantel uitgeveegd en hem stevig gewaarschuwd. Als je dit aan iemand vertelt, nagelen we je aan het kruis.

Voor het eerst in zijn leven had Carter zijn mond gehouden. Hij ging akkoord met de voorwaarden en verliet diezelfde dag nog het kamp. De verstandige keuze. Hij wist dat het geen bluf was. Of hij speelde het spelletje mee, of hij werd aan de VS uitgeleverd vanwege moord. De executie van een CIA-ritselaar. Een straf van twintig jaar tot levenslang achter de tralies in een godvergeten gevangenis.

Vanaf dat moment had Carter afgewacht. Gedwongen verlof. Zijn dagen werden gevuld met zijn eigen administratie en zijn conditie op peil houden door straffe rondjes hardlopen door de heuvels vlak bij zijn bescheiden huis. Hij hield zichzelf scherp voor het moment waarop zijn vaardigheden weer nodig zouden zijn.

Met een half oog op zijn toekomst had hij contact opgenomen met een paar maten in de privébeveiliging. Oude collega's van Hereford die waren vertrokken om zichzelf in dat vak te vestigen. Bij een borrel had hij ze gepolst over aangenomen werk. Hij was er misschien naïef van uitgegaan dat de aanbiedingen voor een soldaat met zijn staat van dienst voor het oprapen lagen. Al snel was hij erachter gekomen dat de wereld was veranderd. De jongere knullen van het Regiment hadden een diploma en online cursussen in beveiligingsmanagement op zak. Cyberbeveiliging, bedrijfsspionage en het witwassen van geld waren een eitje voor ze. Vaardigheden waar Carter niet over beschikte.

Werkgevers wilden geen huurlingen. Getrainde moordenaars konden ze niet gebruiken. Ze wilden technici.

Als het hem echt zwaar te moede werd had Carter er spijt van dat hij niet eerder bij het Regiment was vertrokken. Tijdens de oorlogen in het Midden-Oosten was hij een jong Regimentslid geweest, in de tijd dat Uncle Sam Bagdad en Kaboel de democratie nog door de strot wilde drukken, en de centrale bank in Amerika daar de rekening voor betaalde. Sommige jongens op Hereford hadden een kans geroken rijk te worden, waren vroeg bij het Regiment vertrokken en hadden zich gevestigd als particuliere militaire aannemers in de beveiliging. Er gingen verhalen dat sommige kerels hun bedrijf later voor tientallen miljoenen dollars hadden verkocht.

Carter had de goudkoorts gemist. Hij was bij het Regiment gebleven. Achteraf bezien een stom besluit. Nu waren zijn vooruitzichten niet erg rooskleurig. Hij had geen specialistische kwalificaties: je kreeg geen diploma als jouw daden een terroristische aanval tegenhielden. Hij kon hooguit hopen op een contract bij een van de olieraffinaderijen. Vast werk, maar saai. Niet de carrière die hij na het verlaten van Hereford voor ogen had. Maar beter dan niets. Beter dan een hengst voor je harses.

Er waren nog achttien maanden over. Achttien maanden aan de kant, zichzelf bezighouden en zijn salaris van de commando's innen. Dan zou hij het kamp voor de laatste keer verlaten en zijn geluk in het burgerleven beproeven.

Maar toen was alles drie dagen geleden veranderd.

Carter was totaal onverwachts gebeld door de commandant van het Regiment, Peter Hardcastle, die Carter op zijn kantoor ontbood.

De volgende ochtend was hij naar de afspraak gegaan in de volle overtuiging dat hij te horen zou krijgen dat hij was ontslagen. De laatste nagel aan de doodskist van zijn carrière als Regimentslid. Tot zijn stomme verbazing had Hardcastle hem in plaats daarvan een reddingsboei toegeworpen. Overplaatsing naar Squadron G.

Nu was Carter plotseling van de koude straat geplukt. Klaar om weer te doen waar hij zo goed in was.

Soldaat zijn.

Terwijl Duncan op het punt stond het woord te nemen viel de stilte als een gordijn over de ruimte.

'Goed, jongens, voor we ter zake komen, we hebben een nieuwe in de Troep,' zei hij op nonchalante toon en in zijn stem klonk een zweem van zijn harde Glasgow-afkomst door.

Duncan werd evenzeer gevreesd als gerespecteerd. Hij was een legende binnen het Regiment, maar ook een gesloten boek. Niet iemand die aan koetjes en kalfjes deed of aan het eind van de training een biertje ging pakken. Af en toe had Carter Duncan in een van de plaatselijke kroegen in Hereford alleen aan een cola light zien nippen, maar je kreeg het gevoel dat hij iedereen vanuit zijn ooghoek in de gaten hield.

Hij gebaarde naar Carter en ging verder. 'Jullie kennen vast allemaal deze man uit Newcastle, onze eigen *Geordie*. Jullie vragen je ongetwijfeld af wat hij hier doet. Het blijkt dat Squadron D wel genoeg van hem had nadat hij zijn laatste missie had verkloot, dus hebben ze hem bij ons gedumpt.'

De meeste soldaten grinnikten enthousiast, maar een kerel achterin staarde Carter kil aan, zijn gezicht strak van amper verholen vijandigheid.

Eddie Rigg, een Regimentslid van het eerste uur, had lang, grijzend haar, een verwilderde baard en met ingewikkelde tatoeages overdekte armen. Met zijn donkere spijkerbroek, zwarte laarzen en T-shirt van Metallica leek hij wel een biker. Alleen het leren jasje ontbrak nog.

Naast hem zat een gedrongen man uit Fiji. Sekovi 'Sek' Vonolagi stamde af van de vorsten van het Regiment. Zijn vader en oom hadden beiden bij de Royal Green Jackets gediend, vroeger een infanteristenregiment van het Britse leger, voor ze zich bij het 22ste SAS aansloten. De vader van Sek had in de jaren zeventig bij de Slag om Mirbat in Oman gevochten en zijn oom had deelgenomen aan de bevrijding van de Iraanse ambassade en kwam later in actie op de Falklandeilanden. Het had niemand verbaasd dat Sek met het succesvol doorlopen van de selectieprocedure in hun voetsporen was getreden. Hij was een onbevreesde strijder en interesseerde zich buiten het Regiment maar voor twee zaken: rugby en familie. Fysiek was het een beest van een kerel, met een stierennek en dikke spieren, even breed als hij lang was. Zijn T-shirt spande als huishoudfolie om zijn biceps.

'Ga je ons iets nieuws leren, Geordie?' vroeg Sek. Hij grijnsde.

'Ja, hoe je het hoofdkantoor echt over de zeik krijgt,' antwoordde een gedrongen gestalte op de voorste rij.

Carter keek naar de spreker. Op het eerste gezicht leek Brad Hickey meer een *redneck* uit het Amerikaanse Zuiden dan een SAS-soldaat. Hij droeg een felrode baseballcap, pruimde tabak en had een tatoeage op zijn rechterarm van een opgerolde ratelslang met daaronder de woorden MAAK ME NIET KWAAD. Een paar jaar lang was Hickey op missie gegaan met de jongens van Delta Force en SEAL Team Six, en daardoor was hij nu een enorme fan van de Amerikaanse commando-eenheden.

Carter glimlachte vermoeid. Hij wist wat deze jongens dachten: ze denken dat ik hierheen ben gestuurd als straf, om me over de zeik te krijgen.

Iedereen kende zijn trieste verhaal. Dat hij in de nasleep van de Tadzjikistan-missie door de bazen was genaaid. Met zijn overplaatsing naar Squadron G haalden ze hem uit zijn vertrouwde omgeving, in de hoop een reactie bij hem uit te lokken. Hem zodanig provoceren dat hij amok maakte, zodat de machthebbers een excuus hadden hem de laan uit te sturen.

'Zo is het wel genoeg,' zei Duncan. Hij wendde zich tot Carter. 'Welkom bij het team, Geordie. Ik weet zeker dat je in de komende paar weken iedereen heel goed zult leren kennen. Ga zitten.'

Carter knikte en nam plaats op een lege stoel op de eerste rij. Hij zat klem tussen Hickey en Tom Farrell, een bedeesde kerel uit Ulster met een bos rood haar en een keurig bijgehouden baard. Farrell was een van de mannen die het langst bij het Regiment dienden en had een vrouw en vier kinderen. Hij zei zelden veel, maar was vlug van begrip en zijn humor was zo droog als een zak botten.

Duncan keek naar twee mannen die naast de lessenaar zaten. Carter herkende ze allebei van eerdere klusjes. De jongere man was Lyndon Grist, een lange inlichtingenofficier die van lezen hield en vanuit het Inlichtingenkorps aan het 22ste SAS was verbonden. Grist vormde de schakel tussen Hereford en de veiligheidsdiensten en was verantwoordelijk voor het voorbereiden van de dossiers voor het team. Naast hem zat Christopher Smallwood, de OPS-officier van het Regiment, hotemetoot van beroep van eind dertig met een terugtrekkende haargrens, gewelfde wenkbrauwen en een strenge manier van doen.

'Over naar jullie, jongens,' zei Duncan.

Lyndon Grist, de inlichtingenofficier, stond op en liep om de lessenaar heen, terwijl Duncan een stap opzij deed. Grist schraapte zijn keel en sprak de mannen toe. 'Heren, deze missie is een arrestatie op buitenlands grondgebied. Ik zal het achtergronddossier dat we van Six hebben gekregen met jullie doornemen, vragen beantwoorden en het woord dan aan Steve geven.'

Grist zweeg en tikte wat in op een laptop. Even later verscheen er op een van de enorme schermen aan de muur achter de lessenaar een foto. Carter zag een gestalte met opgeblazen gezicht, zilverachtig haar, een met grijs doorschoten baard en tot spleetjes geknepen ogen achter een bril zonder montuur. Een halvemaanvormig, roze litteken liep van zijn linker ooghoek naar beneden.

Grist zei: 'Deze man is jullie doelwit. Denis Viktorovitsj Gortsjakov. Russisch staatsburger, geboren in het vroegere Leningrad. Drieënvijftig jaar oud. Begon als eigenaar van een cateringbedrijf voor hij naar Moskou verhuisde. Volgens onze inlichtingen van Six is Denis Gortsjakov een van de machtigste figuren in Rusland. De afgelopen twintig jaar heeft hij een fortuin verdiend als accountant voor een aantal prominente oligarchen. Ook gaat het gerucht dat hij de persoonlijke bankier van de president is.'

'Tering, die is wel een paar centen waard,' zei Sek.

Grist zei: 'Six denkt dat Gortsjakov een van de rijkste mannen in Rusland is. Ze schatten zijn persoonlijk vermogen op ergens rond de drie miljard.'

Farrell floot. 'Zal ik je eens wat zeggen, Brad? Met zoveel poen maakt zelfs zo'n domme sukkel als jij kans op een beurt.'

Dat ontlokte een paar anderen joviaal gegrinnik. Hickey keek hem kwaad aan. 'Aan actie voor mij geen gebrek, maat. De vrouwtjes krijgen hier geen genoeg van.' Hij wees naar zijn kruis.

'Ze gaan in elk geval niet met je uit om je verbazingwekkende intellect, of wel soms?' grapte Farrell. Gelach verspreidde zich door de vergaderzaal toen de anderen meededen.

Sek snoof en zei: 'Zelfs als die Russische kerel barst van de poen, dan zal hij daar niet mee te koop lopen. Dat doet zijn soort nooit. Het geld zal veilig bij een Zwitserse bank liggen.'

Duncan glimlachte. 'In deze wereld is niets veilig, Eddie. Niet meer. Dat zou je toch moeten weten.'

'Gortsjakov is uitzonderlijk paranoïde,' bemoeide Grist zich ermee. 'Dat hoort erbij als je geld verhandelt voor types zoals de Russische president. Hij wist dat zijn vijanden hem op een dag zouden komen opzoeken.

Een paar jaar geleden begon hij diamanten op te kopen, kunstwerken, goudstaven. Alles wat hij direct in geld zou kunnen omzetten als hij er plotseling vandoor moest.'

Duncan zei: 'In feite zit onze kerel op een bulk verplaatsbare rijkdom. Spullen die hij bij de hand wil houden. Waarschijnlijk heeft hij ze ergens in een kluis op een van zijn landgoederen verborgen.'

'Vanwaar de interesse in deze kerel?' wilde Farrell weten. 'Heeft iemand in Whitehall hulp nodig bij het knoeien met zijn onkosten of zo?'

Grist antwoordde: 'Al zijn hele loopbaan investeert Gortsjakov namens zijn bazen met gestolen geld. Dat betekent dat hij op de hoogte is van alle smerige financiële geheimpjes van het Kremlin. Waar de contanten van de president verstopt zijn. Wat die bezit, waar het geld vandaan komt, wie er meedeelt in de vreugde, illegale activiteiten, criminele netwerken, corrupte handeltjes. Uiteraard interesseert

Vauxhall zich bijzonder voor wat hij weet.'

Sek streek nadenkend over zijn kaak. 'Weten we zeker dat deze kerel de persoonlijke bankier van de president is? Voor zover ik weet, had hij juist de scherpste kritiek op die man. Altijd loopt hij hem op televisie af te kraken.'

'Six denkt dat dat toneel is. Een rookgordijn, bedoeld om de ware aard van zijn relatie met de president te verhullen,' zei Grist.

Duncan glimlachte zuinigjes. 'Een tactiek kenmerkend voor het Kremlin. Misleiding. Doe of je maten voor de andere kant werken. Zo vermoedt niemand dat ze jouw vuile werk opknappen.'

'Je moet het de Russen nageven,' vond Farrell, 'ze zijn geslepen. Zelfs al zijn het een stel moordzuchtige klootzakken.'

Grist knikte en liet een hand door zijn dunner wordende haar gaan. 'Vauxhall had al zo zijn vermoedens over Gortsjakov. Ze wisten dat hij nauwe banden onderhield met de president, maar niet met zekerheid.

Totdat Gortsjakov zich in het openbaar uitsprak tegen de president. Dat riep een paar vragen op. Waarom probeerde het Kremlin hem niet het zwijgen op te leggen? Waar kwam al zijn rijkdom vandaan? Hoe meer onderzoek Six ernaar deed, hoe zekerder waren ze dat deze kerel het geld van de president beheerde.

De afgelopen maanden hield Gortsjakov zich gedeisd in Polen. Het officiële verhaal is dat hij Moskou is ontvlucht nadat de president zich tegen hem keerde. Six denkt dat de Russische president die stap in werkelijkheid met opzet heeft georganiseerd om Gortsjakov te beschermen.'

Hickey fronste. 'Maar als Gortsjakov de bankier van de president is, dan wil hij hem toch zeker in de buurt hebben?'

Grist schudde zijn hoofd. 'Binnen het Kremlin heeft de president een toenemend aantal vijanden,' legde hij uit. 'Mensen die Gortsjakov in handen willen krijgen. Eens een babbeltje met hem willen maken. Het is het beste voor hem om hem uit Moskou weg te houden.'

Duncan zei: 'Intern stijgt de oppositie tegen de president. Zijn positie is verzwakt door de oorlog in Oekraïne en zijn vijanden ruiken bloed. Nu bespreken hogergeplaatste Kremlin-functionarissen openlijk hoe ze van hem af kunnen komen.'

'Wat heeft dat met onze man te maken?' vroeg Hickey.

'Drie dagen geleden ontving Six betrouwbare informatie dat de FSB van plan is Gortsjakov uit zijn schuilplaats in Polen te halen. Ze gaan ervan uit dat ze hem zullen martelen tot hij zijn geheimen prijsgeeft en de president dan een ultimatum stellen: aftreden of je raakt alles kwijt.

In het licht van deze ontwikkelingen heeft Vauxhall zijn goedkeuring gegeven aan een operatie om Gortsjakov op te halen en hem naar Londen over te brengen. En daar komen jullie bij kijken.'

Carter vroeg: 'Wat is de locatie van het doel?'

Grist gebaarde naar Duncan. Die boog zich naar voren om op een van de laptops te rammelen. Onmiddellijk verscheen er een reeks afbeeldingen op de schermen aan de muur achter de lessenaar. Carter zag een satellietbeeld met lage resolutie van een groot, rechthoekig gebouwencomplex omgeven door een hekwerk, gelegen in een uitgestrekt, dichtbebost gebied. Dezelfde locatie was via *streetview* gefotografeerd en op een ander scherm was een foto van wat eenzelfde gebouw leek te zijn.

'Gortsjakov heeft vier panden in Polen in bezit, verspreid over het platteland,' zei Grist. 'Allemaal op afgelegen plekken, allemaal volgens dezelfde specificaties gebouwd, met dezelfde materialen. Dezelfde vloerbedekking, meubels, tuinen. Alles hetzelfde.'

'Tering, dat is wel erg extreem,' merkte Sek op.

'Misschien is het een aandoening,' suggereerde Hickey. 'Zoals OCD, of zoiets.'

'Zo erg dat hij vier keer hetzelfde huis laat bouwen?' Sek keek sceptisch.

'Dat kan,' antwoordde Farrell. 'Ik ken een kerel die beveiliger was van een Griekse scheepsmagnaat, een miljardair. Had over de hele wereld landhuizen. Volgens hem had die kerel in elk huis dezelfde pakken, horloges en schoenen. Hij liet zich een pak van Savile Row aanmeten, bestelde er vervolgens vijf en stuurde er naar elk huis één.'

'In welk huis zit Gortsjakov nu?' vroeg Carter.

'Geen van alle. Hij is op dit moment het land uit. Is voor het laatst in Genève gezien. We denken voor contact met klanten.'

Sek fronste. 'Hoe weten we dan welk landhuis ons doel is?'

'Dat weten we niet,' antwoordde Grist. 'Nog niet in elk geval. Maar we denken dat Gortsjakov op het punt staat naar Polen terug te vliegen.'

'Weten jullie dat zeker?'

Grist knikte. 'Gortsjakov gaat regelmatig naar Genève, om de paar maanden, om klanten te ontmoeten. Meestal gaat dat volgens hetzelfde patroon. Hij vliegt erheen in een privéjet, verblijft zes nachten in de presidential suite in het Grafton Hotel, waarna hij weer naar huis gaat. Ondertussen houden we de activiteit op zijn rekeningen in de gaten. Zodra daar niets meer gebeurt weten we dat hij zijn zaken heeft afgerond en teruggaat. En op dat moment volgen we de koers van zijn privéjet. Uit de bestemming kunnen we dan opmaken in welk pand in Polen Gortsjakov verblijft.'

'Wanneer krijgen we groen licht voor de arrestatie?' wilde Carter weten.

'Jullie wachten tot we de officiële bevestiging hebben dat Gortsjakov in zijn huis zit. Die komt van onze vrienden in Cheltenham. Die houden het internet- en telefoonverkeer op alle vier de locaties in de gaten. Zodra hij inlogt op een computer of zijn telefoon of vaste lijn gebruikt weten we dat. Dan vliegen jullie erheen en grijpen het doelwit.'

'Niet echt ideaal. Weinig tijd om ons voor te bereiden.'

Grist verschoof iets en haalde zijn schouders op. 'Het is niet anders. We mogen niets doen wat de aandacht van Gortsjakov kan trekken. Als hij doorheeft dat hij in de gaten wordt gehouden, wordt hij bang en dan is de kans heel groot dat hij onderduikt.'

'En zijn beveiligers?' vroeg Farrell met zijn zachte Belfast-accent.

'Zijn beveiligingsteam bestaat uit acht man. Zonder hen gaat Gortsjakov nergens heen. Als ze over de weg gaan rijdt hij in een Rolls-Royce Phantom met zijn beveiligers in een stel G Wagons voor en achter zich.'

'Pools?'

'Russisch. Vroeger bij de Spetsnaz, dus die weten van wanten. En natuurlijk gewapend.'

'Weten we hoe ze te werk gaan?'

'Volgens onze bron patrouilleren vier mannen over het terrein als de baas daar de nacht doorbrengt. Er staan te allen tijde twee mannen bij de poort geposteerd. We mogen aannemen dat er zich nog eens twee mannen in het pand bevinden om hun baas te bewaken of een dutje te doen.'

'Wie is die bron?' wilde Carter weten.

'Een van de dienstmeisjes. Ze is een paar maanden geleden de laan uit gestuurd en heeft haar heil in het VK gezocht. Six merkte haar op toen ze haar vorige werkgever op een sollicitatie vermeldde.'

'Waarom zou ze haar oude baas willen verraden?'

'Dat is iets persoonlijks. Ze beweert dat Gortsjakov zijn personeel schandalig behandelt. Diensten van zestien uur, vieze onderkomens, geen stromend water of elektriciteit. Sommige meisjes werden regelmatig misbruikt.'

Farrell zei: 'We moeten die klootzak opsluiten in plaats van hem op kosten van de belastingbetaler een nieuw leven te geven.'

'Weet je het dan niet, Tom? Misdaad loont.' Sek grinnikte. Geginnegap verspreidde zich door de kamer.

Grist zei: 'De informatie van het dienstmeisje klopt. Ze is te vertrouwen.'

'Heeft hij ook plaatselijke beveiligers? Poolse politie, veiligheidsdiensten, zoiets?' vroeg Carter.

'Voor zover wij weten niet. Gortsjakov verlaat zich het liefste op mannen die hij zeker kan vertrouwen.'

'Nog iemand anders in het huis?' wilde Sek weten. 'Vrouw en kinderen?'

Grist schudde beslist zijn hoofd. 'Gortsjakovs gezin zit nog steeds in Rusland. De president houdt hen daar als onderpand. Om ervoor te zorgen dat Gortsjakov zich niets in het hoofd haalt. De enige andere bewoners zijn de bedienden.'

'Heeft hij een bunkerkamer?'

Carter wierp een blik over zijn schouder. De vraag was afkomstig van Eddie Rigg, de motorfanaat met de lange baard. Rigg had zich tot dan toe stil gehouden tijdens de briefing, maar nu leek hij met levendige belangstelling naar de beelden op de schermen te kijken.

'Goede vraag,' zei Duncan. Hij keek naar Grist. 'Lyndon?'

Grist antwoordde: 'Voor zover wij weten wel. Het dienstmeisje heeft bevestigd dat er zich een bunkerkamer op de tweede verdieping van elk pand bevindt. Die gebruikt Gortsjakov voornamelijk om zijn buit op te slaan. Het zijn veredelde kluizen.'

'Details?' vroeg Sek.

'Daar wordt op dit moment naar gekeken.'

Rigg zei: 'We moeten alles over die ruimtes te weten komen voor we erheen vliegen. Hoe dik de muren zijn, wat voor deuren er zijn en of er binnen leidingen lopen en elektriciteit is.'

'En over wat voor soort sloten ze beschikken,' vulde Sek aan.

Carter wierp hem een blik toe. 'Wat maakt dat nou uit?'

'We pakken het gewoon grondig aan, Geordie. We willen toch niet voor vervelende verrassingen komen te staan als we eenmaal binnen zijn, of wel soms?'

Carter staarde hem aan, maar zei niets.

Duncan zei: 'Als we het doelwit eenmaal hebben, dragen we hem over aan Six. Die gaat hem uitgebreid ondervragen om erachter te komen wat hij weet.'

'Dan laten we het bier komen,' merkte Farrell op.

Hickey staarde hem met opgetrokken wenkbrauwen aan. 'Mag je op jouw leeftijd wel drinken, Tom? Tering, je bent zo oud dat je waarschijnlijk nog op de Ark hebt gezeten.'

'Ik trakteer wel op een 0.0, sukkel.'

Farrell en Hickey lieten allebei een ontspannen lach horen. Maar Carter luisterde niet.

Hij vroeg zich iets af.

'Waarom zoveel heisa om die kerel?' wilde hij weten. 'Wat kan het Six een reet schelen of een of andere Russische accountant een stel plattelandshuizen en jachten voor zijn baas koopt?'

De inlichtingenofficier draaide zich naar Smallwood. De OPS-officier zei: 'Gortsjakov is de ritselaar voor de Russische elite. Hij is de kerel die de aankoop van het superjacht voor de president heeft geregeld en van zijn paleis aan de Zwarte Zee. Miljarden dollars aan bezittingen. Britse functionarissen die het geliefde jacht van de president in beslag nemen, dat is fantastische propaganda. Dat maakt hem te schande. Zorgt ervoor dat hij in de ogen van zijn eigen volk zwak overkomt.'

'Het kan er ook voor zorgen dat men zich in het Kremlin verenigt,' vulde Grist aan. 'Misschien denken de overgebleven financiers dan nog eens na over hun positie als ze menen dat hun bezittingen gevaar lopen.'

'En als het doelwit zich verzet bij de arrestatie?' vroeg Carter zich af.

Smallwood keek hem rustig aan en zei: 'Six wil Gortsjakov levend in handen krijgen. Geen ge-stel of ge-fucking-maar. Als de baas zich verzet, dan doen jullie al het nodige om hem in bedwang te houden. Maar zorg ervoor dat hij nog ademt als je hem meeneemt. Anders kun je een carrière bij dit squadron wel vergeten, Geordie.'

Even later sloot Grist de inlichtingenbriefing af. Vervolgens Duncan naar voren om te melden dat er nu een korte pauze was. Grist en Smallwood liepen naar buiten, terwijl Carter, Rigg en de rest van het team naar een tafel achterin slenterden. Er waren borden met broodjes neergezet, een berg snacks en vers fruit, en roestvrij stalen ketels met koffie en thee. Carter schonk een kop thee in, greep een broodje met ham en kaas en kletste met een paar andere jongens. Het waren de koetjes en kalfjes die gebruikelijk waren op Hereford. De jongens wisselden geruchten uit over Regimentsleden die onlangs bij de eenheid waren vertrokken. Welke baan ze nu hadden, hoeveel ze naar verluidt verdienden. Onlangs had een voormalig veteraan uit de Golfoorlog zich van het leven beroofd. Sek klaagde dat hij de rugbywedstrijd in Twickenham de volgende week zou mislopen. Hickey ging tot vervelens toe door over de reis die hij pas naar Florida had gemaakt om zijn nieuwe beste vrienden van Delta te ontmoeten. Op een dag zouden ze samen zaken gaan doen, aldus Hickey. Hun eigen training ontwikkelen. Hickey had grootse plannen voor zijn leven na het Regiment. Blijkbaar ging hij in Amerika een nieuw leven opbouwen. Hij zou zijn rijtjeshuis verkopen, een flat in Tampa kopen en rijk worden. Hij stond te popelen.

Vanaf de andere kant van de ruimte staarde Rigg Carter aan, de blik in zijn ogen zo kil als vloeibare stikstof. Carter vroeg zich af waarmee hij deze kerel over de zeik had gejaagd. Misschien wel nergens door. Misschien vond Rigg hem gewoon niet aardig.

Dat kwam voor op Hereford. Je leefde in een klein wereldje en bracht al je tijd door in een kleinschalige patrouille-eenheid, omgeven door een stel kerels met een sterke persoonlijkheid. Soms klikte het gewoon niet tussen mensen.

Maar toch leek het vreemd.

Twintig minuten later beende Duncan samen met Grist en Smallwood de ruimte weer in. De mannen van de Luchttroep gingen weer zitten voor de operationele briefing. Daarin werden logistiek, tijden, locaties en uitrusting besproken. Alles wat ze moesten weten om de aanval tot in detail te kunnen plannen.

'We stijgen op vanaf de luchtmachtbasis Ramstein in Duitsland,' zei Duncan. 'Na de landing vindt er een planningsbriefing plaats. Dan is het een kwestie van wachten op bevestiging dat Gortsjakov zich ter plaatse bevindt. Zodra we groen licht krijgen, gaan we direct aan boord van de Black Hawks.'

Hickey vroeg: 'Reisduur naar het doelwit?'

'Ergens tussen veertig minuten en twee uur, afhankelijk van welk pand jullie aanvallen. Op een luchtmachtbasis onderweg in het westen van Polen nemen jullie nieuwe brandstof in.'

'Wat zijn de richtlijnen voor het treffen?' wilde Farrell weten.

'Schakel alle beveiligers uit die het vuur proberen te beantwoorden, pak de rest en ga zo snel mogelijk weer weg.'

Smallwood kuchte en zei: 'Six wil heel graag dat deze missie soepel verloopt. We willen niet in een situatie terechtkomen waarin we onze Poolse vrienden moeten uitleggen wat er is gebeurd. Of, god verhoede, dat onze mensen door de Poolse politie worden geraakt.'

'Jullie gaan er ook neutraal in,' merkte Duncan op. 'Dat wil zeggen, standaarduniformen. Geen ordetekens of insignes. Niets waaraan jullie herkend kunnen worden. Dat geldt vooral voor jou,' voegde hij daaraan toe met een boze blik op Hickey.

'Ik?' Hickey zette een onschuldige blik op. 'Wat heb ik in jezusnaam nou weer gedaan, baas?'

'Die ordetekens die je draagt. Die stomme regimentspenning die je overal mee naartoe neemt – die met de gevleugelde dolk erop. In het Land of the Free hebben ze dan misschien geen bezwaar tegen die zooi, maar zolang je bij mijn team zit, laat je die rommel in je kluisje liggen, knul.'

Carter vroeg: 'Wanneer vliegen we?'

'Over twee dagen,' antwoordde Duncan. 'Een paar dagen voordat Gortsjakov naar verwachting zijn besprekingen met zijn klanten in

Genève afsluit. We vertrekken stipt 0600 uur. Heli naar Brize Norton, dan vliegen we verder naar Duitsland.'

De bespreking duurde nog tot het begin van de middag. Er volgde een lange discussie over de uitrusting die ze voor de klus nodig zouden hebben. Explosieven, geweren, snijspullen. Toen liep Duncan de kamer uit. Twee minuten later kwam hij terug met een kerel van 18 Signals. Jacob Moody was een gevechtscommunicator die eruitzag als een triatleet, slank en pezig. Hij nam met het team de technologie door die ze bij de operatie zouden gebruiken. Communicatieapparatuur, afluisterspullen, drones, camera's. Moody gaf aan dat er tijdens de gehele missie een rechtstreekse verbinding zou zijn tussen Ramstein en het hoofdkwartier in Cheltenham, waardoor de jongens elke minuut over informatie konden beschikken over wat er in het bolwerk gaande was. Ook zou Moody met het team meegaan naar Duitsland, zodat ze voor het opstijgen eventuele technische probleempjes konden verhelpen.

Daarnaast zou elke militair voor vertrek een lokale simkaart in zijn telefoon doen in plaats van zijn eigen. Een tijdje terug had Whitehall ontdekt dat agenten van het Kremlin in het geheim wifi-apparaten van Pineapple op diverse plekken op de basis in Credenhill hadden geplaatst. De Pineapples waren kleine, massaal geproduceerde apparaatjes waarmee hackers in het geheim informatie konden verzamelen van iedereen die op een openbaar wifi-netwerk inlogde.

Naar verluidt hadden de Russen op diverse andere locaties Pineapples geïnstalleerd: Cheltenham, Vauxhall, het SBS-kamp in Poole. In theorie konden ze de van de telefoons vergaarde data gebruiken om Brits personeel te herkennen en te volgen dat in Oekraïne werkte. Als gevolg daarvan hoorde het omwisselen van je simkaart nu bij de standaardprocedure voor een operatie voor alle Regimentsmannen op missie op het vasteland.

Zodra Moody klaar was met zijn technische briefing, kwam Duncan naar voren. 'Oké, jongens, we hebben de belangrijkste dingen wel besproken. Als er nog iets is voor we vertrekken laat ik het weten. Raap ondertussen je uitrusting en wapens bij elkaar. Verder nog vragen?' Hij keek de ruimte rond en knikte toen. 'Goed. Dan stel ik voor dat jullie opschieten. We vertrekken over twee dagen.'

Drie

De volgende dag meldden Jamie Carter en de rest van het team zich om twee uur 's middags bij de hangar van Squadron G, gelegen aan het ene eind van het kamp in Credenhill. In de spelonkachtige ruimte gonsde het van de activiteit terwijl de soldaten hun uitrusting controleerden en inpakten voor hun vlucht naar Ramstein de volgende ochtend. Glock-pistolen en L119A2-geweren werden tot losse onderdelen uit elkaar gehaald en schoongemaakt om ervoor te zorgen dat ze naar behoren functioneerden. Gevechtshelmen, pilotenhandschoenen, knie- en elleboogbeschermers en draagvesten werden in legerrugtassen gepakt. Iedere man had ook tourniquets en noodverband bij zich, dempers voor hun belangrijkste wapens, nachtbrillen, een verschuifbaar roodpuntvizier, flitsgranaten, L2-granaten, rookbommen, diverse paren plasticuffs en vijf extra magazijnen met munitie: 5.56 x 45 mm NAVO-kogels voor de L119A2's, 9-mm kogels voor de halfautomatische Glocks.

In een hoek van de hangar stond Eddie Rigg een hydraulische koevoet te controleren: een paal van anderhalve meter met twee metalen kokers aan de ene kant die wijder werden als ze tussen een smalle opening tussen de omlijsting en de deur werden geduwd. Door de daaruit volgende kracht werd alles naar buiten geduwd, zodat degene die het apparaat vasthad de deur gemakkelijk los kon maken van de omlijsting. Essentieel voor elk invalsteam.

Aan een tafel vlakbij zat Sek een stapel explosieven met holle lading in elkaar te zetten waarmee ramen en deuren opengeblazen konden worden. De potige man uit Fiji werkte systematisch en verbond de stroken ontstekingskoord met brokjes C4-explosieven ter grootte van sigarettenpakjes. Het koord en de C4 werden aan dunne stukken elektriciteitsdraad geregen. Op tafel lagen rollen zwart dubbelzijdig plakband en twintig ontstekers van Claymore waarmee de explosieven tot ontploffing konden worden gebracht.

Vlakbij testte Hickey een metaaldetector, zo eentje die werd gebruikt om landmijnen op te sporen, met de vorm van een strimmer, een log bedieningsgedeelte en een uitschuifbare staaf met daaraan een zoekkop. Al kauwend op zijn Skoal-tabak haalde Hickey de detector uit elkaar en begon hij de losse onderdelen in de draagtas te stoppen.

Terwijl Carter zijn wapens controleerde ving hij een glimp op van Farrell met een thermische lans. Dat was een vernuftig stuk gereedschap, een draagbare cilinder onder druk, gevuld met zuurstof, bevestigd aan een stuk kabelbinder. De Britse commando's werkten er graag mee. Het was een ideaal apparaat om door stalen deuren te snijden of als je binnen een paar seconden door metalen staven voor een raam heen moest.

Op de vloer lagen nog twee thermische lansen. Farrell zag dat Carter naar hem keek en keek op. 'Scheelt er iets aan, Geordie? Of geniet je gewoon van mijn uiterlijk?'

'Waarom nemen we die mee?' Carter gebaarde naar de thermische lansen.

'Back-up, knul. Voor het geval we het doelwit uit zijn bunkerkamer moeten snijden.' Hij klopte op de cilinder en grijnsde een rij scheve, gele tanden bloot. 'Of moet ik uitleggen hoe we een ruimte binnengaan?'

Voor Carter daarop kon reageren legde Duncan zijn Glock neer en beende naar hen toe. 'Is er wat, Geordie?'

Carter zei: 'Waarom hebben we drie lansen nodig? Eentje is meer dan genoeg voor deze klus.'

‘Het kan toch geen kwaad om op het ergste voorbereid te zijn, of wel? Beter dan improviseren zoals je oude maten in Squadron D doen.’

Carters spieren spanden zich. Farrell en Duncan lachten allebei.

‘Ik heb nog nooit drie lansen nodig gehad voor een arrestatie,’ merkte Carter rustig op. ‘Of een metaaldetector.’

Duncan haalde zijn schouders op. ‘Bij Squadron G doen we het anders,’ zei hij.

‘Daar begin ik achter te komen.’

Duncan zette een stap naar hem toe en ging over op een lage grom. ‘Wat wil je daarmee zeggen, maat?’

Carter wees naar de stapel explosieven die Sek in elkaar had gezet en zei: ‘Dat moeten wel twintig holle explosieven zijn. Bij een aanval op een huis gebruikten onze jongens er nooit meer dan twee of drie. Het lijkt meer op de voorbereidingen voor een bankoverval dan een arrestatie. En waarom hebben we in jezusnaam een metaaldetector nodig?’

Er kwam een schittering in Duncans ogen. ‘Voor het geval je het bent vergeten: we hebben opdracht gekregen alle inlichtingen te vergaren die het doelwit in zijn hol heeft. Laptops, telefoons, harddrives. Die Russen zijn allemaal hetzelfde. Gladjakkers. Als hij ons door de voordeur hoort breken probeert hij misschien zijn hardware weg te stoppen.’

Beslist schudde Carter zijn hoofd. ‘We hebben al die spullen niet nodig. Dat is onnodige ballast.’

De leider van het team wierp hem een vuile blik toe. ‘Nou moet je eens luisteren, domme sukkel,’ zei hij kil. ‘Al zes jaar trappen de jongens en ik deuren in. We hebben een berg invallen gedaan in Irak en Afghanistan. We weten wat we doen. Dus jij hoeft ons niet te vertellen hoe we ons werk moeten doen. Begrepen?’

Carter ontmoette met strakke kaak de blik van de Schot. Door de hele hangar hadden de andere twaalf mannen hun bezigheden gestaakt om naar hem te kijken. Net schoolkinderen die een knokpartij verwachtten. Het logische deel van zijn hersenen zei hem er niet tegenin te gaan.

Je zit pas vijf minuten bij Squadron G, waarschuwde de stem hem. Dit is je kans om je carrière te redden. Verknal het niet.

'Jij beslist, Steve,' mompelde hij.

'Aye, reken maar.'

Nog even bleef Duncan hem aanstaren. Toen draaide hij zich om en liep weg.

De andere jongens gingen weer aan het werk; Carter richtte zijn aandacht op zijn spullen. Maar hij kon het zweempje twijfel niet negeren dat sinds de briefing in zijn hoofd was opgedoken.

Goed, elk squadron deed de dingen op zijn eigen manier. In tegenstelling tot het populaire beeld dat in de media werd geschetst van het Regiment wisselden de standaardprocedures voor een operatie per team. Kennis die in het veld werd opgedaan werd door oudgediende onderofficieren van de ene op de andere groep overgedragen: de mannen die de geestelijke basis vormden van de SAS. De beste soldaten pasten zich aan de situatie aan waar ze mee te maken kregen. Een subtiel verschil in de manier waarop elk squadron een probleem aanpakte was niet ongewoon.

Dus misschien was het niets, zei Carter tegen zichzelf. Misschien zorgden Duncan en zijn mannen gewoon voor een gedegen voorbereiding.

Maar misschien ook niet.

Een half uur later hadden de mannen hun spullen ingepakt. De OPS-bagage ging in een afgesloten ruimte, klaar om de volgende ochtend zo in de Chinook geladen te worden. Toen liepen ze kletsend en grappend de hangar uit, langs de helipad en naar het parkeerterrein een stukje verderop.

Toen Carter dezelfde kant op wilde lopen riep Duncan hem. Hij draaide zich om en zag de plompe Schot op zich afkomen.

'Alles koek en ei, Geordie?'

Carter trok een gezicht. 'Jezus, Steve. Ik ben verdomme geen sneeuwvlokje.'

Duncans gezicht ontspande zich tot een warme glimlach. Met een duim wees hij naar de hangar. 'Luister, ik weet dat al die uitrusting overdreven lijkt. Maar we willen er gewoon voor zorgen dat we niet half beslagen ten ijs komen. Je weet wel hoe dat gaat.'

'Het zit wel goed,' zei Carter.

Even viel er een stilte en keek Duncan de jongere man aan. Toen zei hij zachtjes: 'Ik weet waarom je hier bent, vriend. Ik heb de verhalen in het roddelcircuit gehoord.'

Carter zweeg.

Duncan ging door: 'Het is godsallemachtig respectloos zoals het hoofdkantoor je na die aanval in Mali aan de kant heeft gezet. Je had een lintje moeten krijgen voor wat je daar hebt gedaan.'

Carter haalde zijn schouders op. 'Het is niet anders.'

Duncan schraapte zijn keel en zei: 'De jongens en ik treffen elkaar later in de White Horse. Paar biertjes pakken. Dat is een beetje een traditie binnen de Luchttroep, de avond voor we op missie gaan. Als je zin hebt, we zijn er vanaf acht uur.'

Carter dacht: deze jongens zouden professionals moeten zijn. In plaats daarvan zitten ze de avond voor een missie in de kroeg. Maar hij besloot niets te zeggen. Het begin met zijn collega's was al niet zo best geweest.

In het verleden ben je door je rappe tong al vaak genoeg in de problemen gekomen, sprak hij zichzelf in gedachten toe.

'Ga gerust mee,' ging Duncan verder. 'Maar voel je niet verplicht of zo. Ik weet dat het niet echt jouw straatje is, Geordie.'

Hij glimlachte, maar Carter merkte dat zijn toon iets vreemds had. De onuitgesproken opmerking dat zijn aanwezigheid bij de zuippartij voor de missie van het team niet helemaal zou worden gewaardeerd.

Dat vatte Carter niet persoonlijk op. Hij zat al lang genoeg bij het Regiment om te weten hoe het zat. Hij was beschadigde waar. Een waarschuwing voor de rest. De ene minuut was je favoriet van het hoofdkantoor, de held van het Regiment. De volgende niet meer, om welke reden dan ook, en liep iedereen plotseling met een boog om je heen. Dat had hij in het verleden bij anderen gezien. Goede soldaten wier carrière te lijden had gehad omdat ze de hoge omes over de zeik hadden gejaagd.

Carter had geen zin om mee de kroeg in te gaan. Er was een tijd geweest dat hij van die kant van het Regimentsleven genoot. Gezellig een pilsje pakken met zijn maten, na sluitingstijd een partijtje knokken met de buurtbewoners buiten de shoarmatent. Maar toen was hij ruw wakker geschud. Een van de veteranen had Carter onder zijn hoede genomen en hem laten zien hoe belangrijk het was zich helemaal te geven om een elite-operator te worden. Tegenwoordig was Carter nogal een eenling. Hij was liever alleen dan dat hij zich in een vuige pub bezatte met een paar idioten.

'Bedankt,' zei hij. 'Graag een volgende keer. Ik moet mijn eigen administratie bijwerken.'

'Tuurlijk, Geordie. Helemaal prima.' Opgewekt sloeg Duncan hem op de schouder. 'We zien je morgenvroeg, knul.'

Duncan draaide zich om en liep naar zijn antracietkleurige Range Rover. Rigg en Hickey gingen naar hun eigen Harley-Davidson. De twee jongens waren allebei dol op hun motor en hadden het altijd over speciale nieuwe accessoires voor de Harleys of bladerden door een exemplaar van *Motorcycle News*.

Carter keerde de anderen de rug toe en vouwde zich achter het stuur van zijn s90. Hij verheugde zich op een rustig avondje thuis. Misschien een wandeling door de heuvels en dan een paar uurtjes lezen voor hij ging slapen. Hij wilde de biografie van Alexander de Grote graag uitlezen. Beter dan de hele avond in een café luisteren hoe Hickey, Rigg en de rest van de jongens van de Luchttroep onzin uitkraamden.

Hij startte de motor en draaide de parkeerplaats af.

Twaalf minuten later kwam Carter bij zijn huis aan, een paar kilometer buiten Credenhill. Soepel liet hij de Volvo aan het einde van de grindoprit tot stilstand komen en liep naar de voordeur.

Net wilde hij de sleutel in het slot steken, toen zijn telefoon trilde. Carter haalde het toestel tevoorschijn en keek naar het scherm. Anonieme beller.

Hij deed een stap naar achteren en veegde over het beschadigde scherm om op te nemen.

Aan de andere kant klonk een barse stem. 'Geordie, met Phil Greening.'

Carter verstijfde.

Majoor Phil Greening was onderbevelhebber van het Regiment, een keiharde oudgediende van Squadron G met twintig dienstjaren achter de rug. Een ex-soldaat schopte het niet vaak tot de bovenste regionen van de SAS; dat leverde hem het volledige respect van zijn gelijken op. Maar hij was er niet het type naar om voor een praatje te bellen. Wat Greening ook van hem wilde, het moest slecht nieuws zijn.

Wat heb ik nu in godsnaam weer gedaan, dacht Carter.

'Luister, Geordie, ik moet met je praten.' Geen vraag, maar een eis.

Tussen zijn opeengeklemde kaken door slaakte Carter een zucht. 'Oké. Wanneer?'

'Vanavond. Om zeven uur in de King's Arms vlak bij Madley. We drinken een biertje en dan leg ik alles uit.'

'Hoezo? Waar gaat dit over?'

'Dat kan ik nu niet zeggen. Niet aan de telefoon. Zorg gewoon dat je er vanavond bent. Begrepen?'

'Duidelijk.'

'En Geordie?'

'Ja?'

'Geen woord hierover tegen iemand anders.'

De King's Arms was een ouderwetse kroeg gevestigd in een vervallen stenen gebouw, bijna tien kilometer van Hereford. De kroeg had decennia geleden al zijn beste tijd gehad. De verf bladderde af, voor de ramen hing vuile vitrage. Op een bord buiten werd beloofd dat je binnen 'goed eten en koud bier' kon krijgen. In Carters ogen legde dat de lat aardig hoog. Hij zette de Volvo op het parkeerterrein en beende naar de ingang. Zeven uur 's avonds. De schemer viel over het landschap. In de verte strekte een streep loodkleurige wolken zich over de horizon uit.

Carter wist dat hij in de shit zat. Dat moest de reden zijn dat Greening rechtstreeks contact met hem had gezocht.

Ik weet niet wat ik deze keer fout heb gedaan, dacht hij. Maar het lijkt wel of ik tegenwoordig maar een voet in het kamp hoef te zetten of ik jaag iemand over de zeik.

Hij haalde diep adem en liep de bar in.

Binnen zag het eruit als iets uit een documentaire over gangsters. Rafelige vloerbedekking met brandgaten van sigaretten, barkrukken met fluwelen zittingen, donkerhouten lambrisering en beschadigd meubilair. De stank van verschaald bier was zo sterk dat je er waarschijnlijk dronken van kon worden. Op een flatscreentelevisie aan een van de muren waren de rugbyhoogtepunten te zien. Aan de bar zat een handjevol klanten. Oude mannen met opgeblazen gezichten en pakjes shag die goedkoop bier dronken terwijl ze de tips van de bookmakers scanden in de sensatieblaadjes.

Dat de eigenaren de tent open konden houden was voor Carter al net zo'n mysterie als de Bermudadriehoek en de aantrekkingskracht van social media.

Carter speurde de gezichten van de drinkers af en zag Greening aan een tafeltje achterin een pul Guinness drinken. Tegenover hem zaten twee mensen met hun rug naar Carter toe. Een man en een vrouw.

Carter liep recht op het tafeltje af en vroeg zich af wat er in godsnaam gaande was.

Greening stond op ter begroeting. De onderbevelhebber van het Regiment ging onberispelijk gekleed in een jasje van Barbour, poloshirt, donkere spijkerbroek en legerschoenen. Zijn haar leek wel staaldraad en zijn borstelige wenkbrauwen doken in een hoek naar beneden zodat ze een opvallende v boven zijn neusbrug vormden. Voor zijn leeftijd was hij goed in vorm, slank en gespierd. De huid op zijn gezicht zat zo strak dat die elk moment leek te kunnen barsten.

'Geordie. Fijn dat je er bent,' zei Greening. Ze schudden elkaar de hand.

'Dit is Alex Maitland,' ging hij verder met een gebaar naar de vrouw. 'Ze zit bij Five.'

Carter liet zijn ogen over de MI5-medewerker gaan. Een zwarte vrouw van halverwege de dertig, met achterovergekamd bruin haar en hoge junkbeenderen die omlaag bogen naar bloedrode lippen. Ze droeg een broek met wijde pijpen en een blazer over een effen wit werkhemd. Waarschijnlijk van een grote winkelketen uit het middenklassesegment. Met het salaris van een Five-medewerker kon je je niets luxers veroorloven. Ze had een verfijnde manier van doen, maar Carter voelde dat daar hardheid onder lag. Alsof ze uit schijnbaar fragiel, maar onverwoestbaar materiaal vervaardigd was.

'Prettig kennis te maken,' zei Maitland met een stem die niet verried uit welk deel van het land ze kwam.

Greening gebaarde naar de kerel naast Maitland, een kwabbige kerel in een slobberig pak. Hij leek zo'n tien jaar ouder dan Maitland en ongeveer vijftig kilo zwaarder. Op zijn verder kale schedel plakten een paar plukken grijzend haar.

'Mark Sutton,' stelde Greening hem voor. 'Van onze vrienden bij de afdeling Zware Criminaliteit van de Recherche. Mark zit bij de eenheid voor georganiseerde misdaad. Mark, dit is Geordie.'

Sutton knikte ter begroeting. 'Alles goed, kerel?'

Carter staarde hem uitdrukkingsloos aan en keek toen vragend naar Greening. 'Wat is er in jezusnaam aan de hand, Phil?'

'Ga zitten, Geordie. Wil je iets drinken? Bier? Cola?'

Carter schudde zijn hoofd. 'Ik hoef niets.'

'Wat je wilt.'

Carter nam plaats op de lege stoel naast de majoor van het Regiment en pijnigde zijn hersenen over wat hij gedaan kon hebben om zich de woede van de veiligheidsdiensten en de politie op de hals te halen.

Greening zette zijn Guinness neer en liet zijn vlezige handen op zijn schoot rusten. 'Hoe bevalt het je in Squadron G?' vroeg hij.

'Best,' antwoordde Carter ongeduldig. 'Maar ik zit er pas vijf minuten bij.'

Vanuit zijn ooghoek zag hij dat Maitland en Sutton hem allebei nauwlettend in de gaten hielden.

'En de andere jongens? Kun je het een beetje met ze vinden?'

'Volgens mij wel. Waar gaat dit over, Phil?'

Carter had een pesthekel aan beleefde praatjes. Hij kwam liever meteen ter zake, zonder al dat gelul eromheen.

Maitland vroeg: 'Heb je weleens gehoord van de groep die zichzelf de Steel Reapers noemt?'

'Zegt me zo niks. Hoezo?'

'Dat is een motorclub die binnen de SAS opereert,' legde Maitland uit. 'Alleen militairen in actieve dienst mogen lid worden. Het is een klein groepje van enkele tientallen leden.'

'Onder wie een paar van je nieuwe vrienden bij de Luchttroep,' vulde Greening aan. 'We weten dat Steve Duncan en Eddie Rigg in elk geval deel van de club uitmaken. Misschien Brad Hickey ook. Samen met nog een paar andere jongens. Duncan is zelfs een van de oprichters.'

'Fijn voor hem.'

Maitland zei: 'Het gaat bij de Reapers zoals bij een echte motorbende. Er is een *sergeant at arms*, een president, een clubhuis. Nieuwe leden moeten een eed zweren voor ze hun penning krijgen. En ze hebben het nooit met buitenstaanders over hun activiteiten. Zoiets als de Vrijmetselaars. Daarom heb je dus nog nooit van ze gehoord.'

'Het klinkt misschien als een slechte heavymetalband,' zei Sutton. 'Maar laat je niet in de luren leggen. Het zijn gevaarlijke lui.'

Carter wierp een blik op de kerel van Zware Criminaliteit. Hij had de verslagen uitstraling van iemand die het nooit verder dan de laagste treden van zijn beroepsgroep had geschopt en wist dat het vanaf nu allemaal bergafwaarts zou gaan. Meteen kwam hij tot de conclusie dat Maitland de hogergeplaatste van de twee was. Een jonge vrouw die het ging maken. Misschien wel een toekomstig algemeen directeur van de interne veiligheidsdienst.

'Hoe dat zo?' wilde Carter weten.

Maitland antwoordde: 'We hebben reden om aan te nemen dat de Reapers contacten onderhouden met criminelen die binnen het VK opereren. In het bijzonder een motorbende met vermoedelijke banden met de georganiseerde misdaad. Ze noemen zichzelf de Blood Kings.'

Carter verstrakte. Een hol gevoel verspreidde zich door zijn borst. 'Wat doen die?'

'Gestolen goederen helen,' zei Sutton. 'Dat is één aspect. Maar het is mogelijk dat ze ook bij een hoop andere dingen betrokken zijn. Drugsverkeer, afpersing, moord.'

'Jezus christus.'

Hij wist dat sommige kerels op Hereford gek op hun motor waren en er deden geruchten de ronde dat een aantal jongens een onofficiele club had opgezet. Carter had altijd aangenomen dat ze in hun vrije tijd aan hun vintage tweewielers sleutelden en in motorpak over plattelandsweggetjes scheurden. Maar hij had niet gedacht dat ze zich met figuren uit de georganiseerde misdaad zouden inlaten.

Hij schudde zijn hoofd. 'Weten jullie dit zeker?'

'We hebben een bron binnen de Kings,' antwoordde Sutton. 'In het chapter in Plymouth. Een UC.'

Greening begon: 'Een UC is...'

'Ik weet wat het betekent. Dus jullie hebben een undercoveragent binnen. Ga verder.'

Sutton schraapte zijn keel en zei: 'Onze UC heeft ons een tip gegeven over een grote deal die de Kings aan het voorbereiden waren.'

'Wat voor deal?'

'Cash, in ruil voor munitie. In het bijzonder, zeshonderd 9 x 19 mm Parabellum-kogels.'

'De omvang van de deal liet natuurlijk alarmbellen rinkelen,' merkte Maitland op. 'Bij een gemiddelde straatverkoop worden hooguit twintig of dertig kogels verhandeld. Vaak veel minder. De meeste normale criminelen kunnen niet aan zoveel munitie komen.'

Sutton zei: 'We laten de verkopers schaduwen. Onze mensen hebben hen vanaf de ontmoetingsplek gevolgd.'

'En?'

'Ze hebben de verkopers helemaal tot hieraan toe gevolgd. Tot Credenhill.'

'Tering.'

Greening kuchte en zei: 'Natuurlijk kennen we de reikwijdte van die relatie niet. Het kunnen gewoon een of twee rotte appels in het team zijn. Misschien hebben zij zich met de verkeerde lui ingelaten. Dat is helaas al eerder gebeurd.'

Maitland wierp hem een blik toe en zei: 'De Kings zijn berucht. Ze zijn actief op het vasteland van Europa en ook in Noord-Amerika. Verschillende leden worden gezocht in verband met misdaden die uiteenlopen van ontvoering tot doodslag. Met die lui word je niet zomaar vriendjes. Niet zonder te weten wie het zijn en wat ze doen voor de kost.'

'En dan is er nog het geld,' voegde Sutton daaraan toe.

Carter fronste. 'Welk geld?'

'Duncan en zijn bikerbuddy's hebben een huis een paar kilometer van het kamp gekocht. Ongeveer een jaar geleden. Alle verbouwingswerkzaamheden hebben ze contant betaald. Tienduizenden Britse ponden.'

Carter haalde zijn schouders op. 'Misschien heeft Steve de loterij gewonnen, of een puik erfenisje gekregen.'

Sutton staarde hem aan.

Maitland zei: 'Open en eerlijk: je vrienden zitten tot hun nek in de problemen.'

'Het zijn mijn vrienden niet. Tering, het is mijn squadron niet eens.'

'Dat kan wel zijn, maar we hebben bewijs dat SAS-mensen van plan zijn gestolen munitie aan de Kings te verkopen en we hebben een grote som contant geld zonder verklaring, en we weten dat de Reapers al een band hebben met het chapter in Plymouth. Dat baart ons om diverse redenen ernstige zorgen. De vraag rijst wat de soldaten ervoor in ruil krijgen.'

'Denk je dat ze meer dan alleen munitie verkopen?'

'We hebben te maken met bijzonder vaardige soldaten met jaren commandotraining achter de rug. Gestolen uitrusting slijten is natuurlijk een slechte zaak, maar dat is niet het enige wat ze te bieden hebben. Ze kunnen de Kings net zo goed instructies geven, lessen in surveillancetactiek. Wapentraining, afluistertechnieken. Helpen bij het plannen van de moord op rivalen. Die misschien wel executeren.'

'Dat is natuurlijk pure speculatie,' onderbrak Greening haar. 'De waarheid is dat we het gewoon niet weten.'

'Hoe lang is dit al gaande?' vroeg Carter.

Sutton antwoordde: 'We denken dat het teruggaat tot in Irak. Destijds werden Duncan en een aantal veteranen in de Luchttroep ervan verdacht bij hun nachtelijke aanvallen waardevolle spullen te hebben buitgemaakt. Juwelen, goudstaven, contant geld, wapens, snuisterijen. Alles wat ze maar mee konden nemen en waar ze misschien op de zwarte markt een goede prijs voor konden krijgen.'

Carter dacht na. Hij had aan heel wat invalsoperaties in Irak deelgenomen, in de tijd dat het Regiment het opnam tegen de terroristische cellen in het land. Elke avond had zijn team meerdere invallen uitgevoerd, waarbij een verdachte persoon werd opgepakt en ze direct daarna terug de helikopter in gingen om de volgende missie uit te voeren. Onderdrukking van een opstand, in de hoogste versnelling. Sommige doelwitten waren hotemetoten in het oude regime die zichzelf dienovereenkomstig hadden verrijkt. Zelf had Carter niet meegemaakt dat iemand van zijn team iets gapte uit het pand waar ze binnenvielen.

Aan de andere kant had hij niet erg op zijn maten gelet. Hij had het te druk gehad met in leven blijven.

'Het zou gemakkelijk genoeg geweest zijn de buit naar Hereford te smokkelen,' ging Sutton verder, 'die hadden ze in hun bagage kunnen verbergen, of in hun voertuigen. Maar tegenwoordig is het op de bank zetten van het geld het grote probleem. Je kunt niet gewoon je plaatselijke bankfiliaal binnenwandelen en tweehonderd mille op tafel leggen, niet zonder dat de lui van de belasting zich met je zaken gaan bemoeien. En daar kwamen de Kings om de hoek kijken.'

Maitland zei: 'We konden nooit iets bewijzen. Maar we denken dat Duncan aanvankelijk de contactpersoon was. Volgens de undercoveragent kennen hij en de president van het Plymouth-chapter elkaar al heel lang.'

Carter vroeg: 'Hoe zit het met de poen? Als die kerels corrupt zijn, zullen ze het geld ergens verstopt hebben. Waar is het dan?'

Ongemakkelijk schoof Sutton heen en weer. 'Dat weten we niet zeker.'

'Zijn jullie de squadronfondsen al nagegaan?'

Carter wist dat elk SAS-squadron zijn eigen fonds had om kerstfeesten, verbouwingen en dergelijke uit te betalen. Het meeste geld kwam van kleine boetes en donaties.

'Dat hebben we gedaan,' antwoordde Maitland. 'Alles in orde.

Drieduizend en wat kleingeld. Hetzelfde geldt voor het liefdadigheidsfonds van Hereford.'

'Waar is de cash dan?'

'Die kan overal zijn. Misschien hebben de accountants van de bikers het voor de Reapers witgewassen. Misschien weggestopt in het buitenland. Of ze hebben het ergens verborgen tot het veilig te gebruiken is. Voor hetzelfde geld ligt het in een opslag in een veld in Shropshire.'

Sutton zei: 'Als we wisten waar het geld lag zaten we hier nu natuurlijk niet.'

'Wat heeft dit allemaal met mij te maken?' wilde Carter weten.

Maitland antwoordde: 'Die situatie ligt gevoelig. Maar de jongens van de Reapers zijn een hechte club. Hebben een eed gezworen dat ze hun medeleden nooit zullen verraden. En dat betekent dat we in het duister tasten. We moeten weten hoe ver dit werkelijk gaat.'

'Aangenomen dat de beweringen van de UC waar zijn,' zei Greening.

'Onze man heeft ons in het verleden nooit teleurgesteld,' zei Sutton bruusk.

'Het punt is dat we een voorsprong moeten krijgen,' merkte Maitland op. 'Erachter komen wat er precies speelt. Dat betekent dat we moeten ontdekken wie er iets met de Kings te maken heeft, hoe hun relatie precies in elkaar steekt, in welke andere illegale activiteiten ze mogelijk verwikkeld zijn.'

'En daar hebben we jou voor nodig, vriend,' zei Sutton.

'We willen dat je de andere mannen van je team goed in de gaten houdt,' legde Maitland uit. 'Kijk wat ze doen. Met wie ze vrienden zijn. Alles wat ons misschien kan helpen te begrijpen wat er gaande is.'

Onbedoeld liet Carter een cynisch lachje horen. 'Sorry, pop. Dat vraag je aan de verkeerde. Ik ben geen verklikker.'

Maitland kneep haar ogen tot spleetjes. 'Dit gaat niet om verklikken. Je bekijkt dit vanaf de verkeerde kant. We vragen je te helpen bij het ontmaskeren van een mogelijke criminele samenzwering in het hart van de SAS.'

'Door mijn eigen mannen te bespioneren.'

Greening ging ongemakkelijk verzitten. 'Ik weet dat het verre van ideaal is, Geordie. Ik vind dit ook niet leuk. Maar de reputatie van het Regiment staat op het spel. Als dit bekend wordt, wordt het onze ondergang.'

Carter lachte bitter. 'Het Regiment? Wat hebben jullie ooit voor mij gedaan? Al die jaren die ik erin heb gestoken, risico heb gelopen, en jullie hufters hebben me bij het grofvuil gezet.'

'Die beslissing kwam niet van mij.'

Plotseling drong er iets tot Carter door. Hij voelde zijn bloed koken. 'Daarom ben ik overgeplaatst naar Squadron G, of niet soms? Zodat jullie me konden dwingen spion te worden.'

Greening glimlachte verontschuldigend. 'We hadden geen keus. De jongens in de Luchttroep, of iemand anders in Squadron G, konden we niet benaderen, omdat we niet wisten of we ze konden vertrouwen. Het moest wel een buitenstaander zijn.'

Maitland onderbrak hem. 'Ik heb je dossier gelezen. Je bent de beste kandidaat voor deze taak. Iemand bij wie de bitterheid en haat om hoe hij door zijn superieuren is behandeld diep zit. Gescheiden, woont alleen en moet moeite doen de eindjes aan elkaar te knopen. Wie weet? Misschien zet het Duncan er wel toe aan je in vertrouwen te nemen, als hij denkt dat je wanhopig genoeg bent om tot misdaad over te gaan.'

'Jezus, rustig aan met de complimenten.'

Greening zei: 'We kunnen je nog iets anders bieden. Iets wat interessant kan zijn.'

Carter keek hem aan en wachtte tot de majoor doorging.

'Hoe zou je het vinden om de nieuwe sergeant-majoor te worden van Squadron G, Geordie?'

'Die is er al.'

'Voorlopig. Maar – aangenomen dat het plaatje van de inlichtingen juist is – zal hij door zijn eigen zwaard worden geveld als dit allemaal voorbij is.'

'Zelfs al is hij er niet rechtstreeks bij betrokken?'

'De waarheid is dat twee van zijn mannen onder zijn leiding betrapt zijn op het verkopen van munitie aan een georganiseerde misdaadbende. Dat alleen al is reden voor ontslag.' Hij grijnsde. 'Als je dit doet, ben jij de nieuwe sergeant-majoor.'

'Wat als jullie ernaast zitten? Stel dat het meer dan maar een paar rotte appels zijn?'

Greening snoof. 'Aangenomen dat deze mannen echt schuldig zijn, worden ze dienovereenkomstig gestraft. Ze zullen de dag dat ze het kamp binnenkwamen bezuren.'

Carter zweeg en staarde uit het vuile raam. Hij had moeite te bevatten wat hij hoorde. Er waren altijd wel een paar onbetrouwbare gasten geweest binnen Hereford, soldaten die zich om de een of andere reden met misdaad hadden ingelaten. Doorgaans werden de ergste misdadigers eruit gepikt voor ze de reputatie van Hereford echte schade konden toebrengen. Maar waar Maitland en Sutton het over hadden was heel wat ernstiger.

Als ze gelijk hadden was Squadron G door en door verrot.

De gestolen goederen interesseerden hem geen fluit. In het verleden hadden anderen veel ergere dingen gedaan en waren ermee weggekomen. Het hoofdkantoor had er een handje van de nare zaken onder het tapijt te vegen. Niet zijn zaak.

Maar omgaan met een stel drugsdealers en moordenaars was andere koek.

Hij besefte dat Greening gelijk had. Als bekend werd dat de elitesoldaten van Groot-Brittannië profiteerden van de georganiseerde misdaad kon dat de doodssteek betekenen voor het Regiment.

Het zou openlijke ophef veroorzaken. Ministers zouden onvermijdelijk bloed willen zien – en dan vergaten ze voor het gemak dat ze alleen maar konden genieten van hun *flatwhites* en speciaalbiertjes omdat mannen zoals Carter – geharde mannen, uit de ruigste delen van Groot-Brittannië, plekken die door de rest van het land waren vergeten – bereid waren hun handen vuil te maken.

'Onlangs heeft het Regiment in het openbaar klappen gekregen,' zei Greening. 'Als dit aan het publiek bekend wordt overleven we dat absoluut niet. Dat weet jij toch ook wel?'

Carter dacht aan zijn jongere broer.

Nadat hij op negentienjarige leeftijd bij de Para's was gegaan had Luke hem naar de SAS gevolgd. Hij was een van de goeie jongens, een uitstekende soldaat met een goede toekomst binnen het Regiment.

Je laat Lukes carrière toch niet vernachelen door een stel corrupte idioten, sprak hij zichzelf in gedachten toe.

'Fuck it,' zei hij. 'Ik doe mee.'

'Mooi zo,' mompelde Greening en gaf Carter een klopje op zijn rug. 'Je doet nu iets goeds, Geordie. Dat vergeet de commandant niet.'

'Zeg maar dat hij me later kan bedanken,' gromde Carter. Hij knikte naar Maitland. 'Ik neem aan dat jullie de leiding hebben. En niet deze Tony Soprano,' voegde hij daar met een gebaar naar Sutton aan toe.

Maitland antwoordde: 'Deze operatie wordt uitgevoerd door Five en de afdeling Zware Criminaliteit. Maar er is afgesproken dat wij hierbij de leiding hebben. Gezien de… veiligheidsimplicaties.'

Carter knikte. 'Wat wil je dat ik doe?'

'Voorlopig niets. Doe wat je altijd doet, maar hou je ogen en je oren open. Als je iets verdachts ziet, meld je dat aan ons.'

'Hoe lang?'

'Zo lang als nodig is. Tot we voldoende bewijs hebben om te weten hoe ver dit alles gaat.'

'En surveillance?'

Sutton zei: 'We hebben al weken afluisterapparatuur in hun huizen. Volgen hun auto's. De jongens van Cheltenham houden al vanaf het moment dat we hoorden over die munitiedeal het telefoon- en internetverkeer in de gaten.'

'En?'

'En niks. Dat spoor loopt dood. Niemand heeft iets belastends gezegd of gedaan. Ze praten alleen maar over rugby, bier en seks.'

'Waarschijnlijk maken ze gebruik van wegwerptelefoons,' merkte Maitland op. 'Daar gaan we van uit. Als iemand verregaande banden met de Blood Kings heeft, zal die zijn sporen willen wissen.'

'Deze jongens zijn natuurlijk getraind in antisurveillance,' merkte Greening op. 'Die maken geen beginnersfouten. Als ze al iets te verbergen hebben.'

Maitland keek Carter doordringend aan. 'Dit is een gevaarlijke onderneming. Dat kan ik niet genoeg benadrukken. Als Duncan en zijn vrienden erachter komen dat je een spion bent, hebben we geen idee wat ze gaan doen.'

Carter lachte. 'Ik ben een grote jongen. Ik red mezelf wel.'

'Ik meen het. Neem geen onnodig risico. Doe niets ongewoons, iets wat de aandacht kan trekken.'

'Spaar je de moeite. Ik heb in het verleden voor jullie gewerkt. Ik weet hoe het gaat.'

Maitland staarde hem aan. Ze zei: 'Dit is onze beste kans om de Reapers te ontmaskeren. Maar als we een fout maken – als ze ook maar een flauw vermoeden hebben dat we ze doorhebben – dan staken ze hun activiteiten. Dan gaat onze hoop hen tegen te houden in rook op.'

'Nog vragen?' wilde Greening weten.

'Hoe kan ik contact met jullie opnemen?'

De majoor gebaarde naar Maitland. Die liet een hand in de zak van haar jasje glijden en viste er een miniatuurtelefoon uit, niet groter dan een USB-stick, met een grijs plastic omhulsel en een piepklein toetsenbord onder een scherm ter grootte van een postzegel.

Maitland gaf hem de minitelefoon en een USB-oplader. Het apparaat paste keurig in zijn handpalm en woog niet meer dan een muntstuk.

Ze zei: 'Hou deze te allen tijde bij je. De batterij gaat maar tien uur mee, dus je kunt hem het beste uit laten staan en een keer per dag kijken of er berichten zijn. Er zit een simkaart in met één nummer in het adressenboek. Stuur me een bericht als er dringend contact nodig is. De telefoon maakt gebruik van het oude 2G-netwerk. De meeste telefoonmaatschappijen gebruiken de oude frequentie nog, dus een signaal krijgen moet geen probleem zijn.

Carter stak de telefoon en oplader in zijn zak. 'Denk je echt dat de kerels in Squadron G corrupt zijn?'

Even dacht Maitland over de vraag na. Toen zei ze: 'Vraag je dit eens af. Als ze bereid zijn munitie aan bekende criminele organisaties te verkopen – kogels die heel goed gebruikt zouden kunnen worden om burgers of een agent te doden – waartoe zouden ze dan nog meer bereid kunnen zijn?'

Carter zei niets.

Hij dacht aan de metaaldetector die hij in de hangar van het squadron had gezien. Zes uur geleden. Toen hij zich alleen nog maar klaarmaakte voor een arrestatie en uitkeek naar een nieuw begin bij Squadron G.

Ook dacht hij aan de thermische lansen. Aan de hydraulische koevoet. De grote stapel explosieven.

De vragen die ze tijdens de briefing hadden gesteld. Hun interesse in de Russische bunkerkamer.

Het leek meer een bankoverval dan een arrestatie.

'Wees op je hoede,' zei Maitland. 'Ik meen het. We zullen je niet kunnen helpen als je in de problemen komt.'

Vier

Tien uur later kwamen de veertien mannen van de Luchttroep weer samen in de hangar van het squadron in het bleke, grijze licht voor de dageraad. Toen ze hun legerbagage van de opslag naar de Chinook op de nabijgelegen helipad sleepten, sloten Grist en Moody zich bij het team aan. Het was een koude, vochtige ochtend en Carter zag zijn adem in mistwolkjes toen hij op de achterkant van de helikopter afliep. Hij klom op de hydraulische laadklep naar de hoofdbagageruimte, liep langs de loadie en ging naast de andere soldaten op de klapstoeltjes zitten met zijn rugtas veilig tussen zijn benen. Aan de andere kant van de cabine zag hij de opgloeiende lampjes van het cockpitpaneel nu de twee piloten bezig waren met de gebruikelijke controles voor vertrek, terwijl de gestage dreun van de turbopropmotoren het ruim vulde, vermengd met het *woesj-woesj* van de rotorbladen aan de voor- en achterzijde.

Carter zat stilletjes in de zwakverlichte cabine en voelde de zenuwen in zijn maag opkomen.

In de afgelopen slapeloze nacht had hij het gesprek met Greening, Maitland en Sutton door zijn hoofd laten gaan, verschillende scenario's tegen elkaar afgewogen en de inlichtingen verwerkt – of in elk geval de inlichtingen die ze met hem hadden gedeeld. Hij moest ervan uitgaan dat ze dingen achterhielden. Het was zijn ervaring dat Five zo zaken deed. Ze deelden alleen de nodige informatie – alleen wat ze essentieel vonden voor het slagen van de missie.

De veiligheidsdienst had bij de verkoop van de gestolen munitie voldoende bewijs om een paar jongens van het team te pakken. Als hun gevoel goed zat, waren Duncan, Rigg, Hickey en de rest betrokken bij een groep gewelddadige criminelen. Misschien verkochten ze wel wapens. Misschien doodden ze zelfs lui die de Blood Kings in het verleden kwaad hadden gemaakt of hun geld schuldig waren. Het is mogelijk dat ze ook bij een hoop andere dingen betrokken zijn, had Sutton gezegd.

Drugshandel.

Afpersing.

Moord.

Carter kwam tot de slotsom dat hij met twee belangrijke problemen zat. De eerste directe zorg was het risico ontdekt te worden. Hij moest zorgvuldig te werk gaan. Als hij vriendjes probeerde te worden met Steve Duncan en de andere leden van de Reapers konden ze weleens argwaan krijgen. En dat kon fataal aflopen.

Ik kan maar beter afwachten, dacht Carter. Wachten tot er zich een kans voordoet.

Dat bracht hem bij het tweede probleem.

De kans bestond dat de hoge omes hem als zondebok zouden gebruiken, als hij niets belastends vond. In dat geval kon het hoofdkantoor zijn rapport gebruiken om zich in te dekken als er stront aan de knikker kwam.

Wij hebben niets gedaan, zou hun protest zijn. We hebben een onderzoek naar deze beschuldigingen ingesteld. Schuif de schuld op onze spion. Hij heeft zijn werk niet goed gedaan. Geordie Carter heeft ons teleurgesteld.

De kans bestond dat de missie tot mislukken was gedoemd. Wie het tot de top van de Regimentspiramide schopte was op politiek gebied meedogenloos. Die zou niet aarzelen iemand erbij te lappen om zijn eigen huid te redden. Zelfs een ex-soldaat en Hereford-legende als Phil Greening.

Maar één ding wist hij zeker: de kans dat die kerels de bak in draaiden was nihil. Het Regiment had er een hekel aan zijn vuile was buiten te hangen. Daarnaast zou Whitehall dolgraag een walgelijke vertoning willen voorkomen waarbij SAS-mannen in dienst in de rechtbank moesten voorkomen. Er zou achter gesloten deuren met Duncan en de rest worden afgerekend, gokte hij. Ze zouden onder een of ander onzin-voorwendsel uit het Regiment worden ontslagen. Het verlies van een legerzender of een of andere onbelangrijke schending van het protocol.

De laatste soldaten kwamen aan boord van de Chinook. De loadmaster gebaarde naar de piloten, het achterluik werd gesloten, zodat de passagiers in de cabine opgesloten zaten. De propellers versnelden tot een oorverdovend gegil en met een plotselinge ruk kwam de helikopter los van de grond. Een paar minuten later doken ze naar voren in de vroege ochtend.

Het kostte twintig minuten om bij de RAF-basis in Brize Norton te komen. De motoren vertraagden tot een dof gezoem, de klep ging omlaag, de mannen verlieten de Chinook en stapten snel over op een militair A400M-transportvliegtuig van Atlas dat op de startbaan op hen stond te wachten. Het was een glad uitziend toestel met propellers in de vorm van kromzwaarden. De vervanging van de oude Hercules C-130. Sneller dan de Herc en je kon er een veel zwaardere last veel verder mee vervoeren. Maar voor de passagier was het niet veel comfortabeler. Aan beide kanten van de romp zat een rij canvas stoeltjes, een loadmasterstation, wat bagagerekken en niet veel meer.

Binnen vijf minuten zaten ze vastgegespt en in de lucht. Een soepele operatie waarbij alles op rolletjes liep. Het Britse leger op zijn best. Af en toe kon Carter de bullshit achter zich laten en met trots soldaat zijn. Maar steeds meer merkte hij dat hij in conflict raakte met het instituut. Hij had een hekel aan de kantoorpolitiek en de vriendjespolitiek, het schaamteloze opportunisme.

Misschien ben ik zonder beter af, dacht hij. Misschien is het tijd ermee te kappen. Tegen die hufters te zeggen dat ik er geen trek in heb mijn maten te verraden en dat ik Hereford voorgoed vaarwel zeg.

Carter had zijn leven aan het Regiment gegeven. In ruil daarvoor hadden ze hem aan de kant gezet. Een verschoppeling van hem gemaakt.

In zijn onschuld was hij ervan uitgegaan dat zijn toewijding hem tegen zijn vijanden binnen Hereford zou beschermen. Dat was een inschattingsfout geweest. Hij was er kwaadschiks achter gekomen dat het in de slangenkuil van de Regimentspolitiek alleen degenen goed ging die bereid waren het spel mee te spelen. Hij had gezien hoe officieren bij missies in Irak hun eigen eervolle vermeldingen schreven en zichzelf zo goed mogelijk afschilderden om ervoor te zorgen dat ze aan het einde een onderscheiding kregen. Hij had een hoge pief gezien die bij de aanval op een huis in Bagdad een ernstig gewonde opstandeling een paar kogels in zijn lijf joeg, zodat hij met de eer van de dood van de man kon strijken. Lager geplaatste officieren hadden hun team op een zinloze missie gestuurd, op zoek naar roem, waarbij de levens van goede mannen roekeloos in de waagschaal werden gesteld.

Zijn broer had zich veel gemakkelijker kunnen aanpassen aan het leven bij de SAS. Maar Luke was altijd al een makkelijke geweest. Op school was hij op een voor Jamie ongrijpbare manier algemeen populair geweest. Door Lukes vriendelijke aard en no-nonsensehouding was hij binnen Hereford opgebloeid, zonder meegezogen te worden in de politieke draaikolk die zoveel vaardige soldaten had opgeslokt en uitgespuwd. Zoveel mazzel had Jamie Carter niet gehad. De weinige vrienden die hij had hadden hem gewaarschuwd. Gezegd dat hij een oogje dicht moest knijpen. Dat advies had hij genegeerd en hij had degenen die hun eigen belangen voor de eenheid stelden daarop aangesproken. Sindsdien had hij daar de prijs voor betaald.

Dit was dan het eindspel. Zijn laatste dagen als lid van het Regiment.

Maar hoezeer hij bepaalde aspecten van het Regiment ook haatte, hij had opgezien tegen vertrekken. Hij herinnerde zich nog het advies dat een voormalig collega van Squadron D hem had gegeven.

Als je bij het Regiment zit ben je een held, had de kerel gezegd.

Dan wil iedereen aandacht van je.

Maar als je vertrekt ben je niemand meer. Plotseling geeft niemand meer ene reet om je.

Negenenvijftig minuten later landden ze in Duitsland. Luchtmachtbasis Ramstein was aan het begin van de Koude Oorlog gebouwd op een moerasgebied aan de westkant van de Rijn. Het achterliggende jaar was dit de tussenstop geweest om de enorme stroom vluchtelingen uit Afghanistan te verwerken. Nu deed het dienst als vooruitgeschoven operatiebasis voor missies van de Amerikaanse en Britse commando's in Oekraïne. Op het hoofdplatform dirigeerden teams pantservoertuigen en pallets met uitrusting naar de achterklep van twee wachtende Hercules C-130-transporttoestellen. Andere vliegtuigen werden bijgetankt of door teams technici onder handen genomen. De militaire machine ging ononderbroken door. In de verte kleefden mistflarden aan de toppen van de licht beboste heuvels.

Ze werden begroet door een kleine, grauw uitziende man van in de vijftig. Hij leek wel een rugbyleraar van een particuliere school. Kort, donker haar, handen als kolenschoppen, gezicht met meer kreukels dan een derdehands handboek om codes te kraken. Sergeant-majoor Mike Beattie was een van de beroepsmilitairen van het Regiment, al meer dan twintig jaar in dienst. Had waarschijnlijk zijn SAS-baret nog verdiend in de tijd van de pest. In het verleden had Carter een paar keer gezien hoe hij in het kamp de jonge rekruten een uitbrander gaf. Hij was voor twee jaar naar Ramstein uitgezonden als plaatselijke coordinator die toezicht hield op de dagelijkse gang van zaken bij het Regimentscontingent.

Beattie paradeerde hun kant op met een uitstraling of de basis van hem was.

Ergens was dat ook zo.

'Ha, jongens. Goede vlucht gehad?'

'Ja, fantastisch,' zei Farrell met een stalen gezicht. 'Uitmuntende service. Ik vlieg nooit meer business class.'

Beattie staarde hem aan zonder het grapje te begrijpen en knikte toen naar Duncan. 'Alles is binnen in gereedheid gebracht voor jullie.' Met zijn hand wuifde hij naar een enorme hangar aan de andere kant van het platform. 'Deze kant op, dan geef ik jullie een rondleiding.'

Hij beende naar de hangar. Carter, Farrell en de rest van de Luchttroepmannen tilden hun rugzak op en volgden hem over de door regen glad geworden landingsbaan. Ze kwamen langs de wachtpost en stapten een ruimte in ter grootte van een voetbalveld, verdeeld in verschillende gebieden. Aan de linkerkant van de hangar waren een stel kant-en-klare modulaire gebruiksunits als legostenen op elkaar gestapeld. Vanaf de begane grond leidde een trap naar een aantal stevige loopbruggen die toegang boden tot de bovenste verdieping.

'Slaapblokken,' zei Beattie. 'In de unit ernaast wasruimtes. De hangar is volledig beveiligd. Vierentwintig uur per dag bewaking. Geen jojo die hier binnenkomt zonder de juiste toestemming.'

Hij wees naar een rij raamloze eenheden met stalen frame aan de andere kant van de hangar. 'Planningsgedeelte. Geluiddicht, met beveiligingssloten op de deuren. Jullie zitten in Briefingruimte Vier. Hier, jullie zullen dit nodig hebben.' Beattie viste een witte plastic sleutelkaart uit zijn zak en gaf die aan Duncan. 'De kaart werkt alleen op de deur naar de kamer die jullie is toegewezen.'

'Hoe zit het met de Scaley's?' vroeg Duncan.

De sergeant-majoor gebaarde naar een aantal eenheden in een ander gedeelte van de hanger. 'Daar zitten de seiners. Hun apparatuur is verbonden met satellieten en radioantennes. Versleutelde lijn met het hoofdkwartier.'

Beattie wees naar een ander gedeelte van de hangar. Daar bevonden zich een veldkeukentje, een geïmproviseerde gym met gewichten en loopbanden, een volledige keuken, een afgezet stuk voor opslag van uitrusting en een aparte pauzeruimte waar mannen thee of koffie konden pakken en naar het nieuws konden kijken op de ultraplatte televisie. Plus nog een apart accommodatieblok voor luchtmachtpersoneel.

Het gonsde er van de activiteit. Tientallen Regimentsoperators gingen hun eigen gang, werkten eten naar binnen in de kantine, deden benchpresses of pakten hun uitrusting in. Een paar zaten te kletsen of keken naar een film op hun laptop. Carter herkende een paar gezichten van Squadron D. Zijn oude team. Niemand had ook maar enige aandacht voor de nieuwelingen. Iedereen was met zijn eigen zaken bezig. Zo hoorde het ook.

'Ik zit zelf buiten het terrein,' zei Beattie. 'Maar er is hier constant personeel aanwezig. Kantoorbeambten en bewakers. Als jullie mij niet te pakken krijgen, zullen zij jullie wel kunnen helpen. Nog vragen?'

'Waar kunnen we later een biertje pakken?' vroeg Farrell.

'Nergens. De rest van de basis is verboden terrein. Jullie moeten de hangar onder geen enkel beding verlaten.'

Duncan zei: 'We moeten binnen vijftien minuten klaar kunnen staan. Dat bier zal moeten wachten tot we weer thuis zijn.'

Hickey kauwde op zijn tabak en grinnikte. 'Dan moet je het voorlopig maar met sinaasappelsap doen, Tom.'

Farrell wierp hem een woeste blik toe. 'Moet jij niet met de jongens van Delta in de volgende hangar extreemrechtse complottheorieën uitwisselen?'

'Flikker op.'

Sek bolde zijn wangen. 'Nou maar hopen dat er rugby op televisie is, jongens. Anders kunnen we niets anders doen dan de domme moppen van Tom aanhoren.'

'Goed, luitjes,' zei Duncan. 'Breng je bagage weg en neem wat te eten. Over een uur zien we elkaar in de briefingruimte.'

Vijf

Om precies tien uur liep het team de unit ter grootte van een zeecontainer in die dienst zou doen als hun operatiebasis tijdens hun verblijf op Ramstein. Midden in de ruimte stond een lange tafel omringd door twintig stoelen en meer hardware dan in de gemiddelde computerzaak. Er lagen laptops en tablets, een beveiligde vaste telefoonlijn, verschillende mobiele apparaten en een kluwen coaxkabels zo dik als tuinslangen. Vier computerschermen die zo groot waren dat ze als biljarttafels gebruikt konden worden.

De jongens gingen zitten. De mannen van de Luchttroep waren alle veertien aanwezig, plus Moody, de communicator van 18 Signals die met hen was meegereisd vanaf Hereford, en Lyndon Grist, de inlichtingenofficier van het Regiment. Samen zouden ze de surveillance en het afluisteren coördineren tijdens de missie om Denis Gortsjakov te pakken. De OPS-officier, Smallwood, was in Hereford gebleven, maar zou op afstand toezicht houden op de missie.

Duncan begon de bespreking. 'Het belangrijkste eerst: we moeten plannen opstellen voor onmiddellijke actie. Eentje voor elk bolwerk,' zei hij.

'Waarom moet dat in jezusnaam, baas?' wilde Hickey weten. 'Ze zijn allemaal hetzelfde ingedeeld, of niet soms? Dan hebben we maar één plan nodig.'

Duncan schudde zijn hoofd. 'De aanpak zal steeds anders zijn. Er zijn subtiele maar belangrijke verschillen in de plannen. Luister, ik weet dat het verdomd lastig is, maar zo is het nu eenmaal.'

'Hoe zit het met het ontwerp van de panden? Hebben we plattegronden?'

Duncan antwoordde: 'Die hebben onze vrienden van Six een tijdje terug gestuurd. Architectonische diagrammen, kaarten, et cetera.'

'Satellietbeelden?'

'Zijn onderweg vanuit Amerika. Zoals altijd duurt het even voor die klaar zijn, maar we zouden ze over een paar uur moeten hebben. Een team hotemetoten op Vauxhall zal ons meer informatie sturen als en zodra ze die ontvangen.'

'We moeten alles over die panden te weten komen,' merkte Farrell op. 'Hoe dik het glas in de ramen is, welke sloten er zijn, paniekknoppen. De hele mikmak.'

Duncan zei: 'Daar zijn de pennenlikkers al mee bezig. Ze gaan ook op de nieuwste beelden na hoe de panden 's nachts zijn verlicht, zodat we bij aankomst ook weten waar op het terrein we onzichtbaar zullen zijn.'

Hickey zette zijn baseballpetje af, woelde door zijn doffe haardos en zette het petje weer op. 'Hoe zit het met de aanval, baas?'

'We verdelen ons over twee teams,' antwoordde Duncan. 'Het aanvalsteam zal de arrestatie verrichten. Het tweede team zal een kordon opstellen rond het bolwerk. Zes jongens die het terrein bewaken. Acht in de aanvalsgroep.'

Carter fronste. 'Dat is wel veel. We moeten twee gelijke teams maken, van zeven man per stuk.'

Er verscheen even een harde blik in Duncans bleke ogen. 'Twijfel je aan mijn oordeel?'

Carter haalde zijn schouders op en zei: 'Ik snap gewoon niet waarom er zoveel mensen binnen moeten zitten. Volgens de inlichtingen die we hebben gekregen patrouilleert de meerderheid van de beveiligers over het terrein. Dan zal daar het vuurgevecht plaatsvinden, als dat er komt.'

De blik die Duncan hem toewierp kon door een blok ijs snijden. ‘Zo doen we het. Punt uit.’

Carter wilde ertegenin gaan, maar hield zich in. Duncan liet zijn doordringende blik weer op de andere jongens rusten en ging verder met de uitleg van het plan.

‘Beide groepen gaan per helikopter naar het pand en komen vlak bij het doelwit naar buiten,’ zei hij. ‘De jongens van het aanvalsteam zullen bij de aangegeven ingangen het bolwerk binnengaan om de arrestatie te verrichten. Ondertussen zet het kordonteam een perimeter op het terrein af en rekent het af met eventuele bewakers in de buurt. Geven die zich over, dan doe je ze plasticuffs om. Lijken ze geweld te willen gebruiken, dan heb je toestemming ze uit te schakelen.

‘Ik geef leiding aan de aanvalsgroep het bolwerk in,’ ging Duncan verder. ‘Jij bent de onderbevelhebber, Geordie, dus jij hebt de leiding over het kordon. En probeer het deze keer niet te verkloten, hè?’

In de ruimte werd beleefd gelachen. Carter staarde hem aan, zijn spieren gespannen van woede. Duncan staarde terug en daagde Carter uit tegen hem in te gaan.

‘Is dat goed wat jou betreft, Geordie? Of heb je daar ook problemen mee?’

Carter perste zijn lippen op elkaar. Hij wist dat Duncan hem opzettelijk de rotklus van de operatie gaf door hem bij de perimeter te plaatsen in plaats van in het aanvalsteam. Maar het had geen zin tegen het besluit in te gaan, zei hij tegen zichzelf. Deels omdat het een degelijke tactiek was om de commandant en zijn plaatsvervanger in een verschillend team te plaatsen. Kwam de ene groep jongens in de problemen, dan kon de ondercommandant het direct overnemen.

Trouwens, als hij naar een plek in het aanvalsteam hengelde, zouden sommige collega’s weleens aan zijn motieven kunnen twijfelen. De waarschuwing van Maitland in de King’s Arms kwam weer boven.

Neem geen onnodig risico, had ze gezegd.

Doe niets ongewoons, iets wat de aandacht kan trekken.

'Nee, maat,' antwoordde hij. 'Helemaal prima wat mij betreft.'

Farrell veinsde verbazing. 'Krijg nou tieten. Geordie Carter die niet aan een order twijfelt. Dat is voor het eerst. Ik weet niet hoe het met jullie zit, maar nu kan ik wel een dubbele whisky gebruiken.'

De mannen links en rechts van Carter begonnen te lachen en braken daarmee de spanning in de kamer. Het geluid stierf weg en toen wees Duncan naar een gedetailleerde kaart van Polen op een van de schermen.

Hij zei: 'Zodra we weten op welke locatie het doelwit zich bevindt, gaan we aan boord van de Black Hawks de grens over. We stoppen hier, op de luchtmachtbasis Gornika, om brandstof in te nemen.' Met een vinger tikte hij op een plaats in het westen van Polen, een paar kilometer ten oosten van de Duitse grens. 'De basis wordt bemand door een detachement RAF-staf, dus ze verwachten ons al. Dan gaan we linea recta de lucht weer in en naar het doelwit.'

Farrell vroeg: 'Hoe zit het met de terugreis?'

'Dezelfde routine.'

'Waar bevinden de bolwerken zich precies?' vroeg Rigg.

'Het dichtstbijzijnde ligt twintig minuten vliegen van Gornika. Dat is Bolwerk Alpha. Delta ligt het verste weg, vijfenvijftig minuten vanaf de vooruitgeschoven basis naar het doelwit. Eenmaal ter plaatse stellen we het gebied veilig, grijpen we het doelwit in de kraag en zoeken we naar inlichtingen. We moeten het pand van boven tot onder schoonvegen. Alles meenemen wat we te pakken kunnen krijgen.'

'Misschien moeten we gewoon in al die huizen inbreken,' grapte Sek, 'en ervoor zorgen dat we geen waardevolle inlichtingen missen.'

'Ja, een grondige zoektocht,' grinnikte Hickey. Hij knipoogde naar de grote kerel uit Fiji. Ze wisselden een betekenisvolle blik en grijnsden alsof ze hetzelfde binnenpretje hadden.

Het team ging verder met het bespreken van de uitgebreide planning voor elk bolwerk. Ze bepaalden de zogenoemde *Actions On*, wat inhield wat ze moesten doen als er bijvoorbeeld een helikopter neerstortte, welke ontmoetingsplekken er voor noodgevallen waren en de verzamelpunten. Ze bekeken het terrein van elk complex, zochten naar de ideale landingsplekken, berekenden de afstand die de aanvalsgroep zou moeten rennen vanaf de Black Hawks naar het doelwit. Ze controleerden de afstanden naar de dichtstbijzijnde politiebureaus en schreven die op en tevens waar medestanders zich bevonden.

'Stel dat iemand alarm slaat?' vroeg Sek. 'Twee van die panden liggen maar een paar minuten van het plaatselijke politiebureau. De politie komt misschien aanzetten voor wij de kans krijgen ervantussen te gaan.'

Moody zei: 'Een van jullie neemt een stoorzender mee. Werkt hetzelfde als de apparatuur in het voertuig van de Amerikaanse geheime dienst dat altijd in het konvooi van de president meerijdt. Zodra je hem activeert merkt iedereen die in de omgeving een telefoon of computer wil gebruiken dat het signaal minder is. Dat voorkomt dat iemand de Poolse politie belt.'

Ze namen de rest van het plan door, waarna ze het nog eens doornamen, zodat iedereen wist wat hij deed.

Carter was onder de indruk van de inzet van de mannen. Ze waren er helemaal bij. Toegewijde soldaten. Hij kon zich niet voorstellen dat ze daadwerkelijk bij vuige zaken betrokken waren. Misschien een of twee. Maar zo ging dat bij alle squadrons.

Misschien lieten ze zich met de verkeerde lui in, had Greening gezegd.

Dat is al eerder gebeurd.

Dat was zeker waar. In zijn tijd bij Squadron D had hij wat vage gasten gekend. Kerels die op heterdaad op diefstal waren betrapt. Dat soort dingen vond al bijna zo lang plaats als de SAS bestond.

Konden deze jongens echt corrupt zijn, vroeg Carter zich af. Hij had absoluut geen idee.

Ze namen een korte pauze en richtten zich toen op de aanval op het huis. Kamers werden in kaart gebracht, de verschillende leden van het aanvalsteam kregen een verdieping toegewezen. Ze keken naar de in- en uitgangen, manieren om binnen te komen, bepaalden op welke plekken het doelwit zich verstopt kon hebben. Ze wilden niets aan het toeval overlaten. Na de landing zou de klok gaan lopen. Ze konden zich geen vertraging door onverwachte problemen veroorloven.

Tegelijkertijd bestudeerden Farrell en Sek de plattegronden, op zoek naar plekken waar ze niet konden worden gezien. Samen staarden ze met gefronst voorhoofd naar het ontwerp van de kelder.

'Wat is dat in godsnaam?' vroeg Sek zich hardop af en hij tikte met een vinger op een door een vierkant omgeven gebied.

Farrell keek er met tot spleetjes geknepen ogen naar. 'Misschien het gat van de schoorsteen.'

'Dat kan niet,' antwoordde Sek. 'Het zit alleen op deze verdieping. Niets erboven, niets eronder.'

'Nou, het is in elk geval niet de technische ruimte. Die zit daar, knul.'

Sek grinnikte. 'Notitie van maken? Interessant punt?'

'Absoluut,' antwoordde Farrell, met zijn lippen iets vaneen in een geslepen glimlach.

Even later vroeg Rigg: 'Hoe zit het precies met die bunkerkamers?'

'Die vraag kan Lyndon beter beantwoorden,' zei Duncan. Hij knikte naar Grist. 'Nou?'

'Six heeft er onderzoek naar gedaan,' antwoordde Grist. 'Van het bedrijf dat de kamers heeft gebouwd hebben ze de ontwerpen gekregen. Voor alle vier de huizen zijn de specificaties hetzelfde. Noodstroominstallatie, leidingen en ventilatie. Verstevigde stalen deur. Biometrische sloten.'

'Muren?'

'Gegalvaniseerd metaal. Bijna tien centimeter dik.'

'Dan kunnen we beter een gat in de deur snijden,' meende Hickey. 'Als dat nodig is.'

'Paniekknop?' vroeg Rigg.

Grist knikte. 'Voor zover wij weten beschikken alle kamers over een beveiligde verbinding met het plaatselijke politiebureau.'

'Reactietijd?' wilde Rigg weten.

'Tussen de zeven en twaalf minuten, afhankelijk van de afstand van elk bureau naar het complex in kwestie.'

'Nog andere schuilplekken die niet op de tekeningen staan? Een verborgen deur? Een kluis?'

'Voor zover wij weten niet. We hebben het ontwerp met het dienstmeisje doorgenomen. Ze houdt stug vol dat Gortsjakov geen structurele veranderingen aan de panden heeft laten aanbrengen sinds die zijn gebouwd. Maar het is mogelijk dat er een veilige schuilplaats is waar zijn personeel niets van weet.'

Tijdens het gesprek van de anderen had Carter de ontwerpen zitten bestuderen. Hij keek op en zei: 'Die bunkerkamers liggen helemaal op de derde verdieping.'

Rigg keek zijn kant uit. 'Ja, en dus?'

'Verder bevindt zich volgens deze tekeningen op die verdieping niets interessants. Alleen maar wat opslagruimtes en extra kamers. Alle woon- en slaapvertrekken liggen op de lagergelegen verdiepingen.'

'Wat wil je hiermee zeggen, Geordie?'

Carter antwoordde: 'Het doelwit zal dichter bij de uitgangen op de begane grond zitten dan bij de bunkerkamer. Het is waarschijnlijker dat hij die kant uit vlucht. Waarom zou hij naar de derde verdieping gaan? Dan zet hij zichzelf klem.'

'Nee, maat,' onderbrak Sek hem met een knikje naar de satellietbeelden op de schermen. 'Die complexen liggen mijlenver van alles vandaan. In de middle of fucking nowhere. Waar kan hij heen?'

'Er is een garage,' benadrukte Carter. 'Bij elk complex heeft hij een vloot klassieke auto's staan. Hij kan gemakkelijk in een daarvan wegvluchten.'

'Mogelijk. Maar hij komt niet ver, als jullie buiten je werk gewoon doen.'

Geprikkeld zei Carter: 'Ons richten op de bunkerkamer is zonde van onze tijd. Daar zal hij zich niet verbergen.'

Rigg staarde hem met een van woede vertrokken gezicht aan. 'Sinds wanneer ben jij expert op het gebied van arrestaties? Voor zover ik weet zat jij het laatste half jaar op je reet, duimen te draaien, terwijl wij het werk deden.'

Kwaad keek Carter hem aan. Hij deed zijn mond open om iets te zeggen, maar toen kwam Duncan als vredestichter tussenbeide, zijn handen in een verzoenend gebaar geheven.

'Rustig aan, jongens,' verbrak hij de stilte. 'Kalm aan, allebei. We horen allemaal bij hetzelfde team. Geordie, ik weet dat je het graag goed wilt doen en een goede indruk wilt achterlaten, omdat je nu bij de grote jongens hoort.'

Duncan grijnsde. 'We hebben één kans het doelwit te pakken te krijgen,' ging de Schot verder. 'Maar als we het te druk hebben met elkaar afkatten komen we nergens. Richt je op je eigen taak en laten we ervoor zorgen dat we die klootzak mee terug kunnen nemen. Dan nemen we een biertje om het te vieren.'

De briefing nam de rest van de middag in beslag. Van Moody kregen ze de nieuwste informatie over de afluister- en surveillance-operaties. Volgens hem hield een team Gortsjakovs privévliegtuig in de gaten, dat op dit moment aan de grond stond in een privéhangar op de luchthaven van Genève. Specialisten hielden het verkeer op de rekeningen van de Rus in de gaten. Regelmatig downloadden ze nieuwe satellietbeelden op hun laptops. Niets werd aan het toeval overgelaten.

Rigg en Sek bleven maar terugkomen op de bunkerkamers. Ze wilden weten hoe lang het zou duren om vanuit die kamer het gebouw uit te komen. Hoe lang om met de thermische lans door de metalen deur te breken. Wie de fabrikant was van de biometrische sloten. Wat ze waarschijnlijk binnen zouden aantreffen. Ze toonden bijzonder veel interesse in die kamers, tot in het kleinste detail.

Dat deed Carter nadenken.

Weer dacht hij aan de thermische lansen. De explosieven met holle lading, de metaaldetector.

Ook dacht hij aan Duncans beslissing hem op het kordonteam te zetten. Misschien was dat geen tactische zet. Misschien was er een andere reden om hem buiten de bunkerkamer te houden.

Maar hij beschikte niet over feiten of over hard bewijs voor een wandaad. Niets onweerlegbaars.

Aan het eind van de middag sloot Duncan de briefing af. Ze liepen de beveiligde kamer uit en waren korte tijd druk met het organiseren van hun spullen. Helmen, apparatuur om het pand in te komen en kogelwerende kleding werden in het afgezette gedeelte achter in de hangar gedropt, klaar om zo mee te pakken. En een paar opvouwbare rugtassen van North Face.

'Waarom hebben we die nodig?' vroeg Carter aan Duncan.

'Wat denk je nou?' snauwde Duncan. 'Om alle inlichtingen die we vinden mee te nemen, domme sukkel.'

Even later liepen ze naar de keuken om het vettige eten naar binnen te schuiven dat de keukenhulpjes hadden klaargemaakt. Toen was het een kwestie van wachten tot de seiners hun een teken gaven. Het viel niet te zeggen hoe lang dat zou duren, had Moody gezegd. Over een uur of twee, of over een paar dagen. Geen peil op te trekken.

Een stel jongens uit de andere Regimentsteams kwamen met de nieuwelingen kletsen. Carter praatte bij met een stel oude maten uit Squadron D. Het was puur een oppervlakkig gesprek. Niemand vroeg waarom hij was overgeplaatst naar Squadron G of wat zijn nieuwe team op Ramstein te zoeken had. Dat ging ze niets aan. En ze hadden hun eigen werk om zich druk om te maken. Details over hun missies gaven ze niet, maar Carter kon er wel naar raden. Trainingen, de Oekraïners leren vechten, hoe ze met bepaalde wapens moesten omgaan. Beveiliging van belangrijke functionarissen. Zijn eigen broer was een paar maanden terug naar Kyiv uitgezonden en Carter nam aan dat hij via Ramstein naar het oosten was gegaan.

Hij keek naar het nieuws dat op de televisie in de ontspanningsruimte voorbijgleed. Het ging veelal over de economie. De inflatie steeg, het pond nam af in waarde. Energie kostte meer dan het ruimteprogramma Apollo. Er was een item over de Amerikaanse verkiezingen en het schrikbeeld van een comeback van de voormalige president. De oorlog in Oekraïne kreeg minder aandacht. Oorlogsmoeheid. Na een bepaalde tijd luisterden mensen niet meer naar massamoord en vernietiging.

Er was een kort item over een aanval op een militaire basis in de Krim. Tientallen Russische soldaten waren omgekomen en voertuigen waren verwoest. Niemand had de verantwoordelijkheid voor de explosies opgeëist, maar de reisrichting was duidelijk. De kracht lag bij de Oekraïense troepen. De Russen trokken zich terug en gaven terrein prijs. Ze verlieten veroverde dorpen. De burgermeester van een stad in het oosten, een medestander van het Kremlin, was op straat doodgeschoten.

De redactie schakelde over naar een officiële ceremonie in Kyiv. De Oekraïense president verleende een van zijn generaals een onderscheiding. Volosjyn ging gekleed in zijn kenmerkende legeroverhemd en kaki broek, de generaal in een standaarduniform. Hij was slank en pezig, had haar met de kleur van houtas en een gezicht dat eruitzag alsof het uit een blok graniet was gekerfd. Zijn neusgaten waren zo breed dat je er sneeuw mee kon schuiven. Over zijn linker oogkas zat een ooglapje.

De twee mannen schudden elkaar de hand en glimlachten naar de camera's, en toen hield de commandant een korte toespraak voor de bijeengekomen hoogwaardigheidsbekleders. Volgens het onderschrift op het scherm heette hij generaal Viktor Koltrov.

'Onze soldaten doen wat iedereen onmogelijk achtte,' vertaalde de nagesynchroniseerde stem. 'Ze zijn opgestaan tegen tirannie en onderdrukking. Ze hebben zich bereid getoond voor hun vrijheid te vechten – te sterven. De wereld moet dit niet vergeten.

Toen de bezetter ons wilde vernietigen, toen anderen een ramp en verlies voorspelden, weigerden onze strijders zich in een hoek te laten drukken. Ze gingen recht op de vijand af, moedig en vastberaden. Nu schrijven we een nieuw hoofdstuk in onze glorieuze geschiedenis.'

De generaal keek recht in de camera en ging verder: 'Binnenkort breekt de dag aan dat de laatste Russische tank de grens over gedreven is. Dit kwaad zal niet winnen. Onze soldaten zullen zichzelf niet voor niets hebben opgeofferd of geleden, vrienden. We zullen de totale overwinning behalen zodat de aarde doordrenkt is van het bloed van de dode bezetters. Glorie aan Oekraïne!'

Generaal Koltrov stompte in de lucht, wat hem een schor gejuich van zijn publiek opleverde. Iets in zijn houding deed Carter aan een havik denken.

'Hadden wij thuis maar zo iemand aan het roer,' merkte Farrell op.

Verbaasd keek Carter naar hem. 'Wie, deze kerel?'

'Ja, waarom niet?' Farrell gaf een knikje naar de kerel met het ooglapje. 'Ze zeggen dat Koltrov het helemaal is. Bevrijder van Charkov. Een echte commandant. Niet zoals die eikels die bij ons op het hoofdkantoor zitten.'

Minachtend snoof Carter. 'Hij is een hoge ome. Die zijn allemaal hetzelfde, maat. Doen het alleen uit eigenbelang.'

Farrell haalde zijn schouders op. 'Hij geeft tenminste niet veilig vanachter een bureau leiding aan de oorlog. Dat moet je hem toch nageven.'

‘Dat hij zijn werk doet, maakt hem nog geen held.’

‘Misschien niet. Maar hoeveel van onze generaals zouden hetzelfde doen, als ze in zijn schoenen stonden? Vraag jezelf dat eens af.’

‘Goed punt,’ gaf Carter toe. ‘Maar het maakt geen reet uit wat die kerel doet. Het draait allemaal om de jongens in het veld, in het heetst van de strijd, en hoe goed hun training en uitrusting zijn. Zoals altijd. Hoge omes winnen geen oorlogen.’

‘Maar reken maar dat ze die kunnen verliezen.’

Carter lachte. ‘Dat is waar.’

Farrell zei: ‘Deze kerel komt ergens, let op mijn woorden. Ze zeggen dat hij de volgende president gaat worden.’

‘Niet als dit volledig uit de hand loopt. Dan is er geen land meer om te besturen.’

Farrell blies zijn adem in een stoot uit. ‘Jezus, soms word ik echt depressief van je, klojo. Ik dacht dat het bij jullie in het noordoosten van Engeland allemaal om de lol draaide.’

Carter lachte droogjes. ‘Je hebt te veel realityshows gekeken, maat. We eten ook niet allemaal bij Greggs.’

De uren tikten weg. Het team bracht het merendeel van de tijd in de briefingruimte door om het plan te verfijnen naarmate een gestage stroom informatie binnenkwam vanuit Vauxhall, Cheltenham en Washington. Waren ze daar niet mee bezig, dan lagen ze op hun brits te dutten of keken ze Netflix. Hickey peigerde zichzelf af met de gewichten. Sek zat rugby te kijken en gigantische hoeveelheden koffie naar binnen te gieten. Duncan zat in een hoekje op gedempte toon met Beattie te kletsen. Carter verdiepte zich in een nieuwe geschiedenis van de Vietnamoorlog.

Deze routine was niet nieuw voor de mannen. Wachten zat in hun DNA. Het was een van de eerste dingen die je leerde als je in het 22ste SAS diende. Je moest erop rekenen dat je soms dagenlang wachtte op een missie, het moest doen met koud rantsoen en geestelijk alert moest blijven, op de uitkijk voor een vijand die misschien wel nooit kwam. Een paar dagen in een hangar, met een comfortabel bed, warm eten en vermaak was niet echt een opgave.

Zesendertig uur na aankomst op Ramstein liet Duncan het team weer naar Briefingruimte Vier komen. Moody en Grist zaten aan de ene kant van de tafel te midden van allemaal laptops, computerkabels en papieren koffiebekertjes. Net studenten die een nachtje hadden doorgehaald.

'We hebben net bericht gehad uit Cheltenham,' zei Grist. 'Gortsjakovs vliegtuig is een half uur geleden uit Genève vertrokken.'

'Wat is het vluchtplan?' vroeg Rigg.

'Hun eindbestemming is een privévliegveld in Sobotka. Dat ligt even ver van bolwerk Bravo als van bolwerk Delta vandaan.'

'Hij kan dus naar allebei gaan,' zei Rigg.

'Correct.'

'Wanneer hebben we zekerheid?' vroeg Sek.

'Naar verwachting landt het vliegtuig over een uur in Sobotka. Elf uur plaatselijke tijd. Als hij er eenmaal is, moeten we wachten tot hij inlogt of een vaste lijn gebruikt. Dan pas weten we welk bolwerk we moeten aanvallen.'

Moody zei: 'Op geen van beide locaties is mobiele dekking. Dus we kunnen er redelijk zeker van zijn dat hij een digitale voetafdruk zal achterlaten zodra hij binnen is. Al is het maar om zijn e-mail te checken.'

Carter keek naar de landkaart op een van de grote schermen. De bolwerken Bravo en Delta lagen allebei in Neder-Silezië, de zuidwestelijke hoek van Polen.

Bravo bevond zich twintig kilometer naar het zuiden van het vliegveld van Sobotka en Delta ongeveer dezelfde afstand naar het noorden. Uit niets bleek dat Gortsjakov aan een van de twee de voorkeur zou geven.

Vijftig procent kans. Kop of munt.

Duncan zei: 'Pak jullie rust. Het kan nog wel even duren voor we de bevestiging krijgen. Zodra er meer nieuws is zullen de Scaley's jullie wakker maken.'

Sommige jongens gingen terug naar hun brits in het accommodatieblok, maar de meesten sliepen niet. De stemming was subtiel veranderd. Er lag actie in het vooruitzicht. Ze konden elk moment het teken krijgen dat ze konden gaan. Maandenlang plannen zou samenkomen in een paar minuten ter plaatse, deuren intrappen en de klus klaren. Carter sloeg zwarte koffie achterover en probeerde zich op zijn boek te concentreren. Hij las over de slag om Dien Bien Phu. Veertienduizend Franse soldaten tegen tachtigduizend revolutionairen onder Ho Chi Minh. De laatste dagen van Frans Indochina.

Het werd elf uur en later.

Drie uur later kwam er weer een oproep van Moody en de mannen verzamelden zich weer in de scherp verlichte briefingruimte. Het leek wel of Moody een maand niet had geslapen. Grist ijsbeerde met zijn telefoon tegen zijn oor geplakt door de ruimte en praatte op gedempte toon tegen de persoon aan de andere kant van de lijn. De laatste soldaten dromden naar binnen. Toen beëindigde Grist zijn telefoontje en zei: 'We hebben zojuist groen licht gekregen van Vauxhall.'

'Waar is het doelwit?' vroeg Duncan.

'Plek Bravo,' antwoordde Grist. 'Ten zuiden van Sobotka.'

'Weten we dat zeker?'

Moody knikte. 'Het hoofdkwartier heeft Gortsjakovs stem herkend. Hij heeft meerdere malen vanaf de vaste lijn gebeld. Daarnaast hebben we internetactiviteit van drie verschillende apparaten op dezelfde locatie. Telefoon, televisie, computer.'

'Om twee uur 's nachts?' Hickey trok een gezicht. 'Wat is die kerel aan het doen, porno kijken?'

'Hij is een slaaf van de geldmarkt,' legde Grist uit. 'Waarschijnlijk houdt hij zijn investeringen in Hong Kong in de gaten.'

Duncan hees zich overeind en zei: ‘Goed, jongens. De missie gaat van start. Pak je spullen. We vertrekken direct.’

Zes

De tocht naar het oosten kostte iets meer dan twee uur, door een pikdonkere omgeving met hier en daar vlekken abrikooskleurig licht, net sterrenstelsels in de nachtelijke hemel. Duncan, Carter, Rigg en Sek zaten in een van de UH-60 Black Hawks, Hickey, Farrell vlak achter hen in een tweede helikopter. Moody en Grist waren allebei op Ramstein gebleven om de inlichtingen- en communicatiekant van de missie met Six en het hoofdkwartier te coördineren. Ze zouden alle eventuele nieuwe informatie aan de mannen van de Luchttroep doorgeven zodra ze die binnenkregen.

De mannen hadden alles bij zich wat ze nodig hadden voor een aanval als deze: LL19A2's met demper, gevechtshelmen, kogelwerende kleding, pistolen en granaten, nachtkijkers en een eigen radio. De teams die waren toegewezen aan het binnengaan van het huis hadden hun specialistische spullen daarvoor bij zich: explosieven met holle lading, thermische lansen, hydraulische koevoet. Ook was er voor elke man een aantal gekrabbelde aantekeningen over in welke richting het complex lag ten opzichte van het landingsgebied zodat ze geen kostbare seconden hoefden te verspillen met zich oriënteren als ze op de grond stonden.

In Gornika werd kort gestopt om de Black Hawks bij te tanken. Om geen achterdocht te wekken hadden de plaatselijke Poolse commandanten te horen gekregen dat de jongens deelnamen aan een trainingsmissie om de Oekraïense troepen te steunen. De toestellen stonden minder dan vijf minuten aan de grond. Toen vlogen ze met hoge snelheid zuidwaarts naar plek Bravo. Een afstand van ongeveer honderdvijftig kilometer vanaf Gornika. Vijfenveertig minuten naar het doelwit.

We springen rond vijf uur in de ochtend uit de Black Hawk, berekende Carter. Dan zullen we die Gortsjakov eens stevig wakker maken.

Ze scheerden in het donker voor de dageraad in zuidelijke richting door het landschap. De lampen in de cabine waren uitgezet en de beide piloten en de loadie hadden hun nachtkijkers aangezet. Dat gold ook voor het aanvalsteam. Ze zouden hun nachtkijker op houden tot ze echt vlak bij het doelwit waren. Als het terrein goed was verlicht zouden ze hem afzetten en op hun eigen ogen vertrouwen om in het donker te kijken.

Toen ze dichter bij het doelwit kwamen, controleerde Carter zijn geweer een laatste keer, om zich ervan te verzekeren dat er een kogel in de kamer zat, klaar om te schieten zodra hij zich uit de Black Hawk liet vallen. Hij deed hetzelfde met de Glock in zijn holster. Vaste prik voor een aanval. Toen keek hij op en zag hij de anderen. Rigg en Farrell inspecteerden de lansen. Sek zat met zijn inbrekerssetje te rommelen. Hickey stopte een stukje pruimtabak in zijn mond en had de metaaldetector stevig beet.

Niemand had aandacht voor zijn wapens. Ze leken drukker te zijn met de spullen om binnen te komen. Dat vond Carter vreemd. De eerste regel als je een mogelijk vuurgevecht in ging: controleer je wapens extra. Geen enkel Regimentslid wilde de gevreesde klik van een lege kamer horen als de vijand van twintig meter afstand op hem afkwam. Maar deze jongens maakten zich blijkbaar drukker om hun koevoet en explosieven met holle lading dan om de kans dat ze met een onderbreking in hun schoten te maken kregen.

Om half vijf 's morgens kondigde Duncan aan dat ze een ongeplande tussenstop moesten maken. Er was verkeer waargenomen bij plek Delta. Iemand maakte gebruik van de vaste lijn. Vauxhall had hen bevolen te wachten tot er nader onderzoek was gedaan. Het was mogelijk dat het doelwit van Bravo was vertrokken en de korte reis oostwaarts naar bolwerk Delta maakte. De piloten zetten de Black Hawks in een veld op een paar kilometer ten noorden van Sobotka aan de grond en het team wachtte in gespannen stilte op een volgende update.

De tijd leek voorbij te kruipen. Er verstreken vijf minuten, toen zes. Zeven. Toen klonk Moody's stem weer over de zender met de bevestiging dat het doelwit echt op Bravo zat. De activiteit op Delta was vals alarm, zei hij. De tuinman had blijkbaar zijn vrouw gebeld met de vaste lijn.

Toen de eerste stralen daglicht twintig minuten later aan de horizon verschenen klonk de krakende stem van de piloot over de zender. 'Nog vijf minuten.'

De mannen wachtten.

Hickey kauwde agressief op zijn prop tabak. Sek controleerde zijn explosieven.

'Nog drie minuten,' zei de piloot.

In het opkomende ochtendlicht zag Carter duizend meter onder zich het dorre Poolse platteland. Hier en daar een stoppelveld, boerderijen en bossen.

'Nog één minuut,' zei de piloot. En toen: 'Het terrein is verlicht.'

'Maak je daar geen zorgen om,' antwoordde Duncan. 'Breng ons maar gewoon bij het doelwit.'

De mannen schoven hun nachtkijkers omhoog. Die hadden ze niet nodig bij de missie, niet nu het terrein als een kerstboom verlicht was. Ze zouden de kijkers alleen moeten gebruiken als de stroom tijdens de aanval uitviel en het plotseling donker werd op het landgoed.

De loadmaster stond naast de zijdeur het halfduister af te speuren en met de piloten te communiceren terwijl de Black Hawk aan de snelle daling begon. Het toestel schokte plotseling toen het landingsgestel de grond raakte. De loadie gaf een teken en de passagiers grepen hun spullen en verlieten de helikopter via de zijdeur.

Carter beende vooruit en liet zijn blik over de grond gaan. Het gras zwiepte heen en weer onder de valwind. Ze waren precies op de aangewezen landingszone terechtgekomen in de enorme tuinen voor Gortsjakovs landgoed. Vijftig meter naar het noorden stond het landhuis zelf, een zogenaamd georgiaans gebouw met een zuilengang voor de ingang met daarop een versierd timpaan en puntige daktorentjes die uit de hoeken staken. Het leek wel iets uit een sprookje. In een aantal kamers op de benedenverdieping was het licht aan, maar op de bovenverdiepingen was het aardedonker.

Vanaf het ingangshek liep een geplaveide centrale laan naar een keerlus waar op negen en drie uur een Mercedes-Benz G-klasse stond en op twaalf uur een Rolls-Royce Phantom. Links van de laan lag een paviljoen met koepel dat uitkeek over de vijver vol waterlelies. Verder weg, een slordige dertig meter van het hoofdgebouw, zag Carter een houten garage van één verdieping met een schuin leistenen dak, vier parkeerboxen en een houtopslag. Drie van de boxen waren gesloten, in de vierde stond een Aston Martin DB5 in uitstekende staat. Een klassieke auto die een miljoen waard was. Vanaf de garage liep een ventweg naar een kleinere, aparte ingang aan de westkant van het pand.

In het oosten lagen een tennisbaan en een grote tuin met hier en daar exotische bomen en beelden. Het hele gebied werd verlicht door tientallen beveiligingslampen die aan beide kanten langs de laan stonden, als de verlichting op een startbaan.

Carter herkende de indeling direct. Urenlang had hij elke vierkante centimeter van de panden van de Rus bestudeerd en de details in zijn geheugen opgeslagen. Richtingen, afstanden, plaatsen waar ze niet zichtbaar waren. Dat was het voordeel van intensieve voorbereidingen en een van de dingen die de elite commando's onderscheidden van alle anderen.

Twintig meter verderop, aan de westkant van de centrale laan, was ook de tweede Black Hawk geland. De propellers en motoren van beide toestellen zouden gedurende de hele missie blijven draaien, zodat ze zodra de teams aan boord waren weer konden opstijgen.

Krakend klonk Duncans bulderende stem over de zender dat de aanvalsgroep zich bij zijn positie naast de tweede helikopter moest verzamelen. Terwijl zij zich naar de hoofdingang haastten, namen Carter, Sek, Farrell en de drie andere jongens in het kordonteam hun aangewezen plekken in. Farrell en Matt Scowcroft, een kleine, verwaande gozer uit Essex, liepen naar het westen, richting het paviljoen. Carter en Sek richtten hun aandacht op het poortgebouw voor het landgoed, vijftig meter naar het zuiden. De twee andere leden van de kordongroep, Jarrod Vokes en Kevin Redzic, waren verantwoordelijk voor het veiligstellen van het gebied in het oosten, waar de tennisbaan en de tuin lagen.

Carter bracht zichzelf in herinnering dat het beveiligingsteam uit acht mannen bestond.

Zonder hen gaat Gortsjakov nergens heen.

Dertig meter verderop vloog de deur van het poortgebouw open. Er schoten twee gedaantes naar buiten. Overdreven gespierde zwaargewichten in strak zittende donkere pakken gepropt. Een van de mannen had zijn kop geschoren. Zijn collega had een rood sikje en droeg een paar felwitte gympen.

Allebei hadden ze een AK-12-aanvalsgeweer bij zich.

'Laat je wapens vallen!' schreeuwde Carter. 'Nu!'

De zwaargewichten sloegen geen acht op hem.

Dat was hun eerste fout. En hun laatste.

De man met het sikje liep een paar passen voor zijn kale maat. Vijfentwintig meter van Carter en Sek. Hij kreeg de soldaten in het vizier die uit de twee Black Hawks stroomden en wilde zijn AK heffen. In theorie een goed idee. Schakel de dichtstbijzijnde dreiging uit.

Maar in de praktijk, vreselijk. Want Carter had zijn wapen al schietklaar.

Carter richtte de L119A2 op de romp van de man, die anatomisch gezien immens was. Omdat Sikje in de gym zo hard gewerkt had om zijn borst- en buikspieren te trainen had Carter nu een groot doelwit. Alsof je King Kong van dichtbij onder schot nam.

Tweemaal drukte hij af. Uit de mond van het wapen floten kogels en uit de uitwerpopening schoten lege hulzen. De kogels sloegen in het middenrif van Sikje en boorden zich in zijn darmen. Hij kreunde en nog voor hij helemaal dubbel was geklapt, vuurde Carter een derde keer en werd hij in zijn hoofd geraakt. Hij was dood voor hij op de grond lag.

Carter draaide zich razendsnel om naar de kale bewaker terwijl die naar voren rende en zijn AK-12 omhoogbracht. Kale had hetzelfde idee als zijn dode vriend: dood de indringers. Hij leek duidelijk niet van plan iets anders te gaan doen. Het was al te laat, hij zat al te ver in het spel. Nu kon hij beter doorzetten en er het beste van hopen.

Met chirurgische precieze vuurde Carter twee kogels in het aanstormende zwaargewicht. Ze sloegen in zijn borst, zodat beide longen werden doorboord. Een derde kogel sloeg een paar centimeter hoger in, in zijn hals. Hij maakte een soort grotesk gorgelend geluid en zakte in een wirwar van levenloze ledenmaten op de grond.

Twee bewakers uitgeschakeld, nog zes te gaan.

Carter wist dat er twee zwaargewichten binnen zaten om het doelwit te beschermen.

Dat betekende dat er nog vier bewakers op het terrein patrouilleerden.

Aangenomen dat de informatie van het dienstmeisje correct was. Ze kon er natuurlijk altijd naast zitten. Of Gortsjakov kon in de afgelopen weken zijn beveiliging hebben opgeschroefd. Er konden allerlei redenen zijn voor een plotselinge verandering in de beveiligingsroutine.

Daar komen we gauw genoeg achter, dacht hij.

Er klonk een gedempte explosie over het terrein, amper hoorbaar boven de herrie van de helikopters uit, toen de aanvalsgroep een van hun explosieven met holle lading tot ontploffing bracht. Carter wierp een blik over zijn schouder en zag de veelbetekenende wolk zurige rook die uit het gat in de ingang van het bolwerk kwam, vijftig meter ten noorden van waar hij stond. Glasscherven van de kapotgeblazen ramen glommen in de gloed van de buitenverlichting.

Het aanvalsteam stormde door de voordeur en terwijl ze de hun toegewezen verdiepingen systematisch veilig begonnen te stellen, klonk er een koor aan stemmen met informatie over de zender.

Er waren vijf seconden verstreken sinds de start van de missie.

Op de zender hoorde Carter Farrell schreeuwen: 'Weg ermee! Weg met die wapens!'

Met een ruk draaide hij zich naar rechts. Tien meter bij hem vandaan renden Farrell en de jongen uit Essex, Scowcroft, naar voren om de strijd aan te binden met een stel in pak gestoken bewakers die van de westkant van het landgoed gesprint kwamen. Een van de beveiligers negeerde het dreigement en richtte zijn AK op de twee SAS'ers. Vlammen spoten uit de mond van het geweer en verlichtten de schemer terwijl hij een reeks snelle schoten op Farrell af vuurde. De kogels vlogen langs de man uit Ulster, misten en sloegen in een beeld op vier uur van hem.

Het volgende moment klonk er een zwak *ta-ta* toen Farrell tweemaal vuurde. De linker bewaker viel met klapwiekende armen naar achteren, als een acrobaat die van het koord in het circus viel. Met een plons kwam hij in de vijver tussen de waterlelies terecht.

De vierde bewaker bleef stokstijf en verlamd van twijfel staan. Een volkomen natuurlijke reactie. Zijn zelfvertrouwen had een deuk opgelopen, want hij had net drie van zijn vrienden neergehaald zien worden. In zijn gedachten drong de twijfel door. Moest hij zich aan het oorspronkelijke plan houden of vluchten? Letterlijk een kwestie van leven of dood.

De bewaker koos voor een derde optie. Niet vluchten of vechten. Maar zich overgeven. Hij gooide zijn wapen aan de kant en hief zijn armen zo hoog dat hij wel een televisiedominee leek die Jezus prees.

'Op de grond, godsamme!' schreeuwde Farrell, die zijn geweer op het zwaargewicht gericht hield. 'Blijf waar je bent!'

De bewaker liet zich op zijn knieën vallen, terwijl Scowcroft naar voren schoot en een paar plasticuffs uit zijn zak tevoorschijn haalde. Hij schoof de Rus met zijn gezicht naar beneden op het gras, trok zijn armen ruw achter zijn rug en sloeg de boeien om zijn polsen.

Een klein stukje van de tennisbaan, naar het oosten, hadden nog twee bewakers de handdoek in de ring gegooid. Ze lagen op hun buik tien meter van Vokes, de jonge soldaat uit East Hull, die naar ze schreeuwde dat ze stil moesten zijn terwijl Redzic naar voren dook om ze te boeien.

Door de ramen op de benedenverdieping zag Carter een serie verblindend witte lichtflitsen toen het aanvalsteam flitsgranaten in de diverse kamers gooide. Achter de ramen op de bovenste verdieping knipten lichten aan. Achter andere zag hij hoe de lichtstralen van hun geweren door het duister sneden.

Haastig liep hij naar Farrell en Scowcroft en liet zich op een knie naast de geboeide bewaker vallen. Hij greep een vuistvol slap haar en tilde het hoofd van de Rus op. 'Hoeveel anderen zitten er in het huis?' schreeuwde Carter boven het constante gebrul van de helikopters uit.

De bewaker aarzelde en Carter drukte de geweerloop hard tegen zijn wang.

'Hoeveel, godsklere?'

'Twee,' antwoordde de Rus. 'Twee binnen.'

Carter liet zijn greep verslappen. Het hoofd van de bewaker zakte naar beneden en zijn wang sloeg tegen de grond.

Carter pakte zijn zender. 'Steve, we hebben drie beveiligers neergehaald, drie anderen geboeid,' meldde hij aan Duncan. 'Het kordon is geplaatst. Kijk goed uit. In het huis bevinden zich twee bewakers, misschien meer.'

Twee of drie seconden werd er niets gezegd en klonk er alleen een paar keer een reeks schoten. Toen zei Duncan: 'Begrepen. Daar hebben we al mee afgerekend. Twee bewakers, allebei uitgeschakeld.' Hij klonk lichtelijk buiten adem.

Tering, dat was snel, dacht Carter. Deze gozers spelen geen spelletjes. 'Enig teken van het doelwit?'

'Nog niet. Blijf buiten wachten, Geordie.'

Carter wierp een blik op de andere jongens van het kordonteam. Farrell en Scowcroft hielden de drie geboeide bewakers in de gaten. Vokes, Redzic en Sek speurden het terrein in alle richtingen af: de ingang naar het bolwerk, de tuinen ten oosten en westen van de laan, de weg achter het smeedijzeren hek.

Op zoek naar dreiging.

Ze verwachtten vanuit het landgoed zelf geen problemen meer. De missie was dertig seconden bezig. Na het aanvankelijke hevige vuurgevecht lag het terrein er nu verlaten en stil bij. Er was geen teken van meer bewakers.

Hun belangrijkste taak was nu om te voorkomen dat iemand het pand in of uit ging. Er bestond altijd een kans dat Gortsjakov aan de aanvalsgroep wist te ontkomen en er door de voordeur vandoor ging. Of er kon versterking door de poort komen om de baas te redden.

Of de politie.

Carter wist dat het geluid van de wapens met demper niet ver droeg, maar het was mogelijk dat iemand in de buurt de schoten uit de AK-12 had gehoord. De telefoonmasten in de directe omgeving waren door de stoorzender buiten werking gesteld, maar er bestond altijd een kans dat de apparatuur niet goed had gewerkt. *Murphy's Law.* Als het fout kan gaan, gaat het fout.

We zitten tien kilometer van het dichtstbijzijnde stadje, bracht

Carter zichzelf in herinnering. Tien kilometer van het dichtstbijzijnde politiebureau. Als iemand de politie belt, hebben we maar een paar minuten om ervandoor te gaan voor de sterke arm er is.

Weer keek hij achterom naar het landhuis. Af en toe verlichtten flitsen en het licht van zaklantaarns de ramen, zodat Carter het team kon volgen dat systematisch elke verdieping afwerkte. Snelheid en agressie, gecombineerd met stootkracht – een schoolvoorbeeld van een Regimentsaanval op een gebouw. Dat hadden ze talloze keren geoefend in het Killing House vlak bij Hereford.

Op een gegeven moment viel het hem op dat er brand was uitgebroken op een van de kamers op de tweede verdieping. De vuurzee verspreidde zich snel, spoelde over de gordijnen, zodat die werden omgeven door feloranje vlammen. Rook wolkte uit het raam.

Toen werd Carters blik naar iets aan de andere kant van het pand getrokken. Een raam uiterst rechts op de derde verdieping. De gang die naar de bunkerkamer leidde. Door het glas zag hij oranje vonken tegen de muur afketsen toen het aanvalsteam zich met de thermische lans een weg naar binnen baande.

Hoe heeft die accountant zich in godsnaam daar kunnen opsluiten, vroeg Carter zich af. Gortsjakov zou razendsnel naar boven moeten zijn gerend, zich door de gang hebben gehaast en zich in de kamer hebben opgesloten.

Carter bleef staan kijken en wachtte.

Even later werd het weer donker achter het raam op de derde verdieping.

Ze zijn door de deur gekomen, wist hij. Ze zitten binnen.

Hij bleef naar het raam buiten de bunkerkamer kijken tot Duncan weer op de zender te horen zou zijn om te zeggen dat ze het doelwit te pakken hadden.

In plaats daarvan bleef het doodstil.

Even later siste er een stem in zijn oor.

Niet Duncan, niet iemand van de aanvalsgroep.

Moody, de seiner die de missie vanuit de seinkamer op Ramstein in de gaten hield, bijna zeshonderdvijftig kilometer verderop.

'Geordie, iemand heeft in het bolwerk op de paniekknop gedrukt. Daarmee wordt er direct een signaal naar het politiebureau gestuurd, maat. Je moet daar meteen weg.'

'Wat is er met die fucking stoorzender gebeurd?'

'Die werkt alleen op bepaalde frequenties,' legde Moody uit. 'De paniekknop zit blijkbaar op een ander kanaal.'

'Hoeveel tijd hebben we?'

'Over zeven of acht minuten zijn de agenten op jullie locatie.'

'Roger. Steve, hoe is het bij jullie?'

Geen antwoord.

Carter probeerde het nogmaals. 'Steve? Hebben jullie het doelwit al?'

Seconden verstreken. Nog steeds niets.

'Doelwit gelokaliseerd,' antwoordde Duncan eindelijk. 'We hebben hem, Geordie.'

'Breng hem naar buiten. De politie is onderweg.'

Resoluut zei Duncan: 'Blijf waar je bent. We zoeken naar technisch materieel. We zijn er over vijf minuten. Wacht buiten, Geordie.'

'Shit,' mompelde Carter.

Dit wordt kantje boord, dacht Carter. Of eroverheen.

Hij beende naar Farrell en Scowcroft, liet zich naast de dichtstbijzijnde geboeide bewaker zakken en doorzocht zijn zakken. Hij haalde er een vapestick uit, een dunne leren portemonnee, een pakje kauwgom, een smartphone met een gebarsten scherm. Een paar muntjes en nog een berg andere zooi.

'De autosleutels,' gromde hij. 'Waar zijn die?'

De bewaker knikte in de richting van de man naast hem, een vals uitziende hufter met een v-vormige zwarte haarlok en een borstelige snor. Carter liep naar de kerel en begon hem te fouilleren. In zijn voorzak vond hij wat hij zocht: een dunne, chromen afstandsbediening met het Benz-logo op de voorzijde gegrafeerd.

'Wat doe je in godsnaam?' vroeg Sek.

Hij praatte in de zender. Dat was gemakkelijker dan een gesprek voeren terwijl er vlakbij twee helikoptermotoren loeiden.

'We moeten de ingang blokkeren,' zei Carter. 'Om de politie te vertragen. Wacht hier en hou de toegangswegen in de gaten.'

Hij schoot overeind en sprintte weg, naar de twee G-klassen die voor het landhuis geparkeerd stonden. Hij tikte op de ontgrendelingsknop en de lampen van het voertuig aan de westkant van de keerlus begonnen te knipperen. Een gepimpte versie van de standaard G-klasse, met een grijs gematteerde afwerking, achterspoiler, dubbele uitlaat en *run-flat*-banden.

Carter rende met hevig bonkend hart naar de zijkant van het voertuig. Hij rukte het portier aan de bestuurderskant open en liet zich achter het stuur glijden. In de auto liep het snelle-jongensthema door. Er was heel wat gouden versiering, heel veel zwart leer en gebosseleerde kenmerken.

Met een klik viel het portier dicht. Carter drukte op de start-stopknop, zette de auto in *Drive* en trapte het gas in. Terwijl Carter tegen de klok in de cirkel rond reed en in zuidelijke richting langs de laan scheurde, blèrde Meat Loaf uit de speakers en de motor gaf zijn machine-achtige brul toen hij naar het ingangshek scheurde. Een paar tellen voor hij daartegenaan zou botsen trapte hij op de rem en gaf hij het stuur een ruk naar rechts, waarbij de banden piepend protesteerden. De Mercedes slingerde en zwenkte voor die parallel aan het smeedijzeren hek tot stilstand kwam en zo de ingang blokkeerde. Carter zette de motor uit, stak de afstandsbediening in zijn zak, sprong uit het voertuig en jogde terug naar het kordonteam zo'n zestig meter verderop.

'Jullie twee,' zei hij met beurtelings een blik op Vokes en Redzic. Hij gebaarde naar het hek. 'Ga daarheen en hou de ingang in de gaten. Gebruik onderdrukkingsvuur voor iedereen die komt. Opschieten.'

De twee soldaten sprintten direct de hoofdlaan af.

Het toegangshek was de belangrijkste ingang naar het landgoed. Als de politie ten tonele verscheen voordat de aanvalsgroep het bolwerk had verlaten, dan zouden ze door de provisorische blokkade een paar extra seconden hebben om weg te komen. Het was niet veel, maar beter dan niets.

De klok loopt.

De stopwatch in Carters hoofd zei hem dat er sinds de missie niet meer volgens plan verliep vier minuten waren verstreken. Zes minuten tot de politie aan het hek stond. Inmiddels had de brand op de tweede verdieping zich naar de naastgelegen kamer verspreid. Over een paar minuten zouden de bovenste verdiepingen in lichterlaaie staan.

Weer probeerde hij Duncan op te roepen om hem voor de vuurzee te waarschuwen. Geen reactie. Hij probeerde Rigg en Hickey, de andere vijf aanvallers, maar steeds met hetzelfde resultaat.

Geen enkele reactie.

Carter hield het voor gezien en nam contact op met de andere jongens van het kordonteam. 'Sek, Tom. Krijgen jullie contact met binnen?'

Sek en Farrell wierpen elkaar een blik toe. Toen schudde Sek zijn hoofd. 'Nee, maat. Netwerk is zo dood als een dooie pier.'

'Dan moet er binnen een stoorzender zitten,' zei Farrell. 'Een andere verklaring is er niet.'

Carter wilde net antwoord geven, maar toen zag hij een donkere vlek in zijn ooghoek.

Hij richtte zijn blik meteen links van het landhuis en volgde de beweging. Op tien uur van hem. Het zwak verlichte terrein tussen het bolwerk en de houten garage. Op zeventig meter afstand haastte een stevige, zilverharige gestalte in een donkere jas zich de zijingang van het gebouw uit. Vanaf deze afstand en in het zwakke ochtendlicht kon hij niet zien wie. Niet de juiste bouw voor een lijfwacht. Misschien een vip, een gast of een klant. Iemand die de vijfsterrenbehandeling kreeg van de accountant en daarmee iemand die belangrijk was. Over zijn schouder droeg hij een leren tas en hij haastte zich met oneven pas naar de garage.

Naar de klassieke auto's.

Direct begreep Carter wat hij van plan was: hij gaat ervandoor. Gaat naar de garage, start een van de auto's en ontsnapt via het kleinere ingangshek aan de westkant van het complex.

Carter wierp een blik over zijn schouder naar Farrell, Sek en Scowcroft. Ze hadden de zilverharige vluchtende gestalte niet opgemerkt. Scowcroft stond nog steeds achter de bewakers en Sek en Farrell hielden de voorkant van het bolwerk goed in de gaten. Ze leken geobsedeerd door die ingang en waren blijkbaar meer geïnteresseerd in wat er binnen gebeurde dan in het omliggende terrein.

Nu bevond de zilverharige gestalte zich twintig meter van de garage en hij kwam snel dichterbij.

'Beweging, helemaal links,' schreeuwde Carter boven de oorverdovende herrie van de helikopters uit. 'Iemand vlucht. Ik ga nu de strijd aan.'

Hij begon als een bezetene over het gras te rennen en racete langs het paviljoen en de doorzeefde lijfwacht die tussen de waterlelies dreef. Zijn longen brandden bij zijn sprint naar de garage om de kerel te pakken te krijgen voor die van het landgoed kon vluchten.

De man in het pak was nog maar een paar passen bij de Aston Martin vandaan. Carter versnelde zijn pas en gooide al zijn energie in de strijd. De kerel bleef naast het bestuurdersportier staan, rommelde in zijn zak, liet een bos autosleutels vallen – in de gloed van de buitenverlichting zag Carter het metaal glimmen – en bukte om de sleutels op te rapen.

'Blijf daar staan!' schreeuwde Carter. 'Staan blijven of ik schiet je kop eraf!'

Automatisch bleef de kerel stokstijf staan, gebogen, met zijn rug naar Carter, alsof hij bukte om een zeldzame vlindersoort te bekijken.

'Op je knieën! Laat die tas vallen!'

De man gehoorzaamde. Hij legde de tas neer en liet zich langzaam op zijn knieën vallen, zijn handen nog steeds geheven. Carter dook naar voren en duwde hem met zijn gezicht tegen het asfalt. De kerel kreunde en protesteerde in een vreemde taal toen Carter met zijn volle gewicht op zijn onderrug drukte en hem zo op de grond hield terwijl hij een paar plasticuffs uit zijn zak viste. Hij liet de boeien om de handen van de kerel glijden en klikte ze stevig dicht, wat de kerel een scherpe kreet van pijn ontlokte omdat het materiaal in het zachte vlees van zijn polsen beet.

'Laat me gaan,' smeekte hij in Engels met een ruw accent. 'Alsjeblieft.'

Carter stond op en rolde de man op zijn rug. Hij haalde zijn zaklamp tevoorschijn en scheen ermee in zijn gezicht.

En bevroor.

Hij keek naar Denis Gortsjakov.

Zeven

Een ijzingwekkende seconde lang staarde Carter de Rus aan. De gedachten tolden door zijn hoofd en hij had het gevoel zojuist een trap in zijn noten gehad te hebben. Hij nam de peper-en-zoutkleurige baard in zich op, de tot spleetjes geknepen ogen, de kwabbige wangen. Het halvemaanvormige litteken onder zijn linkeroog, het grijze haar.

Dit is hem echt, dacht Carter. Dit is Gortsjakov.

Wie is er dan in jezusnaam door het aanvalsteam gearresteerd?

'Laat me gaan,' zei Gortsjakov zenuwachtig. Er lag een angstige en wanhopige blik in de ogen van de Rus. 'Alsjeblieft. Ik kan je betalen. Ik heb... geld.'

'Hou je bek, verdomme.'

Een tel later kwam Sek vanaf het landhuis aan gesprint. Eenmaal naast Carter wierp hij een blik op het doelwit dat op zijn rug lag en bleef halverwege een pas staan, alsof hij tegen een onzichtbare muur was opgelopen.

'Wat krijgen we...?' Hij schudde zijn hoofd. 'Is dat...'

'Yep,' antwoordde Carter. 'Dat is hem.'

'Ik dacht dat de jongens hem hadden gearresteerd.'

'Ik ook.'

'Wat doet hij dan hier, verdomme?'

Geen idee, dacht Carter.

'Kijk in die tas,' schreeuwde hij.

Sek bukte zich en greep de tas. Die was van een of andere designer, zag Carter. Bruin leer met een suède randje, een schouderband en een glimmende sluiting.

De kerel uit Fiji klapte de tas open en keek erin. 'Er zitten een stel laptops in,' schreeuwde hij terug. 'Discdrives, telefoons, een paar documenten, heel veel zooi. Maar geen geld,' voegde hij er licht teleurgesteld aan toe.

Carter wees met de loop van zijn L119A2 tussen de ogen van de Rus. 'Hoe ben je ontsnapt?'

Gortsjakov likte over zijn lippen en leek doodsbang. Zijn ogen waren zo groot als schoteltjes en zweet parelde op zijn voorhoofd. Zijn mond ging open en dicht van angst.

'Vertel op,' gromde Carter.

Paniekerig antwoordde de Rus: 'Er is binnen... dubbelganger. Hij heeft zich overgegeven, aan jullie vrienden.'

'Die hebben ze gearresteerd?'

Snel knikte Gortsjakov. 'Niet schieten, alsjeblieft. Ik geef jullie geld. Alles...'

'Kop dicht.'

Carter dacht: een dubbelganger. Die kerel is nog erger paranoïde dan we dachten.

Weer probeerde hij Duncan op te roepen. 'Steve? Ben je daar?' Even hoorde hij niets.

Toen antwoordde Duncan: 'Ik hoor je. Er zijn hier wat problemen met het signaal. Wat is er aan de hand?'

Carter vertelde over Gortsjakovs vlucht uit het pand, over de dubbelganger. Zwijgend luisterde Duncan en toen zei hij: 'Hoe weten we dat jouw kerel niet de dubbelganger is?'

'Kijk naar jouw man,' zei Carter. 'Controleer of hij een litteken onder zijn oog heeft.'

Weer bleef Duncan een paar seconden stil. 'Onze man heeft geen litteken,' zei hij. 'Dus ja, hij is de dubbelganger.'

‘Die handige harry heeft zijn dubbelganger achtergelaten terwijl hij ’m smeerde,’ zei Sek. ‘En het werkte nog bijna ook.’

‘We nemen hem nu mee naar de heli,’ zei Carter via de zender. ‘De arrestatie is gedaan. Verlaten nu het gebouw.’

‘Begrepen. Wij zijn over een paar minuten buiten. We zoeken nog naar hardware.’

‘Niet nodig,’ meldde Carter. ‘Doelwit had een berg hardware bij zich. Zorg dat jullie daar wegkomen, maat.’

Duncan werd onderbroken door een gedempte dreun op de zender.

Een van de teamleden had zojuist een explosief tot ontploffing gebracht, besefte Carter. Ze proberen daar iets open te breken.

Duncan zei: ‘Misschien heeft de Rus belangrijk spul achtergelaten. We doorzoeken alle verdiepingen van het huis grondig. Over twee minuten buiten.’

‘Daar is geen tijd voor,’ snauwde Carter. ‘Jezus man, de politie is onderweg.’

Niets.

Nogmaals probeerde Carter het, maar weer hoorde hij dezelfde doodse stilte.

Fuck it, dacht Carter.

‘Kom op,’ zei hij tegen Sek. ‘Help eens.’

Ze grepen Gortsjakov bij zijn biceps en trokken hem omhoog. Het leek wel of ze een volle vuilniszak optilden. De kerel moest meer dan honderdtwintig kilo wegen. Carter sloeg de tas om zijn schouder en toen sleepten ze de Rus naar het kordonteam. Hij wankelde tussen zijn overmeesteraars, kreunde zacht en deed allerlei idiote beloftes. Carter dacht dat er inmiddels zes of zeven minuten waren verstreken sinds de start van de missie.

Nog drie minuten tot de politie er zou zijn.

Hij was halverwege naar de voordeur van het landhuis toen Farrell op hem afkwam. De man uit Ulster knikte goedkeurend naar Carter.

'Mooi werk,' zei hij in zijn keelmicrofoon. 'Niet te geloven dat het hem bijna gelukt was om weg te komen.'

'Krijg jij contact met de jongens binnen?' wilde Carter weten. 'Ik krijg ze niet te pakken.'

'Wij ook niet. Verbinding is weggevallen. Geen reactie.'

'Shit.'

'Schiet op,' zei Sek zwaar ademend. 'Hijs hem in de heli.'

Met zijn drieën liepen ze zo snel als ging met een zweterige Rus van meer dan honderdtwintig kilo tussen zich in door naar de dichtstbijzijnde Black Hawk.

Farrell keek steeds achterom naar het huis en oogde nerveus.

Hij hoopte natuurlijk dat zijn maten op tijd de benen konden nemen, dacht Carter.

Of misschien dacht hij ergens anders aan.

Toen ze de helikopter naderden, zag hij de gloed van politiezwaailichten aan de horizon, iets meer dan drie kilometer naar het zuiden. Het was een hele ketting. Rode en blauwe flitsen verschenen in de korrelige schemer en werden groter naarmate de voertuigen het landhuis naderden.

Carter gokte dat ze nog twee minuten hadden voor de politie het ingangshek bereikte.

Twee minuten tot we volledig zijn omsingeld, gokte hij.

Hij keek naar het bolwerk. Nog steeds geen teken van iemand van het aanvalsteam bij de voordeur en hij vroeg zich af waarom het zo godsklere lang duurde.

Met nog eens tien passen bereikten ze de zijdeur van de helikopter. Sek zette Gortsjakov in de cabine en gespte hem vast in een van de canvas stoeltjes.

Plotseling voelde Carter een harde duw in zijn rug. Voor hij zich kon herstellen viel hij naar voren en twee handen sleepten hem de Black Hawk in. Farrell klom achter Carter aan het toestel in en trok een zwarte kap over Gortsjakovs hoofd, terwijl Sek een bevel naar de loadie blafte. Die laatste gebaarde naar de piloten dat ze direct op moesten stijgen.

'Waar ben jij in jezusnaam mee bezig?' schreeuwde Carter boven het oorverdovende gebrul van de motoren uit.

Sek zei: 'We gaan hier weg. Terug naar de basis. Orders van de aanvalsgroep.'

'En de andere jongens dan?'

'Die komen direct achter ons aan,' antwoordde Farrell. 'Kunnen hier ook elk moment weg zijn.'

'Maar dat gaat tegen de standaardprocedure in.'

'Het doelwit heeft onze prioriteit,' zei Sek. 'We moeten hem op de basis krijgen voor de politie er is.'

Voor Carter verdere tegenwerpingen kon maken, steeg de helikopter met een plotselinge ruk op. Hij liet zich in het dichtstbijzijnde stoeltje vallen met Gortsjakovs leren schoudertas op schoot. Zijn bloed klopte van woede.

Het ging tegen elke standaardprocedure in om je maten bij een missie achter te laten. Er kon van alles misgaan. Misschien raakte het aanvalsteam in een vuurgevecht met de politie verwikkeld, of stortte de helikopter bij het opstijgen neer. In dat geval zouden ze in de shit zitten, alleen, zonder uitweg.

Als er iets met hen gebeurt, dacht Carter, hebben wij hun bloed aan onze handen.

Naarmate de helikopter klom ving hij een glimp op van Duncan en de rest van het aanvalsteam die uit het bolwerk gestroomd kwamen. Het viel Carter op dat elke soldaat naast zijn normale uitrusting ook een log uitziende rugtas over de schouder droeg. Sommigen leken moeite te hebben met het gewicht van hun last terwijl ze op de tweede Black Hawk af koersten.

Haastig verlieten Scowcroft, Redzic en Vokes hun respectievelijke positie en raceten met het aanvalsteam naar de helikopter, met achterlating van de geboeide bewakers.

Verder naar het zuiden spoedde de slinger politieauto's zich naar de ingang. Ze zouden er over een minuut of zo zijn, gokte Carter, en hij voelde een steek van opluchting. Het zou kielekiele worden, maar het team zouden op het nippertje wegkomen.

In het noorden had het vuur op de tweede verdieping zich snel verspreid. De hele oostvleugel van het gebouw baadde nu in de vlammen. Slierten giftige rook rezen uit het torentje op en blakerden de fletse hemel.

Het landhuis verdween uit het zicht toen de Black Hawk een scherpe draai naar rechts maakte en toen weer recht hing. Via het microfoontje aan zijn headset had de loadmaster een kort gesprek met een van de piloten. Verrassing en verbazing flitsten over zijn gezicht. Toen haalde hij zijn schouders op en ging weer op zijn plek zitten.

'Wat was dat allemaal?' schreeuwde Carter boven de herrie uit.

'Bericht van de andere piloten,' antwoordde de loadie. 'Ze maken een zigzag en zorgen voor afleiding. Voor het geval de politie ons onder schot neemt. Zij zullen eventueel inkomend luchtafweergeschut opvangen, zodat wij de tijd krijgen onszelf in veiligheid te brengen.'

Al snel bereikte de helikopter snelheid. Ver onder hen rolden de met bossen bezaaide heuvels en geploegde velden steeds waziger langs terwijl de Black Hawk zich van het bolwerk vandaan spoedde.

Naar de luchtmachtbasis in Gornika.

Ze stopten kort in Gornika om brandstof in te nemen. Tijdens het wachten vroeg Carter de loadie contact te leggen met de piloten van de andere Black Hawk. Hij wilde zeker weten dat de aanvalsgroep veilig weg had weten te komen van het bolwerk.

Een paar minuten later kwam de loadie terug om verslag te doen. De tweede helikopter had zonder geraakt te worden uit handen van de politie weten te blijven, zei hij. Bij de hoofdaanval waren geen slachtoffers gevallen. Ze liepen achter op de eerste helikopter, maar zouden hen in Duitsland treffen voor de debriefing na de operatie.

Een paar minuten later stegen ze weer op en vervolgden ze hun weg in westelijke richting naar Ramstein. Dezelfde route als heen, maar dan in omgekeerde richting.

Gortsjakov zei al die tijd niets en haalde onregelmatig adem door de kap. De Rus moest zich aan een hele nieuwe werkelijkheid aanpassen. Een uur geleden was hij nog de bankier van de president geweest, een van de machtigste spelers in het Kremlin. Nu was hij een gevangene. Het was afgelopen met privévliegtuigen en luxe vakanties, met plezierritjes in zijn geliefde Aston Martin.

Zijn nieuwe leven, het leven dat Six hem zou geven in ruil voor zijn informatie, zou heel wat minder glamoureus zijn. Een nieuwe identiteit, een schakelwoning in een ingeslapen dorp in Wiltshire, een maandelijkse toelage. Voldoende om hem van bier en peuken te voorzien, maar niet veel meer. Waarschijnlijk af en toe een reisje naar Vauxhall om zijn contactpersonen op de hoogte te stellen van de financiële transacties van de een of andere kleine speler uit de Russische politieke elite. Je kon het slechter treffen. Maar Carter betwijfelde of Gortsjakov het ook zo zou zien. Hij zou het kantoor van de macht vervangen voor de anonimiteit van de buitenwijk.

Even na acht uur 's morgens landden ze op Ramstein – een volle zes uur nadat ze de luchtmachtbasis hadden verlaten. Vaardig zetten de piloten het toestel vlak bij de hangar van het Regiment aan de grond. Het geluid van de motor verzwakte tot een laag geloei, de loadie stak zijn duim op en Farrell en Sek zetten de verbijsterde Rus overeind en dwongen hem de zijdeur uit.

Het was nu volledig licht geworden. Stralen zonlicht braken door het wolkendek heen en verjoegen de laatste flarden ochtendmist. Carter volgde de anderen de heli uit en bleef een paar stappen van de romp staan om de hemel af te speuren naar de andere Black Hawk.

Niets.

Geen spoor van de helikopter.

Carter probeerde de gebeurtenissen van de aanval op een rijtje te zetten en sloeg details op in zijn hoofd voor zijn volgende bespreking met Maitland, Sutton en Greening. Hij dacht aan de explosies in het landhuis en aan het wegvallen van de communicatie.

Vanaf de andere kant van de landingsbaan riep Sek naar hem. 'Deze kant op, Geordie. Binnen wacht het welkomstcomité op ons. We gaan ze de hoofdprijs overhandigen. Kom op.'

Carter stopte de duistere gedachten weg in zijn hoofd en liep haastig weg van de Black Hawk.

Hij haalde Farrell, Sek en Gortsjakov bij de ingang van de hangar in. Ze duwden de Rus, die nog steeds de kap droeg, langs de bewakers en begeleidden hem naar een aparte verhoorcel achter in het gebouw. Twee schimmig uitziende figuren stonden buiten de geprefabriceerde container op Gortsjakov te wachten. Een flets uitziende man in een eenvoudig pak en een donkerharige vrouw in een grijs jasje, een kokerrok en met een te grote bril. Ze hadden allebei die arrogante en argwanende uitstraling die iedereen had die bij de veiligheidsdienst werkte. Carter gokte dat dit de Six-medewerkers waren.

Lyndon Grist, de inlichtingenofficier van het Regiment, stond naast meneer en mevrouw Karakterloos. Carter keek om zich heen, maar tot zijn verbazing was er geen spoor te bekennen van Mike Beattie, de sergeant-majoor die de leiding had op Ramstein. Hij nam aan dat die zaken afhandelde met een van de andere SAS-teams die vanuit de hangar opereerden.

Ze droegen de Rus aan de Six-medewerkers over. Carter gaf hun de schoudertas die Gortsjakov bij zich had gehad en zei: 'Hier. De technische recherche zal naar dit spul willen kijken.'

Meneer Karakterloos nam de tas zonder antwoord aan en gaf die aan mevrouw Karakterloos. Zij voerden Gortsjakov weg naar een cel en Grist deed grijnzend een stap naar voren.

'Mooi werk, jongens,' zei hij. Toen vervaagde zijn glimlach. 'Waar is de rest?'

Sek wreef over zijn nek en legde uit dat de aanvallers waren vertraagd door hun poging voor afleiding te zorgen.

'Hoeveel zijn ze vertraagd?' vroeg Grist.

'Niet meer dan een paar minuten,' antwoordde Carter. 'Ze zijn er vlak na ons vandoor gegaan. Kunnen hier elk moment zijn.'

Ernstig merkte Grist op: 'Dat was een gewaagde zet, om het vijandelijk vuur van het doelwit weg te leiden. Een besluit van Duncan neem ik aan.'

'Dat denk ik wel,' zei Carter.

Weer knikte Grist. 'Goed zo. Ik verwacht dat hij wel op de lijst komt voor een onderscheiding.'

Sek zei: 'Als er iemand een lintje verdient, dan is het Geordie wel. Hij is degene die het doelwit te pakken heeft gekregen. Als hij er niet was geweest, was die gozer hem misschien gesmeerd.'

'O ja?' De inlichtingenofficier keek Carter haast bewonderend aan. 'Vijf minuten bij Squadron G en nu al heb je een naam opgebouwd. Dat verbaast me, Geordie Carter. Ga zo door en dan ben je voor het eind van het jaar commandant.'

'Goed, laten we overgaan tot de debriefing,' stelde Farrell voor.

'Wat, nu?' Carter keek hem met opgetrokken wenkbrauwen aan. 'Waarom zo'n haast?'

'Het is gewoon logisch dat meteen te doen.' Farrell haalde zijn schouders op. 'Dan hebben we die ellende maar gehad.'

Boos schudde Carter zijn hoofd. 'We moeten wachten tot de rest van de jongens er is. We zaten geen van allen bij het aanvalsteam,' benadrukte hij. 'We moeten van hen horen wat er is gebeurd.'

Sek zei: 'Wat maakt het nou uit? We weten allemaal wat er is gebeurd. Dat is geen groot geheim of zo.'

Er viel een ijzige stilte. Carter keek hem kwaad aan.

Toen kuchte Grist en zei: 'Ik ben het met Geordie eens. We kunnen beter wachten tot iedereen er is en het dan goed doen.'

'Nou, fuck it,' mompelde Farrell.

Terwijl ze naast de hangar stonden te wachten wierp Carter een zijdelingse blik op Farrell en Sek en de radertjes in zijn hoofd draaiden overuren. Hij vroeg zich af waarom ze de debriefing zo graag direct hadden willen doen. Ze leken geen minuut langer op Ramstein te willen blijven dan nodig. Hij kreeg het gevoel dat ze daar zo snel mogelijk weg wilden.

Weer schudde hij zijn hoofd. Alles ging zo snel. Te snel naar Carters zin. Alsof het van tevoren allemaal zorgvuldig was gepland, als een militaire operatie binnen een militaire operatie. Kou verspreidde zich in een rilling over zijn nek. Het oude, bekende gevoel waardoor zijn huid prikte en dat hem vertelde dat er iets behoorlijk mis was.

Twee minuten later werd het grijze wolkendek gevuld met het bekende geklop van een naderende helikopter.

Carter zag de tweede Black Hawk vanuit het oosten naderen, de neus licht omlaag, de rotorbladen draaiend in de lucht. Het toestel kwam omlaag en bleef even in de lucht hangen voor het langzaam de daling inzette richting een groep hangars helemaal aan de andere kant van de landingsbaan. Vanaf waar Carter stond was het vrijwel de andere kant van de luchtmachtbasis.

‘Waar zijn die sukkels mee bezig? Ze landen op de verkeerde plek.’

Farrell gaf geen antwoord. Carter probeerde het aanvalsteam op de zender te pakken te krijgen om erachter te komen wat er gaande was, maar dat leverde dezelfde doodse stilte op als bij het bolwerk.

Het toestel verdween achter de hangar uit het zicht. Er verstreken zestig seconden. Toen kwam de stijgende heli weer in het zicht, vloog naar de Regimentshangar en landde op het platform een klein stukje van de andere Black Hawk vandaan. De soldaten kwamen via de zijdeur naar buiten, lachend en grappen makend. De aanvalsgroep, plus Scowcroft, Redzic en Vokes. De andere helft van het kordonteam.

Duncan struinde naar de groep die voor de hangar stond en leek bijzonder in zijn nopjes. Die blik had Carter aan het einde van een missie eerder gezien in de ogen van jongens. De blik van een ware krijger die tevreden is met wat hij heeft klaargespeeld.

Naarmate ze dichterbij kwamen zag Carter dat de kleding van sommige aanvallers op bepaalde plekken gescheurd en geschroeid was. Een paar mannen hadden tijdens de aanval schaafwonden en sneetjes opgelopen, maar verder leken ze piekfijn in orde. Toen viel Carter nog iets anders op.

Hun rugzakken ontbraken. Op één na.

Duncan beende recht op Carter af en sloeg hem stevig op de schouder. ‘Alles goed, knul?’ Hij grijnsde. ‘Wat is er met jou? Heeft iemand je geswaffeld of zo?’

‘Wat is daar in godsnaam gebeurd?’ snauwde Carter. ‘Waarom zijn we niet tegelijk teruggevlogen?’

Dat lachte Duncan weg. ‘We kwamen pas laat uit het pand, sukkeltje. Waren druk met zoeken naar technische spulletjes. Het leek me het beste om te zorgen dat het doelwit veilig werd gesteld.’

‘Dat was anders niet het plan.’

‘Het plan is veranderd, maat. Je weet hoe dat gaat.’

Carter wierp hem een dodelijke blik toe en het bloed klopte tussen zijn slapen. ‘Nee, dat weet ik verdomme niet. Maat.’

Duncans gezicht ontspande zich tot een soepele glimlach. ‘Tering, relax een beetje. Het plan is geslaagd, toch? Klus geklaard.’

‘Wat had dat te betekenen?’ ging Carter over op een ander onderwerp. ‘Die landing aan de andere kant van het vliegveld.’

Sussend hief Duncan zijn handen. ‘Moet je mij niet aankijken. Dan moet je bij die sukkel van een piloot zijn. Die eikel zat op de verkeerde landingsbaan, zodat we helemaal aan de andere kant van de basis terechtkwamen. Ik moest tegen hem zeggen dat hij hierheen moest vliegen.’

Carter keek naar de leider van de Luchttroep en voelde zijn bezorgdheid groeien. Hij wist dat Duncan loog. Bij de missies van de commando’s werden de allerbeste RAF-piloten gebruikt. Die zouden onmogelijk zo'n amateuristische fout maken.

'Verder met de debriefing,' kondigde Grist aan. 'Geordie, Steve, Sek. We nemen alles in de gebruikelijke ruimte door. Zou niet lang moeten duren.'

'Dat mag ik toch verdomme niet hopen,' mompelde Duncan.

Grist leek hem niet gehoord te hebben. 'De rest kan wat verdiende rust pakken,' zei hij. 'Pak je spullen, neem iets te drinken en zak onderuit, heren. Dat hebben jullie wel verdiend. Om twee uur vanmiddag keren we terug naar Hereford.'

Even later bevonden Carter, Duncan, Sek en Grist zich samen in de briefingruimte. Grist zat naast Moody aan de ene kant van de tafel en de drie soldaten tegenover hen. Op de tafel tussen hen in waren diverse spullen uitgestald. De dure schoudertas van Gortsjakov, een rugzak van North Face waarvan de inhoud op het gepolitoerde walnoothout lag. Een afgetrapte laptop die eerder leek gemaakt dan dat het wiel was uitgevonden, een paar eenvoudig uitziende wegwerptelefoons, drie Manila-mappen waarin documenten zaten gepropt, een paar notitieblokken en een stapel papieren.

Carter liet zijn blik over de magere buit gaan en voelde de druk in zijn hoofd toenemen en tegen zijn oogbollen drukken.

Hij dacht niet aan de hardware voor hem op tafel, maar hij vroeg zich af wat er met de rest van de tassen was gebeurd. En wat daar in zat.

Grist begon de debriefing. 'Laten we meteen ter zake komen, jongens. Vertel me wat er is gebeurd.'

'Aankomst verliep prima,' zei Duncan. 'Geen problemen bij het binnengaan van het bolwerk. Explosief bij de deur om binnen te komen. Alle materieel werkte naar behoren.'

Carter schoot overeind en zei: 'Dat is niet waar. De zenders werkten niet. In totaal waren de zenders drie tot vier minuten buiten werking. Op twee aparte momenten.'

Moody fronste. 'Dat hoor ik voor het eerst.' Hij keek naar Sek en Duncan. 'Is dat waar?'

'Geordie heeft gelijk. Tijdens de inval is de zender een of twee keer uitgevallen,' zei Duncan. 'We dachten dat het aan een stoorzender lag, aangezien het doelwit in zijn huis geïnvesteerd heeft in het neusje van de zalm op beveiligingsgebied.'

'Nee.' Moody schudde vastberaden zijn hoofd. 'Dat kan het niet geweest zijn. Als het signaal werd verstoord zou het niet zo sporadisch uitvallen.'

'Wat is er dan gebeurd?' wilde Carter weten.

'Het kan een kapotte radio zijn geweest,' suggereerde Sek. 'Al vanaf het eerste gebruik laten die nieuwe dingen het afweten. Wat een bagger. De oude spullen waren beter, als je het mij vraagt.'

Moody snoof twijfelend en wees op Carters eigen zender. 'Laat me die eens bekijken.'

Carter haalde de zender los en gaf die aan Moody. De seiner onderzocht hem voorzichtig, als een juwelier die een kostbare steen bekijkt, of een archeoloog die een onbetaalbaar artefact onder handen heeft. Hij drukte op verschillende knopjes en draaide aan afstemknoppen, en gaf hem toen weer terug aan Carter.

'Lijkt mij prima in orde,' zei hij. Met een ernstig gerimpeld voorhoofd dacht hij over het probleem na. 'Het is niet logisch. Een of twee zenders kunnen stukgaan, maar een heleboel, tegelijkertijd? Hoogst onwaarschijnlijk.'

'Wat wil je daarmee zeggen?' vroeg Grist.

Moody gaf geen antwoord, maar richtte zich op Sek en Duncan en zei: 'Is iemand tijdens de inval van kanaal gewisseld? Per ongeluk misschien?'

Duncan en Sek keken elkaar aan, en weer terug naar Moody. Schudden hun hoofd.

'Voor zover wij weten niet,' zei Sek. 'We hadden gewoon dezelfde problemen als Geordie. De ontvangst viel weg en kwam toen weer terug. Dat gebeurde nog een keer. Precies wat hij zei.'

Moody haalde zijn schouders op en leek geërgerd, alsof dat voor hem geen goede verklaring was. 'Eenmaal terug zal ik er dieper in duiken. Kijken of er een reden is dat de apparatuur niet functioneerde.'

'Ga door, Steve. Laat de rest eens horen,' zei Grist.

Duncan vervolgde: 'We hebben het gebouw veiliggesteld en het doelwit gepakt. Of in elk geval dachten we dat. Wij wisten niet dat het doelwit over een dubbelganger beschikte. Terwijl wij de verkeerde gozer boeiden, ging het echte doelwit ervandoor en probeerde te ontsnappen. Gelukkig was daar Geordie die hem wel herkende en hem arresteerde. Dankzij hem is de missie geslaagd.'

'Dat heb ik gehoord. Ga door.'

'Volgend op de arrestatie hebben we het pand doorzocht op inlichtingen. We hebben in alle hoeken en gaten gekeken, maar dit was alles wat we konden vinden.' Met een hand gebaarde Duncan naar de magere buit aan hardware en documenten op tafel.

'En niet te vergeten de schoudertas die het doelwit bij zich had natuurlijk,' voegde Grist daaraan toe.

'Aye. Ook die.'

'Maar jullie zijn bijna tien minuten binnen geweest,' zei Carter. 'Ik hoorde dat jullie je met explosieven van de ene kamer naar de andere in het huis werkten. Zoeken naar inlichtingen kan zo lang niet hebben geduurd.'

Uitdrukkingsloos staarde Duncan hem aan. 'Zoals ik zei, we hebben het huis uitgebreid schoongeveegd. Alle hoeken en gaten moesten bekeken worden.'

'En de bunkerkamer?'

'Zelfde verhaal. Leger dan een metro tijdens de pandemie. Het doelwit moet al zijn buit hebben verplaatst. Misschien was hij bang dat de Russen achter hem aan zouden komen en besloot hij zijn rijkdom te verbergen waar het niet gevonden kon worden.'

‘Dat verklaart de dubbelganger,’ zei Sek. ‘Die zou hij alleen gebruiken als hij bang was gepakt te worden.’

Grist zei: ‘Natuurlijk stuurt Six een team om de andere panden te controleren en te kijken of hij nog iets anders verborgen heeft.’

Duncan ging verder met zijn verhaal. ‘Na onze huiszoeking verlieten we het pand en stapten we in de heli. Op mijn orders zigzagden de piloten om het pand heen om eventueel vuur weg te leiden van het doelwit.’

‘Heeft de politie geschoten?’

‘Nee. Voor ze het vuur konden openen bevonden wij ons al buiten bereik.’

‘Nog gewonden?’

Duncan sloeg zijn dikke armen over elkaar. ‘Twee jongens liepen door de explosieven lichte brandwonden op. Bij het schoonvegen van de kelder heeft Brady zijn enkel verstuikt. Meer niet. Niets ernstigs.’

‘Zijn er nog spullen achtergebleven? Iets waaraan jullie herkend kunnen worden?’

‘Nee.’

‘Nog vijanden ter plaatse gedood?’

‘Twee lijfwachten in het bolwerk.’

‘En daarbuiten?’

‘Drie vijanden neergehaald,’ antwoordde Carter. ‘Drie andere lijfwachten hebben zich overgegeven. We hebben ze ontwapend en geboeid en voor het gebouw achtergelaten.’

‘Het was mazzel dat Geordie in het kordonteam zat,’ merkte Duncan op. ‘Hoor eens, als je iemand wilt noteren voor een eervolle vermelding, dan is hij dat. Redder van de dag.’

Kil zei Carter: ‘Kappen met die bullshit, Steve.’

‘Rustig maar, jongen. Je hebt het goed gedaan. Wat is in jezusnaam het probleem?’

‘Ik hoef geen lintje. Geen interesse.’

‘Steve wil je alleen maar een plezier doen, chagrijnig stuk vreten,’ zei Sek. 'Je hoeft je daarom niet als een zak te gedragen.'

Carter slikte zijn woede in en keek weg. Hij had een neus voor bullshit en op dat moment was de briefingruimte doortrokken van de stank. Duncan legde het er dik bovenop en hemelde Carter op in een poging de aandacht van zichzelf af te leiden. Wilde zorgen dat Grist zich op zijn heroïsche daden richtte in plaats van op de vraagtekens rond de operatie.

Hij richtte zich tot de inlichtingenofficier en zei: 'Hoe zit het met de Poolse autoriteiten? Die moeten inmiddels van de inval afweten, nu de politie op de hoogte is.'

'Dat wordt via diplomatieke kanalen gladgestreken. Van hen zullen we niets horen. Dat zou een heel ander verhaal geweest zijn als een van die agenten gewond was geraakt.'

'En het doelwit?'

'Die wordt binnen een uur of zo op een privévliegtuig gezet. Six neemt hem mee naar een *black site* voor een uitgebreid verhoor om erachter te komen wat hij weet. Dan wordt hij naar een safehouse gebracht. Wat betreft de hardware zal de technische dienst van Six alles uit elkaar halen op zoek naar data. Alles helemaal uitkammen.'

Grist zweeg even en trommelde met zijn vingers op tafel. 'We hebben nog wel iets anders gevonden. Iets... onverwachts.' Hij boog zich over de tafel en reikte naar de schoudertas. Schoof de sluiting open en maakte de rits van een binnenvak open, waar hij een klein fluwelen zakje met een trekkoord uit haalde. De anderen keken nieuwsgierig toe terwijl Grist aan beide einden van het koord trok en de inhoud op tafel liet vallen. Uit het zakje stroomden diamanten, allemaal helemaal rond en ongeveer zo groot als een penny.

Carter telde er twintig. Ze lagen te glimmen in de sterke gloed van de lampen.

Sek staarde met open mond van de schok naar de diamanten. 'Jezus,' hijgde hij. 'Moet je dat eens zien.'

'Diamanten van vijf karaat,' legde Grist uit. 'Van het dienstmeisje van Gortsjakov weten we dat hij daar een berg van bezat. Nam ze altijd overal mee naartoe. Zijn ontsnappingsfonds, naar we aannamen.'

'Tyfus.'

Snel maakte Carter een berekening in zijn hoofd. De gemiddelde prijs voor een diamant van vijf karaat hing aanzienlijk af van de slijpvorm, kleur en zuiverheid. Maar stel dat je uitging van minimaal honderdduizend dollar voor spul van lagere kwaliteit. Met een bovengrens van een half miljoen voor de beste slijping.

Hij zag hier misschien wel twee miljoen dollar aan diamanten. Hij wierp een zijdelingse blik op Duncan. De Schot zat ingespannen naar de stenen te kijken en richtte vervolgens zijn blik op Sek. Er gleed een beschuldigende uitdrukking over zijn gezicht.

Voordat hij de debriefing afsloot vuurde Grist nog een paar vragen af. Daarna liepen ze achter elkaar de ruimte uit en Carter sleepte zijn dodelijk vermoeide lijf naar de kantine voor een kop koffie. Sek en Duncan liepen naar de andere kant van de hangar en verdwenen door een deur zonder opschrift. Carter keek hen na en de vragen drongen zich als een boorijzer in zijn hoofd: waar gaan ze heen? Wat zijn ze nu in godsnaam weer van plan?

'Zit je ergens mee, maat?'

Carter keek om zich heen. Aan een van de tafeltjes zat Farrell van een bord koekjes te eten.

'Nee, maat. Het is niks.'

'Kop op.' De man uit Ulster propte nog een koekje in zijn mond. 'We hebben de klus geklaard, of niet soms? Het gebeurt niet elke dag dat we een Russische miljardair in de kraag vatten.'

'Nee, inderdaad niet.'

Hij grinnikte en veegde met de achterkant van zijn hand zijn mond af. 'Weet je wat jouw probleem is, Geordie? Je kunt niet ontspannen. Je staat te strak. Af en toe moet je je even laten gaan. Snap je me?'

'Misschien.'

Carter schonk zichzelf een kop zwarte koffie in en liep naar de ontspanningsruimte. Hij had geen trek in onzingesprekken, dus richtte hij zijn gedachten weer op de debriefing. Hij dacht aan Moody's woorden over de zenderproblemen.

Geen problemen met de radio's. Geen stoorzender.

Dat de communicatie tijdens de inval wegviel kon maar één andere aannemelijke reden hebben, dacht Carter bij zichzelf. En op dat moment, toen het besef als een onverwachte stomp doordrong, voelde hij een koude rilling van angst over zijn ruggengraat.

Want op dat moment begreep hij de afschuwelijke waarheid. Die lag open en bloot voor hem. Staarde hem recht in het gezicht.

Ik hoop dat ik ernaast zit, dacht Carter. Maar als ik gelijk heb, kan dat de ondergang van het Regiment betekenen.

Acht

Om vier uur 's middags keerde het team terug naar Hereford. Daar werden ze begroet door de commandant en de OPS-officier, die hen gelukwensten met de goede afloop van de klus. Duncan gaf het team de opdracht dc volgende dag in de hangar van het squadron met elkaar hun materieel uit te pakken. Er ontstond een verhitte discussie over waar ze die avond een biertje zouden gaan drinken en wie het eerste rondje zou geven. Iedereen leek opgewekt. Ze grijnsden, lachten en stangden elkaar goedbedoeld. De winnaars van het WK die thuis als helden werden onthaald.

Carter stelde de feestelijkheden uit en reed vanaf het kamp rechtstreeks naar huis. Hij trok zijn burgerkleding aan, waste en schoor zich, trok een koud supermarktbiertje open en maakte de houtkachel aan. Toen haalde hij de minitelefoon tevoorschijn die hij in zijn survivalpack verborgen had gehouden. Carter zette het toestelletje aan, navigeerde door het primitieve menu en tikte een nieuw bericht op het microscopisch kleine toetsenbord:

Ontmoeting noodzakelijk, ZSM.

Hij drukte op Verzenden.

Hij legde de minitelefoon op de salontafel, nam een slokje bochtbier en zette in afwachting van een antwoord de televisie aan. Een paar minuten scrolde hij doelloos door de streamingdiensten, stuitte alleen maar op rotzooi en koos toen voor het nieuws. Daarop leek het belangrijkste thema te zijn dat Groot-Brittannië langzaam in zee gleed. De huizenprijzen stegen. Een tussenwoning in Londen kostte meer dan het bruto nationaal product van Botswana. De volgende generatie zou zich geen huis kunnen veroorloven. De mensheid ging ten onder aan klimaatverandering. De rijken haalden de ophaalbrug op.

Het oude liedje, dacht Carter. De mensen die de leiding hebben maken er een klotezooi van. Dan verdwijnen ze van het toneel en laten ze anderen ervoor opdraaien.

Er was een item over het doorlopende tegenoffensief in Oekraïne. De Russen vochten gevaarlijk dicht bij de kerncentrale in Holovika, in het zuidoosten van het land. De grootste centrale in Europa. Onlangs hadden de Oekraïense troepen het gebied heroverd voor ze opnieuw doorstootten richting Cherson. Volgens het bericht rukten ze snel op en wonnen ze met verbazingwekkend tempo terrein. Zelfs de Oekraïners leken verbaasd over hun succes. De Russen werden naar de rivier de Dnjepr gedrongen.

De plaatselijke Russische bevelhebber verscheen voor de media en dreigde Holovika te bombarderen als de Oekraïners zich niet uit het gebied terugtrokken. Bij recente Russische granaataanvallen waren de hoogspanningskabels die de elektriciteitscentrale met het landelijke netwerk verbonden beschadigd, aldus het bericht. Monteurs moesten het met generatoren op diesel doen tot ze de stroom weer op gang kregen.

De camera schoot naar een NAVO-top in Berlijn. De frisse Amerikaanse minister van Binnenlandse Zaken stond achter een lessenaar, geflankeerd door de Amerikaanse vlag en de NAVO-vlag en sprak rechtstreeks in de camera.

'Ik zal klip en klaar zijn,' zei de minister met zijn soepele Californische accent. 'De president neemt elke dreiging met nucleaire escalatie uiterst serieus. Elke poging de civiele nucleaire infrastructuur te vernietigen of het inzetten van strategische kernwapens tegen Oekraïne zullen een snelle, harde vergeldingsactie van onze regering tot gevolg hebben die haar weerga niet kent. We raden Rusland sterk aan een mogelijk verwoestende escalatie van de vijandelijkheden te voorkomen en roepen in het dringend internationaal belang op tot het opzetten van een beschermde zone rond Holovika.'

Carters telefoon zoemde bij een binnenkomend bericht van Maitland. Hij greep het toestelletje, klikte het open en fronste naar het piepkleine scherm.

Morgen. 1700. Zelfde plek.

Net wilde hij de telefoon uitzetten toen er nog een bericht binnenkwam:

Heb je iets gevonden?

Op de televisie was het nieuws op andere wereldberichten overgegaan. Honger in Bangladesh, militaire dreiging om Taiwan, beladen verkiezingen in Italië. Hij zette het geluid uit.

Hij tikte:

Je had gelijk. Het is meer dan een paar rotte appels.

Majoor Phil Greening zat aan zijn keukentafel naar de wegwerptelefoon te staren en worstelde met zijn geweten.

Hij moest een besluit nemen. Het moeilijkste besluit van zijn hele loopbaan. Nu kwam het erop aan.

Naast de wegwerptelefoon lag een tabaksblikje van Golden Virginia, gevuld met wegwerpsimkaarten. Als Greening om welke reden dan ook contact met zijn contactpersoon moest leggen, moest hij eerst een nieuwe sim in de telefoon doen, vervolgens het nummer dat hij in zijn geheugen had opgeslagen intoetsen en na afloop het kaartje goed vernietigen. Hij begreep dat je dit bij voorkeur deed door het eerst te vertrappen en de stukjes door het toilet te spoelen. Ook had hij te horen gekregen alleen in noodgevallen te bellen.

Zie het als een brandalarm, hadden ze gezegd. Je breekt alleen het glas in noodgevallen.

Greening was ongelooflijk trots op wat hij tijdens zijn loopbaan bij het Regiment had bereikt. Maar weinig soldaten hadden het tot onderbevelhebber van de SAS geschopt. Zijn succes was te danken aan een mengeling van vastberadenheid, vaardigheden, de juiste vrienden en, ja, een flinke scheut geluk. Maar op bepaalde momenten verlangde hij naar zijn oude leventje als nieuwe rekruut in Squadron G.

Momenten zoals deze.

Al een tijdje was hij op de hoogte van de gang van zaken binnen zijn oude squadron. Toen Greening voor het eerst iets van het probleem hoorde, had hij besloten het te laten gaan. Dat was zijn eerste fout geweest. Hij had het probleem willen rationaliseren. Van oorsprong trok het Regiment tenslotte mensen aan die risico namen. Gokkers, non-conformisten. Jongens die vaak deden of de normale regels niet voor hen golden. De grote meerderheid van het 22ste SAS waren eerlijke, hardwerkende, fatsoenlijke soldaten. Maar soms gleden er een of twee af in de criminaliteit.

Hij herinnerde zich nog een paar verhalen die twintig jaar geleden op Hereford de ronde deden. Er werd gefluisterd over SAS-legendes die tijdens het opleiden van buitenlandse milities met de boekhouding knoeiden. Ze dikten het aantal soldaten aan en staken het verschil in voorraden en geld in eigen zak. Soldaten die tijdens invallen gebouwen plunderden en leegroofden.

Dat gebeurde. Vervelend, maar het hoorde erbij. En het deed niemand kwaad.

Dat werd een misdaad zonder slachtoffer genoemd.

Greening had geprobeerd zijn handen niet vuil te maken. Hij keurde de daden van sommige mannen onder zijn bevel niet goed, maar hij had geleerd ze zwijgend te verdragen. Zolang ze hun werk maar deden, en niets uit de hand liep, was hij bereid een oogje toe te knijpen.

Maar toen waren Steve Duncan en zijn collega's doorgeslagen.

Het probleem was kort na Irak ontstaan. Dat was het moment waarop de Steel Reapers regelmatig met de Blood Kings om begonnen te gaan. Daarna was het snel geëscaleerd. Greening was gedwongen geweest zijn mannen te beschermen. Zijn hele leven had hij moeite gedaan uit de problemen te blijven en nu, op het toppunt van zijn carrière, moest hij liegen om een stel jongens te beschermen die zich te ver hadden ingelaten met een criminele bende. Goede soldaten, bracht hij zichzelf in herinnering, eersteklas operators, van wie hij sommigen zelf door de selectieprocedure had geloodst. Hij had zich er op dat moment mee moeten bemoeien. Duncan apart moeten nemen en hem een officiële reprimande moeten geven, dreigen hen aan de commandant te verlinken als ze de boel niet op de rit kregen. In plaats daarvan had Greening gedaan of er niets aan de hand was, in de hoop dat het zou overwaaien, en had hij tegen zichzelf gezegd dat de jongens uiteindelijk wel tot inkeer zouden komen.

Dat was zijn tweede fout.

Nu zat Greening in een onmogelijke situatie en had hij bijna geen tijd meer.

In zijn optiek kon hij op twee manieren te werk gaan.

Optie één: hij kon besluiten niets te zeggen. Het onderzoek de vrije loop laten, met het risico dat de daden van de jongens van de Luchttroep aan het licht kwamen. Zoals onvermijdelijk zou gebeuren. Je kon van alles van Geordie Carter zeggen, maar stom was hij niet. En de Reapers begonnen slordig te worden. Het zou aan het licht komen, daar kon je donder op zeggen. Greening zou te maken krijgen met een schandaal dat niet alleen de reputatie van Squadron G zou vernietigen, maar het hele 22ste SAS.

Of hij kon het besluit nemen. Zijn oude squadron – en het Regiment – behoeden voor vernedering.

Als hij iets deed was dat zo goed als een garantie dat het onderzoek zou stuklopen. Dat zou tot teleurstelling leiden bij Thames House en Scotland Yard, maar de hogere omes van Whitehall zouden allemaal een zucht van verlichting slaken. Ze hadden er een pesthekel aan als buitenstaanders onder de loep namen hoe het er binnen het Regiment aan toeging, uit angst voor wat er boven tafel zou komen.

Het betekende wel dat het leven van een goede soldaat in puin zou liggen, bracht Greening zichzelf in herinnering. Maar dat offer was het toch wel waard? De toekomst van het Regiment stond op het spel.

Eigenlijk was het dus helemaal geen keuze.

Greening wist wat hem te doen stond. In feite had hij bij het opstaan die ochtend zijn keuze al gemaakt. Het was vanaf dat moment alleen maar tijdrekken geweest. Proberen uit te stellen wat hij wist dat moest worden gedaan, zelfs al bezorgde de gedachte eraan hem schaamte en afschuw.

Gemaakte fouten achtervolgden hem nu.

Hij nam een slok Famous Grouse en sterkte zich.

Toen pakte hij de telefoon en toetste het nummer in.

De telefoon ging drie keer over voor een krassende stem aan de andere kant reageerde.

'Ja?'

'Steve, met Phil. Luister, we moeten...'

'Ik heb toch gezegd dat je dit nummer niet moest bellen,' onderbrak Duncan hem.

'Dit is een noodgeval. Er is iets wat je moet weten.'

Er viel een ijskoude stilte.

'Ga door,' zei Duncan.

'Je wordt in de gaten gehouden. Ze hebben je door.'

Weer werd het stil aan de andere kant. 'Politie?'

'Onder andere. Ook onze vrienden ten noorden van de Theems.'

Toen vroeg Duncan: ‘Hoe?’

‘Er is een infiltrant,’ antwoordde Greening. ‘In je team.’

‘Wie?’

Greening aarzelde. Hij stond op het punt zijn handen weer vuil te maken. De gebeurtenissen namen een ongelukkige wending. Zijn eigen schuld. Maar hij zou geen derde fout maken.

‘Ik doe het niet voor jou,’ zei hij. ‘Ik doe dit omwille van het Regiment. Dat je dat goed begrijpt.’

‘Phil?’

‘Ja?’

‘Geef me een naam.’

Greening gaf hem een naam. Een paar tellen viel het stil op de lijn. Zo lang dat Greening zich afvroeg of de verbinding was verbroken. ‘Steve? Ben je er nog?’

‘Laat het maar aan ons over. We lossen het wel op.’

‘Hoe?’

‘Dat kun je maar beter niet weten.’

Negen

Precies dertien minuten voor de bespreking stapte Carter zijn huis uit, een optrekje met twee verdiepingen gelegen aan de rand van een afgelegen dorpje, een paar kilometer ten westen van Credenhill. Toen hij het vier jaar eerder kocht was het een krot geweest, maar meer kon hij zich na de scheiding en met de alimentatie niet veroorloven. Carter had het met hulp van zijn broer van de grond af aan opgebouwd. De muren waren opnieuw bepleisterd, er was een omheining neergezet. De vloeren waren geschuurd, de stenen opnieuw gevoegd, dakpannen vervangen, de goten schoongemaakt, er was een nieuw terras aangelegd en de deuren waren opnieuw afgehangen. De afgeleefde oude garage met asbest in het dak was neergehaald en vervangen door een hoog houten gebouw met een kantoor in de dakrand.

Inmiddels was zijn ex-vrouw psychotherapeut, wat waarschijnlijk iets zei over hun relatie.

Carter stak het grindpad over naar zijn Volvo. Hij was zich er uitermate van bewust dat hij op het punt stond de loopbaan van een aantal Regimentsleden te verwoesten. Wat hij daarvan vond wist hij niet. Dat plunderen interesseerde hem niet zoveel. In moreel opzicht misschien fout, maar niet erger dan de rijke lui van de gevestigde orde die met hun onkosten rommelden of hun maten contracten aanboden in ruil voor een lucratief stuk van de buit.

Voor zover hij wist was het enige verschil dat Duncan en zijn maten op heterdaad waren betrapt.

Ook besefte hij iets anders: dit betekent ook het einde van mijn eigen carrière.

Carter had gehoopt dat zijn overplaatsing naar Squadron G een nieuwe start zou zijn. Een kans opnieuw te beginnen, zichzelf vrij te kopen. Nu zag hij pijnlijk duidelijk dat het Regiment hem maar voor één doel had teruggehaald. Zodra het onderzoek achter de rug was, zouden ze haast wel zeker van hem af willen. Hij was een blok aan het been. De andere jongens van Squadron G – de jongens die niets met de Blood Kings te maken hadden gehad – zouden hem een verklikker vinden. Iedereen zou hem uit de weg gaan. Greenings belofte hem sergeant-majoor van het squadron te maken was lulkoek.

Ze houden me hier zolang ze me nodig hebben, dacht hij. Dan flikkeren ze me bij het grofvuil. Zo gaat dat in Hereford.

Hij liet zich achter het stuur glijden, startte de motor en stopte aan de rand van de hoofdweg. Keek eerst naar links en toen naar rechts. Een Harley-Davidson kwam brullend in het zicht, de onmiskenbare brul van de motor sneed door de lucht. Hij suisde langs de Volvo en verdween uit zicht toen hij de volgende bocht in de weg nam.

Idioten, dacht Carter bij zichzelf. Tegenwoordig waren er heel wat motorrijders in deze buurt. Ze hingen rond op het platteland, veroorzaakten ongelukken en ergerden de plaatselijke inwoners met hun herrie en vuil.

Hij reed zijn oprit af in zuidelijke richting naar Madley. Twaalf minuten later gleed hij de parkeerplaats aan de oostkant van de King's Arms op. Om vijf uur 's middags op donderdag was het rustig in de buurt. Aan de andere kant van de hobbelige weg lag een crèche en verder naar het oosten een tankstation en een Indiaas afhaalrestaurant, naast een vervallen bushalte. Nog verderop stonden vervallen, roodbakstenen rijtjeshuizen en een groepje nieuwbouwhuizen.

Aan de rand van het kruispunt direct ten westen van de pub stond een wit Mercedes-Benz Sprinter-busje nonchalant geparkeerd en blokkeerde zo het zicht van iedereen die de hoofdweg op wilde draaien. Een bezorger. Daar barstte het in de omgeving van. Ze scheurden over de wegen, doorkruisten meermaals per dag dezelfde straten en blokkeerden opritten en zijstraatjes.

Hij duwde de deur open en stapte de pub in. Hij telde her en der een stuk of tien klanten in de tent. In een hoek propte een kerel met een kale kop in een hoody muntjes in een fruitautomaat. Aan een tafeltje zat een stel nepgebruinde jonge vrouwen van cocktails te nippen. Aan de bar dronk een enorme kerel alleen, zijn dikke armen en nek vol gedetailleerde tatoeages. Een eindje verderop bewonderde een ouwe gast met een platte pet op de tieten van een vrouw achter de bar. In een petrischaaltje zat nog meer leven.

Kosten voor levensonderhoud, dacht Carter. Het was goedkoper om thuis eigenmerkbier te drinken dan in de plaatselijke kroeg te zitten. Maar tegelijkertijd was dat eenzamer en saaier.

Hij trof Maitland en de anderen achter in de bar. Sutton zat in het midden, gekleed in hetzelfde slobberige pak als bij de eerste bespreking. Greening zat links van hem, Maitland rechts, keurig gekleed in een jasje met een enkele rij knopen, een zijden blouse en een donkere kokerrok. Haar lippen waren diep, glanzend paars gestift. Op modegebied het andere uiterste van Sutton. Het type dat er in versleten afdankertjes nog steeds uitzag als om door een ringetje te halen.

Greening stond ter begroeting op en gebaarde naar de lege kruk. Carter parkeerde zichzelf op het gevoerde fluweel, sloeg een drankje af en nam met de anderen de inval in Polen door, terwijl zij geduldig luisterden. Regelmatig nam Sutton een slok uit het halveliterglas cola, maar Maitland liet haar bronwater onaangeroerd staan. Het viel Carter op dat Greening niets te drinken had. De onderbevelhebber onderbrak hem af en toe voor verduidelijking over een onbelangrijk detail of om de tijdlijn van de gebeurtenissen te bevestigen. Zoals een rechercheur die een belangrijke getuige van een misdaad ondervraagt. Hij leek geagiteerd, keek continu op zijn horloge en zat te schuiven.

Carter rondde zijn verslag af. Sutton staarde naar zijn lege glas en Maitland beet op haar onderlip, met een lichte frons op haar verder gladde gezicht. Greening haalde zijn telefoon tevoorschijn, keek erop, vlocht toen zijn vingers ineen en keek Carter neutraal aan.

Hij zei: 'Eens kijken of ik dit goed begrijp. Jij zegt dat de hele Luchttroep corrupt is, toch?'

'Niet iedereen. Misschien zijn een of twee jongens fatsoenlijk. Maar de meerderheid is erbij betrokken.'

'Weet je dat zeker?'

'Zo zeker als mogelijk is.'

'Maar je kunt geen uitsluitsel geven. Geen hard bewijs.' Greening spreidde zijn handen voor zich als een pokerspeler die zijn nutteloze kaarten laat zien.

'Dat klopt,' antwoordde Carter.

'Hoe weet je het dan zo zeker? Ik wil je verhaal niet volledig afzeiken, Geordie, maar we hebben niets concreets. Alleen maar een hoop geruchten en vermoedens.'

'Nee, het is veel meer dan dat.'

'Hoe bedoel je?' wilde Maitland weten.

'Ze overdreven toen het op de uitrusting aankwam. Ik heb zelf gezien dat ze drie thermische lansen inpakten. Voor een arrestatie. Dat is belachelijk in mijn ervaring. Ze namen ook een metaaldetector mee. Op mijn vraag waarom kwamen ze met een lulsmoes aan dat ze naar verborgen techniek moesten zoeken.'

'Misschien waren ze voorzichtig,' zei Sutton.

Carter wierp hem een blik toe en zei: 'Dan is er nog de tijd die ze nodig hadden om het huis schoon te vegen. Ze haalden alles overhoop en bliezen zich een weg de verschillende kamers in.'

'Misschien op zoek naar hardware,' opperde Sutton. 'Zoals Duncan al zei.'

Carter schudde zijn hoofd. 'Ik heb huizen schoongeveegd. Honderden. Aan zo'n klus heb ik nog nooit meegedaan. Het was... anders.'

'Hoe anders?'

'Ze wisten dat de politie onderweg was en toch drongen ze erop aan het huis nog een paar minuten te doorzoeken. Dat was roekeloos. We hadden in een vuurgevecht met de politie kunnen belanden.'

'Ongetwijfeld een slecht tactisch besluit,' was Greening het met hem eens. 'Maar dat wijst nog niet echt op iets duisters.'

Carter zei: 'Er is meer.'

'Laat maar horen, Geordie.'

'Er waren problemen met de communicatie. Op twee aparte momenten tijdens de inval viel het netwerk weg. Eerst dacht ik dat het een technisch probleem met de radio's was, maar dat is door de seiners uitgesloten. Ze zeiden dat ze de apparaten hebben getest en niets hebben gevonden.'

'Waarom werkten de radio's dan niet meer?'

'Ze werkten wel,' zei Carter. 'De andere jongens zijn tijdens de missie van kanaal gewisseld. Ze communiceerden op een andere frequentie zodat ik niet kon meeluisteren.'

'Weet je dat zeker?'

Carter zei: 'De communicatie viel weg op het moment dat de jongens van het aanvalsteam het bolwerk schoonveegden. Dat kan geen toeval zijn geweest. Als ze binnen naar buit zochten moesten ze onderling kunnen praten om te vertellen wat ze hadden gevonden en waar.'

'Is dat überhaupt mogelijk?' wilde Sutton weten. 'Van kanaal wisselen, bedoel ik.'

'Gemakkelijk genoeg. Laat iedereen voor vertrek zijn radio op het nieuwe kanaal instellen. Als de jongens ongestoord moeten praten, wisselen ze gewoon van frequentie, en na afloop schakelen ze weer terug op het hoofdnetwerk. Zo zou ik het doen.'

'Maar je hebt ze niet daadwerkelijk hierover horen praten?'

'Nee.'

'Dit is puur speculatie. Je hebt geen idee wat er is gezegd.'

Carter wierp de dikke kerel van de afdeling Zware Criminaliteit een blik toe. 'Ik hoefde ze niet te horen, maat. Er is maar één reden dat ze me zouden willen buitensluiten van hun gepraat en dat is niet omdat ze het over het kloteweer wilden hebben.'

'Ga door,' zei Maitland. 'Alsjeblieft.'

Even dacht Carter na. 'Ze hadden rugtassen bij zich. De jongens van het aanvalsteam. Die hadden ze bij zich toen ze uit het huis kwamen. Acht in totaal. Maar toen ze uit de heli stapten, waren de rugtassen verdwenen.'

Maitland speurde zijn gezicht af. 'Enig idee wat ermee is gebeurd?'

'Meer dan een idee.'

Hij vertelde haar dat de tweede Black Hawk aan de verkeerde kant van de luchtmachtbasis in Ramstein was geland. Hoe die een paar minuten achter een ander stel hangars uit het zicht was verdwenen. Hij had het over Duncans lulsmoes voor die vergissing. Fout van de piloot.'

'Je geloofde hem niet?' vroeg Sutton.

'Natuurlijk niet.' Carter snoof. 'Geen enkele RAF zou zo'n fout maken. In geen duizend jaar.'

Maitland zei: 'Jij suggereert dat ze expres op een verkeerde plek zijn geland.'

'Ze moesten ergens de rugzakken uitladen voor ze naar de hangar terugkeerden. Te riskant. Iemand had erin kunnen loeren. Ik had hetzelfde gedaan als ik in hun schoenen stond. Dan had ik de piloot een deel van de buit gegeven en gezorgd dat hij een eind van de rest van het team zou landen.'

'Maar daarvoor hebben ze iemand op de grond nodig,' benadrukte Greening. 'Die hielp het spul uit te laden en naar het vliegtuig te brengen.'

Met een knik zei Carter: 'Ik denk dat Mike Beattie erbij betrokken is.'

'Mike? Jezus.' Greening keek of iemand op zijn gazon had zitten schijten. 'Wat is je bewijs daarvoor? Of is dat weer zo'n verdomd voorgevoel van je?'

Carter antwoordde: 'Beattie had ons moeten ontvangen toen we terugkwamen. Maar ik heb hem de hele tijd niet gezien. Hij heeft de leiding over de logistiek op Ramstein, dus is uitermate geschikt om de transfer te regelen. En voor de operatie heb ik hem met Duncan zien praten. Nogal heimelijk.'

'Dat betekent niets. Misschien haalden ze herinneringen op aan de goeie ouwe tijd. Hadden ze het over de benzineprijzen. Kan van alles zijn.'

'Ik weet wat ik heb gezien,' zei Carter geprikkeld.

'Maar dat is het hem nou juist,' merkte Sutton op. 'Je hebt niet daadwerkelijk gezien dat de overdracht plaatsvond, of wel soms?'

'Nee.'

'Heb je de inhoud van die tassen eigenlijk gezien?'

'Nee.'

'Verder nog?' vroeg Maitland.

'Meer niet.' Carter haalde zijn schouders op. 'Dat is alles.'

Sutton leek teleurgesteld. Greening keek weer op zijn telefoon.

Maitland zei: 'Dit is allemaal erg veelbelovend.'

'Maar?'

'Het is lang niet sluitend. Ik heb zelf heel wat meer nodig om dit te laten escaleren.'

'Dat ben ik met je eens,' zei Greening. 'Het gaat hier wel om de loopbaan van Regimentsmannen. Ik wil absoluut zeker weten dat ze schuldig zijn, voor we iets doen waar we misschien spijt van krijgen. Ik stel voor dat we wachten tot we over meer concrete informatie beschikken.'

Carter voelde de woede in zijn keel opkomen. 'Ik neem goddomme een gigantisch risico. Een paar jongens kijken me al raar aan. Als ik er te diep in duik, hebben ze door dat er iets aan de hand is.'

'Dat vragen we ook niet van je,' zei Maitland koeltjes. 'Ga gewoon door met waar je mee bezig was. Laten we kijken waar dat heen leidt.'

'Goed idee,' stemde Sutton in. 'Ze zullen binnenkort ongetwijfeld weer graaien.'

'Jij was trouwens de held van de missie,' bracht Greening naar voren. 'Zo te horen sta je op het punt hun vertrouwen te winnen. Als je zo doorgaat, moeten ze je er wel bij betrekken.'

'Ik ga niets illegaals doen.'

'Phil heeft gelijk,' zei Sutton. 'Dit is goed voor ons. Als ze je bij de groep vragen betekent dat dat we met zekerheid kunnen aanwijzen wie bij de Kings betrokken zijn.'

'Dat is goed voor jullie,' corrigeerde Carter hem. 'Niet voor mij.'

Maitland zei: 'Er is één ding dat ik niet begrijp.'

'En dat is?'

'Ik snap totaal niet waarom Duncan en zijn vrienden hun sporen niet zorgvuldiger hebben gewist. Ze moeten toch geweten hebben hoe het op jou overkwam – dat je wist dat er iets mis was.'

Hij knikte en zei: 'Ik denk dat deze inval een test was. Ze wilden zien hoe ik zou reageren. Kijken of ik het prima vond wat er gaande was. Een soort proefperiode, denk ik.'

'Ze beoordeelden een mogelijke rekruut.'

'Dat niet alleen. Ik denk dat ze ook bang waren voor infiltratie.'

Sutton zei: 'Hier hebben we het al over gehad. Ze kennen je achtergrond. Je... problemen met gezag. Ze hebben geen reden bang te zijn dat je een spion bent.'

'Maakt niet uit. Deze jongens spelen met een hoge inzet. Eén verkeerde zet en hun carrière is naar de knoppen en zij mogen een hele poos de zeep oprapen in de mannengevangenis.'

Maitland staarde hem doordringend aan. 'Hadden ze iets door?'

'Dat denk ik niet. Daarom heb ik zo'n toestand gemaakt over de stunts die ze hebben uitgehaald. Ik had geen keus. Was ik niet verbaasd geweest, dan hadden ze onraad geroken.'

'Laten we hopen dat je gelijk hebt,' zei Sutton. 'Voor ons allemaal.'

Maitland sloot de bespreking af. Ze spraken af elkaar over negen dagen weer te treffen, op een nieuwe locatie, die dichter bij het moment zelf zou worden bevestigd. Ze wenste Carter geluk en zei hem voorzichtig te zijn. Sutton wandelde weg om een telefoontje af te handelen. Carter stond op, greep zijn leren jack van Belstaff en wilde gaan. De dikke gozer met de extravagante tatoeages bij de bar ving Carters blik even voor hij de rest van zijn bier opdronk, zich van zijn kruk liet glijden en naar de deur liep.

Greening legde een hand op Carters schouder. 'Goed werk,' zei hij. 'Dat meen ik. Je speelt het mooi klaar. We begrijpen allemaal hoe gevaarlijk deze missie is.'

Carter lachte bitter. 'Welnee, niet echt. Jullie leggen je hoofd niet op het hakblok als dit foute boel wordt, of wel soms?'

Zonder op antwoord te wachten keerde hij Greening zijn rug toe en liep naar de uitgang, kwader dan hij zich lange tijd had gevoeld.

Er zaten twee bendeleden in de Mercedes Sprinter: een oudere kerel en een jonge mogelijke kandidaat. De oudere man had een dikke, wittige baard in de vorm van een omgekeerde lans en piepkleine oogjes omgeven door een waterval verweerd vlees. Verreweg het grootst aan hem was zijn borstkas. Die was enorm. Gigantisch. Een speling van de natuur. Op het breedste punt anderhalve meter breed. Hij heette Jimmy Naismith, maar iedereen kende hem als Big Daddy.

Hij reed.

De kerel op de bijrijdersstoel was negentien jaar jonger. In zijn leren vest en met zijn tatoeages leek Conor Ward wel een biker. Elke centimeter van zijn gezicht was bedekt met inkt: plaatjes van schedels, adelaars, crucifixen, slangen en moordlustige mythische monsters. Op zijn gezicht zat meer kunst dan in het Tate Modern te vinden was, had een van zijn maten eens opgemerkt.

Ward was al meer dan een jaar een aspirant-bendelid. Twaalf maanden van zijn leven werkte hij als veredelde sloof voor de Blood Kings. Hij liep zich het vuur uit de sloffen en deed alle minderwaardige klusjes voor de doorgewinterde leden. Hij maakte hun motoren schoon en poetste de toiletten in het chapterclubhuis in Liverpool. Nu kreeg hij de kans eindelijk zijn eigen insigne te verdienen en een volwaardig lid van de Blood Kings-familie te worden.

Hij was vastbesloten die kans te grijpen.

Het plan was simpel. Kort nadat het doelwit zijn huis had verlaten voor de bespreking hadden ze hun positie ingenomen. Ze stonden vijftien meter stroomafwaarts van de pub geparkeerd, op de hoek van een T-splitsing, met de ingang van de pub op elf uur. Er was wat verhitte discussie geweest of ze op de motor of met een busje moesten gaan. Uiteindelijk had het verstand het van het gevoel gewonnen en kozen ze voor de optie met vier wielen, puur omdat die praktischer was. Twee mannen die in een slaperig dorpje in Herefordshire op een stilstaande, ronkende motor zaten zouden de aandacht van de buurtbewoners trekken. Maar op twee kerels in een bestelbusje zou niemand letten.

Nu hoefden ze alleen nog maar op het teken van hun vriend te wachten. Ward was de schutter. Dat was in het clubhuis besloten. De chapterpresident had hem apart genomen voor De Toespraak. De toespraak waar alle aspirant-leden van droomden.

Het is zover, knul, had de president gezegd. Ben je bereid de eed te zweren?

Aspirant-leden van de Blood Kings moesten absolute trouw aan hun broeders tonen door een moord te plegen. Meestal ging het dan om het neermaaien van iemand in een rivaliserende bende die zich op hun terrein probeerde te begeven, of een wraakmoord. Oog om oog, tand om tand. Oudtestamentisch gedoe. Maar dit lag totaal anders. Plotseling bevonden Ward en Naismith zich op onbekend terrein. Ze voelden zich als een kat in een vreemd pakhuis. Er kon van alles misgaan.

Stel me niet teleur, had de president hen beiden gewaarschuwd. Waag het niet.

We mogen dit niet verkloten.

De wegwerptelefoon die op het dashboard lag trilde. Naismith greep het toestel en nam na twee keer overgaan op.

De derde man in het team was de penningmeester van het chapter, McAteer. Hij ging over de surveillance.

Een paar tellen praatte Naismith, aka Big Daddy, met hem. Hij tikte op het toestel om het telefoontje te beëindigen, legde het neer en zei: 'Doelwit gaat naar de uitgang. Het kan elk moment zover zijn. Maak je klaar.'

Ward trok de zwarte halsdoek die om zijn nek hing omhoog zodat de onderste helft van zijn gezicht bedekt was en greep de shotgun die in de beenruimte lag. Klaar om toe te slaan.

Dertig meter verderop kwam het doelwit uit de pub.

De zon verdween juist achter de horizon toen Carter de King's Arms uit kwam. Zes uur op donderdagavond. Inmiddels was het parkeerterrein van de pub halfvol. Of halfleeg, afhankelijk van hoe je het bekeek. De twee nepgebruinde vrouwen stonden vlak bij de ingang op hun mentholsigaretten te zuigen. Verderop wachtte een oude man in een gewaxte jas tot zijn golden retriever uitgesnuffeld was bij een lantaarnpaal vol verse pis. Aan de andere kant van de weg jogde een vrouw in een zwarte joggingbroek en een sweater. Het Indiase afhaalrestaurant was leeg. Het witte Sprinter-busje was nog steeds niet van zijn plek gekomen.

Carter beende langs de twee eeuwig gebruinde vrouwen naar zijn Volvo. Naast het portier aan de bestuurderskant bleef hij staan, zocht in zijn zak naar de sleutels en ontgrendelde de auto.

Hij wilde net het chromen handvat grijpen toen hij op zes uur van hem een schreeuw hoorde.

Carter hield stil.

Als gestoken draaide hij zich om.

Toen zag hij de schutter.

De primitieve dreigingsdetector in Carters temporaalkwabben registreerde verschillende dingen tegelijk. De schutter was gekleed als een biker. Hij had zijn halsdoek over de onderste helft van zijn gezicht getrokken, zodat die niet te zien was. Net een cowboy die een bank beroofde in het Wilde Westen. De bovenste helft van zijn geschoren kop was bezaaid met tatoeages. Hij bevond zich een stuk of vijf passen van Carter, ruwweg halverwege de parkeerplaats en de Sprinter. Had een pomp-actiegeweer met twee handen beet. Een model met afgezaagde en ingekorte, niet-onderdrukte loop, zodat de loden kogels een breder bereik hadden.

De schutter hief zijn wapen.

De zwarte mond wees recht op Carters middenrif.

De twee vrouwen buiten de pub hadden hun kankerstokjes weggegooid en zich in het portiek verborgen, weggedrukt, alsof ze zich onzichtbaar wilden maken.

Vijftien meter verderop kwam de motor van het Sprinter-busje grommend tot leven.

Carter had minder dan een seconde om tot actie over te gaan. Het deel van zijn hersenen dat beslissingen nam zei hem dat er geen tijd was om dekking te zoeken. Geen tijd om de auto in te duiken. Hij dacht dat het zeer onwaarschijnlijk was dat de schutter miste. Niet met een afgezaagde loop, niet op zo'n korte afstand. Wishful thinking.

Je kunt maar één ding doen, dacht Carter. Liggen.

Carter liet zich op de grond vallen.

In dezelfde ademtocht dreunde het geweer. Het zijraam aan de bestuurderskant versplinterde vlak boven Carters hoofd. Piepkleine glasscherven regenden op hem neer en hij voelde een stekende pijn in zijn arm. Het autoalarm begon te janken. De vrouwen schreeuwden nog steeds. Uit dezelfde richting klonken ploffende voetstappen die over het asfalt dreunden, afgewisseld met paniekerige stemmen.

Carter keek op en zag de Sprinter naar voren schieten. Voor de pub kwam het voertuig piepend tot stilstand.

De schutter met het getatoeëerde gezicht maakte een draai van honderdtachtig graden en sprong in de bijrijdersstoel. De zijdeur sloeg dicht en het busje scheurde weg, langs de garage en het afhaalrestaurant en de rij huizen van rode baksteen. Een paar seconden later verdween het uit het zicht.

Met moeite kwam Carter overeind. De man met de hond stond stokstijf stil en zijn golden retriever blafte waarschuwend. Aan de overkant van de weg had de jogger gehurkt dekking gezocht naast een busje dat aan de kant van de weg geparkeerd stond, in de hoop zichzelf te beschermen.

Carter keek om toen een groepje drinkers naar buiten stroomde. De oudjes bleven hangen en vergaapten zich aan het tafereel. Maitland, Greening en Sutton renden naar hem toe en de medewerker van Six brulde dat iemand de politie moest bellen.

'Ben je gewond?' vroeg Maitland angstig, terwijl ze zich naast Carter liet zakken. Ze zag het bloed op zijn jasje, de ondiepe sneetjes in zijn gezicht en handen.

'Niet bewegen. We halen een ambulance voor je.'

'Nee,' zei Carter tussen happen lucht. 'Alles is... oké.'

Er klonk een schel gesuis in zijn oren en er klopte een doffe pijn in zijn linkerzij. Hij wierp een blik op zijn arm. Een paar loodkorreltjes waren door de stof van zijn Belstaff-jack heen gegaan en hadden zich in zijn bovenarm geboord. Met zijn professionele oog zag hij dat het geen ernstige wond was – in de afgelopen jaren had hij tijdens de training ernstigere verwondingen opgelopen – maar alsnog deed het teringveel pijn.

'Wat is er gebeurd?' vroeg Sutton.

'Klootzak had een afgezaagde loop,' antwoordde Carter versuft. 'Nam me onder vuur. Ervandoor gegaan in een busje.'

Maitland keek om zich heen en nam het tafereel in zich op. De glassplinters. Het autoraam dat kapot was geblazen. De doodsbange voetgangers. De hond die in paniek nog steeds naast zijn eigenaar wild stond te blaffen. Inmiddels had de commotie op straat diverse mensen uit de omliggende huizen naar buiten gelokt.

Er flitste een vraag op in Maitlands ogen. 'Maar... hoe wisten ze dat je hier was?'

Niemand gaf antwoord.

'Zet hem in mijn auto,' zei Greening tegen de anderen met een stille woede in zijn ogen. 'We brengen je naar het medisch centrum in het kamp, zodat iemand je kan oplappen. Dan gaan we erachter komen wat er in godsnaam is gebeurd.'

Tien

Het medisch centrum van Hereford bevond zich in een eenvoudig ingericht gebouw, naast de extreem overwerkte afdeling fysio. Het was net de spreekkamer van een dokter, maar dan zonder de chique tijdschriften en de duizend jaar wachten voordat je aan de beurt was. De hospik die dienst had, Katie, had een vriendelijk gezicht en hartvormige lippen. Ze gaf Carter een injectie met lidocaïne om de pijn in zijn linkerarm te verdoven, plukte er een paar loodkorreltjes uit en verbond de wond. Daarna gaf ze hem een flesje pijnstillers op recept en zei ze dat de wond over een paar dagen wel over moest zijn. Hij had mazzel gehad, aldus Katie. Zijn leren jack had de meeste kinetische energie geabsorbeerd. Dat was het grootste slachtoffer van de aanval in Carters ogen. Tweeduizend pond designerkleding naar de knoppen. Plus de schade aan zijn Volvo.

Hij herinnerde zichzelf eraan dat het erger had kunnen zijn.

Als ik de schutter een seconde later pas had gezien, dacht hij, zou ik vol in de borst zijn geraakt. En dan zou ik hier niet zitten klagen over een paar gaten in mijn jack.

Katie deed een stap de kamer uit en begeleidde een paar agenten in burgerkleding naar binnen. Een kleine vrouw van in de veertig stelde zich voor als hoofdinspecteur Zaynab Rahman. Haar partner, inspecteur Bobby Galvin, was niet in vorm en had een huid zo bleek als de kliffen van Dover, haar als een stromatras en sproeten op zijn wangen. Ze namen hem mee naar een aparte ruimte en Rahman vuurde een serie vragen op hem af, terwijl Galvin zwijgend aantekeningen maakte.

Carter speelde stommetje. Dat was naar zijn ervaring altijd de beste optie en veiliger dan een uitgebreid verhaal uit je duim zuigen. Minder kans dat ze je op de details pakten.

'Vertel eens over de schutter,' zei Rahman. 'Hoe zag die eruit?'

'Hij zal wel van gemiddelde lengte zijn geweest. Gemiddelde bouw. Ik heb hem niet echt goed kunnen zien. Had zijn gezicht bedekt.'

'Weet je dan in elk geval nog wat hij droeg? Opvallende kenmerken? Iets waar we wat mee kunnen.'

'Volgens mij droeg hij donkere kleding.' Carter haalde verontschuldigend zijn schouders op. 'Sorry, het ging allemaal zo snel.'

'En de bestuurder?' wilde Galvin weten.

'Nee. Die was te ver weg.' Carter hield zijn hoofd schuin. 'En het busje? Al enig teken?'

Rahman knikte. 'Dat hebben agenten een half uur geleden gevonden. Was achtergelaten in een parkeerhaven zo'n achthonderd meter van de pub. De technische recherche zal ernaar kijken, maar we denken dat dat spoor doodloopt.'

Galvin zei: 'Ze hebben bleekmiddel in het busje gegoten. Dus de plaats delict is besmet.'

'Verder niets?'

'Achter in het busje hebben we twee spanbanden gevonden. Er zat een voorwielklamp aan de vloer vast. We zijn bezig met de aanname dat er een motor achter in het busje stond en ze daarop zijn gevlucht.'

Carter dacht: motor, halsdoek, leren jack, een schutter met een gezicht vol tatoeages.

'Zoals je merkt,' ging Galvin door, 'lijkt het erop dat we met professionals te maken hebben. Serieuze spelers.'

'Is er iemand die wrok jegens jou koestert?' vroeg Rahman.

'Voor zover ik weet niet.'

'Gezien wat er zojuist is gebeurd, is dat nogal lastig te geloven.'

'Geloof wat je wilt. Ik vertel alleen de waarheid.'

'Misschien een langlopende vete, of een onbenullige ruzie. Iemand in je familie of zo.'

'De meeste familieleden zijn dood. Ik heb nog een broer, maar die is al een paar maanden het land uit.'

'En je vrienden?'

'Die heb ik niet veel. Ik ben liever op mezelf. Ik hou niet zo van mensen.'

'Ben je iemand geld schuldig?'

'Nee.' Carter snoof. 'Luister, ik heb al gezegd, er is hier sprake van een vergissing. Wie dit ook heeft gedaan verwarde mij met iemand anders.'

'Heb je onlangs nog gezien dat je werd gevolgd? Iemand die je huis in de gaten hield of zich verdacht gedroeg? Wat dan ook?'

Carter schudde zijn hoofd en zuchtte gefrustreerd. 'Ik weet alleen dat ik in de pub met een paar oude collega's heb gekletst. We namen afscheid, ik ben vertrokken en het volgende moment neemt een of andere idioot me onder vuur. Meer niet.'

'Waarom was je in de pub?'

'Gezelligheid. Beetje ouwehoeren met wat maten van het werk.'

'Waar hebben jullie het over gehad? Puur nieuwsgierigheid.'

Carter gooide zijn handen in de lucht. 'Herinneringen opgehaald aan vroegere missies. Grapjes over de nieuwste bezuinigingen in het Regiment. Heb je daar genoeg aan?'

'Je lijkt er nogal ontspannen onder.'

'Ik ben militair. De afgelopen vijftien jaar hebben mensen me op allerlei manieren onder vuur genomen. Als je de waarheid wilt horen, ben ik pissiger over de schade aan mijn auto.'

Een korte tijd later kwam er een einde aan het verhoor. Rahman gaf Carter haar kaartje en zei dat hij naar het politiebureau in Hereford moest komen voor een officiële verklaring. Ze beloofde contact met hem op te nemen als er verdere ontwikkelingen waren en zei dat ze de beelden van de beveiligingscamera's zouden nagaan en met getuigen zouden praten. Eens horen of iemand licht op de identiteit van de aanvallers kon schijnen. Maar ze klonk niet erg optimistisch. Ze hadden geen motief, geen verdachten, geen doorslaggevend bewijs op de plek van de misdaad. De kans dat er iemand werd gearresteerd mocht als klein verondersteld worden.

De twee rechercheurs lieten Carter weten dat hij in de behandelkamer moest wachten. Ze vertrokken en toen verschenen Maitland, Sutton en Greening. Sutton ging op de stoel van de dokter zitten, Greening parkeerde zichzelf op de rand van de onderzoekstafel. Maitland bleef staan. Ze sloot de deur en onderwierp Carter aan zijn tweede verhoor van die avond. Maar nu speelde hij geen stommetje. Hij vertelde wat hij wist. De gebeurtenissen, zonder bullshit.

'Heb je de schutter goed kunnen zien?' vroeg Maitland toen hij klaar was.

Carter knikte en zei: 'Het was een biker.'

'Hoe weet je dat zo zeker?'

'Zijn gezicht zat onder de tatoeages. Hij droeg een halsdoek. Zag eruit als een biker. Leren jasje, legerlaarzen.' Hij vertelde over het busje, de spanbanden en de motor waarop ze waren ontsnapt.

'Van de Blood Kings?'

'Wie anders?'

'En de kerel in het busje?'

'Hem heb ik niet gezien.' Carter glimlachte flauwtjes. 'Ik werd nogal afgeleid.'

Sutton zei: 'We moeten de tijd nemen dit te onderzoeken. Kijken of er een verband bestaat.'

Carter lachte bitter. 'Ik ben niet gek, maat. Natuurlijk bestaat er een verband. Daar durf ik mijn rechterbal om te verwedden.'

Sutton stak zijn handen omhoog. 'Hé, laten we geen overhaaste conclusies trekken.'

'Nee,' onderbrak Greening hem. 'Geordie heeft gelijk. Er moet een verband bestaan. Het is veel te toevallig.'

'Weet de politie iets?' vroeg Maitland.

Carter schudde zijn hoofd en zei: 'Ze hebben de gebruikelijke vragen gesteld, maar ik heb ze afgepoeierd.'

'Mooi. Dat de politie zich ermee gaat bemoeien is wel het laatste waar we behoefte aan hebben. Dat is slecht voor alle betrokkenen.'

Greening merkte op: 'De vraag is: wat doen we nu?'

'We moeten de missie tijdelijk stopzetten,' kondigde Sutton botweg aan. 'In elk geval tot we ons vooronderzoek naar de schietpartij hebben afgerond en hebben uitgezocht wat er gaande is.'

'Mee eens,' vond Maitland. 'Doorgaan is te riskant, in het licht van wat we weten.'

Greening fronste zijn wenkbrauwen. 'Hoe bedoel je?'

'Dit is geen opportunistische aanval. Dit is duidelijk van tevoren gepland. En dat betekent dat iemand informatie gelekt heeft naar wie er ook achter de aanval zit.'

'Misschien heeft een van jouw nieuwe vrienden uitgeknobbeld wat er gaande was en besloten je het zwijgen op te leggen,' opperde Sutton.

Greening snakte naar adem van woede. 'Belachelijk. Ik ken die jongens. Ze laten zich misschien met de verkeerde lui in, maar dat zouden ze nooit doen, niet bij een van hun eigen mannen.'

'Dat zouden ze wel,' zei Carter, 'als het betekende dat ze daarmee hun eigen hachje redden.'

'Denk je echt dat je collega's zouden proberen je te doden?' vroeg Maitland.

'Misschien niet rechtstreeks. Ze willen hun handen schoon houden. Ik zou zelf de aanval hebben uitbesteed aan derden. Zorgen voor wat afstand tussen mezelf en de moord.'

'De Blood Kings?'

Weer knikte Carter. 'Dat denk ik wel. Maar Duncan en zijn maten zullen er alleen hun goedkeuring aan hebben gegeven als ze honderd procent zeker weten dat ik een spion ben. Iemand moet ze een seintje hebben gegeven.'

Maitland zei: 'Of dat nu wel of niet het geval is, we moeten de operatie voorlopig op pauze zetten. Zodra we meer weten, nemen we via de gebruikelijke kanalen contact met je op.'

'Wat moet ik in de tussentijd doen?' vroeg Carter.

'Geef een verklaring af en hou je gedeisd. Als iemand ernaar vraagt, zeg je wat je tegen de politie hebt gezegd. Je was in de pub met vrienden, er vond een aanval plaats op de parkeerplaats en de politie denkt dat het een duidelijk geval is van persoonsverwisseling.'

'Hoe zit het met het politieonderzoek?' vroeg Greening.

'Laat dat maar aan ons over,' antwoordde Sutton. 'We zorgen dat het doodloopt. Uit wat je ons hebt verteld gebeurt dat toch wel. Daar kunnen we in elk geval blij mee zijn.'

'Ik stel voor dat je in de tussentijd naar huis gaat,' zei Greening. 'Rust wat uit. Neem een paar dagen vrij.'

Carter stond op en greep naar de deurklink.

'Nog één ding,' zei Maitland.

'Ja?' Over zijn schouder keek Carter haar aan.

'Wees voorzichtig. Dat meen ik.'

'Denk je dat ze het nog een keer zullen proberen?' vroeg Greening.

'Iemand wil hem dood hebben,' antwoordde Maitland. 'Erg genoeg om het risico te nemen van een aanval toen het nog niet helemaal donker was. We moeten ervan uitgaan dat ze een tweede poging doen, zodra ze doorhebben dat de eerste is mislukt.' Ze richtte haar blik op Carter. 'Je hebt een doelwit op je rug. Let vanaf nu goed op.'

Dat zal geen probleem zijn, dacht Carter toen hij de kamer uit beende naar de uitgang. Dat doe ik verdomme al een groot deel van mijn leven.

Elf

Twee dagen na de schietpartij zat Carter in een raamloze briefingruimte in het hoofdkwartier op Credenhill. Tegenover hem aan de andere kant van de vergadertafel zaten twee personen. Peter Hardcastle, commandant van het 22ste SAS, was een streng uitziende man van eind veertig, al leek hij tien jaar ouder. Onder zijn borstelige wenkbrauwen lagen kleine, donkere ogen diep in hun kassen. Zijn neus leek wel een kraaiensnavel en zijn lippen waren zo dun dat je er uien mee had kunnen snijden. Naast hem zat Christopher Smallwood, de OPS-officier, met zijn buikje zichtbaar onder zijn uniform.

Geordie Carter zat tegenover de twee senior officieren te wachten tot ze zijn carrière als Regimentslid de laatste sacramenten zouden toedienen.

Eerder die ochtend was hij thuis gebeld. Aan de andere kant van de lijn klonk de afgemeten stem van Smallwood die hem opdracht gaf zich om exact elf uur op het kamp te melden voor een bespreking met de grote baas. Carter had niet de moeite genomen te vragen waarom hij dat zo kort van tevoren te horen kreeg. Dat hoefde niet. Hij kon maar één goede reden bedenken dat de commandant hem wilde spreken.

Dit gaat over de schietpartij, wist hij.

Ze zouden hem weer op non-actief stellen, dat leed geen twijfel. Wat Carter betrof een logische optie. Beëindiging van zijn korte periode bij Squadron G. Hij kon onmogelijk bij de Luchttroep blijven dienen. Niet na zijn bijna-doodervaring buiten de King's Arms. Hij kon zich weer verheugen op een periode aan de zijlijn, waarbij hij zijn tijd in het Regiment met onzinklusjes vol maakte. Hij was met een steen op zijn borst door de poorten van het kamp gereden en bereidde zich voor op slecht nieuws.

'Hoe is het, Geordie?' vroeg Smallwood. Hij glimlachte en deed kameraadschappelijk, alsof hij en Carter de beste maatjes waren. 'Hoe gaat het met je arm, jongen?'

'Prima,' antwoordde Carter.

'Water? Koffie?'

'Nee, bedankt.'

Smallwood pakte een kan water en schonk zich een glas in, terwijl Hardcastle met een kuch zijn keel schraapte.

'Zullen we dan maar meteen ter zake komen?' begon hij met zijn particuliere-kostschoolaccent. 'Het heeft geen zin om om de hete brij heen te draaien. We zijn volledig op de hoogte gebracht over het… incident van laatst. Ik moet zeggen dat dit een vreselijke teleurstelling is. Ik had je hoger ingeschat, Geordie.'

Carter hapte niet. Het merendeel van zijn carrière had hij gezeik moeten aanhoren van kerels zoals Hardcastle en hij wist hoe hij met ze om moest gaan. Die kerel kwam van oud geld, zoals de meeste commandanten die korte tijd in Hereford zaten. Particuliere school, Oxbridge, Sandhurst. Precies het maatschappelijke tegenovergestelde van zijn mannen.

Ook had Hardcastle de naam een gluiperige hufter te zijn. Glad als een aal, zeiden ze. Het type dat zich nooit ergens op vastpinde. Meer bezig met de voortgang van zijn carrière dan met de haken en ogen van het soldaat zijn. Over een jaar zaten zijn twee jaar op Hereford erop en zou hij directeur van de commando's worden – mits hij voor die tijd geen fout beging. Vanaf daar was het vrij baan naar de rang van generaal. Vervolgens hoofd van het Britse leger, misschien onderbevelhebber over het militaire commando van de NAVO. Weer later zou hem, als hij het goed speelde, een lucratieve carrière na het leger te wachten staan. Ridder, een functie in het bestuur van een van de grote defensieleveranciers. Een levensloop die alleen beschikbaar was voor wie in geërfde rijkdom was geboren. Zijn ervaring was Carter zo vreemd, dat hij evengoed tot een andere soort had kunnen behoren.

'De hele toestand is een grote teringzooi,' raasde Hardcastle. Hij klonk als een Britse officier in een Tweede-Wereldoorlogfilm. 'Wat een nachtmerrie. Plaatselijke loonslaven bemoeien zich ermee, zoals je je wel kunt voorstellen. Zwermen rond en steken hun neus overal in waar ze niets te zoeken hebben.'

Carter deinsde terug. 'Weten ze iets van mijn betrokkenheid?'

'Gelukkig niet. We doen ons best dat zo te houden.'

'Ze weten alleen dat er is geschoten in Madley,' zei Smallwood. 'Slachtoffer is een onbekende man die lichte verwondingen heeft opgelopen. Mogelijk iets met een bende te maken. Maar we hadden die aandacht best kunnen missen.'

'Ik deed alleen mijn werk,' antwoordde Carter verdedigend. 'Het is niet mijn schuld dat een gladde eikel me onder schot nam.'

Hardcastle trok een gezicht alsof hij op een hap citroenen kauwde. 'Als jij je werk deed, Geordie, zouden we hier nu niet zitten. Je had je alleen maar gedeisd hoeven houden, bewijs verzamelen en dan hadden we de zaak snel en intern af kunnen handelen. In plaats daarvan word ik gebeld door de directeur speciale eenheden die wil weten wat er aan de hand is. Allemachtig, we lijken wel een stelletje amateurs.'

Carter spande zijn spieren en weerstond de onbedwingbare neiging Hardcastles bek te verbouwen.

'Hebben we enig idee van wie de Reapers over het onderzoek hebben gehoord?' vroeg hij.

'Op dit moment is dat niet onze belangrijkste zorg,' antwoordde Hardcastle.

'En wat bedoelt u daarmee?'

'Die toestand met de bikers – de Reapers, of hoe ze dan ook mogen heten. Die zetten we voorlopig op een laag pitje. Ik heb Six en de afdeling Zware Criminaliteit opdracht gegeven het onderzoek voor onbepaalde tijd op pauze te zetten. Daar is de DSE het mee eens, net als de stafchef.'

Misnoegd keek Carter hem aan. 'U stopt het onderzoek?'

'Dat heb ik niet gezegd. Als de rust is teruggekeerd komen we op het probleem terug.'

'Iemand wilde me laten vermoorden. Iemand in dit klotekamp. En dat zien jullie gewoon door de vingers?'

'Je kijkt niet naar het hele plaatje, Geordie.'

Hardcastles stem droop van de aanmatiging. 'Voor het Regiment is dit een PR-ramp. Nog meer negatieve publiciteit kunnen we missen als kiespijn. Zeker na alles wat er al is gebeurd. Ik hoef je niet te herinneren aan de schandalen onlangs in deze eenheid. Allemaal voor mijn tijd natuurlijk.'

'En Duncan dan? De rest van de Reapers?'

'Die blijven hun taken uitvoeren.' Hardcastle hief een hand om Carter tot stilte te manen. 'Ik snap dat je daar niet blij mee bent, echt. Maar het feit is dat we al krap in het personeel zitten. Je weet toch hoe het gaat, Geordie. Er zijn nooit voldoende mannen – hoewel onze vrienden in Whitehall dat geen donder kan schelen, helaas.' Hij blies zijn adem uit. 'De waarheid is, ik kan het me simpelweg niet veroorloven om zoveel goede soldaten kwijt te raken. Als het nou om een of twee kerels ging...'

Hij glimlachte verontschuldigend. 'Je kunt ervan verzekerd zijn dat we op een... passender moment op de zaak terugkomen,' ging hij door. 'Maar voorlopig moet de reputatie van het Regiment zwaarder wegen. Dat begrijp je toch wel, Geordie? Goede mannen zoals jij. Natuurlijk snap je dat.'

Weer glimlachte hij, maar de blik in zijn ogen was zo kil dat je er een embryo mee kon invriezen.

'Ja, baas,' mompelde hij.

Carter kende het einde van dit liedje. Het onderzoek zou op de lange baan worden geschoven. Hardcastle zou zijn periode als commandant door niets willen laten bezoedelen. Misschien zouden een of twee jongens van de Reapers later in stilte vervroegd pensioen aangeboden krijgen, wellicht werd hun werk in de privébeveiliging aangeboden om het aanbod aantrekkelijker te maken. Iedereen zou er fris en fruitig uit komen.

Het wordt in de doofpot gestopt, wist Carter.

'Natuurlijk zitten we dan nog met één los eindje.' Hardcastle keek Carter strak aan.

'Ik?' Carter fronste.

'Ja,' antwoordde Hardcastle soepel. 'We moeten op dit moment nogal wat ballen in de lucht houden, zie je, met onze pogingen de toestanden binnen de Luchttroep stil te houden. En dan heb ik het nog niet over de situatie met de DSE. Crisismanagement. Door jouw aanwezigheid kunnen de zaken, hm, ingewikkeld worden.'

'Jullie willen dat ik uit Hereford vertrek,' zei Carter onomwonden.

'We hebben jouw veiligheid in gedachten, man. Je hebt geluk gehad dat je niet ernstig gewond bent geraakt – of god verhoede, nog erger. Misschien heb je de volgende keer niet zoveel geluk. Je kunt je wel voorstellen hoe dat overkomt. Een SAS'er in actieve dienst die op klaarlichte dag wordt doodgeschoten. Dat is koren op de molen van de media.'

'Heel ontroerend, die zorgen om mijn welzijn, baas. Echt.'

Hardcastle perste zijn lippen tot een dunne streep.

Smallwood spreidde zijn handen. 'Waar het op neerkomt, Geordie, is dat je weg moet.'

'Ik word ontslagen?'

'Nee, helemaal niet. We denken alleen maar dat het het beste is dat je niet in het kamp komt tot deze situatie is afgehandeld.'

'Dat ben ik met je eens,' zei Carter. 'Maar ik kan me niet gewoon thuis gedeisd houden. Mooi niet. De jongens weten al dat ik de spion ben. Ze weten waar ik woon. Daar loop ik ernstig gevaar.'

'Dat weten we,' zei Smallwood. 'Daarom sturen we je naar het buitenland. Naar een plek waar niemand van Squadron G je kan bereiken.'

'We hebben een klus,' legde Hardcastle uit. 'Een waarvoor jouw specifieke talenten nodig zijn.'

Dat wekte Carters interesse en hij ging rechtop zitten. 'Waar?'

'In Oekraïne. Volgens Christopher ben je daar in het verleden al op missie geweest. Voor mijn tijd natuurlijk.'

Carter knikte stijfjes. 'Ik ben daar een tijdje gestationeerd geweest nadat de Russen het Donetsbekken binnen kwamen zetten. Twee jaar training van de plaatselijke commando's.'

Het was niet algemeen bekend, maar vanaf begin 2014 was de SAS al betrokken geweest bij operaties in Oekraïne. De Krim-invasie. Destijds waren de Oekraïense speciale eenheden slecht uitgerust, gedemotiveerd en ontbrak het hun aan specialistische training. Carter had deel uitgemaakt van de groep die de eerste cursussen leidde en hij was bij lange na niet onder de indruk geweest.

Slechte kwaliteit. Konden nog geen zuippartij in een kroeg regelen, had een van zijn mede-Regimentsleden zich destijds tegen hem beklaagd.

Maar het Regiment blonk uit in het trainen van buitenlandse troepen. Ze hadden vergaande ervaring, aangescherpt door tientallen jaren opleiding in elke uithoek van de wereld. Ze wisten wat ze deden. Het was hard werken geweest, maar mettertijd hadden Carter en zijn collega's de Oekraïners in elite-operators van de speciale eenheden veranderd, met vaardigheden in het saboteren, hinderlagen leggen, verkenning, het opbouwen van aanvallen en oorlogsvoering tegen verzetsstrijders.

Toen de Russen de grens over kwamen, waren de Oekraïners daar klaar voor geweest.

'Spreek je de taal?' wilde Hardcastle weten.

'Voldoende om me te redden. Ik heb ook wat Russisch opgepikt, baas.'

'Russisch?' Hardcastle leek onder de indruk. 'Hoe kwam dat zo?'

'Dat spreken de meeste inwoners, of een mengeling van de twee. Dat noemen ze Soerzjyk. Ik kan geen gesprek voeren in het Russisch, maar als het moet kan ik wel een borrel bestellen in Moskou.'

'Nou, ik dacht dat jullie noorderlingen geen talenknobbel hadden. Maar dat kan goed van pas komen in dit geval.'

Carter begon het gezeik van de commandant zat te worden. 'Wat is het voor missie?'

'Christopher informeert je over de details.'

Carter boog zich naar Smallwood. De OPS-officier, Hardcastles jaknikker en hoofd slijmjurk. Die zei: 'De missie draait om Viktor Koltrov.'

'Daar heb ik van gehoord. Een van de generaals daar.'

Carter herinnerde zich het gezicht dat hij op Ramstein op televisie had gezien. De kaarsrechte man met het leren ooglapje die een onderscheiding ontving van de Oekraïense president.

'Koltrov is meer dan een generaal. Hij is de beroemdste soldaat in Oekraïne. Hoge onderscheidingen. Daarmee is hij op zijn eigen manier een beroemdheid, met alleen de president nog boven zich. Zowel Downing Street als Washington vindt hem onmisbaar.'

'Die gozer denkt godsamme dat hij een oorlogsheld is,' zei Hardcastle met een sprankje minachting in zijn stem. 'Meer een roekeloze roemjager. Degenen die hem bewonderen noemen hem de Leeuw van Oekraïne.'

'Hoe zijn wij hierbij betrokken?'

'Zoals je ongetwijfeld weet,' ging Hardcastle verder, 'biedt het Regiment Oekraïense functionarissen al enige tijd steun door de plaatselijke beveiligingsteams te trainen en te adviseren.'

'Een detachement van Squadron A zit al een paar maanden in het land,' legde Smallwood uit. 'Ze bieden de generaal bescherming. Het oude liedje: vierkoppig team dat twee jaar lang gestationeerd is.'

Smallwood corrigeerde zichzelf: 'Het was een vierkoppig team. Maar een van de jongens is vorige week bij een raketaanval gewond geraakt.'

'Wie?'

'Johnny Longstaff. Hij stond aan het hoofd van het beveiligingsteam. Raakte buiten dienst betrokken bij een aanval op de hoofdstad. Bezocht iemand die hij niet had moeten bezoeken.'

Een volle seconde lang keek hij naar Carter. Die laatste wierp zijn hoofd in zijn nek en lachte. 'Dat klinkt op en top als Longstaff. Hij denkt met zijn kleine koppie in plaats van met zijn grote.'

'Hoe dan ook, Longstaff zit niet meer bij het team. Hij herstelt, in afwachting van nader onderzoek naar zijn gedrag. Dat betekent dat het beveiligingsteam van de generaal een man tekortkomt.'

'En daar ben jij nodig, Geordie.' Hardcastle plooide zijn dunne lippen tot een wrede grijns. 'Je gaat hem vervangen.'

Carter zweeg even om dit te verwerken. 'Denk je echt dat die Koltrov doelwit wordt van een moordaanslag?'

Smallwood zei: 'Dat is een redelijke aanname, gezien de stand van zaken.'

'Hoe bedoel je?'

'De Russen worden wanhopig. De verliezen stijgen schrikbarend hard. Ze trekken zich uit veroverde dorpen en steden terug. Ze verlaten belangrijke strategische posities. Hun soldaten zijn uitgeput en niemand kan de nieuwe rekruten opleiden, aangezien veel van de meest ervaren officieren ofwel dood zijn, ofwel met hun troepen aan de frontlinie ingegraven zitten. In elk normaal land zou de president nu wel door zijn eigen zwaard geveld zijn. Maar Rusland is geen normaal land.'

'Zo kun je het ook zeggen.'

'Precies.' Smallwood nam een slok water. 'Moskou moet het bloeden op andere manieren stelpen. Massale artilleriebombardementen, vernietiging van burgerinfrastructuur zodat de Oekraïners door uithongering en bevriezing op de knieën worden gedwongen. Tactiek uit de Tweede Wereldoorlog.'

'Zoals de dreiging de fabriek in Holovika te bombarderen, bedoel je.'

Hardcastle trok een wenkbrauw op. 'Ik wist niet dat jij op de hoogte was van het nieuws, Geordie.'

'Ja, ik zit vol verrassingen, baas,' antwoordde Carter sarcastisch. 'Tegenwoordig kan ik zelfs mijn eigen naam schrijven, hoe onvoorstelbaar dat ook klinkt.'

Hardcastle keek hem kwaad aan.

Smallwood zei: 'Als onderdeel van hun tegenoffensief voeren de Russen de pogingen op om belangrijke Oekraïense functionarissen te vermoorden. Volgens ons staat Koltrov hoog op hun lijst.'

'Heel hoog,' vulde Hardcastle aan.

Carter kneep zijn ogen dicht. 'Waarom zouden ze de moeite nemen hem uit te schakelen? Er verandert niets als die kerel een klap op zijn kop krijgt. Dan sturen we nog steeds een stroom wapens, drones en trainingspakketten naar het land en is de kans op succes voor de Russen nog steeds nihil.'

'Zo ziet het Kremlin dat niet.'

'Koltrov is de op één na populairste man in Oekraïne,' zei Smallwood. 'Misschien stelt hij hier niets voor, maar in hun ogen is hij Hannibal, Ulysses Grant en George Patton in één generaal. Als de president niet beschikbaar is voor een interview, vragen ze Koltrov. Wordt hij gedood, dan is dat een ernstige klap voor het Oekraïense moreel.'

Smallwood ging ongemakkelijk verzitten en wierp een betekenisvolle blik naar de commandant. 'Er is,' ging hij ongemakkelijk verder, 'nog een reden dat de mate van bescherming rond Koltrov is opgeschaald.'

‘Wat dan?’ vroeg Carter.

‘Er is aan de generaal persoonlijk een zeer gevoelige missie toegewezen. Die heeft de president Koltrov zelf toevertrouwd.’ Smallwood aarzelde. ‘Wat we je nu vertellen is uiterst geheim.’

Dat wekte Carters interesse en hij wachtte tot de OPS-officier verderging.

‘President Volosjyn heeft Koltrov opdracht gegeven leden van de vijfde colonne op te sporen en te elimineren. Verraders die binnen het Oekraïense politieke en militaire systeem opereren.’

Carter keek verbaasd. ‘Zijn die er dan nog? Die kunnen niet veel vrienden meer hebben in Kyiv, niet na wat de Russen daar hebben gedaan.’

Smallwood grimaste. ‘De situatie zit ingewikkelder in elkaar.’

‘Hoe dan?’

‘Volosjyn geniet door heel Oekraïne brede steun, maar sommigen verdelen hun loyaliteit. Bijvoorbeeld mensen die familie over de grens hebben. Sommigen zijn vanuit hun overtuigingen tegen integratie in het Westen. Anderen zijn door het Kremlin omgekocht of gechanteerd tot onderwerping.’

‘Zo schatten onze vrienden bij Vauxhall de situatie in,’ liet Hardcastle van zich horen. ‘Langley is grotendeels tot dezelfde conclusies gekomen. Ze werken beide nauw samen met de Oekraïense veiligheidsdienst.’

‘Een paar verdachten zijn maanden geleden opgespoord,’ zei Smallwood. ‘Voornamelijk mensen van wie voor de invasie duidelijk was waar hun trouw lag. Maar de inlichtingendiensten geloven dat er binnen het Oekraïense regime nog steeds verschillende verraders zitten, die inlichtingen over verdachten verifiëren.’

Hardcastle wierp hem een waarschuwende blik toe. ‘Met duidelijke redenen. Kyiv wil dat deze operatie geheim blijft. Afgezien van de mensen in deze ruimte weten slechts acht anderen ervan.’

‘Weten de Russen het?’

Smallwood zei: 'Daar valt over te discussiëren. We beschikken niet over sluitend bewijs. Maar zonder er diep op in te gaan, we weten dat andere belangrijke informatie naar de Russen is gelekt. Als we realistisch zijn moeten we ervan uitgaan dat ze op de hoogte zijn van Koltrovs onderzoek.'

'Dat levert duidelijk een extra risico op,' zei Hardcastle. 'Het Kremlin zal Koltrov dubbel zo graag willen uitschakelen, als ze denken dat hun informanten het gevaar lopen ontmaskerd te worden.'

Carter schudde zijn hoofd. 'Ik snap nog steeds niet waarom jullie mij in het team willen. Jullie hebben de jongens van Squadron A daar al zitten. Waarom laten jullie een van hun jongens Longstaff niet vervangen?'

'Dat hebben we voorgesteld. Maar generaal Koltrov wil jou. Hij heeft zelfs persoonlijk om je gevraagd.'

'Maar ik heb die kerel nooit ontmoet. Tering, ik heb geen idee wie het is.'

Op het gezicht van Hardcastle verscheen een glimlach. 'Je hebt het eigenlijk allemaal aan je broer te danken,' zei hij. 'Veelbelovend soldaat, trouwens. Geschikt voor de compagnie, als je begrijpt wat ik bedoel. Voelt niet de behoefte iemands plannen ondersteboven te gooien.'

'Luke?' Carters frons werd dieper. 'Wat heeft hij hiermee te maken?'

'Hij zit bij het team dat toezicht houdt op de beveiliging van president Volosjyn,' legde Smallwood uit. 'Overigens moet die informatie tussen deze vier muren blijven. Strikt genomen mogen we je dat niet eens vertellen.'

Carter knikte afwezig. Hij had gehoord dat Luke en een paar andere jongens van de Wing naar Oekraïne waren uitgezonden en had aangenomen dat ze in een of andere vorm zouden samenwerken met de plaatselijke eenheden, maar hij beschikte niet over concrete informatie. Wat de mannen die bij de Wing dienden deden was uiterst geheim – zelfs de andere jongens op Credenhill waren er niet van op de hoogte.

Smallwood ging door: 'Er is een moordaanslag op president Volosjyn gepleegd. Zeven dagen geleden.'

Carter voelde dat zijn hart oversloeg. 'Luke,' begon hij. 'Is hij...'

'Je broer maakt het prima. Wat schrammen en kneuzingen. Niets waardoor hij de actie zou moeten missen.'

'Wat is er gebeurd?'

'We zijn nog bezig dat met bewijs uit te knobbelen. Maar het lijkt erop dat de Russen een team hebben achtergelaten in een van de dorpen die ze onlangs hebben verlaten. Tsjetsjenen. Zelfmoordterroristen.'

'Die hadden een ondergronds schuilhol gebouwd. Ze beschikten over camera's en een afleidingsteam,' vertelde Hardcastle. 'Heel professioneel. Heel veel planning. Het was dus geen opportunistische aanslag.'

'Shit.'

'Je broer was de held van de dag. Iedereen zei dat hij het leven van de president heeft gered. Zonder hem zouden ze nog steeds lichaamsdelen lopen opruimen op het marktplein.'

'Maar ik heb... er is niets over op het nieuws geweest.'

'Dat komt omdat de camerabeelden direct na de aanval door de Oekraïners in beslag zijn genomen. Telefoons, laptops. Het is verslaggevers onder dreiging van gevangenschap verboden verslag van het incident te doen. Totale black-out in de media.'

Carter hoefde niet te vragen waarom, dat kon hij wel raden. De Russen zouden zelfs een mislukte aanslag op de Oekraïense president aangrijpen en naar buiten brengen als propagandaoverwinning. Dat zou een duidelijk signaal naar de Oekraïners sturen.

Niemand is veilig.

Zelfs jullie grote leider niet.

'Waar het om gaat,' zei Hardcastle, 'is dat Volosjyn respect heeft voor je broer. Hij bewondert hem. Je zou kunnen zeggen dat Luke nogal indruk op de president heeft gemaakt.'

Smallwood zei: 'Hoe weten we niet, maar op de een of andere manier is het onder zijn aandacht gekomen dat Luke een broer bij het Regiment heeft.'

'Dus?'

'We denken dat Volosjyn het er tegenover generaal Koltrov over heeft gehad. Hem heeft verteld dat Luke zijn leven heeft gered, en over jouw eigen betrokkenheid bij de belegering in Mali. Koltrov heeft specifiek om jou gevraagd voor het team.'

'Wanneer?'

'Een paar dagen geleden. Precies op het moment dat je de King's Arms uit liep.'

'Je timing is blijkbaar feilloos, Geordie,' merkte Hardcastle met een sneer op. Hij snoof minachtend. 'Of je hebt pure mazzel.'

Er ontsnapte Carter een akelig lachje. 'Noem dat maar geluk. Mij naar een klote-oorlogsgebied sturen.'

Het gezicht van de commandant werd zo hard als cement. 'We bewijzen je een gunst, stomme kloothommel. Door de heldendaad van je broer heb jij een uitweg uit een heel netelige situatie.'

'Zeg nou maar hoe het zit,' antwoordde Carter geïrriteerd. Zijn geduld begon op te raken.

Smallwood ging verder met de briefing. 'Jij neemt per direct Longstaffs plaats over. Als hoogste in rang ga jij over de andere jongens. Ook ben je verantwoordelijk voor het aansturen en coördineren van de Oekraïense soldaten die aan het team van de generaal verbonden zijn.'

'Gezien de persoonlijkheid van de man zal dat niet eenvoudig zijn.' Die opmerking kwam van Hardcastle.

'Hoe dat zo?'

'Koltrov is iemand die voorop loopt. Onbezonnen. Geeft vanuit de voorste gelederen leiding. Treedt graag in de openbaarheid. Deelt het gevaar met zijn mannen. Gaat naar de troepen, handen schudden, tegen de jongens zeggen hoe goed ze het wel niet doen terwijl de mortiergranaten op de achtergrond inslaan. Je snapt het wel.'

Uit zijn vernietigende toon en de afkeurende blik in zijn ogen bleek wel dat Hardcastle het gedrag van senior officieren die aan de frontlinie liepen te struinen maar matig kon waarderen. Naar zijn gevoel zouden ze waarschijnlijk veilig achter een bureau op het hoofdkwartier moeten zitten en geen erger risico moeten lopen dan op papiersneetjes en slechte koffie.

'Als hij zoveel risico loopt, waarom zegt Kyiv dan niet dat hij moet dimmen?'

'Dat kunnen ze niet.'

Smallwood zei: 'Sinds de mislukte moordaanslag is Volosjyn ondergedoken. Die verschijnt pas weer in de media en houdt pas weer toespraken als ze de verraders hebben gepakt. Dat betekent dat Koltrov het werk moet doen. Ze hebben hem daar politiek gezien nodig. Het zou voor hen een slechte zaak zijn als twee van de belangrijkste figuren van het land tegelijkertijd uit de openbaarheid verdwenen.'

Hardcastle lachte spottend. 'Dat zou Koltrov hoe dan ook wel doen. Die kerel is een ordinaire narcist. Doet alsof de oorlog één grote egotrip is. Probeert naam voor zichzelf te maken. Het wordt nog eens zijn dood als iemand hem niet tot rede brengt.'

Smallwood zei: 'Je wordt een informant van wie we het bestaan ontkennen. Dat betekent dat je uit het zicht van de camera's moet blijven als de generaal een bezoek brengt aan het front. Dat is de reden dat je hetzelfde uniform draagt en dezelfde wapens krijgt als de Oekraïners. In het openbaar dragen jullie allemaal gezichtsbedekking.'

Hardcastle zei: 'We willen de Russen niet attenderen op jouw betrokkenheid. Dat zou heel slecht zijn voor ons – voor jou.'

'Hoe lang duurt deze uitzending?'

'Achttien maanden. Maar het kan langer duren. Dat hangt af van de dreiging voor Koltrov en hoe je zijn beveiligingsteam in het veld beoordeelt.'

Hardcastle leunde naar voren en zei: 'Hoe langer je mijn kamp uit bent, hoe beter, eerlijk gezegd, Geordie. Zolang ik hier ben heb je dit regiment niets dan problemen opgeleverd. Je bent dodelijk.'

Carter staarde hem met opeengeklemde tanden aan en bleef zwijgen. Niet happen, dacht hij.

'Wat is het reisplan?' vroeg hij.

Smallwood antwoordde: 'Je vertrekt morgenochtend direct en vliegt vanaf Bristol. Toestel stijgt om zes uur op en land in Rzeszów in het zuidoosten van Polen, honderd kilometer van de grens met Oekraïne. Onder de omstandigheden kunnen we je niet dichterbij krijgen. Oekraïne valt momenteel onder de krijgswet en het luchtruim is gesloten voor burgerverkeer. Tickets en toestemming om te reizen zijn al geregeld. Voorbij de paspoortcontrole word je opgewacht door een Oekraïner van het corps diplomatique, die je door de immigratie leidt, dus daar zou je probleemloos doorheen moeten komen. Een paar jongens van Squadron A halen je van het vliegveld.'

'Wie?'

'Scott Logan en Billy McVeigh. Billy is onlangs overgeplaatst van Squadron B.'

'Wie is de vierde kerel?'

'Patrick Webb.'

Nadenkend wreef Carter over zijn kin: Logan. Webb. Goede kerels met voldoende ervaring in de strijd. Hadden hun fouten, maar het waren stabiele en eerlijke professionals. Rechtdoorzee.

Ik hoef in elk geval niet bang te zijn dat ik een mes in mijn rug krijg, dacht hij.

Over McVeigh wist hij minder. Een van de nieuwe gezichten in het kamp. Was in het voorjaar door de selectieprocedure gekomen. Kerel uit Manchester met een ruige achtergrond.

Tientallen jaren geleden hadden de oudgedienden van elk team de gewoonte om de nieuwelingen te intimideren. De jongere kerels hadden zich moeten bewijzen. Maar de tijden waren veranderd en het Regiment stelde drie keer zo zware eisen. De nieuwe jongens kregen hun insigne en gingen direct een missie in. Ze pikten niets meer van de oudere jongens. Niet meer.

'Hoeveel Oekraïners zijn er?' wilde Carter weten. 'In het team?'

'Zes,' antwoordde Smallwood. 'Speciaal gekozen mannen uit de speciale eenheden, dus die moeten capabel zijn.'

'Dat mag ik hopen, godsamme. Wij hebben ze tenslotte opgeleid.'

'Inderdaad.'

'Waar verblijft de generaal?'

'Op de luchtmachtbasis Njovotsjanka, buiten Kyiv. Aparte accommodatie voor jou en de rest van het team. Na je aankomst in het land zullen de andere jongens je volledig informeren over het reisschema van de generaal. Ze stellen je ook aan de man zelf voor.

'Nog iets,' voegde hij eraan toe. 'Je reist zonder data. Dat betekent dat er geen persoonlijke telefoon, tablet of laptop meegaat. Niets wat de Russen eventueel op de hoogte kan stellen van je locatie.'

'Veiligheidsprotocol.' Hardcastle trok zijn neus op alsof hij iets smerigs rook. 'Die hele toestand met de Russen, vrees ik.'

Carter staarde naar de twee officieren en wachtte op een verklaring.

Smallwood zei: 'We denken dat geheim agenten van het Kremlin de aankomsten op alle belangrijke vliegvelden in Polen in de gaten houden. Ze onderscheppen de gegevens van iedereen die aankomt en gebruiken die dan om telefoonsignaturen in Oekraïne te volgen. Daarmee kunnen ze SAS-operators opsporen.'

'Dit is een ernstig probleem,' zei Hardcastle. 'Er zijn goede mannen de dood in gejaagd omdat ze slordig werden.'

Carter zei: 'Het komt verdacht over als ik zonder apparaten reis. Dan val ik op als een geheelonthouder tijdens het Oktoberfest.'

'Daar hebben we al aan gedacht,' zei Smallwood. 'We geven je een schone telefoon en laptop mee voor het eerste deel van je reis. Daar moet je je van ontdoen zodra je de grens over bent. In Oekraïne krijg je een nieuwe telefoon met een lokale simkaart.'

'Hoe zit het met wapens? Uniform?'

'Hetzelfde. Dat wordt allemaal geregeld zodra je op de basis in Njovotsjanka bent.'

Hardcastle sloeg zijn handpalmen op de leuning van zijn stoel en hees zich overeind. 'Nou, volgens mij hebben we het belangrijkste besproken. Tenzij je nog vragen hebt…?'

'Nee, baas,' antwoordde Carter rustig.

'Mooi zo.' De commandant stond op. 'Dit spreekt vanzelf, maar verkloot het niet. Heb het lef niet. Want God sta me bij, doe je dat wel, dan maak ik je helemaal kapot. Daar kun je goddomme zeker van zijn.'

Twaalf

Carter zette zijn Volvo de volgende nacht om twee uur op de parkeerplaats van Credenhill en verplaatste zijn weekendtas naar de achterbak van een Audi A3 sedan. Die stond klaar, met een kerel van de marechaussee met een pokdalig gezicht achter het stuur. Die knikte bij wijze van groet naar Carter en reed hem stilzwijgend naar Bristol. De gebruikelijke vriendelijke marechaussee-benadering. Carter begon zich af te vragen of het vermogen om te zwijgen een toelatingscriterium voor de politie was.

Twee uur later zette de agent hem af bij de hoofdterminal. Carter pakte zijn leren tas en liep naar de incheckbalie. Het Regiment had een ticket in de toeristenklasse naar Rzeszów voor hem geboekt bij een maatschappij waar hij nog nooit van had gehoord. Hij liep langs de beveiliging en kocht een veel te dure kop koffie en een lauw ontbijt bij een felverlicht restaurant. Daarna voegde hij zich bij de massa passagiers die naar de gate werden gedreven. De meeste reizigers leken bij Poolse gezinnen te horen die om de een of andere reden teruggingen naar huis; verder was er een handjevol zakenlui. Geen toeristen, voor zover Carter kon zien. Zuidoost-Polen trok niet veel vakantiegangers. Dat was wel duidelijk.

Ze gingen een half uur te laat aan boord van de Boeing 737. Carter propte zichzelf in zijn stoel. Zijn knieën zaten klem tegen de achterkant van de stoel voor hem. Hij sloot zijn ogen en mijmerde over de leuke kanten van goedkope vliegreizen. Het was waarschijnlijk prettiger geweest als hij met een militair vliegtuig had gereisd.

Ze landden tweeënhalf uur later op het vliegveld Rzeszów-Jasionka. De plaatselijke tijd was tien uur in de ochtend. Het vliegtuig kwam langzaam tot stilstand en de lichtjes van de veiligheidsgordels gingen uit, waarna in het gangpad het gebruikelijke gedrang van passagiers ontstond die ruimte voor zichzelf probeerden te maken, elkaar duwden en bagage uit de kastjes boven de stoelen trokken.

Carter pakte zijn weekendtas en volgde de menigte die het vliegtuig uit schuifelde. Een gure wind trok aan zijn jasje toen hij de vliegtuigtrap af liep. Hij zag meteen een slungelige kerel in een slecht zittend pak die via de landingsbaan op hem afliep en een hand uitstak.

'Meneer Carter? Ja?'

'Dat klopt.'

De kerel liet zijn legitimatie zien. 'Edoeard Soerakov,' zei hij met een stevig accent. 'Ik ben van het Oekraïense consulaat in Lublin. Ik kreeg te horen dat u vanmorgen zou aankomen.'

'Waar zijn de anderen?'

'Uw vrienden zitten binnen. Hierheen, alstublieft.'

Soerakov leidde hem naar een zijdeur, uit de buurt van de lange rij passagiers die door de aankomstterminal slingerde. Ze liepen een trap op, liepen recht door de aankomsthal en langs de grenswachten. De snelle route. Niemand hield hen tegen. Bewakers knikten respectvol en wuifden dat ze konden doorlopen. Carter nam aan dat alles van tevoren was geregeld. De Oekraïners hadden waarschijnlijk een staande afspraak met hun Poolse bondgenoten. Er kwam een behoorlijk aantal mensen via Polen naar hun grens. Het was dus het beste om het proces zo soepel mogelijk te laten verlopen. Dat was hun gemeenschappelijke belang. Als Kyiv viel, was Polen het volgende land dat in het vizier van het Kremlin zou komen.

Een paar minuten na de landing liepen ze dus al door de aankomsthal. Soerakov leidde hem door de drukke mensenmassa, naar een bekende figuur die bij een krantenstalletje stond.

'Sodeju,' zei Scott Logan toen ze dichterbij kwamen. 'Geordie Carter; dat kan toch niet waar zijn. Ik dacht dat jij ondertussen wel in de ww zou zitten, maat.'

Carter grinnikte. 'Dat is toch de traditie in jouw familie?'

'Steun trekken? Nee, jongen. Dat is een veel gehoorde misvatting. Je verwart ons met het tuig in Manchester om de hoek.'

Ze gaven elkaar een hand. Scott Logan zag eruit als het lid van een boyband dat anabole steroïden gebruikt. Blond, blauwe ogen, slank en volop praatjes. Iemand die vogels uit een boom kan lokken. Hij was geboren en getogen in Liverpool, maar naar het zuiden vertrokken om bij een makelaarskantoor in Londen te gaan werken, voordat hij daarmee stopte en fulltime soldaat werd. Hij en Carter waren samen door de Selectie gegaan. Logans luchthartigheid had geholpen om de stemming te verlichten op de moeilijkste dagen in de Brecon Beacons.

Logan stond bekend als serieneuker: de anderen noemden hem lacherig de Seksmachine. Het was geen geheim in het kamp dat hij een verhouding had met de vrouw van een jonge kapitein. Andere mannen zouden bang zijn om te worden betrapt, maar Logan maakte zich daar helemaal niet druk om. Hij hield ervan om gevaarlijk te leven.

'Kom op,' zei hij. 'De auto staat klaar. We praten je onderweg wel bij.'

Soerakov nam afscheid en verdween door een onopvallende deur. Carter volgde Logan naar buiten, voorbij de taxistandplaats, over de parkeerplaats voor kort parkeren, in de richting van een grote, vierkante Chevrolet Suburban.

Toen ze daar in de buurt kwamen, werd het portier aan de kant van de chauffeur opengesmeten en stapte een pezige kerel met een baard uit de auto.

'Geordie, dit is Billy McVeigh,' zei Logan. 'Billy, dit is Geordie.'

Carter bekeek de jongere man. McVeigh zag er slank en strakgespannen uit. Zijn handen zagen eruit alsof ze van beton waren gemaakt. Hij had staalblauwe ogen onder een bos rood haar en zijn zware wilde baard was roestkleurig. Zijn lichaamstaal duidde op gewelddadigheid die vlak onder het oppervlak lag, alsof hij in een oogwenk in actie kon komen.

Hij zag er agressief uit, gemotiveerd, kwaad en bereid om het tegen de hele wereld op te nemen.

Net als Carter, tien jaar geleden.

Hij had over McVeigh gehoord en hem een paar keer in het kamp gezien, maar ze hadden elkaar nooit echt ontmoet. Tegen de tijd dat de laatste groep studenten klaar was met de Selectie was Carter al op non-actief gesteld. Hij wist maar twee dingen over McVeigh: hij was keihard en had snel een naam gekregen als een verwaande soldaat met een heel hoge dunk van zichzelf.

Er verscheen een geamuseerde uitdrukking op het gezicht van McVeigh. 'Ik wist niet dat we weer een dinosaurus zouden krijgen.'

'Geordie is een legende in het Regiment,' zei Logan. 'Een van de besten. Hij en ik hebben heel wat missies uitgevoerd samen. Irak, Afghanistan. Overal. Toch, Geordie?'

'Ongeveer wel, ja.'

McVeigh grijnsde en zei: 'Zolang je ons op de terugweg maar niet dood verveelt met je oude krijgsverhalen. Met die van Scott kan ik de rest van mijn leven toe.'

'Zo oud zijn we niet, huftertje,' zei Carter.

McVeigh keek hem uitdagend aan. 'Dat zou je niet zeggen. Ik vind dat je er behoorlijk prehistorisch uitziet.'

Carter keek hem zwijgend aan.

'Hij staat gewoon te lullen, Geordie,' zei Logan en sloeg hem op zijn rug. 'Je weet toch hoe het tegenwoordig gaat met nieuwelingen. Ze denken dat ze grappig zijn.'

'Misschien,' antwoordde Carter, die tegen Logan praatte maar de jongere soldaat strak bleef aankijken. 'Maar het lachen zal hem wel vergaan als hij zijn tanden op de grond ziet liggen.'

McVeigh keek hem smerig aan. Logan grinnikte en zei: 'Stap in, Geordie. We moeten nog een heel eind.'

Carter trok het portier aan de achterkant open, schoof op de middelste rij stoelen en zette zijn tas naast zich neer. Logan ging naast McVeigh zitten, die achter het stuur plaatsnam. De Suburban was nieuw en rook naar vers leer, autowas en een chemisch schoonmaakmiddel.

McVeigh startte de motor. Hij tikte een adres in op het scherm op het dashboard, draaide de parkeerplaats af, volgde de aanwijzingen van de gps en reed eerst naar het oosten en daarna naar het zuiden over een halflege snelweg. Na een paar kilometer namen ze de eerste afrit en denderden een paar minuten later in de richting van de Oekraïense grens. McVeigh reed zeventig kilometer per uur, tien kilometer onder de limiet.

Logan begon een chocoladereep open te maken en vroeg: 'Heb je honger, maat? Er ligt iets te eten achterin. Repen, snacks, van dat spul. Flessen water.'

'Nee, dank je wel.'

Carter had zichzelf geleerd om te overleven op heel weinig eten en drinken. Tijdens de lange maanden waarin hij in Afghanistan leiding gaf aan en vocht met commando's, had hij overleefd op alleen thee, brood en fruit.

Logan had daarentegen een enorme eetlust. Die bleef maar eten. Tijdens de ontsnap-en-ontwijkfase van de Selectie had hij zich drukker gemaakt over zijn buik dan over gevangengenomen worden. Waar hij het gezien zijn strakke lichaam allemaal liet, bleef een eeuwig mysterie in Hereford.

Logan beet een stuk chocolade af en zei: 'Het is vanaf hier tien uur rijden naar Njovotsjanka. Negentig minuten naar de grens. We zouden vanavond rond negen uur op de basis moeten zijn.' Hij keek in de achteruitkijkspiegel naar Carter. 'Hoeveel heeft Smallwood jou verteld?'

'Het minimum. De kale feiten. Hij zei dat jullie de details zouden vertellen.'

'Nou, ja. Ik weet niet wat je verwachtte, maar er staat je een verrassing te wachten.'

'Ik zit al lang in het Regiment. Niets kan me nog verrassen.'

Logan bromde. 'Dat dacht ik ook toen we hieraan begonnen, maar het is een nachtmerrie geworden. Het lijkt meer op het bewaken van een Hollywoodster dan een generaal.'

'Scott heeft gelijk,' zei McVeigh met zijn Manchesterse tongval, terwijl hij strak naar de weg bleef kijken. 'Nu Volosjyn is ondergedoken, moet de generaal harder werken. Overal handjes geven en zijn kop aan het front laten zien. Klotezooi.'

'Overal waar hij komt, wordt hij bestormd.' Logan sprak met een mond vol chocola. 'De soldaten houden van hem en behandelen hem als een superster. Dat maakt ons werk wel tien keer moeilijker.'

'Luistert hij naar jullie adviezen?'

McVeigh lachte. 'Wat denk je? We hebben tegen hem gezegd dat hij zo niet kan doorgaan, maar hij wil niet luisteren.'

Logan zei: 'Dat komt door alle media-aandacht die hij de laatste tijd heeft gekregen. Hij poseert voor selfies met wereldleiders, geeft interviews aan belangrijke kranten, hoort soldaten zijn naam scanderen en er bij hem op aandringen om zichzelf verkiesbaar te stellen als president. Het is naar zijn hoofd gestegen, Geordie, en hij denkt dat hij onoverwinnelijk is.'

Carter zei: 'Hoe werkt het?'

'Dat hangt ervan af,' zei Logan. 'Soms blijft hij in de buurt van Kyiv om bijeenkomsten bij te wonen, tv-interviews te geven en zo. Op die dagen rijden we recht van de luchtmachtbasis naar zijn kantoor in het ministerie van Defensie. Dan zijn we 's avonds weer terug.'

'En de rest van de tijd?'

'Dan wordt het riskant. De ene dag kan hij besluiten om een bliksembezoek te brengen aan een van de legerkampen. De volgende dag gaat hij op pad om iemand op een politiebureau aan het eind van de wereld te ondervragen die ervan wordt verdacht dat hij een verrader is. De dag daarna kan hij goed een borrel gaan drinken met een burgemeester van een bevrijd stadje. Hij houdt nooit op en heeft meer energie dan het landelijke elektriciteitsnetwerk. De enige keer dat je je echt kunt ontspannen is als hij op de basis is.'

'Waarom? Wat doet hij dan?'

'Niet wát, maat. Wíé.'

'Hoeren,' legde McVeigh uit. 'Daar is generaal Koltrov een groot liefhebber van.'

Logan zei: 'De meeste avonden heeft de generaal die in zijn slaapkamer. Het is nagenoeg zeker dat we precies om negen uur kunnen afnokken. Dan kun je op adem komen, een biertje drinken en gaan slapen, omdat je weet dat de geile klootzak tot de volgende ochtend bezig is.'

'Hoe zit het met zijn gezin?' vroeg Carter.

'Vrouw en twee kinderen,' antwoordde Logan. 'Een dochtertje van zeven en een zoon van twaalf. Die zitten hoog en droog in Praag, ver uit de buurt van het gevaar.'

'Vandaar de hoeren,' zei McVeigh.

Logan keek hem misprijzend aan. 'Je weet dat ik niet van dat woord hou.'

'Ik hou niet van jouw gezicht,' reageerde McVeigh, 'of van je accent, maar daar zeg ik toch ook niks van?'

Logan zuchtte en zei: 'Hoe dan ook. De generaal krijgt zijn meisjes. Je weet hoe het werkt, Geordie, slippertjes maken. Zolang je in een ander land zit, is het toegestaan. Dat is de oudste regel uit het boek.'

'In welk boek staat die dan?' zei McVeigh hatelijk. 'In *Daten voor ouwe lullen*?'

'Donder op, Billy. Hufter.'

'Waar pitten we?' vroeg Carter om van onderwerp te veranderen.

'In het hoofdgebouw,' zei Logan. 'Het is basaal, maar leefbaar. Net iets beter dan een gevangeniscel. Daar zitten we als we op de basis zijn.'

'En de andere lijfwachten? De Oekraïners?'

'Dezelfde locatie. Die blijven meestal bij elkaar, maar zijn best vriendelijk.'

'Capabel?'

Logan pauzeerde even om over die vraag na te denken. 'Het kan slechter en het kan beter, maar ze willen graag leren en ze werken hard. Veel meer kun je niet vragen.'

'Waar is de generaal nu?'

'In Njovotsjanka. Hij heeft zich voor de rest van de dag teruggetrokken in zijn privévertrekken om de plannen voor morgen te bestuderen.'

'Waarom? Wat gaat er morgen gebeuren?'

McVeigh zei: 'Dan is er actie, in Kyiv. De generaal is van plan iemand te arresteren.'

'Wie?'

'De huidige minister van defensie, Andri Boetko. Ze zeggen dat hij een opkomende ster in de regering is.'

Logan boerde en zei: 'De generaal heeft hem al weken in de gaten laten houden om informatie te verzamelen en zo. Dat kwam in een stroomversnelling nadat de Tsjetsjenen vorige week Volosjyn probeerden uit te schakelen. Toen wist Koltrov zeker dat de Russen iemand in de buurt van de president hadden.'

Carter fronste zijn wenkbrauwen. Hij moest weer aan zijn broer denken. Luke. De man die het leven van de Oekraïense president had gered. Hij vroeg zich af waar Luke nu was en wat hij deed.

Hij zei: 'Weet de generaal zeker dat die minister voor de Russen werkt?'

McVeigh zei: 'Het lijkt er wel op. Er zijn een heleboel bewijzen. Onverklaarbare betalingen op geheime rekeningen. Ze denken dat hij een tussenpersoon heeft die het contact met zijn Russische contactpersonen onderhoudt. Een of andere priester uit de orthodoxe kerk. Zijn geestelijk adviseur.'

Logan zei: 'Boetko is een hoge minister. Hij zou nooit het risico nemen om rechtstreeks contact op te nemen met de Russen.'

'Waar is die priester nu?'

'Rusland,' zei McVeigh. 'Drie dagen geleden werd er een arrestatieteam voor hem op pad gestuurd, maar hij was de grens al over gevlucht.'

Logan zei: 'Boetko is echt degene die we moeten hebben. Hij ligt al een tijdje onder een vergrootglas. De generaal denkt dat hij in het geniep voor de Russen werkt en informatie uit kabinetsberaden en details over Oekraïense troepenverplaatsingen aan hen doorspeelt. We denken dat hij degene is die de Tsjetsjenen heeft getipt over het reisschema van de president.'

'Wat is het plan?' vroeg Carter.

McVeigh zei: 'De generaal gaat Boetko arresteren in zijn kantoor op het ministerie van Defensie. Wij begeleiden hem.'

'Wie zijn er nog meer bij?'

'Kolonel Anton Makarenko, zijn plaatsvervanger. Die is zo loyaal als een basset en volgt Koltrov overal, samen met de persofficier, Anna Zintsjenko.'

'Dat is pas een vrouw,' zei Logan smachtend. 'Een figuurtje waar de meeste modellen jaloers op zouden zijn, en bovendien keihard. Wel getrouwd. Heel jammer.'

'Dat heeft je vroeger nooit tegengehouden,' merkte Carter op.

'Schuldig.' Logan grinnikte schaapachtig en keek naar McVeigh. 'Nu we het daar toch over hebben. Daar heb jij wat meer van nodig, Billy. Minder tijd om jezelf af te beulen in de sportschool en in plaats daarvan genieten van vrouwelijk gezelschap. Dan krijg je misschien ook een beter humeur.'

'Laat me met rust.'

Carter zei: 'Wat gebeurt er na de arrestatie?'

'De minister wordt naar een veilige plek afgevoerd en stevig ondervraagd. Generaal Koltrov zelf zal de minister ondervragen.'

'En als hij schuldig is?'

'Dan verdwijnt hij, net als de anderen.'

'Anderen?' herhaalde Carter.

Logan knikte. 'Koltrov is fanatiek op de verraders aan het jagen. Hij is een meedogenloze klootzak, dat moet ik hem nageven,' voegde hij er met enige bewondering aan toe.

'Wat gebeurt er met hen?'

'Ik zal het zo zeggen: ze krijgen geen thee en koekjes aangeboden,' zei McVeigh.

'Kogel in het achterhoofd en een naamloos graf,' zei Logan.

'Jezus.'

Logan zei: 'De Oekraïners vechten om te overleven en voor hun vaderland. Het respecteren van de rechten van leden van de vijfde kolonne heeft geen hoge prioriteit. Bovendien staat het in geen verhouding tot wat de Russen de plaatselijke bevolking hebben aangedaan. Verkrachting, marteling, massagraven, het land plat bombarderen. Barbaars. Ik zal er dus geen minuut minder om slapen dat een paar verraders hard worden aangepakt. Er zijn belangrijkere dingen om ons zorgen over te maken.'

'Zoals?'

'De generaal in leven houden. Je moet goed bij de les blijven, jongen. Zodra je begint, zul je wel zien wat ik bedoel.'

'Is het echt zo beroerd?' zei Carter bedenkelijk.

'Nee, maat. Het is erger.' Logan draaide zich om in zijn stoel en keek naar Carter. Zijn gebruinde gezicht straalde bezorgdheid uit. 'Die vent is roekeloos en gedraagt zich alsof kogels hem niet kunnen deren of zo. Het is net alsof hij niet echt gelooft dat hij het risico loopt om vermoord te worden.' Hij keek ongerust weg, met een voorhoofd vol zorgrimpels.

'Waarom stelt hij zijn leven in de waagschaal?' vroeg Carter zich af.

‘Hij moet toch weten dat het een pr-ramp zou zijn als de Russen hem uitschakelen.’

McVeigh snoof. ‘Zo bekijkt hij het niet.’

‘Hij denkt dat hij het het beste weet,’ zei Logan. ‘Telkens als we hem proberen te zeggen dat hij rustig aan moet doen, negeert hij ons gewoon. Het duurde maanden voordat hij ermee instemde om zijn voertuigen te versterken. Tot een week geleden reden we rond in niet gepantserde auto’s, zoals deze Chevy’s.’

Carter schudde zijn hoofd. ‘Daar hebben we niets aan als we in een hinderlaag terechtkomen. We hebben iets massievers nodig om een kogel tegen te houden.’

‘Dat hebben we hem al verteld.’

‘Wat zei hij?’

‘Het interesseert hem geen bal en hij zei dat hij niet de indruk wilde wekken dat hij bang was om uitgeschakeld te worden.’

Logan staarde met een gespannen blik uit het zijraam. ‘Op een dag gaat hij eraan,’ voegde hij er zachtjes aan toe. ‘Tenzij we hem kunnen overhalen om gas terug te nemen, loopt deze klus binnenkort gigantisch uit de klauwen.’

McVeigh gromde gefrustreerd en zei verbitterd: ‘Of een van ons gaat eraan door een kogel die voor hem was bedoeld.’

Dertien

Ze kwamen vlak voor het middaguur bij de Oekraïense grens aan. Het verbaasde Carter dat het daar betrekkelijk rustig was. Hij had verwacht dat er lange rijen mensen zouden staan die lopend het land ontvluchtten, gehinderd door hun aardse bezittingen, dat er grote vluchtelingenkampen met tenten stonden, en dat er een heleboel journalisten en zwermen zwaarbewapende grenswachten waren. In plaats daarvan zag de grenspost eruit als alle andere. Er stond een lange rij vrachtwagens met oplegger en bestelwagens te wachten om Oekraïne in te rijden en een andere rij met sedans, hatchbacks en motorfietsen. Aan één kant van de driebaansweg lagen gerooide akkers en aan de andere kant een verzorgingsplaats vol rotzooi. Vrachtwagenchauffeurs strekten hun benen en rookten een sigaret, terwijl een handjevol grenswachten en speurhonden hun lading doorzocht. Een paar mensen staken te voet de grens over met een rugzak of boodschappentassen; sommigen van hen hadden een fiets bij zich. Het was moeilijk te geloven dat er verder naar het oosten een oorlog woedde.

Toen herinnerde hij zichzelf eraan dat het conflict al zeven maanden aan de gang was. Dat beeld van vluchtelingenkampen, wanhopige, in doodsangst vluchtende burgers hoorde bij die eerste dagen na de invasie. De situatie was sindsdien drastisch veranderd. De tientallen Ruslandkenners, leden van denktanks en Kremlinexperts die een snelle en brute overwinning van de Russische oorlogsmachine hadden voorspeld, hadden zich vergist. De verdedigers hadden standgehouden. President Volosjyn en zijn generaals, zoals Koltrov, hadden hun medeburgers geïnspireerd om de vijand tegen elke prijs tegen te houden. Langzaam was het beeld gekanteld. Het Russische offensief had gehaperd en was daarna afgeslagen. De uittocht uit steden was gestopt en mensen kozen ervoor om terug te vechten of naar huis te komen om de wapens op te nemen.

McVeigh sloot aan bij de rij burgervoertuigen die langzaam naar de grenspost kroop. Na een hele tijd bereikten ze de post aan de Oekraïense kant van de grens. Enkele grenswachten liepen naar hen toe. McVeigh liet zijn raam zakken en overhandigde hun paspoorten en de officiële identiteitsbewijzen van het Oekraïense ministerie van Defensie die de vier leden van het Regiment hadden gekregen als lijfwacht van Koltrov aan een chagrijnig kijkende kerel met een olijfgroene trainingsmuts.

Die bekeek hun papieren uitgebreid, terwijl zijn schriele collega naast hem stond met zijn AK-74 in de hand en een getergde blik in zijn ogen. De man met de muts liep de wachtpost in om te telefoneren en het duurde even voordat hij met een sigaret in zijn mond terugkwam. Hij gaf de papieren terug aan McVeigh en gebaarde dat de Suburban mocht doorrijden. Toen de slagbomen omhooggingen, startte McVeigh de auto. Twee minuten later reden ze door het westen van Oekraïne.

Na vijf of zes kilometer stopten ze weer. McVeigh reed de vluchtstrook op en liet de motor lopen, terwijl Carter naar buiten sprong, de simkaart uit zijn neptelefoon haalde en met de hak van zijn schoen vergruizelde en daarna het mobieltje en de laptop tussen een stel struiken gooide. Hij sprong weer in de Suburban, waarna Logan het handschoenenkastje opende en er een goedkoop mobieltje uit haalde.

‘Hier,’ zei hij. ‘Een schone telefoon met een plaatselijke simkaart. De nummers van mij, Billy en Patrick staan in het adresboek, en ook het nummer van Makarenko, de plaatsvervanger van de generaal. De accu van deze modellen is klote, maar je kunt hem op de basis en in de auto's opladen, zodat je nooit met een lege accu komt te zitten. Er ligt een draagbare generator in de achterbak voor noodgevallen.'

'Is hij versleuteld?'

'Wat dacht je zelf? Mijn stamkroeg is beter beveiligd.'

'Wat heeft het dan voor zin dat wij die hebben?'

'Alleen voor noodgevallen. Als om de een of andere reden de communicatie uitvalt. Dat gebeurt af en toe. Je weet hoe het gaat met spullen.'

Carter stopte de telefoon in zijn zak, herinnerde zich dat Kyiv een uur voorliep op Polen en twee uur op Londen en paste de tijd op zijn G-Shock Rangeman-horloge aan.

Ze reden de snelweg weer op en gingen zwijgend verder. Een paar minuten later zei Logan: 'Het moet een nieuwe ervaring voor jou zijn, Geordie, om in de voetstappen van je broer te treden.'

Carter lachte en zei: 'We zitten misschien in hetzelfde land om dezelfde klus te klaren, maar dat zijn de enige overeenkomsten.'

'Hoezo?'

'Luke heeft een oud hoofd op jonge schouders. Hij doet zijn werk en veroorzaakt geen problemen. Maar ik? Ik heb mijn hele leven vijanden gemaakt.'

'Zijn jullie hecht met elkaar?'

Carter knikte. 'Luke is de enige familie die ik heb.'

'Je zult wel trots op hem zijn. Hij heeft snel gereageerd om te voorkomen dat die Tsjetsjenen de president zouden vermoorden. Je kleine broertje staat zijn mannetje, net zoals bij dat incident met de mijnen in Afghanistan.'

Carter staarde uit het raam en zei niets. Hij kende het verhaal: de jongens in Hereford hadden een tijdje nergens anders over gepraat.

Zeven jaar geleden, toen Luke sergeant-majoor was bij het parachuteregiment, was een team tijdens het patrouilleren in een hinderlaag met bermbommen gelopen. Een van hen was meteen gesneuveld. Een andere soldaat was dodelijk gewond geraakt, toen hij op pad was gestuurd om de metaaldetectoren op te halen die door de eerste patrouille waren achtergelaten. Zijn makker had een arm en een been verloren toen hij had geprobeerd om zijn verminkte kameraad in veiligheid te brengen en naast de weg een tweede mijn liet ontploffen.

Alle uitrustingsstukken werden uiteindelijk teruggehaald, maar iemand moest de weerzinwekkende klus nog uitvoeren om de lichaamsdelen te verzamelen. Het was bekend dat de taliban ledematen en geslachtsdelen van soldaten verzamelden om als trofeeën aan hun huis te bevestigen. Dat veroorzaakte een heleboel spanning bij de verminkte soldaten. Luke had niet op de opruimploeg gewacht, maar was doodgemoedereerd naar de plek van de hinderlaag gelopen om de lichaamsdelen op te halen, waarna hij ze aan de aalmoezenier gaf die ze op de juiste manier zou afvoeren.

Luke had daar terecht veel waardering voor gekregen. Het was een puik voorbeeld van de bruinebarettenmentaliteit. Moed. Denken aan je kameraden. Jezelf op het spel zetten. Je ondergeschikten niet bevelen om iets te doen wat je zelf niet bereid was te doen.

'Het was bewonderenswaardig wat hij deed,' zei Carter na een lange pauze, 'maar hij had het niet moeten doen.'

'Denk je dat hij geen gelijk had?' vroeg Logan verrast.

'Hij zette zijn leven op het spel en kon zijn benen kwijt zijn geraakt als hij op een mijn was gestapt. Het was verstandiger geweest om te wachten tot het opruimteam er was. Desondanks weet ik waarom Luke het heeft gedaan.'

'Waarom dan?'

'Hij wilde de verantwoordelijkheid niet afschuiven. Dat is niet zijn stijl. Hij is altijd iemand geweest die zichzelf naar voren schuift. Niemand heeft hem ooit hoeven dwingen om iets te doen; hij deed het gewoon, zonder de bevelen in twijfel te trekken. Dat is het verschil tussen ons.'

'Hoe zit het met jou?' vroeg McVeigh. 'Wat is er aan de hand? Ik heb gehoord dat je langdurig verlof had.'

'Van wie heb je dat gehoord?'

'Dat is nauwelijks een geheim, Geordie,' zei Logan, die zijn ogen van de weg naar de achteruitkijkspiegel verplaatste. 'Iedereen weet dat.'

McVeigh vroeg: 'Wat heb je gedaan?'

Carter gaf geen antwoord. Hij dacht terug aan elf maanden geleden. De geheime missie in Afghanistan, achter zijn mentor aan. Hij had ontdekt dat een held van het Regiment naar de andere kant was overgelopen en opium smokkelde en kernwapens kocht op de zwarte markt. Die missie had tot de dood van een oud-SAS'er en een CIA-officier geleid.

Hij was niet van plan om McVeigh en Logan iets over die missie te vertellen of over wat er in Squadron G aan de hand was. De man uit Liverpool stond in het kamp bekend als een onverbeterlijke roddelaar.

Als ik hem op de hoogte breng, dacht Carter, krijgt iedereen in Hereford alles te horen. Zelfs de kokkies.

'Verleden tijd,' zei hij kortaf. 'Ik wil er niet over praten.'

McVeigh zei: 'Verrekt gek dat het hoofdkantoor je zomaar hierheen heeft gestuurd.'

'Niet echt,' zei Carter vlak. 'Dat is de schuld van jullie collega Longstaff. Als die idioot zijn lul in zijn broek had gehouden, was hij niet gewond geraakt bij die raketaanval en dan zou ik niet hier zijn.'

'Maar waarom jij? Het laatste wat ik heb gehoord is dat je was overgeplaatst naar Squadron G en nu weer naar ons. Ze hadden ook een van onze jongens hierheen kunnen sturen.'

'Zo geheimzinnig is het niet,' zei Carter. Hij hield zich aan het verhaal dat hij met de commandant had afgesproken. 'Ik heb vijanden gemaakt. Het hoofdkantoor was op zoek naar een manier om me uit Hereford te schoppen. Toen hadden ze die. Eind van het verhaal.'

Logan keek verbaasd naar hem. 'Verdomme, kerel. Hardcastle moet jou echt haten.'

'Nou, ja, dat gevoel is geheel wederzijds.'

'Je weet niet hoe je het spelletje moet spelen, Geordie. Dat is je probleem.'

Carter grinnikte. 'Je klinkt als mijn broer.'

'Nu je toch daarover begint: als je had gehoopt om in Kyiv een paar biertjes met Luke te drinken, heb je dikke pech.'

'Hoezo?'

Logan klakte met zijn tong en zei: 'De president is uit beeld. Zijn lijfwacht zit bij hem tot dit gedoe met de vijfde kolonne is opgelost. Zelfs de generaal kan hem niet te pakken krijgen.'

'Dat klinkt alsof Volosjyn zich zorgen maakt.'

'En terecht. Het Kremlin probeert wanhopig een kogel tussen zijn ogen te jagen.'

Carter zei: 'Zelfs als dat zou lukken, zou dat in dit stadium op de grond niets veranderen. Het zou alleen maar een martelaar van hem maken en de Oekraïners motiveren om weerstand te blijven bieden.'

Logan schudde fel van nee. 'De Russen denken niet strategisch, Geordie. Ze krijgen een pak slaag en zijn wanhopig op zoek naar een manier om de kansen te laten keren. Alles mag, of het hun helpt te winnen of niet.'

'Misschien kijken ze niet eens zo ver vooruit,' mijmerde McVeigh.

'Wat bedoel je?' vroeg Logan.

McVeigh haalde zijn schouders op en zei: 'Als de Russen de president en zijn generaals elimineren, zullen mensen beginnen te denken dat ze gek zijn geworden en zich afvragen waartoe ze nog meer in staat zijn.'

'Dus?'

'Misschien gaat de NAVO dan nog eens goed nadenken of het verstandig is om de oorlogsinspanningen te blijven financieren en misschien zelfs overwegen om Oekraïne aan de onderhandelingstafel te krijgen, als ze denken dat de Russen bereid zijn om iets geks te doen.'

'Je broer gaat hoe dan ook nergens naartoe,' zei Logan. 'Niet zolang de president onderduikt.'

'Jammer dat Koltrov daar ook niet voor kiest,' mompelde McVeigh. 'Het zou ons leven een stuk gemakkelijker maken als hij niet bij elke gelegenheid zijn hoofd uit de loopgraven steekt.'

'Dat zou je willen. Die kerel is een schaamteloze aandachtstrekker. Je hebt meer kans om een stok met één uiteinde te vinden.'

McVeigh bromde. 'Ik zal blij zijn als de missie voorbij is en ik terug kan naar Hereford en mijn dissertatie kan afmaken. Dat is beter dan babysitten op die stomme idioot.'

'Ben je aan het studeren?' vroeg Carter.

'Een tweejarige opleiding aan de uni. Beveiligingsmanagement, cybercrime, leren op afstand. Betaald door het Regiment.'

'Tijdverspilling volgens mij,' gromde Logan. 'Je wordt verondersteld een soldaat te zijn. Een kerel zoals jij moet oefenen in het Moordhuis, geen essays schrijven.'

'Over een paar jaar piep je wel anders,' zei McVeigh, 'als ik mijn eigen bedrijf heb en jij om een baantje smeekt.'

'Voor jou werken?' Logan keek ontzet. 'Donder op. Ik zet nog liever een kaasrasp tegen mijn ballen.'

'Hij heeft wel gelijk,' zei Carter. 'Het is niet meer zoals vroeger, maat. Je hebt diploma's nodig. De wereld is veranderd.'

'Is dat zo? Kijk eens om je heen.' Logan wees naar het eindeloze vlakke terrein waar ze doorheen reden. 'De laatste keer dat ik keek, vochten we nog steeds oorlogen met kogels en tanks. De Russen proberen nog steeds hun buren murw te slaan. Ik ben benieuwd of je over een week hier nog zult zeggen dat de wereld is veranderd.'

Een paar tellen was het stil. Toen grinnikte Logan tegen McVeigh en zei: 'Het positieve is dat ik in elk geval weet welk kerstcadeau ik voor jou moet kopen.'

'Ja? Wat dan?'

'Een mooie glimmende aktentas, om je papieren in mee te nemen.'

McVeigh gniffelde. 'Alles is digitaal tegenwoordig, opa. Dat zou je weten, als je niet in het verleden zat vastgeroest.'

Carter zweeg en staarde uit het raam. Het was donkerder geworden en het was licht gaan regenen. Hij dacht weer aan zijn broer. Luke Carter. Ongetwijfeld een prima soldaat en een goede leider, maar Carter maakte zich er zorgen over hoe het hem op de lange termijn in Hereford zou vergaan.

Leden van het Regiment, sommige in elk geval, hadden de neiging om slinkser te zijn dan de jongens in het groen. De eenheid trok de gokkers en afvalligen aan, de eenzaten die niets hadden met de ja-meneer-nee-meneer-flauwekul van de paradeplaats. Als Luke een zwakke plek had, was het zijn neiging om mensen te vertrouwen, niet onder het oppervlak te kijken en aan te nemen dat ze dezelfde normen en waarden hadden. Hij zag het grote plaatje niet altijd en besefte niet dat het systeem corrupt was. Carter was bang dat hij in de keiharde wereld van het 22ste SAS zou worden vermorzeld door de grote jongens.

Ik hoop dat hij niet dezelfde fouten zal maken als ik, dacht hij.

Ze reden door een matbruin en grijs landschap. Lage heuvels met bosjes dennen en berken op de top onderbraken de vlakten. Verder weg zag Carter rijen opgerolde hooibalen, geknotte bomen en uitgestrekte akkers met rogge en gerst waarvan de aren in de wind heen en weer wiegden.

Na anderhalf uur kwamen ze bij de buitenwijken van Lviv aan. Daar reden ze omheen, stopten bij een benzinestation, gooiden de tank van 120 liter vol en reden door naar het oosten. Carter bekeek de straten, maar zag geen tekenen van het recente conflict. Geen in puin geschoten gebouwen, uitgebrande tanks of bomkraters in de straten. Mensen zaten in cafés, lieten hun haar knippen, waren aan het voetballen of deden een van de vele dingen waaruit het normale burgerleven bestaat.

Toen hij Logan daarop wees, trok de man uit Liverpool een pijnlijk gezicht.

'Het zag er hier een paar maanden geleden heel anders uit,' zei hij. 'Het was een chaos. Luchtalarm, raketaanvallen. Massa's vluchtelingen uit het oosten. Iedereen was in paniek en wilde het land uit. Nu is het gekalmeerd. Je kunt uitgaan, een biertje drinken, ergens iets eten in een gezellig restaurant.'

'En in Kyiv?'

'In feite hetzelfde. Iedereen probeert door te gaan met zijn leven.' Logans gezicht was het toonbeeld van concentratie terwijl hij probeerde de juiste woorden te vinden. 'Het is raar. De stad is bijna... normaal, afgezien van de sirenes en de avondklok en de soldaten bij de controleposten. In het oosten is het wel een ander verhaal.'

'Dat kan ik me voorstellen.'

Logan schudde langzaam met zijn hoofd. 'Nee, maatje, dat kun je niet. Er zijn dorpen die helemaal van de kaart zijn geveegd door de Russen. Ken je de foto's van Berlijn aan het eind van de Tweede Wereldoorlog? Niks anders dan gebombardeerde gebouwen en puin. De wederopbouw zal enorm veel geld kosten.'

Carter zei: 'Denk je dat ze gaan verliezen?'

'Wie? De Russen? Dat zou kunnen. Op het moment krijgen ze in elk geval flink op hun donder. Het probleem is dat de kans toeneemt dat ze zullen uithalen, afhankelijk van hoeveel terrein ze verliezen. Ik weet één ding zeker trouwens.'

'Wat dan?'

'Deze oorlog is een ware hel voor de mensen die in het oosten wonen, en dat zal nog erger worden. Zodra de winter invalt, krijgen die arme hufters het ijskoud, zonder verwarming of elektriciteit. God weet hoeveel er zullen sterven.'

In de loop van de middag ging het harder regenen. Flinke druppels doordrenkten de tarwevelden, spetterden op de voorruit en lieten waterige aders achter op het glas. Logan trakteerde Carter op een lang en wijdlopig commentaar op de vele charmes van Oekraïense vrouwen. Hij was blijkbaar een grote fan van hen en had het idee dat ze een paar trucjes kenden die een priester aan het glimlachen konden krijgen. Ze konden ook flink drinken, zei hij. Hij had plaatselijke vrouwen zoveel wodka achterover zien slaan dat ze sommige drinkers uit het Regiment in de schaduw zetten. Alles bij elkaar was hij een enthousiaste bekeerling.

McVeigh zei niets. Zijn boze blik was vastgekleefd aan de weg, alsof hij er een persoonlijk conflict mee had.

Om zeven uur kwamen ze bij Zjytomyr aan. Carter dacht dat ze nog maar een paar uur verwijderd waren van de oude luchtmachtbasis in Njovotsjanka. In de toenemende duisternis vingen de vergulde uivormige koepels van orthodoxe kerken de laatste stralen herfstlicht en vlamden op als fakkels. Carter zag af en toe tekenen van de raketaanvallen die recent op de stad waren uitgevoerd: een speeltuin die niet meer was dan een wirwar van verwrongen metaal en brokstukken, een berg puin van een verwoeste rij huizen en de uitgebrande karkassen van auto's.

Anderhalf uur later passeerden ze het stadje Fastiv en reden nog eens zo'n dertig kilometer naar het noordoosten voordat ze bij een middelgrote stad aankwamen. Flatgebouwen uit het Sovjettijdperk staken boven de sombere skyline uit, met op de voorgrond pastelkleurige overheidsgebouwen, middeleeuwse kerken en lantaarnpalen met ooievaarsnesten erop. Op reclameborden hingen steunbetuigingen aan de manschappen aan het front.

De weg stuurde hen ten noorden van de stad een tweebaans-asfaltweg omzoomd door bomen op, voordat ze een militaire controlepost bereikten. Zes met AK-74's bewapende soldaten hielden de wacht voor een muur van zandzakken. Achter hen zag Carter een paar Spartan-pantserinfanterievoertuigen staan, die waren uitgerust met .50-machinegeweren, en antitankgeschut op de toren. Er hing een Oekraïense vlag aan een stalen mast naast een geïmproviseerde wachtpost. Honderd meter voor de controlepost lagen betonblokken op wisselende weghelften, zodat chauffeurs hun snelheid moesten verlagen en in één rij dichterbij kwamen. Er was een gehavend STOP-bord in de berm naast de weg gestoken, voor het geval iemand de bedoeling niet snapte.

McVeigh verminderde hun snelheid tot twintig kilometer per uur en slalomde door de betonblokken, voordat hij tot stilstand kwam bij twee grenswachten die de controlepost bemensten. De soldaten lieten hun Oekraïense identiteitsbewijzen zien aan de dichtstbijzijnde grenswacht; die onderwierp elk ervan aan een grondig onderzoek, voordat ze naar haar collega's riep dat ze opzij moesten gaan en hen door moesten laten.

'Hoeveel man woont er op de basis?' vroeg Carter, terwijl ze voorbij de controlepost pruttelden.

'Alles bij elkaar tweehonderd,' zei Logan.

'Beveiliging?'

'Hondenteams patrouilleren vierentwintig uur per dag langs het hek. Soldaten staan bij de binnenste en buitenste kordons. 's Nachts geen verlichting, dus drones en satellieten kunnen ons niet zien. Het is er even veilig als in een Chinese stad tijdens een pandemie.'

'Luchtafweergeschut?'

'Starstreaks, bewaakt door een detachement van de 30ste Gemechaniseerde Brigade. Bomvrije kelder onder de hoofdgebouwen.' Logan grinnikte. 'We zijn er zo veilig als wat.'

'Hoe zit het met het personeel?'

'Iedereen is uitgebreid doorgelicht. Niemand mag de basis in of uit zonder voorafgaande toestemming.'

'Zelfs de vrouwen van de generaal niet?'

'Zelfs zij niet.'

'Wie heeft de leiding over het doorlichten?'

'Makarenko. De plaatsvervanger van de generaal. Hij licht hen persoonlijk door.'

'Controleert hij of die meisjes apparaten bij zich hebben?'

'Voor zover ik weet, wordt iedereen gecontroleerd op een elektronische voetafdruk voordat ze de basis in mogen.'

'Ze hebben ons niet gecontroleerd.'

'Dat hoeven ze niet. De bewakers kennen ons. Ze zien ons gezicht elke dag. Vertrouw me maar. Die meisjes zijn schoon, afgezien van het voor de hand liggende.' Logan grinnikte.

McVeigh lachte niet mee. 'Het is wonderbaarlijk.'

'Wat zei je, jongen?'

'Jouw grappen,' zei McVeigh, 'die worden steeds beroerder.'

Carter zei: 'Is de basis aangevallen?'

'Niet sinds wij hier zitten. Heel af en toe raken de Russen gefrustreerd en vuren ze een paar raketten af op naburige stadjes. In de lente hebben ze het kamp ten noorden hiervan vernietigd, dus moest de generaal zijn werk hier gaan doen. Sinds wij er zijn, hebben ze de basis niet aangepakt.'

'Waarom niet?'

Logan dacht daar even over na. 'Misschien weten ze niet dat wij hier zitten. De basis is sinds het einde van de Koude Oorlog officieel niet meer in gebruik. Er vertrekken geen vliegtuigen of zo van hier. Het lijkt wel alsof we ons in het volle zicht verbergen.'

Ze reden nog een halve kilometer over dezelfde goede asfaltweg waar betondozen van één verdieping, goedkope supermarkten en half afgebouwde flats langs stonden. Zwerfhonden die over het met onkruid overwoekerde trottoir liepen, snuffelden aan vuilniszakken. Na een paar minuten nam McVeigh een scherpe bocht naar links en stopte voor de poort van de hoofdingang van luchtmachtbasis Njovotsjanka. Er kwamen weer twee soldaten uit het versterkte poortgebouw en er was weer wat vertraging terwijl ze de papieren van de mannen controleerden. Er werden telefoontjes gepleegd en bevelen gegeven. Daarna draaide de geautomatiseerde poort open en reden ze het terrein van de basis op.

De toegangsweg voerde hen voorbij de verkeerstoren en een rij administratieve gebouwen en parkeerplaatsen. McVeigh sloeg weer links af en volgde de weg die parallel aan een rij lelijke betonnen gebouwen liep. Hij stopte voor het dichtstbijzijnde gebouw, naast een paar identieke Suburbans en een zootje andere militaire voertuigen die onder camouflagenetten waren verstopt.

'We zijn er,' zei Logan en McVeigh zette de motor uit.

Ze klommen uit de Chevy. Carter nam zijn weekendtas mee en keek om zich heen. Dat was niet veel soeps. Voorbij de weg, een paar honderd meter naar het noorden, liep de belangrijkste start- en landingsbaan van een paar kilometer in noordwestelijke richting. Hier en daar misvormden bomkraters het platform. In de buurt van de hangars was een helipad, die blijkbaar nog in gebruik was; op dit moment stond er een Britse Sea King-helikopter op het landingsgedeelte. De rest van de basis was echter verwaarloosd. Er stak onkruid uit het beton. De roestige romp van een oud Antonov-transportvliegtuig lag voor een vervallen hangar, naast een verlaten brandweerwagen.

Logan ging door met zijn eenpersoonsrondleiding. 'Oekraïners zitten in hetzelfde gebouw, maar vallen ons niet lastig. Kantine is op de begane grond, maar het eten is klote. Behalve als je van varkenspoten en borsjtsj houdt.'

'Het is verbazingwekkend dat de soldaten hier niet moddervet zijn,' mompelde McVeigh, 'als je ziet wat ze hier naar binnen werken.'

Logan zei: 'Er is een restaurant in de stad. Daar gaan we meestal naartoe als we de gelegenheid hebben. De avondklok gaat om elf uur in, maar het is daar dan toch al uitgestorven.'

'Waar pit de generaal?'

'Apart deel van de basis. Privéslaapzaal. We zullen je morgen aan hem voorstellen. Het heeft geen zin om hem vanavond te storen. Hij is nu waarschijnlijk poedelnaakt lol aan het maken met een van zijn vaste meisjes. De geluksvogel,' zei Logan.

‘Wie bewaakt hem nu?’ vroeg Carter.

‘Oekraïense soldaten,’ zei McVeigh en spuugde op de grond. ‘Dat hoeven wij niet te doen als de generaal op de basis is. Door hen en de beveiliging van de basis wordt hij goed beveiligd. Overal bescherming. Wij zijn alleen nodig als hij onderweg is.’

Logan keek even op zijn horloge. ‘Ik zal je je slaapplaats wijzen; dan kunnen we nog iets eten voor het avondgebed. Ik sterf van de honger.’

Carter keek hem vol ongeloof aan. ‘Je hebt onderweg de hele tijd zitten eten, hebberige klootzak.’

‘Tja, wat zal ik zeggen? Ik heb nu eenmaal een grote trek.’

‘Op verschillende manieren,’ zei McVeigh zachtjes.

Logan leek zijn jongere collega niet te hebben gehoord. ‘Eerst eten,’ zei hij. ‘Daarna zullen we het plan voor de arrestatie van morgen doornemen.’

Veertien

Ze liepen naar binnen, namen Carter mee een trap op en lieten hem zijn kamer zien. Die bestond uit een eenpersoonsbed met een metalen frame en een gebobbeld matras, een stoel en een bureau en een oude gietijzeren radiator, waarvan de crèmekleurige verf hier en daar aan het bladderen was. Er zaten vochtige plekken op de kale muren en het tochtte door de spleten in het raamkozijn. Stukken zwart schildersplakband vormden een 'v' op de ruit, om te voorkomen dat het raam zou versplinteren tijdens een raketaanval. Daardoor werd de hoeveelheid licht van buiten in de kamer echter ook kleiner. Een kaal peertje bungelde aan het bevlekte plafond.

Dat maakte Carter niets uit. Hij had op beroerdere plekken gebivakkeerd. Het maakte hem niet uit waar hij sliep, zolang hij maar een plek had waar hij dat kon doen. Dat was volgens hem een van de vele dingen die het Regiment van oudsher onderscheidden van hun verwante strijders bij Delta en de SEALS. De Amerikanen waren eraan gewend om de beste uitrusting, eersteklas accommodatie en behoorlijk eten te krijgen. Alle geneugten des levens. Als ze die om de een of andere reden niet kregen, hadden ze moeite om daarmee om te gaan. De mannen bij de SAS hadden dat probleem nooit gekend. Ze leerden al snel om zich aan te passen en de klus te klaren.

'Oekraïense commandotodden,' zei Logan en wees op een flinke plunjezak op de vloer. 'Alles wat je nodig hebt om in de achtergrond op te gaan. Uniform, laarzen, handschoenen, helm, allemaal in jouw maat, tenzij je flink bent aangekomen na je laatste missie.'

Carter grinnikte. 'Ik ben geen eetmonster, maat. Dat is jouw kunstje.'

'Een gezond seksleven, Geordie. De beste manier om op gewicht te blijven.'

'Zolang je maar geen druiper oploopt,' grapte McVeigh.

Carter lachte mee. Logan keek hen met nauwelijks verhulde woede aan. Toen zei hij: 'We dragen het uniform als we niet op de basis zijn, en burgerkleren als we hier wel zijn.'

Carter gooide zijn weekendtas op het matras en volgde McVeigh en Logan naar de kantine op de begane grond. Daar trof Carter het vierde lid van het team.

Patrick Webb zat bij de dichtstbijzijnde tafel met vier borden, met biefstuk en frietjes voor hem. Je kon hem moeilijk missen. Ten eerste omdat hij om negen uur 's avonds de enige persoon in de kantine was, maar ook vanwege zijn omvang.

Webb was de grootste man in het Regiment. Hij had handen als peddelbladen en biceps ter grootte van keien. Zijn benen waren zo enorm dat je een klimuitrusting nodig had om ze te beklimmen. Hij zag eruit als Kimbo Slice die probeerde zwaarder te worden. Toen hij opstond om hen te begroeten, verwachtte Carter min of meer dat de vloer onder hem zou schudden. Er lag een M4-karabijn op de tafel naast Webb. Hij volgde de eerste regel van het Regiment: hou je hoofdwapen altijd onder handbereik.

'Geordie, je kent Patrick nog wel,' begon Logan.

Carter stak een hand uit en hoopte dat die niet vermorzeld zou worden door Webb. 'Alles goed, kerel? Hoe gaat het ermee?'

Webb gromde een antwoord. Carter had in het verleden met de man uit Birmingham samengewerkt bij verschillende oefeningen, maar hij wist nagenoeg niets over hem. Hij zei weinig en vertelde niets persoonlijks over zichzelf, zijn achtergrond of zijn gezin. Webb was twee jaar geleden bij het Regiment gekomen, na een tijdje bij het

Speciale Verkennersregiment gestationeerd te zijn geweest, een van de nieuwere takken van de Britse commandogemeenschap. Hij was opgegroeid in Birmingham en in zijn jeugd betrokken geraakt bij misdaadbendes, maar verder was de kerel een gesloten boek.

'Ik heb de kok wat eten laten maken,' zei Webb en gebaarde naar de borden. 'Ik dacht dat jullie wel honger zouden hebben.'

'God, ja,' zei Logan terwijl hij zich in een stoel liet vallen. 'Ik ben uitgehongerd.' Hij pakte het zoutvaatje, strooide de halve inhoud over zijn eten en begon met zijn mes en vork op de biefstuk in te hakken.

Carter stopte een frietje in zijn mond en keek rond. 'Waar is iedereen?'

'De meeste Oekraïners gaan na het avondeten de stad in,' zei McVeigh. 'Ze drinken graag een paar biertjes en spelen een paar potjes biljart in de plaatselijke kroegen, voordat ze gaan slapen. Een paar oudere mannen blijven gewoon in hun slaapzaal.'

'Dan missen ze iets,' zei Logan, terwijl zijn kaken in rap tempo korte metten maakten met een homp vlees. 'Als ik het was, zat ik elke avond in de stad om mijn charme los te laten op de plaatselijke talenten.'

McVeigh zei afkeurend: 'Denk je ooit aan iets anders dan aan neuken?'

'Ik ben een geboren romanticus. Ik kan het niet helpen.'

'Het verbaast me dat je hem nog omhoog kunt krijgen. Op jouw leeftijd.'

'Sodemieter op, man. Ik heb meer vrouwen gehad dan jij dagen geleefd hebt.'

McVeigh snoof minachtend. 'Ik zou niet opscheppen over seks met een paar kampmeisjes. Die springen voor een zak chips en een fles goedkope wodka bij je in bed.'

Logan zei: 'Kijk, dat is jouw probleem, Billy. Je hebt geen respect voor de andere sekse.'

'Dat is niet zo, maat. Ik laat mijn lul niet de baas spelen over mijn hoofd.'

'Je moet eens een avond met mij meegaan als we terug zijn. Dan kan ik je een paar trucjes leren. Wie weet, misschien krijgt een of andere vrouw medelijden met je.'

Carter zei: 'Billy heeft wel gelijk. We zijn met een klus bezig. Daar moeten we ons op concentreren en de rest bewaren tot we weer thuis zijn.'

'Zeg dan tegen die chagrijnige klootzak dat hij stopt met zeiken,' antwoordde Logan, terwijl hij McVeigh strak aankeek.

'Ik meen het,' snauwde Carter. 'Maak niet dezelfde fout als Longstaff. Hou je lul in je broek.'

'Jezus, Geordie, doe effe rustig.' Logan deed alsof hij zich overgaf. 'Ik maakte maar een grapje.'

'Zolang het maar een grapje blijft.'

Toen ze klaar waren met eten, zetten ze een pot koffie en liepen daarna door de gang naar een stevig uitziende deur aan het eind van het gebouw. Logan plukte een sleutel uit zijn broekzak, maakte de deur open en gebaarde de anderen naar binnen. Carter volgde hen naar een kleine, vierkante kamer met metalen tralies voor de ramen, zes stoelen rond een versleten tafel en een degelijke kluis die aan de vloer was bevestigd, naast een kast ter grootte van een Smeg-koelkast. Er lagen enkele stafkaarten uitgevouwen op de tafel, samen met een satelliettelefoon en een aantal laptops en tablets in beschermende koffertjes van militaire kwaliteit.

Webb verzamelde hun paspoorten, liep naar de safe en draaide met zijn enorme handen de metalen knop naar links en rechts om hem te openen. De kluis klikte zachtjes, waarna de deur wijd open ging en Webb de paspoorten op de bovenste plank kon leggen, naast een dikke stapel Oekraïense bankbiljetten. Er lag ook een apart bundeltje Amerikaanse dollars op die plank en een stel eurobiljetten in een elastiek. Het geheime potje van het Regiment. Plus een berg simkaarten, extra telefoons en een stapel geprinte documenten.

Webb sloot de deur weer en ging met de andere mannen rond de tafel zitten die hun koffie zaten te drinken. Die was bitter en sterk, alsof je een trap van een muilezel kreeg.

Logan begon met de briefing. 'Volgens de planning vertrekt de generaal hier morgen om 09.00 uur. Niet eerder, want we vertrekken nooit voor 09.00.'

Carter zei: 'Zo laat? Hoge omes staan meestal met de kippen op.'

Logan grinnikte. 'Koltrov staat niet vroeg op. Hij gebruikt zijn ochtend om afscheid te nemen van zijn liefjes.'

'Hoe ver is het naar Kyiv?'

'Van hier naar het centrum van de stad is het ongeveer veertig kilometer. Een ritje van vijftig minuten, afhankelijk van de route die we nemen en van het tijdstip.'

Carter keek naar de kaart om zich de details in te prenten. 'Hoeveel routes hebben we?'

'Zes. We nemen elke dag een andere route. Morgen is dat Route Bravo.' McVeigh volgde de route op de kaart met een korte, dikke vinger. 'Die brengt ons rechtstreeks van Njovotsjanka naar het kantoor van minister Boetko. Daar is de generaal van plan hem te arresteren.'

'En waar is dat?'

'Hoofdkwartier van het ministerie van Defensie. Zwaar beveiligd, natuurlijk. Wachtpost aan de voorkant, bemand door Oekraïense commando's.'

'Weten we zeker dat hij er morgen is?'

'De generaal heeft toegang tot de agenda van Boetko,' legde Logan uit. 'Hij heeft een afspraak van anderhalf uur met het hoofd van de SBU, de inlichtingendienst van Oekraïne, en die begint om 9.00 uur 's ochtends.'

'En als die afspraak eerder is afgelopen?'

'Dat gebeurt niet. De SBU-chef heeft de opdracht om hem bezig te houden tot wij aankomen.'

'Hij – zij? – is dus op de hoogte?'

'Zij. Ja. Ze is geïnformeerd over het onderzoek naar Boetko en naar zijn transacties met de Russen.'

'Wat doen we als hij er lucht van heeft gekregen en niet komt opdagen?'

'Officieren van de SBU houden hem vierentwintig uur per dag in de gaten. Als hij zijn plannen verandert, om welke reden dan ook, slaan ze alarm en wordt de missie afgeblazen.'

'Wij vieren vergezellen de generaal het gebouw in, als hij hem gaat arresteren.' Logan vertrok zijn gezicht tot een grimas. 'We moeten hem de hele tijd in ons zicht houden als hij te voet is, maar dat lukt niet altijd.'

'En de Oekraïners?'

'Die blijven buiten geparkeerd staan voor het ministerie om de voertuigen te bewaken,' zei McVeigh.

'Denk eraan: we hebben het strikte bevel van het hoofdkantoor om politiek niet betrokken te raken,' voegde Logan eraan toe. 'Ze willen niet dat wij bemoeienis hebben met de arrestatie. Onze klus bestaat alleen uit het beschermen van de generaal. Meer niet.'

Carter zei: 'Wat moet je doen om de basis te verlaten?'

'We verzamelen ons voor het verblijf van Koltrov. Daar halen we hem precies om 09.00 uur op.'

'Met hoeveel wagens gaan we?'

'Drie. Koltrov zit in de middelste wagen met jou en mij, Makarenko en zijn persofficier. Vier Oekraïners in de eerste Suburban. Twee andere Oekraïners samen met Patrick en Billy in de achterste Chevy.'

Carter zei: 'Die moeten we controleren voordat we vertrekken. Motorolie, knipperlichten, brandstoftanks. We willen geen problemen als we op weg zijn naar de arrestatie.'

'Is al geregeld. Patrick doet dat morgenochtend meteen.'

'Dat doet me ergens aan denken,' zei Webb. 'Iemand moet de voertuigen schoonmaken. De rotzooi opruimen die de generaal vorige keer heeft gemaakt. Al die lege zakjes van chips en broodjes.'

Logan zei: 'Billy, dat is jouw taak. Begin er maar meteen mee als we hier klaar zijn, schat.'

'Ik?' De man uit Manchester keek smerig. 'Waarom krijg ik die kloteklusjes altijd?'

'Omdat je een klootnommel bent. Omdat je het zwarte schaap in ons team bent. Omdat ik het verdomme zeg.'

McVeigh staarde naar de oudere man, met stijf op elkaar geknepen lippen.

Carter keek weer naar de kaart en doorliep in gedachten verschillende scenario's, terwijl hij naar flessenhalzen en gebieden met verhoogde dreiging zocht.

'Verwachten we dat het doelwit zal tegenstribbelen?' vroeg hij.

'Nee,' antwoordde Logan. 'Hij is ongewapend en heeft geen beveiligers. Ze zijn met zijn tweeën.'

'Voor zover we weten,' bracht Webb in.

'Waar brengen we de verdachte naartoe?'

'Hier.' Logan prikte met een vinger op de kaart, drie kilometer van het ministerie van Defensie. 'Het politiebureau in de Donetskastraat. Dat staat op tien minuten rijden van het kantoor van het doelwit.'

'Veilig?'

McVeigh knikte. 'De cellen hebben tralies voor de ramen. Beveiligingscamera's die alle toegangswegen bestrijken. Het is een armoedige wijk, maar ligt ook ver uit de buurt van de drukste delen van de stad.'

Logan zei: 'Het is een eenvoudige klus, Geordie. Het zou een eitje moeten zijn.'

Carter grinnikte droog. 'Sinds wanneer is een missie zo gemakkelijk?'

Ze pauzeerden voor een tweede kop koffie en namen daarna de rest van het plan door. Logistiek, tijden, afstanden. Ze analyseerden de waarschijnlijke verkeerspatronen en keken of straten in de buurt waren getroffen tijdens de recente raketbeschietingen op de stad. Ze bekeken hoe ze zich in geval van nood konden verwijderen bij de locatie van de arrestatie en het politiebureau, en waar in- en uitgangen stonden op de plattegrond van het ministerie van Defensie.

Zodra ze zich alle details hadden ingeprent, pakte Logan een andere sleutel en maakte de kast open die tegen de achterwand stond. Er lag een massa spullen in. Carter zag meer wapens dan in een wapenwinkel in Texas.

'Niet slecht, hè?' grinnikte Logan.

Carter liet zijn ogen over de uitrusting glijden: vier M4-aanvalsgeweren, hetzelfde aantal halfautomatische pistolen van Glock, L2-handgranaten en rookgranaten, twaalf van elk. Verder vier stuks lichaamsbescherming met kogelwerende platen aan de voor- en achterkant. Infraroodkijkers, platte holsters voor de Glocks. Persoonlijke radioapparatuur, noodverband en verschillende dozen met munitie: 5.56 x 45 mm NAVO-kogels voor de M4, en 9 x 19 mm Parabellum voor de Glock.

In de kast lag verder een L115A4-sluipschuttersgeweer, waar de 7.62 x 51 mm NAVO-kogel in paste. Dat was de laatste aanwinst in het sluipschuttersarsenaal van de Britse commando's, en de Britse variant van de Accuracy International AX-gewerenserie, de verbeterde versie van de Arctic Warfare Magnum-wapenserie van dat bedrijf. Hij was uitgerust met een Schmidt & Bender-vizier en geïntegreerde geluiddemper. Het effectieve bereik was minstens achthonderd meter. Het was het geliefde wapen van de SAS, Delta en bijna elke commando die wist waar hij het over had.

Logan, die de uitdrukking op zijn gezicht zag, zei: 'Dat geweer is afgelopen zomer tijdens een missie door de Oekraïners gevonden bij een dode Russische soldaat. Ze hebben een hele berg in handen gekregen en wij hebben er één geritseld.'

'Ritselen zit bij jou in de familie, nietwaar?' zei McVeigh.

Logan keek hem onverstoorbaar aan. 'Kloothommel.'

Hij gaf Carter een van de M4's en zei: 'Bekijk het van de zonnige kant, Geordie. Je hoeft tijdens deze klus in elk geval niet te oefenen met de uitrusting.'

'Ik dacht dat we dezelfde uitrusting moesten dragen als de Oekraïners.'

'Dat doen we ook.'

Carter fronste zijn wenkbrauwen. 'Maar dit zijn allemaal wapens uit het Westen. Dat is niet waar de Oekraïners mee werken.'

'De situatie is veranderd. Tot voor kort hadden we de plaatselijke spullen,' zei Logan. 'Alle troep die ze voor de oorlog hadden. AK-74's en zo. Maar we hebben het nu beter, vanwege de voorraden die de grens over komen.'

Carter herinnerde zich dat hij ergens iets had gelezen over de massa uitrusting die vanuit het buitenland het land in stroomde. Veel ervan was geschonken door de VS, Groot-Brittannië en andere NAVO-landen. Andere spullen hadden ze buitgemaakt op gevangen Russische eenheden. Het land had grote voorraden granaatwerpers, zware machinegeweren, sluipschuttersgeweren, raketten, FIM-92 Stingers, Starstreaks, houwitsers, mortieren, HIMAR's, drones en thermobarische bommen.

Genoeg spullen om de Derde Wereldoorlog mee te beginnen én te beëindigen.

'Ik hoop dat die rotzooi nooit tegen ons gebruikt zal worden,' mompelde hij.

'Waarom zou dat gebeuren?' vroeg Logan. 'We staan toch aan dezelfde kant. Die mannen zijn onze vrienden.'

'Dat waren de taliban ooit ook.'

'Dit is helemaal anders. Jezus, je kunt dit stel toch niet vergelijken met de Afghanen?'

'Misschien niet, maar ik weet wel, dat we elke keer de klos zijn geworden als we een heleboel spullen aan een of ander land hebben geschonken. Dat zou je weten, als je meer tijd besteedde aan het lezen over de geschiedenis dan aan het van bil gaan met de meiden in Hereford.'

'Daarom lees ik dus geen boeken.' Logan tikte tegen de zijkant van zijn hoofd. 'Daar krijg je te veel grimmige gedachten van in je hoofd. Het leven is al deprimerend genoeg. Waarom zou je het nog erger maken?'

'Om jezelf iets te leren, maat.'

'Verrek maar. Ik heb op school genoeg van die flauwekul moeten doen. Ik heb liever een biertje en een lekker stuk dan een boek.'

Carter legde zijn M4 neer en gespte de platte holster rond zijn middel. Hij controleerde of er een volle patroonhouder van tien 9 mm kogels in de Glock zat, stopte die terug in de magazijnhouder aan de onderkant van de voorgevormde polymeerkolf en stopte het halfautomatische wapen in de holster.

'Radio's zijn ingesteld op dezelfde frequentie als die van de Oekrainers,' zei McVeigh. 'Een beveiligd kanaal om met hen te praten. We hebben ook ons privékanaal, zodat we met elkaar kunnen praten zonder dat zij kunnen meeluisteren.'

'Spreken ze Engels?' vroeg Carter.

Logan zei: 'Kolonel Makarenko spreekt het behoorlijk goed. Generaal Koltrov ook.'

'En de anderen?'

'Redelijk. In elk geval beter dan ik Oekraïens spreek.'

Carter staarde hem aan. 'Je zit hier al zes maanden en je hebt niks van de taal opgepikt?'

'Kijk me niet zo aan, Geordie. Daar heb ik geen tijd voor gehad. Ik heb het druk gehad, man.'

'Ja, dat heb je zeker.' De gezichtsuitdrukking van McVeigh veranderde in een gemene glimlach. 'Met tevergeefs het plaatselijk vrouwelijk schoon proberen te versieren.'

De borst van de man uit Manchester begon lachend op en neer te gaan. Webb en Carter lachten mee, terwijl Logan hen smerig aankeek met een van nijd vertrokken gezicht.

‘Donder op, stelletje idioten.’

Carter stopte met lachen en zei: ‘Hoe nemen we contact op met het hoofdkantoor?’

Webb keek naar de satelliettelefoon op de tafel. Die stond op een dockingstation, van waaruit een kabel naar het plafond liep. ‘Daarmee. Die zit aan een antenne op het dak, zodat je hem binnenshuis kunt gebruiken. Rechtstreekse lijn naar Hereford, volledig versleuteld.’

Carter knikte en zei: ‘Ik zal contact met hen opnemen als we hier klaar zijn om verslag te doen van de situatie en om de plannen van morgen door te geven.’

‘Zeg maar dat ze een paar fatsoenlijke biertjes naar ons moeten opsturen,’ zei Logan, half voor de grap. ‘Dan hoeven we die aangelengde Poolse troep even niet te drinken die ze in alle cafés in de stad schenken.’

Carter grinnikte. ‘Ik zal een stel blikjes Tennent’s Super laten invliegen. Dat is meer jouw ding, toch?’

‘Lul.’

Carter pakte de satelliettelefoon en keek op zijn G-Shock hoe laat het was. Elf uur ’s avonds.

Hij zei: ‘We komen hier over een paar uur weer bij elkaar voor het ochtendgebed. Zeven uur precies. Dan hebben we genoeg tijd om te ontbijten, te controleren of de radio’s het doen en of de Suburbans klaarstaan en om verschillende soorten granaten in te laden. Ondertussen kunnen jullie beter gaan slapen. Het wordt een belangrijke dag morgen. We moeten vlijmscherp blijven.’

De andere mannen liepen de kamer uit en namen hun geweren en pistolen mee. Webb liep voorop, gevolgd door McVeigh en daarna Logan. Die laatste gaf de sleutel van de deur aan Carter en bleef even in de deuropening staan.

‘Denk je echt dat de Russen morgen een aanslag op de generaal zouden kunnen plegen?’

‘Hij gaat overdag zonder dekking het centrum van Kyiv in om een bekende Russische collaborateur in te rekenen, minder dan een week nadat ze hebben geprobeerd de president te vermoorden. Alles is mogelijk.’

Logan keek twijfelachtig. ‘Het is tot nu toe rustig gebleven. Geen spoor van problemen in de afgelopen zes maanden.’

‘Daarom maak ik me zorgen.’

‘Misschien staat de generaal niet hoog op hun lijstje.’ Logan krabde zijn wang.

‘Of ze wachten gewoon het juiste moment af. We moeten hoe dan ook superalert zijn, vooral als die vent zo roekeloos is als jij zegt.’

‘Dat is hij,’ benadrukte Logan. ‘Dat weet ik zeker. Daar zul je morgen zelf wel achter komen, denk ik.’ Hij snoof en zei: ‘Het lijkt erop dat ze jou hier in het diepe hebben gegooid.’

Carter glimlachte zwakjes. ‘Het oude liedje, maat. Dat hoor ik heel mijn leven al.’

Vijftien

Carter stond de volgende ochtend om zes uur op. Hij liep in looppas een rondje langs de omheining van de basis, nam een douche, schoor zich, trok zijn Oekraïense legeruniform aan en liep met zijn M4 naar de kantine. Er zaten tientallen Oekraïners aan de tafels stukken vette worst en aardappelen naar binnen te proppen. Ze negeerden Carter, toen die aan een aparte tafel bij Webb, Logan en McVeigh ging zitten. Die vier aten zonder iets te zeggen hun eieren, spek en dikke plakken brood met boter, die ze wegspoelden met verse koffie. Net als alle soldaten hadden ze geleerd dat ze goed én snel moesten eten.

Het zou voorlopig onze laatste maaltijd kunnen zijn, dacht Carter, als het hier een puinhoop wordt.

Ze schonken nog een keer koffie in en liepen naar het afgesloten kantoor. Webb kreeg de kast met moeite open en gaf handgranaten aan de anderen. Drie per man. Elk van hen kreeg ook drie rookgranaten, vier reservemagazijnen met 5.56 x 45 mm kogels voor de M4, twee extra patroonhouders met 9 mm Parabellums voor de Glock, een noodverband, tourniquet, twee morfinespuiten, een gecamoufleerde lamp voor op hun helm, en een persoonlijke radio. Carter controleerde zijn wapens nog een keer, trok zijn kogelwerende lichaamsbescherming aan, stopte de granaten, wegwerptelefoon, ammunitie en andere spullen in de grote zakken aan de voor- en zijkanten van zijn kleding en testte het van tevoren ingestelde kanaal op de radio.

Even later verliet Logan de kamer. Hij kwam na een paar minuten terug in het gezelschap van twee Oekraïense lijfwachten. Kapitein Joeri Popov was de officier die de leiding had over het team. Hij had een stevige nek en was zwaargebouwd, als een verlopen boxer, met achterovergekamd, vuilgeel haar en hagedissenogen. Het was Popov gelukt om zichzelf in een legeruniform te proppen, maar Carter wist niet hoe.

De kerel naast Popov had zijn tweelingbroer kunnen zijn. De gelijkenis was angstaanjagend. Hij had dezelfde bouw, hetzelfde kapsel, dezelfde gelaatstrekken. Hij was een paar centimeter korter en had misschien een iets bredere borst, maar verder leken het wel klonen te zijn. Logan stelde de dubbelganger voor: stafsergeant Davyd Horbasj, de plaatsvervanger van Popov.

'Hoe staan we ervoor, kapitein?' vroeg Carter aan hen.

'Mijn mannen zijn er klaar voor,' zei Popov met een licht accent. 'Wat is het plan?'

Carter nam het met hen door. Hij moest een paar dingen herhalen om de details te verduidelijken of omdat Popov en Horbasj zijn tongval uit Newcastle niet konden verstaan.

'Zodra we op de doellocatie aankomen,' zei hij, 'vergezellen wij de generaal als hij naar binnen gaat om Boetko te arresteren. Jullie blijven buiten en zetten een kordon op. Begrepen?'

Popov en Horbasj keken elkaar aan. Horbasj bleef naar de plattegrond kijken, terwijl hij over zijn kin streek en binnensmonds iets in het Oekraïens tegen de kapitein mompelde.

'Wat zei hij?' vroeg Logan aan de kapitein.

Popov zei: 'Mijn sergeant vindt dat wij tijdens de missie in het gebouw zouden moeten zijn. De generaal is onze verantwoordelijkheid. Hij zegt dat jullie het kordon moeten opzetten.'

Carter zei: 'Dat is niet bespreekbaar.'

'Waarom niet?'

'Jullie hebben de belangrijkste taak. Als er een aanval komt, komt die hoogstwaarschijnlijk aan de voorkant van het gebouw. Dat betekent dat jullie en je maten de eerste verdedigingslinie vormen tussen de vijand en de chef. Jullie moeten alarm slaan en aanvallers afweren, tot we Koltrov kunnen afvoeren.'

Logan voegde daar behulpzaam aan toe: 'Het kordon is de gevaarlijkste taak. Binnen valt niets te vrezen.'

Dat was flauwekul, wist Carter. Het ministerie van Defensie was aan alle kanten zwaarbewaakt. Als een fort. De kans op een frontale aanval was minimaal. Als er een aanslag op de generaal zou worden gepleegd, zou dat eerder gebeuren op weg naar of terug van de arrestatie. De Oekraïners leken het echter te geloven.

We beschermen een van de belangrijkste doelwitten in het land, zei hij tegen zichzelf. Het heeft geen zin om kwaad bloed te zetten bij de Oekraïense lijfwachten.

Logan zei: 'We doen het hetzelfde als anders. Jullie mannen rijden in het voorste en het achterste voertuig in het konvooi. Geordie en ik zitten bij de chef, zijn plaatsvervanger en de persofficier. Patrick en Billy zitten bij jullie mannen in de achterste wagen.'

'Hou je ogen open!' waarschuwde Carter de Oekraïners. 'Als er iets gebeurt, heeft het de hoogste prioriteit om zo snel mogelijk weg te komen en naar de basis terug te keren.'

'Geen probleem. Dat begrijpen we.'

'Hoe zit het vandaag met de stroken?' vroeg Logan.

'Linkerarm,' zei Popov. 'Blauw-met-gele strook.'

'Zijn er problemen langs de route naar Kyiv? Zijn er raketaanvallen op geweest vannacht?'

'Negatief. We hebben het vanochtend nog gecontroleerd. De route is vrij.'

Ze hadden inderdaad geen luchtalarm gehoord, maar Carter wilde er absoluut zeker van zijn. Een oude gewoonte uit het Regiment, die diep in zijn botten was gegraveerd.

Ze controleerden hun radio en uitrusting nog één keer. Logan nam via de satelliettelefoon contact op met Hereford om te laten weten dat ze op het punt stonden de basis te verlaten en om na te gaan of er nieuwe inlichtingen waren over de situatie in Kyiv. Carter keek weer op zijn G-Shock: 08.45 uur. Hij zei tegen Webb dat hij de Suburbans moest laten starten en gaf Popov en Horbasj het bevel om hun mannen over tien minuten buiten het hoofdgebouw te verzamelen.

Webb kwam negen minuten later terug.

'De motoren draaien,' zei hij. 'Volle tanks. We zijn er helemaal klaar voor.'

De vier leden van het Regiment trokken hun tactische handschoenen aan, zetten hun helm op en deden hun skimasker voor. Ze bevestigden hun tactische radio en bonden de blauw-met-gele stroken rond hun linker bovenarm, zodat ze voor bevriende soldaten herkenbaar waren als Oekraïners. Tot slot pakten ze hun M4.

'Het is tijd,' zei Carter. 'We gaan.'

Ze kwamen vanuit het hoofdgebouw terecht in een frisse herfstochtend; de heldere lucht had de kleur van een gasvlam. Er waaide een kille wind en de lucht was zo koud dat je hem bijna doormidden kon breken. Popov, Horbasj en de rest van de Oekraïense lijfwachten stonden naast de drie Suburbans te wachten. Hun wapens hingen aan hun schouder en sommigen van hen stonden te roken of wreven hun handen over elkaar in een poging om ze een beetje warmer te maken. De SAS-mannen begroetten hun Oekraïense collega's met een kort knikje maar hielden enige afstand.

Precies zoals het hoort, dacht Carter. We zijn hier niet om vrienden te maken, maar om een klus te klaren.

Popov stond vlakbij in zijn telefoon te ratelen, zo snel dat Carter niet begreep wat hij zei. Hij hing op toen Carter dichterbij kwam en zei: 'De chef is bijna klaar. Twee minuten.'

'Zeg tegen je mannen dat ze in de auto's gaan zitten,' zei Carter. 'We rijden naar het verzamelpunt voor het slaapblok van de generaal en wachten daar op hem.'

Popov gaf het bevel aan zijn mannen door. Ze verdeelden zich in twee groepen. De ene dook met McVeigh en Webb in de achterste Suburban, terwijl Popov, Horbasj en de andere soldaten de voorste wagen namen. Carter en Logan liepen naar het middelste voertuig, waar Logan zich achter het stuur wurmde. Carter ging naast hem zitten.

De portieren klapten dicht, de motoren ronkten en de koplampen brandden. De voorste Suburban vertrok, met de andere voertuigen vlak achter zich, en hobbelde langs de woonbarakken.

Ze maakten aan het uiteinde van het geasfalteerde terrein een bocht naar rechts en reden tweehonderd meter naar het zuiden, op weg naar de verkeerstoren en de voorkant van de luchtmachtbasis. Daar stopten ze voor een gebouw van twee verdiepingen met een betonnen pui, dat los stond van de andere administratieve gebouwen.

Een tweetal soldaten bewaakte de ingang. Op kleine afstand zag Carter een donkergrijze Volkswagen Touareg met draaiende motor in een van de parkeerhavens staan. Die had ramen met getint glas en Oekraïense nummerborden.

'Wie is dat?' vroeg hij.

Logan tuurde naar de Touareg en zei: 'Stafauto. Een van de loopjongens van de generaal gebruikt die om de meisjes naar en van de basis te vervoeren. Hun eigen privétaxibedrijf.'

'Zijn het plaatselijke mensen?'

'De meisjes?' Logan knikte. 'Ze zitten langdurig in een hotel buiten de stad. De generaal betaalt ervoor.'

Carter trok zijn wenkbrauwen op. 'Dat moet hem een fortuin kosten. Hoe kan hij dat verdorie opbrengen?'

'Hij is een driesterrengeneraal. Ik kan me voorstellen dat dat niet slecht verdient. Waarschijnlijk doet hij er ook nog wel iets naast. De hoge omes eten al jaren van twee walletjes in dit land.'

'Doen de onze ook, maat, maar zij verstoppen het beter.'

Logan lachte cynisch. 'Ik vermoed dat sommige dingen nooit veranderen.'

'Nee.'

Terwijl ze toekeken, slenterden er twee vrouwen uit het gebouw. Een rondborstige brunette, die haar ronde vormen in een rode, laag uitgesneden jurk had geperst, en een slanke blondine in een zwartleren minirok met bijbehorende plateauzolen. Ze bleven met een sigaret in de hand even bij de ingang staan en vroegen de bewakers om een vuurtje. Daarna liepen ze op hun gemak naar de Touareg, terwijl ze rookten en giechelden.

Logan keek gretig toe, terwijl ze vanwege hun hoge hakken met enige moeite achter in de Volkswagen gingen zitten. 'Jezus christus. De generaal is misschien wel een rukker, maar hij heeft een goede smaak wat vrouwen betreft. Dat moet ik hem nageven.'

De Touareg reed achteruit de parkeerhaven uit en verder naar de hoofdingang van de basis. Carter en Logan zaten in de middelste Suburban te wachten.

Anderhalve minuut later kwam generaal Viktor Koltrov naar buiten.

De Leeuw van Oekraïne leek in het echt korter te zijn dan op tv. Hij had echter hetzelfde strenge gezicht dat Carter zich herinnerde van de medaille-uitreiking en dezelfde arrogante houding. Hij liep zelfverzekerd naar de middelste Suburban, kaarsrecht en met vierkante kin, en droeg zijn opvallende leren ooglapje. Het was een man die naar zijn noodlot marcheerde.

Twee andere gedaanten kwamen haastig het gebouw uit. Een lange, slungelige vent met donker, vet haar en een fretachtig gezicht, en een elfachtige vrouw met rood haar. Beiden droegen lichaamsbescherming op hun militaire uniform en droegen een pistool aan hun riem. De vrouw keek onder het lopen op haar telefoon en liet sierlijke vingers over het scherm dansen.

Carter stapte uit de wagen, liep snel naar rond naar het achterportier en trok dat open. Koltrov bleef voor Carter stilstaan, met een kleine rimpel in zijn voorhoofd. Zijn goede oog, dat hem bekeek vanonder zware oogleden, bestudeerde de SAS'er zoals een wolf zijn prooi bekijkt.

'Jij bent nieuw.'

Een constatering, geen vraag.

'Ja, meneer,' zei Carter.

Hij had te horen gekregen dat hij de generaal met 'meneer' moest aanspreken. Een ego-dingetje. De generaal stond op formaliteiten, ondanks zijn imago van man van het volk. De bureaucraten in Whitehall hadden met één oog op de toekomst geen enkele moeite gehad om daarmee in te stemmen. Ze deden zaken met een mogelijke toekomstige presidentskandidaat. Ze vonden het belangrijk om stroop te smeren bij de komende man, terwijl ze dicht bij de huidige machthebber op de troon bleven.

De rimpel werd dieper. 'Wat is er met die ander gebeurd? Met Longstaff?'

'Naar huis gestuurd, meneer. Verwondingen. Ze hebben mij als zijn vervanger hierheen gestuurd.'

'Dan moet jij... de broer van Carter zijn.'

'Dat klopt, meneer.'

Koltrovs goede oog lichtte op als een zaklamp. 'Ik voel me echt vereerd. Ik weet alles over je broer: een prima mens, een geweldige soldaat en een sieraad voor zijn land.'

'Dank u wel, meneer.'

'Ik kom ook uit een familie van beroemde krijgslieden,' zei de generaal in onberispelijk Engels.

'Ja, meneer.'

'Mijn grootvader was een held uit de Tweede Wereldoorlog. Hij vocht tijdens de slag bij de Dnjepr tegen de nazi's. Voor zijn rol in die veldslag werd hij tot Held van de Sovjet-Unie uitgeroepen. Weet je hoe ze hem na de gevechten hebben beloond, die lafaards in Moskou?'

'Nee, meneer.'

'Ze hebben hem naar een goelag gestuurd. Twaalf jaar in de hel boven de noordpoolcirkel. Nu ben ik aan het vechten tegen de zonen en dochters van Stalin de Slager. De geschiedenis heeft een vreemd gevoel voor humor.'

'Dat lijkt er wel op, meneer.'

Koltrov gebaarde naar de twee geüniformeerde mensen naast hem. 'Mijn plaatsvervanger, kolonel Makarenko,' zei hij en wees op de man met een frettengezicht. 'Anna Zintsjenko,' ging de generaal verder en knikte naar de popperige roodharige vrouw. 'Mijn persofficier.'

Zintsjenko stopte met typen en keek naar Carter. Donkere, mosgroene ogen namen hem kritisch op. Haar boogvormige lippen spreidden zich uit tot een plichtmatige glimlach, waarna ze haar ogen weer op haar telefoon richtte.

Carter zette een stap opzij om de generaal en zijn staf ruimte te geven. De drie Oekraïners klommen op de achterbank van de Suburban. Carter sloot het portier, liep snel rond de voorkant van de wagen, liet zich in de passagiersstoel zakken en nam via de radio contact op met Popov.

'We zijn er klaar voor, kapitein.'

'Oké.'

De Suburban voor Carter en Logan reed de toegangsweg op. Twee minuten later verliet het konvooi de luchtmachtbasis en reed naar het noorden via de driebaansweg in de richting van Kyiv. Carter ging achterover zitten om van het uitzicht te genieten, maar dat stelde niet veel voor. Stroken bebost gebied en struiken stonden aan weerszijden van de weg, afgewisseld met uitgebrande gebouwen en de verroeste karkassen van verwoeste voertuigen.

Achterin zei Koltrov: 'Hebben jullie M4's bij je?'

'Ja, meneer,' zei Logan. 'Nieuwe uitrusting. Net aangekomen.'

'Een uitstekend wapen. Volgens mij veel beter dan de AK-74. Ik heb er zelf ook mee geschoten.'

'Inderdaad, meneer?' vroeg Carter, meer uit beleefdheid dan uit oprechte belangstelling voor Koltrovs carrière. Hij dacht: de chef tevreden houden. Een van de belangrijkste taken van een zichzelf respecterende lijfwacht.

'O ja,' zei Koltrov. 'Heel vaak, in Fort Bragg. Daar werd ik persoonlijk rondgeleid door Delta Force. In jullie kamp ook.'

'Bent u in Hereford geweest?'

De generaal knikte. 'Ik ben bang dat het maar een kort bezoekje was. Ik was in het land om een lezing over de stadsoorlog te geven op jullie beroemde Sandhurst.'

Carter zei niets.

'Ik word tegenwoordig veel gevraagd,' ging Koltrov verder. 'Ik geef de hele tijd interviews aan kranten en televisiezenders. Vooral de Amerikanen willen heel graag met me spreken en begrijpen hoe ik het Russische tuig op hun knieën heb gekregen. Ik denk dat ik in Amerika even geliefd ben als in mijn eigen land.'

'Ja, meneer.'

'Mijn volk verafgoodt me. Dat zul je nog wel zien.'

'Ik weet zeker dat het zo is, meneer.'

'Het is heel speciaal, als je eigen volk van je houdt. Ze weten namelijk dat ik de enige ben die hun de overwinning kan geven. Onder mijn leiding zullen we het Russische ongedierte afmaken.

Jullie leiders dachten dat we binnen een paar dagen zouden verliezen. Ze dachten dat ze heel slim waren en stonden al klaar om de dood van Oekraïne te betreuren voordat het eerste schot was gelost. Ze begrepen echter niet hoeveel haat we voor de indringers voelden.'

'Ja, meneer.'

'Ik zal je een voorbeeld geven. Oké?' Koltrov was nu warm aan het lopen. 'Vanwege onze gezamenlijke geschiedenis spreken veel mensen hier vloeiend Russisch. Overal kon je Russisch horen op straat, maar de meeste mensen hebben gezworen om die taal nooit meer te spreken. Ze zouden liever hun tong verliezen dan een Russisch woord uit hun mond te krijgen.'

'Dat kan ik hun niet kwalijk nemen, meneer.'

'We zullen de Russen vermorzelen,' voegde de generaal eraan toe en balde zijn rechterhand. Zijn ene goede oog glinsterde als ijs in de winterzon. 'In de lente jagen we de vijand terug naar zijn eigen ellendige land. We zullen iedereen die zich niet terugtrekt of zich niet overgeeft als honden doodschieten. Het zal een roemrijke overwinning zijn en de mensen zullen mijn naam op straat scanderen.'

'Ja, meneer.'

'Jullie in het slappe Westen,' zei Koltrov, terwijl hij zich naar voren boog en achtereenvolgens naar Carter en Logan wees, 'jullie in het Westen denken dat we alleen maar winnen omdat jullie ons tanks en raketten sturen. Dat is echter een illusie. Het is een leugen die jullie aan elkaar vertellen, omdat jullie jezelf daar beter door voelen.

We hebben niet evenveel tanks als de vijand. We hebben niet evenveel vliegtuigen of drones. We hebben geen kernwapens en geen onderzeeërs. Maar toch zullen we de vijand verslaan. Weten jullie waarom?'

'Nee, meneer.'

'Deze oorlog zal niet worden beslist door tanks of raketten. Het zijn de heldhaftige inspanningen van onze mannen… en vrouwen,' zei Koltrov, die naar Zintsjenko knikte, 'die de dictator zullen verslaan. Het is ons bloed dat vloeit, terwijl jullie leiders in hun gerieflijke kantoor zitten en zichzelf feliciteren omdat ze weer een vliegtuig met kogels naar ons hebben gestuurd.'

Hij stak een vermanende vinger op naar Carter, als een leraar die een student uitfoetert, en ging daarna verder. 'Dat is de reden dat de soldaten van mij houden. Ik begrijp de offers die ze brengen, en toch moet ik keer op keer aan hen vragen om dat te doen. Weet je waarom?'

'Nee, meneer.'

'Omdat het noodzakelijk is, omdat dat de enige manier is om te winnen.' Hij stompte met zijn vuist in de palm van zijn andere hand. 'Dat is de reden waarom ik erop sta om dezelfde risico's te lopen als mijn mensen. Snap je?'

'Dat denk ik wel, meneer.'

'Het is belangrijk dat jij dit weet. Ik zal je vertellen wat ik tegen de anderen heb gezegd. Probeer me niet van gedachten te veranderen. Ik ga me niet in een bunker verbergen, als een lafaard,' zei Koltrov walgend. 'Ik ga naar mijn manschappen, ik ga tussen hen staan, ik deel hun ontberingen en feliciteer hen met hun moed en dring er bij hen op aan om goede moed te houden, omdat ze niets zijn zonder mij, niet meer dan verdwaalde kinderen. Mijn reisplannen staan niet ter discussie. Duidelijk?'

'Ja, meneer.'

'Mooi.' Koltrov knikte en ging achterover zitten, met zijn armen over elkaar en tevreden omdat hij de discussie had gewonnen.

'Hoe lang zit je al bij de SAS?' vroeg hij na een tijdje.

'Negen jaar, meneer.'

'Goede soldaten. Toegewijd, taai. Bijna even goed als onze eigen commando's.'

'Ja, meneer,' zei Carter zonder het te menen.

In de achteruitkijkspiegel zag hij dat Zintsjenko druk berichten zat te typen, waarbij haar gezicht werd verlicht door het blauwachtige licht van haar telefoonscherm. Makarenko staarde uit het zijraam. Ongetwijfeld hadden ze allebei geleerd om hun oren uit te zetten als de generaal een van zijn lange tirades afstak.

'Het is pure verspilling,' ging Koltrov chagrijnig verder.

'Wat, meneer?'

'Jullie politici weigeren om jullie met ons mee te laten vechten. Jij en je kameraden konden in het oosten zijn om ons te helpen om de Russen uit te schakelen. In plaats daarvan doe je dienst als mijn chauffeur.'

'Misschien zijn ze bezorgd over een escalatie, meneer. Een kernoorlog en zo.'

Koltrov lachte blaffend. 'De Russen durven dat niet.'

'Misschien wel, als ze wanhopig worden.'

'Nooit,' antwoordde de generaal gloedvol. 'Hun president heeft het lef niet. Ze zeggen dat het een sterke man is, maar dat is een leugen. Hij is bang, net als alle bullebakken.'

Carter zei: 'Het maakt niet uit of hij alleen maar bluft. Het enige wat telt, is dat zijn volk hem gelooft. Meneer.'

De generaal keek minachtend. 'Jullie minister-president is niet gek. De leiders van Duitsland, Frankrijk, Amerika zijn geen domme mensen. Ze weten dat Rusland niet serieus overweegt om kernwapens te gebruiken. Dat is niet de reden waarom ze jullie niet willen laten vechten. Nee. De echte reden dat ze jullie niet de wapens willen laten oppakken naast onze soldaten is dat jullie leiders het bloed van hun burgers niet aan hun handen willen. Daarom vechten wij in ons eentje tegen een vijand met een leger dat tien keer zo groot is als het onze. Omdat jullie politici geen ruggengraat hebben.'

Carter knikte, maar zei niets. Hij had zich afgevraagd waarom de generaal zoveel belangstelling voor hem had. Hoge officieren besteedden meestal niet veel aandacht aan hun lijfwachten, maar nu begreep hij het. Koltrov hoorde zichzelf graag praten. Het was duidelijk dat hij ervan genoot om tegen zijn manschappen te preken, zijn mening te verkondigen en tegen zijn vermeende vijanden tekeer te gaan. Hij leek meer op een populistisch politicus dan een militaire bevelhebber.

'Ze geven hoog op over onze heldhaftigheid, maar kopen ondertussen wel Russisch gas. Ze zeggen tegen ons dat we vrede moeten sluiten met de indringers, terwijl die onze vrouwen verkrachten, onze soldaten martelen en onze mensen naar kampen sturen om te sterven. Jullie laten hen ons land stelen en genocide plegen, en in ruil daarvoor sturen jullie ons een paar slecht werkende wapens en hangen een vlag bij je huis. Het laat zien dat jullie beschaving door en door verrot is.

Ik word er ziek van,' ging Koltrov verder. 'Waarom moeten wij sterven, terwijl jullie burgers gewoon doorgaan met hun leven en lachen en drinken met familie en vrienden? Oekraïne heeft in het verleden al genoeg geleden. Waarom zouden wij niet gewoon tegen Rusland zeggen: "Oké, je mag Oekraïne hebben, maar dan moet je wel München en Parijs en Londen bombarderen." Dan zorgen we ervoor dat Rusland jullie probleem wordt. Waarom zouden we dat niet doen?'

'Geen idee, meneer.'

'Heb je daar geen mening over?'

Carter haalde zijn schouders op. 'Ik probeer me niet met de politiek te bemoeien. Dat is niet mijn ding, meneer.'

'Dan ben je verstandig. Ik zou willen dat ik dat ook kon doen. Ik zou willen dat ik een eenvoudige soldaat was, net als vroeger, maar ik ben een generaal die vecht om zijn volk te redden van genocide. In mijn wereld draait alles om de politiek.'

Er kwam ineens een gedachte in Carters achterhoofd tevoorschijn. 'Hoe zit het met de kerncentrale die de Russen hebben aangevallen? Holjovika?'

'Wat is daarmee?'

'Waarom beschieten ze die? Dat heeft toch geen zin, tenzij ze serieus van plan zijn hem op te blazen?'

De generaal glimlachte zwakjes. 'Dat is ook bluf. De Russen zijn niet van plan Holjovika te verwoesten. Nee. Als ze dat complex beschieten, zorgen ze er heel goed voor om de belangrijkste infrastructuur niet te beschadigen.'

'Maar er moet een reden zijn voor die beschietingen?'

'Natuurlijk. De Russen willen Holjovika om dezelfde reden dat ze onze andere centrales hebben ingenomen. Niet om ze op te blazen, maar om hun wapens in op te slaan. Artillerie, raketten, munitie. Ze weten dat onze vliegtuigen die gebouwen nooit zullen bombarderen.'

De generaal leunde voorover en ging verder. 'Zeg eens. Zou een man die een kernramp durft te riskeren onze centrales gebruiken als opslagplaats voor zijn beste wapentuig?'

'Ik denk het niet, meneer.'

'Precies.' Koltrov ging weer achteroverzitten en knikte. 'Weet je? De Russische president is niet zo gek als hij er op tv uitziet. Zelfs hij is niet gek genoeg om een kernoorlog te beginnen.'

Zestien

Ze denderden verder naar de stad. Na een tijdje werd het drukker op de weg en ontsproten lange rijen betonnen torens aan de horizon, als iets uit een pop-upboek van kinderen. Ze reden nu door een buitenwijk van Kyiv. Een stad die vocht om te overleven, dacht Carter, hoewel dat er niet erg op leek. Er stonden reclameborden met vervaagde affiches voor Tsjechisch bier en Zuid-Koreaanse SUV's, er waren drukke cafés en winkels, er fietsten mensen, er werden honden uitgelaten en er werd volop getelefoneerd. Twee miljoen burgers die zo goed mogelijk verdergingen met hun leven.

Het konvooi reed vijf kilometer verder, sloeg van de grote weg af via een afrit en ging een tijdje verder in noordelijke richting door Kyiv. Ze passeerden rijen negentiende-eeuwse appartementen, parken, verouderde winkelcentra, koffiebars van een bekende keten, meren die in het bleke zonlicht metalig glommen. Oppervlakkig gezien leek de stad normaal, maar als je goed keek, waren de scheurtjes te zien: de stapels zandzakken bij de controleposten, de monumenten die werden ingepakt om ze te beschermen tegen bommen, de brokken beton die uit flatgebouwen waren gereten. Bij één gebouw speelde een stel kinderen op een achtergelaten Russische tank met een witte 'z' op de zijkant. Vlakbij was een shovel een beschadigd weggedeelte aan het opvullen.

Op de achterbank voerden Zintsjenko en Koltrov een felle discussie die te maken had met een dringend verzoek van een Amerikaanse krant. Meer kon Carter met zijn beperkte kennis van het Oekraïens er niet uit opmaken. Ze bespraken de voors en tegens van het ingaan op het verzoek om een interview. Publiciteit tegenover de logistieke complicaties. Zintsjenko had haar bedenkingen, maar de generaal was onvermurwbaar. Hij wilde het interview geven.

Makarenko keek herhaaldelijk op zijn telefoon en belde een paar keer met het surveillanceteam dat de verdachte in de gaten hield.

Logan reed vlak achter de Suburban voor hen, bijna bumper tegen bumper op de linkerbaan. Achter hen reed de achterste wagen op de middelste baan, zodat ze snel naar voren konden komen in het geval van een hinderlaag en de vijand konden aanvallen, in plaats van vast te komen zitten aan de achterkant van de opstopping.

Telkens als ze bij verkeerslichten kwamen, doorliepen ze dezelfde procedure. Carter controleerde de omliggende straten, had met zijn rechterhand het trekkermechanisme van de M4 vast en legde zijn linkerhand op de deurhendel, zodat hij die bij het geringste gevaar kon openen. Gelukkig deden zich geen dreigende situaties voor.

Logan volgde achter de voorste wagen weer een lange bocht en reed over een heel druk viaduct. Zintsjenko en de generaal stopten abrupt met hun gesprek en Carter wist dat ze op een minuut van hun doelwit waren gekomen.

Ze reden nog een klein stukje over een brede boulevard – met vervallen Sovjetflats aan de linkerkant en majestueuze neoklassieke villa's aan de rechterkant – waarna de remlichten van de voorste wagen oplichtten toen die afremde en met zijn knipperlicht aangaf dat ze rechts af moesten slaan. Daarna kwamen ze langzaam tot stilstand voor de zwaarbewaakte ingang van het ministerie van Defensie.

Er lagen zandzakken in de vorm van een hoefijzer aan weerszijden van de toegangspoort, waar een groep soldaten rondliep bij een wachtpost met een leien dak. Twee Oekraïense soldaten liepen voorzichtig naar de voorste Suburban, terwijl hun maten op de achtergrond bleven. Carter keek constant van links naar rechts, alert op een mogelijke hinderlaag. Hij was vooral op zoek naar iets ongewoons. Een bestelwagen of auto die stond waar hij niet mocht staan. Een voetganger die belangstelling had voor het konvooi. Iets. Maar alles was rustig. Het verkeer reed over de weg. Mensen fietsten, stonden op een bus te wachten of hadden boodschappen gedaan. Een normaal beeld van het leven in een stad.

Een paar tellen later zetten de bewakers een stap achteruit bij de Suburban, piepte de poort open, ging de slagboom omhoog en volgde het konvooi de weg die naar rechts afboog in de richting van een enorm gebouw van vier verdiepingen met een pastelblauwe gevel en lange zijvleugels aan weerszijden van het hoofdgebouw. Aan de voorkant van het hoofdgebouw liep een gemarmerde zuilengang, fondantwit en even hoog als NASA-raketten, onder een uitbundig versierd timpaan. Het leek op een tempel uit het oude Griekenland. Op het dak wapperde een Oekraïense vlag in de stijve bries.

Een tweede groep soldaten hield de wacht voor het gebouw, naast een soort oorlogsmonument.

'Ik denk dat we hier veilig genoeg zullen zijn,' zei Logan, terwijl hij achter de eerste Suburban stopte. 'Het ziet ernaar uit dat het halve leger ons hier beschermt.'

'We zullen zien.'

De mannen trokken hun gezichtsbedekking tot over hun neus en stapten uit de Chevy. Carter liep naar het achterste portier en maakte het open. Zintsjenko stapte als eerste uit, met Koltrov en Makarenko vlak achter haar.

Een van de soldaten herkende de generaal en riep naar zijn makkers. Die stonden bijna meteen rond Koltrov en riepen opgewonden zijn naam. Sommigen van hen wilden hem een hand geven, terwijl anderen foto's maakten met hun mobieltje. Er kwamen nog meer soldaten naar buiten uit het gebouw; die hadden hun post verlaten om een glimp van hem op te vangen.

Ondertussen waren McVeigh, Webb, Popov en de rest van de Oekraïense lijfwachten ook uitgestapt. Ze snelden toe en probeerden een kordon te vormen rond de chef, maar vanwege de dichte drom mensen was het onmogelijk om bij hem te komen. Carter schreeuwde tegen de menigte en beval hen achteruit te gaan, maar Koltrov keek hem vernietigend aan.

'Nee, nee,' zei hij. 'Het is prima. Laat hen maar even hallo zeggen. Dit zijn mijn jongens.'

Er trok een vlaag woede door Carter. Hij klemde zijn kaken op elkaar en onderdrukte de neiging om met Koltrov in discussie te gaan met die zwerm soldaten om hem heen. Ze leken op fans die een beroemdheid begroetten bij een filmpremière. Koltrov leek geen haast te hebben om naar binnen te gaan. Hij gaf iedereen een hand, lachte om iets wat een van hen zei en glimlachte geduldig voor de foto's. Hij was duidelijk in zijn element.

Koltrov had niet zitten kletsen, dacht Carter. Die kerel is niet alleen maar een beroemde generaal. Hij is een verrekte popster.

'Dit is een verdomde nachtmerrie,' mompelde hij.

Logan, die naast hem stond, knikte vermoeid. 'Ik zei het toch, maat. Geloof je me nu wel?'

Carter gaf geen antwoord. Hij probeerde de veiligheidsrisico's in te schatten. Het verplaatsen van Koltrov van zijn voertuig naar de ingang van het ministerie van Defensie was in chaos ontaard. Dat riep een vraag bij hem op: *als dit gebeurt bij een zwaarbewaakt overheidsgebouw, hoe moeten we hem dan in vredesnaam op straat beschermen?*

Ik heb geen idee, dacht Carter grimmig, maar als we die kerel er niet van kunnen overtuigen om zijn gedrag in te tomen, heeft hij niet lang meer te leven.

Eindelijk stak de generaal zijn handen omhoog en wees op de hoofdingang van het ministerie, alsof hij wilde zeggen: ik kom hier voor zaken, vrienden. De menigte maakte langzaam ruimte.

Koltrov streek met een hand door zijn haar en wendde zich tot Carter. 'Oké, nu ben ik klaar.'

Carter gebaarde naar Popov. 'We gaan met de chef naar binnen,' zei hij. 'Blijf hier met je mannen. Als je iets ziet of hoort, wat dan ook, moet je ons via de radio waarschuwen.'

Popov knikte en bulderde tegen zijn mannen. Carter en Logan liepen naast de generaal de trap naar de ingang in de zuilengang op. Makarenko en Zintsjenko liepen een paar passen achter hen; McVeigh en Webb vormden de achterhoede.

Twee soldaten in ceremonieel uniform stonden kaarsrecht naast een paar dubbele deuren van walnotenhout. Koltrov bleef even in de deuropening staan en keek strak naar een van de bewakers. Hij zei kort iets tegen de man en die knipperde van verbazing met zijn ogen. Hij moest zich even herstellen voordat hij antwoordde. De generaal zei nog iets en glimlachte vaderlijk, waarbij hij de bewaker op zijn arm klopte. Die grinnikte en straalde van oor tot oor toen Koltrov verder liep.

'Waar ging dat over?' vroeg Carter.

'Die man heeft vroeger onder mij gediend. Zeven jaar geleden, in de oorlog in het Donetsbekken, toen ik kolonel was. Soldaat Oleksi Loenin. Hij heeft een zus die aan de universiteit doceert. Ik heb gewoon tegen hem gezegd dat ik het leuk vond om hem hier te zien.'

'En u wist nog hoe hij heette?'

Koltrov glimlachte vaag. 'Die mannen zijn mijn jongens. Ze zijn bereid om hun leven voor mij te geven. Voor ons. Het minste wat ik kan doen is de namen onthouden van die dappere jonge mannen. Jullie officieren in de SAS doen dat toch ook, nietwaar?'

'Niet bepaald,' prevelde Carter.

Ze liepen snel naar binnen en kwamen in een lobby met een hoog plafond. In de geboende marmeren vloer was het Oekraïense wapenschild (een drietand op een schild) verwerkt. Er dwarrelden stofjes in de stralen zonlicht die door het glazen dak naar binnen vielen. Belangrijk ogende mannen en vrouwen in pakken en een bezoekerspas aan een koord om hun nek zaten op rijen beklede banken aan één kant van de balie. Een bewaker leidde de nieuwkomers langs een reeks metaaldetectoren en beveiligingspoortjes naar de liften aan het eind van de lobby.

Carter, Logan, Koltrov en de anderen propten zich in de eerste lift en gingen naar de derde verdieping. De deuren gingen met een beleefd belletje open. Ze stapten uit in een lange gang die op Versailles leek te zijn geënt. Parketvloer, kroonlijsten met bladgoud, vergulde tafeltjes en stoelen die waarschijnlijk meer kostten dan wat Carter in zijn hele leven had verdiend. Rijen kantoren aan de linkerkant, hoge ramen aan de rechterkant die uitkeken op het terrein rond het ministerie.

Ze liepen door naar het kantoor aan het eind van de gang. Koltrov klopte één keer, deed de deur open zonder te wachten op een antwoord en stapte een rijk gestoffeerd kantoor in. Oosterse tapijten bedekten een groot deel van de vloer. Er stond een luxueuze bank aan één kant van de deur, en een ingebouwde boekenkast bevatte in leer gebonden boeken. Ingelijste foto's toonden de minister die een hand gaf aan verschillende buitenlandse hoogwaardigheidsbekleders. Aan de rechterkant leidde een deur naar een aanpalend kantoor. Het privévertrek van Andri Boetko.

Een platinablonde secretaresse met een bril met breed montuur zat aan de andere kant van de kamer achter een bureau. Ze voerde een gesprek via haar headset, terwijl ze op een toetsenbord zat te typen. Toen het arrestatieteam het buitenste kantoor in liep, stopte ze waar ze mee bezig was en keek hen wantrouwig aan. Ze speelde de rol van de poortwachter, net zoals alle andere PA's ter wereld. Ze ratelde iets in het Oekraïens tegen hen.

'Wat zegt ze?' vroeg Logan.

'Ze wil weten of we een afspraak hebben,' zei Carter.

McVeigh lachte. 'We hebben de deur ingetrapt, schatje. We hebben geen afspraak nodig.'

Hoewel Carter tijd had doorgebracht in Oekraïne tijdens het opleiden van commando's, waren er sindsdien enkele jaren verstreken en kon hij zich maar een handjevol woorden en zinnen herinneren. Hij kon bevelen geven aan soldaten, een biertje bestellen in een café of een voorbijganger naar de juiste weg vragen. Het was echter onmogelijk om de draad van het gesprek tussen Koltrov en de secretaresse te volgen. Hij herkende een paar woorden uit het antwoord van de generaal en gokte dat die tegen de secretaresse zei dat ze de minister wilden spreken en dat ze dat niet moest verhinderen. Of woorden van gelijke strekking. De rest ging langs hem heen.

De secretaresse begon te discussiëren, maar hield daar snel mee op. De werkelijkheid haalde haar in en ze heroverwoog haar positie. Ze stond tegenover een driesterrengeneraal en vier Britse soldaten met een geweer. Dat was een ongelijke strijd.

Ze keek weer naar haar computerscherm en deed alsof ze druk bezig was, terwijl het drama zich rondom haar ontvouwde.

Koltrov knikte naar Carter en zei: 'Ik ga met Makarenko naar binnen voor de arrestatie. Jij wacht hier met je mannen en Zintsjenko. Oké?'

'Ja, meneer.'

'Het zal niet lang duren.'

De generaal liep door de kamer naar de andere deur, met Makarenko op zijn hielen. Die stopte voor de deur en trapte die open. Carter kon Boetko zelf zien. Die zat op een troonachtige stoel, met zijn ellebogen op de leren legger op zijn bureau, met stapels papieren voor hem en een enorme afbeelding van een gouden leeuw en een kozak op de muur achter hem. Een korte, gedrongen vrouw in een zwart mantelpak en met hoge hakken zat in de stoel aan de zijkant van het bureau. Het hoofd van de SDU.

De minister en zij keken meteen naar Koltrov en Makarenko. De generaal stond net over de drempel en zei iets tegen het hoofd van de SDU. Je kunt gaan, zei hij.

Ze had geen verdere aansporingen nodig. Ze grabbelde haar spullen bij elkaar en haastte zich de kamer uit, langs Zintsjenko op weg naar de gang.

De secretaresse keek het met toenemende verontrusting aan.

In het binnenste kantoor kwam Boetko overeind, met een verbijsterde blik in zijn ogen. De generaal kondigde zichzelf op een kalme, afgemeten manier aan. Hij liet zien dat hij het gezag had en de situatie onder controle had.

Makarenko stond naast zijn baas, met zijn rechterhand op de kolf van het pistool in zijn holster.

Boetko stamelde een antwoord en schudde kwaad met zijn hoofd. Koltrov bleef uiterst kalm en sprak ongeveer een halve minuut.

Carter kon het gesprek niet volgen, boog zich naar Zintsjenko en vroeg zacht: 'Wat gebeurt er?'

'De generaal vertelt de minister dat zijn spelletje is afgelopen. Hij zegt dat hij rustig mee moet gaan en geen stennis moet schoppen.'

Zintsjenko zei iets tegen de secretaresse en priemde een vinger naar de deur. Het was duidelijk wat ze bedoelde. Ga. Nu. De secretaresse keek met tranen in haar ogen naar haar baas. Daarna logde ze uit op haar computer, deed de headset af, kwam achter het bureau vandaan, pakte haar telefoon en handtas en liep naar de gang. Ze bleef in de deuropening weer even staan, keek achterom naar de persofficier en zei overstuur iets tegen haar voordat ze zich weer omdraaide en wegliep.

'Wat zat haar dwars?' vroeg Carter.

De mondhoeken van Zintsjenko bogen zich tot een dunne glimlach. 'Ze zei dat de minister de meest loyale persoon is die ze ooit heeft gekend. Ze zegt dat hij zijn land nooit zou verraden en dat hij onschuldig is.'

'Misschien heeft ze gelijk.'

'Nee, ze is voor de gek gehouden. We hebben bewijzen dat hij geld steelt.'

'Dat betekent niet dat hij een verrader is.'

Zintsjenko's ogen flitsten vijandig. 'Je begrijpt het niet. Dat is de manier waarop die mensen werken. Ze krijgen het vertrouwen van anderen door een uiterlijk vertoon van vertrouwen en genegenheid voor hun land, zodat niemand zal vermoeden dat ze onze zaak verraden. In het geniep verkopen ze echter informatie aan de vijand. Informatie die onze soldaten doodt, zodat zij een luxueuze villa of een nieuw jacht voor zichzelf kunnen kopen.'

Carter wendde zijn blik weer naar het binnenste kantoor. Boetko zag er ontzet uit. Hij liep achteruit bij de twee officiers vandaan in de richting van de muur. Hij maakte fysieke ruimte tussen zichzelf en zijn aanklagers. Koltrov zette een stap in de richting van de minister en sprak zacht, terwijl hij zijn handen omhoogstak als een gebaar van vrede. Hij klonk als iemand die een oude vriend naar huis brengt die in de kroeg te veel heeft gedronken. Hij speelde de rol van de aardige politieman.

Makarenko ging naast zijn baas staan, zodat de minister werd ingesloten.

Koltrov zette weer een stapje in de richting van Boetko en sprak nog steeds afgemeten tegen hem. Hij klonk redelijk, vond Carter, zelfs al kon hij niet verstaan wat hij zei. Boetko schreeuwde tegen de generaal en herhaalde steeds hetzelfde woord. Dat woord herkende Carter.

Onschuldig.

Ik ben onschuldig, zei Boetko.

Toen sprong Makarenko naar voren en gaf hem een dreun. Die klap trof Boetko recht op zijn kaak. Hij gromde gepijnigd en struikelde naar achteren; hij tilde zijn handen op in een futiele poging om zijn gezicht te beschermen, toen Makarenko weer naar voren kwam en hem te grazen nam met een spervuur van gemene stoten en stompen. Carter zag dat de minister werd geraakt door een lage stoot in zijn middenrif, waarna hij dubbelklapte en naar lucht happend voorover viel. De kolonel tackelde hem.

Beide mannen stortten op het zijden tapijt en sloegen elkaar. Het lukte Makarenko om Boetko op zijn buik te rollen, zodat hij hem kon vasthouden en zijn polsen achter zijn rug kon boeien met een paar plasticuffs. Boetko trapte wild en kronkelde onder de kolonel, terwijl hij een stortvloed van scheldwoorden op de generaal afvuurde en hem vervloekte.

Makarenko stond op en Koltrov liep rustig naar de minister en haalde uit met een voet die hem in de ribben trof. Boetko kreunde van pijn en smeekte om genade.

'Kop dicht, hond!' zei de generaal schor. 'Verrader!'

Koltrov schopte de man een paar keer in zijn gezicht en tegen zijn borst, terwijl de kolonel dat met zijn telefoon filmde. Carter liep in de richting van het kantoor om een einde te maken aan die afstraffing, maar Logan greep hem bij zijn arm en hield hem tegen.

'Nee, Geordie. Niet doen.'

Carter gaf toe. In het kantoor gaf de generaal Boetko een laatste trap tegen zijn kaak voordat hij een stap achteruit zette en schokkerig op adem kwam. Boetko lag aan zijn voeten te jammeren, terwijl er bloed uit zijn neus en mond liep. Koltrov depte zijn bezwete voorhoofd met een zakdoek droog, terwijl Makarenko een kap uit zijn jaszak haalde en die over het hoofd van Boetko trok, zodat zijn zachte gejammer werd gedempt. De kolonel trok Boetko overeind en marcheerde met hem naar het buitenste kantoor, waar Carter, Zintsjenko en de anderen stonden te wachten.

Koltrov knikte zwaar ademend naar Carter. 'Oké, het is klaar.'

Carter staarde hem aan. 'Wat is hier verdomme net gebeurd?'

'De verdachte verzette zich tegen zijn arrestatie,' zei Makarenko koel. 'We gaven hem de kans om zich over te geven en vreedzaam met ons mee te komen, maar hij weigerde. We hebben hem dus een paar klappen gegeven, zodat hij werd gestimuleerd om mee te werken.' Hij grinnikte.

'Jullie hebben veel meer gedaan. Jullie hebben hem verdomme afgetuigd.'

Generaal Koltrov keek smerig naar de Brit. 'Die klootzak verdient jouw medeleven niet. Ben je soms vergeten wat de Russen ons in de loop van de jaren hebben aangedaan? De bombardementen? De burgers die werden gedood?'

Koltrovs gezicht was rood aangelopen. Carter voelde de woede bijna in golven op zich afkomen.

Hij herinnerde zich wat Koltrov hem in de auto had verteld over de haat die hij en zijn landgenoten voor de indringers voelden. Hoe ze liever hun tong zouden verliezen dan ooit weer Russisch spreken.

Die kerels houden zich niet in, dacht Carter. Ze moeten hun vijanden echt minachten.

Logan fouilleerde de minister snel en doorzocht zijn zakken. 'Hij is schoon,' zei hij en kwam overeind. 'Hij heeft niets bij zich.'

'Je moet die beelden verwijderen,' zei Carter tegen kolonel Makarenko.

'Waarom?'

'Als je je telefoon kwijtraakt of die video naar iemand opstuurt, komt die shit op het internet terecht. Zodra dat gebeurt, raak je al je geloofwaardigheid kwijt.'

Koltrov zei geamuseerd: 'Je kent mijn volk niet erg goed. Ze kunnen niet genoeg krijgen van mijn video's. Ze vinden het leuk om te zien dat ik wraak neem op de mensen die ons willen vernietigen.'

'Ik maak me niet druk over de Oekraïners, maar over de mensen thuis. Je kunt ons een hoop ellende bezorgen als dit uitlekt.'

De generaal staarde hem aan en Carter staarde terug. Een patstelling.

Toen glimlachte Koltrov op een rare manier. 'Zoals je wilt. Ik zal ervoor zorgen dat Anton de beelden verwijdert.' Hij herhaalde zijn glimlach en zei: 'We hebben hier genoeg tijd verspild. We gaan deze zak stront naar het bureau brengen.'

Er galmden stemmen door de gang, toen werknemers uit de omliggende kantoren kwamen kijken wat er aan de hand was. Webb sprong uit de deur en riep dat ze afstand moesten houden, terwijl Carter via de radio contact opnam met Popov.

Hij zei: 'De arrestatie is uitgevoerd, kapitein. Ik herhaal: we hebben het doelwit. We verlaten het gebouw over één minuut.'

'Oké.'

'Alles in orde daar?'

'Ja,' kwam het aarzelende antwoord, 'maar er staan heel veel mensen die de generaal willen ontmoeten voordat hij vertrekt.'

'Verdomme,' mopperde McVeigh. 'Precies wat we nodig hebben.'

'Zeg dat ze zich moeten verspreiden,' zei Carter door de radio. 'We moeten een veilig pad naar de wagens hebben zodra we het gebouw uit komen. Begrepen?'

'Ja, alles is duidelijk.'

Carter schraapte zijn keel en gaf het team het bevel om in beweging te komen. McVeigh en Zintsjenko liepen voorop de gang in, waar Webb fungeerde als een eenpersoonsbarricade en het uitzicht van de staf van het ministerie versperde. Generaal Koltrov liep vlak achter zijn persofficier, met Boetko wankelend in zijn voetspoor, met zijn bedekte hoofd omlaag en met hangende schouders. Hij zag eruit als een gebroken man. Recht achter hem liep Makarenko, met één hand op het wapen in zijn holster, klaar om op de verdachte te schieten als die zou proberen te vluchten. Carter en Logan begonnen de kolonel te volgen en vormden het achterste deel van de processie.

'Ik hoop dat we niet nog eens een scrum krijgen op de trap', mompelde Logan toen ze door de gang naar de lift liepen. 'Ik kan op de terugweg heel goed zonder een reünie van de fanclub van de generaal.'

'Ik ook.' Carter perste zijn lippen op elkaar en zei ongemakkelijk: 'Vind je dit goed, maat?'

Logan gnuifde. 'Dit is niks. Wacht maar tot je de beroemde ondervragingstechnieken van de generaal hebt gezien.'

Carter zei zachtjes: 'We zouden dit niet moeten goedkeuren.'

'Zo werken deze kerels, volgens de spelregels voor grote jongens.' Logan vertrok zijn gezicht en fronste verrast zijn wenkbrauwen. 'Je gaat me toch niet vertellen dat je medelijden hebt met die hufter, Geordie?'

Carter zei niets.

'Kijk, het gaat ons helemaal niets aan,' ging Logan verder toen ze in de buurt van de lift kwamen. 'We zijn hier om de chef te beschermen. Dat is alles. Wat hij doet met types zoals Boetko moet hij zelf weten.'

'Het is verkeerd,' prevelde Carter. 'Dit kan een averechtse uitwerking hebben.'

'Een paar vijanden een pak slaag geven? Wie kan dat iets schelen?' Logan zuchtte en zei: 'Dit is hun show, maat, niet de onze. Zij vechten voor hun leven. Als je mijn advies wilt, als vriend? Hou je mond dicht en kijk de andere kant op. Bemoei je er gewoon niet mee.'

'Prima.'

'Ik meen het, Geordie. Dit is je allerlaatste kans, maat. Probeer die niet te verkloten.'

Zeventien

Het politiebureau stond halverwege een zijstraat in een verlopen deel van de stad, drie kilometer ten zuidoosten van het ministerie van Defensie. De wijk was afgetakeld en vervallen, precies zoals McVeigh het had beschreven: armoedig. Ver uit de buurt van de drukste delen van de stad. Staalgrijze flatgebouwen stonden naast dichtgetimmerde winkels en lege gebouwen, waarvan de kale muren waren bedekt met graffiti. Een zielig stukje overwoekerd gras, omheind door een hek, was het plaatselijke groen.

Toen ze het bureau naderden, herinnerde Carter zich wat Logan hem tijdens de rit vanaf de Poolse grens had verteld over het lot dat mensen trof die schuldig werden bevonden aan collaboreren met Rusland: kogel in het achterhoofd en een naamloos graf.

Hij dacht: als dit de manier is waarop de generaal en zijn mannen in ons bijzijn tekeergaan, wat doen ze dan als er géén toeschouwers zijn?

Hij voelde geen medeleven met de minister. Die had zijn eigen mensen verraden en had het verdiend. Heel simpel. Als Koltrov en zijn team echter doorsloegen en hun eigen burgers martelden en oorlogsmisdaden pleegden, kon dat problemen veroorzaken voor het Regiment. Voorlopig niet, misschien jarenlang niet, maar op een bepaald moment, als het stof van het conflict was neergeslagen, was het onvermijdelijk dat iemand vragen zou gaan stellen over het gedrag van generaal Koltrov en zijn pogingen om leden van de vijfde kolonne in Oekraïne uit te schakelen. Zijn gedrag kon dan een risico vormen, voor de Oekraïners en de oorlogsinspanningen in algemene zin. Dat kon vervolgens leiden tot vervelende vragen over zijn Britse lijfwachten.

Aan elke oorlog zaten twee kanten, wist Carter. Je had de strijd op de grond, met soldaten, kogels en tanks, maar er was ook een schaduwoorlog, die zich online en in de media afspeelde, een strijd om de publieke opinie. De Oekraïners waren dat gevecht aan het winnen, maar als ze van hun morele pad raakten, kon dat veranderen, met het Regiment als bijkomend slachtoffer.

De SAS kon gemakkelijk betrokken raken bij het schandaal, als een gewillige medeplichtige aan politiek goedgekeurd moorden en martelen. Besmet door hun aanwezigheid. Er zouden artikelen van twee pagina's in de kranten verschijnen. Juridische experts die in het journaal werden geïnterviewd zouden oproepen tot een openbaar of strafrechtelijk onderzoek. Het hoofdkantoor zou het verhaal deze keer niet onder het tapijt kunnen vegen.

De Suburbans kwamen aan bij de voorkant van een grauw gebouw van vier verdiepingen, tegenover een vervallen kroeg. Er stonden een paar aftandse auto's op de parkeerplaats naast dat etablissement, er lag glas op het asfalt en verpakkingen dwarrelden door de straat. Het was halverwege de ochtend en de buurt was bijna uitgestorven.

Logan volgde de voorste Suburban die voorbij de hoofdingang reed en stopte bij een poort aan de zijkant van het politiebureau. Er stonden beveiligingscamera's op palen aan weerszijden van de toegang en er liep prikkeldraad over de bovenkant van de stenen muur. Er stonden borden om mogelijke indringers af te schrikken.

Makarenko pleegde een snel telefoontje. Ze wachtten. Daarna gleed de poort van gegalvaniseerd staal opzij. Het konvooi reed door de opening en parkeerde op een rij lege plekken naast herkenbare politieauto's. Laarzen stampten op de grond toen de twaalf lijfwachten uit de wagens stapten. Koltrov kwam tevoorschijn uit de Suburban en duwde Boetko voor zich uit. Die strompelde uit het voertuig, wankelde verder en viel bijna om voordat Makarenko hem vastpakte. De kolonel hield de minister stevig vast, terwijl Carter Popov apart nam.

Carter zei door zijn gezichtsbedekking: 'We zullen de chef vergezellen in het bureau. Jij en sergeant Horbasj gaan voorop,' voegde hij eraan toe, terwijl hij naar Popovs plaatsvervanger knikte. 'De jongens en ik komen achter jullie aan.'

'En de rest van mijn mannen?'

'Zeg dat ze moeten wachten. Kordondienst, op dezelfde manier als eerst. De generaal zal hier niet worden bedreigd, maar het is beter dan dat ze rondhangen en zich dood vervelen.'

'Oké.'

Carter keek nog naar de kapitein. 'Hoe zit het met de wouten?'

'Wouten?' Popov keek hem glazig aan.

'Politie. Wordt de generaal hier ook bestormd als we binnen zijn?'

'Dat zou ik wel denken. De politie houdt van generaal Koltrov, bijna evenveel als zijn eigen soldaten.'

Popov gaf zijn mannen hun bevelen, en liep daarna met sergeant Horbasj en Koltrov mee toen die naar een ongemarkeerde metalen deur aan de achterkant van het bureau liepen. Makarenko liep langzaam met de verdachte in dezelfde richting, terwijl Carter, Logan, Webb en McVeigh naast elkaar op zes uur van de kolonel liepen. Ze bleven voor de ingang staan en keken omhoog naar de beveiligingscamera's aan de muur boven de deur. Er was een korte pauze, waarna een dof geluid aan de andere kant van de deur klonk toen die werd ontgrendeld.

De deur zwaaide naar buiten open. Een korte, dikke agent met een pistool in een holster aan zijn riem stond in de deuropening en grinnikte bewonderend naar Koltrov. Hij gebaarde hen naar binnen in een zwak verlichte, lange, smalle gang, zoals in een onderzeeër, met een reeks versterkte celdeuren aan weerszijden.

Een ranzige geur van pis, braaksel en antiseptische middelen begroette Carter, terwijl die achter de rest van de groep aan het bureau in liep. Voor hem leidde de agent met de bierbuik Koltrov door de gang. Makarenko duwde Boetko vooruit, terwijl hij in het Oekraïens tegen hem fluisterde.

Ze bleven staan bij een van de cellen aan de rechterkant van de gang. De agent deed de deur open en Makarenko duwde de minister een verhoorkamer in met een tafel in het midden, twee wankele stoelen aan weerszijden daarvan, felle plafondlampen en metalen tralies voor het raam.

Ondertussen had het bericht dat Koltrov er was zich door het gebouw verspreid. Agenten in uniform en personeel in burgerkleding kwamen op de generaal af, schudden zijn hand of applaudisseerden voor hem. Anderen hielden zich buiten de drukte en stelden zich er tevreden mee om foto's met hun telefoon te maken.

Koltrov werd er niet door gehinderd, glimlachte geduldig en maakte grapjes met de agenten, waardoor ze het gevoel kregen dat ze de belangrijkste mensen op de wereld waren. Hij stond op het punt om een Russische collaborateur te verhoren, maar hij leek volledig op zijn gemak te zijn, zoals een topvoetballer zich voor een bekerfinale vertoont aan zijn fans. Hij had die speciale combinatie van charisma, gezag en familiariteit die politici hun hele leven probeerden te verwerven, maar daar bijna nooit in slaagden.

'Verdomme,' zei Carter zachtjes, terwijl de generaal poseerde voor een selfie met een van zijn aanhangers. 'Dit is gestoord.'

Logan grinnikte. 'Je zou hem moeten zien als hij een legerbasis aan het front bezoekt. Zoiets heb ik nog nooit gezien. Iedereen houdt van hem, behalve één persoon natuurlijk.'

'Wie?'

'Wie denk je? De grote man: Volosjyn.'

'Kunnen die niet met elkaar opschieten?'

'Dat is voorzichtig uitgedrukt. Ze kunnen elkaar niet uitstaan. Dat is het slechtst bewaarde geheim in Kyiv. Volosjyn haat het idee dat iemand anders alle aandacht krijgt. Deze kerel...' Logan knikte naar de generaal. '... deze kerel is misschien een messcherpe commandant, maar laat je niet voor de gek houden. Hij snapt de media. Hij is een potentiële rivaal en dat weet de president.'

'Denk je dat hij de volgende leider is?'

'Absoluut. Als Volosjyn wordt uitgeschakeld, eist deze kerel de troon op. Daar zou ik het huis van mijn moeder onder verwedden.'

'Dat kan niet veel waard zijn,' grapte Carter. 'Huizen in Liverpool worden tegenwoordig toch voor een pond verkocht?'

'Donder op naar Newcastle, hufter.'

Terwijl hij sprak, kwam er een hoge officier uit de voorkant van het gebouw en bulderde tegen de verzamelde massa. De agenten keerden snel terug naar hun werkzaamheden. De generaal wenkte Carter en zei: 'Jij en je mannen wachten hier met kapitein Popov en sergeant Horbasj. Ik zal deze verraderlijke slang zelf ondervragen.'

'Hoe lang gaat dat duren?'

'Dat hangt van de minister af. Als hij bereid is mee te werken, is het snel klaar. Een paar uur, misschien minder.'

'En als hij dat weigert?'

'Dan moeten we hem ervan overtuigen dat hij gaat praten. Uiteindelijk zal hij ons vertellen wat hij weet. Dat doen ze altijd, zelfs degenen die dapper zijn zitten uiteindelijk als kinderen te gillen.'

Naast hem grinnikte Popov boosaardig.

Carter zei: 'Die vent moet door een rechter worden berecht. Dat is de correcte manier, meneer.'

Koltrov lachte ongelovig. 'We zijn in een oorlog verwikkeld. De wet geldt hier niet. Niet meer. Dat geldt ook voor de Russen. Ze respecteren niet dat ons volk het recht heeft om te bestaan.'

'Dat betekent niet dat jullie je hetzelfde moeten gedragen.'

Er verscheen even een donkere blik op het gelaat van de generaal. Er glom iets hards in zijn goede oog, als de punt van een mes waar licht op valt. 'Dat kunnen jullie gemakkelijk zeggen. Jullie, Engelsen, wonen op een eiland. Jullie hebben geen buren die jullie willen uitroeien. Mannen zoals Boetko hebben hun eigen bloed verraden, hun eigen volk. De enige wet die ze begrijpen, is het recht van de sterkste. Je moet mij niet vertellen hoe ik hen moet behandelen.'

Hij keek Carter nog een openblik langer smerig aan en blafte daarna in het Oekraïens tegen Popov. Hij draaide zich om en liep de kamer in.

Door de deuropening ving Carter een glimp op van de minister van Defensie. Hij zat op de metalen stoel onder het raam en ademde zwaar. Makarenko hield hem in de gaten, met zijn armen over elkaar geslagen. Koltrov gaf een kort bevel. De kolonel haalde een stanleymes tevoorschijn uit zijn zak, sneed de plasticuffs van de gevangene door en rukte de kap af.

Boetko kneep zijn ogen dicht tegen de felle lampen. Hij keek angstig naar zijn ondervragers; zijn voorhoofd was bezweet en zijn ogen waren wijd opengesperd in doodsangst. Hij begon met overslaande stem snel tegen Koltrov en Makarenko te praten. Carter begreep niet wat Boetko zei, maar het klonk alsof hij smeekte.

Koltrov negeerde de minister. Hij trok rustig zijn legerjasje uit, hing dat over de rug van een van de lege stoelen en rolde zijn hemdsmouwen op tot voorbij zijn ellebogen. Daarna kraakte hij zijn knokkels. Boetko begreep wat er ging gebeuren. Zijn ogen schoten in paniek de kamer door, alsof hij een manier zocht om te kunnen ontsnappen.

De generaal begon de deur dicht te doen.

Carter zette zijn voet tegen de deurpost, zodat Koltrov de deur niet kon sluiten. De generaal keek hem strak aan. 'Waar denk je dat je verdomme mee bezig bent?'

'Deze deur moet open blijven,' zei Carter. 'Standaardprocedure, meneer.'

‘Absoluut niet. Dit is een privéverhoor. Haal je voet weg, nu meteen.’

‘Nee, meneer.’

Koltrov ging vlak voor hem staan met een van woede vertrokken gezicht. ‘Wil je dat deze mensen onze schande te horen krijgen?’ Hij wapperde met zijn hand naar een stel agenten verderop in de gang, die kantoren in en uit liepen. ‘Deze man, Boetko, is een schande voor zijn landgenoten.’

‘Het spijt me, meneer. Ik heb het bevel gekregen om u te allen tijde in het oog te houden.’

‘Ik geef je een bevel, verrekte idioot.’ Koltrov keek rond en liet zijn stem zo ver zakken dat die nagenoeg op de grond rondkroop. ‘Deze man gaat ons inlichtingen geven, heel vertrouwelijke inlichtingen die te maken hebben met mijn onderzoek. Ik kan niet het risico lopen dat er een lek is, begrijp je dat?’

‘Vertrouwt u me niet, meneer?’

‘In mijn werk vertrouw ik niemand.’

‘Doe hem dan in elk geval handboeien om.’

‘Geen sprake van. Ik vind het fijn als verdachten zich op hun gemak voelen tijdens onze… gesprekken. Dan ontspannen ze zich. Het helpt om hen uit balans te brengen als we moeilijke vragen beginnen te stellen. Ga nu weg en laat mij mijn werk doen.’

Carter aarzelde even. Toen gaf hij zijn nederlaag toe en haalde zijn voet weg. Achter Koltrov bleef de minister wanhopig smeken bij Makarenko. De voorkant van zijn overhemd was doordrenkt met zweet.

‘Wacht hier,’ zei de generaal met opvallend rustige stem. ‘Ik hoop dat dit niet lang zal duren.’

De deur sloeg dicht.

Carter liep erbij weg en nam naast Logan een positie in bij de deur. Horbasj en Popov stonden verderop met elkaar te kletsen.

Logan fluisterde: ‘Ben je helemaal gek geworden, man? Of probeer je de missie met opzet te saboteren?’

Carter hield voet bij stuk. 'Die vent is doorgedraaid. Hij en zijn kontlikkende ondergeschikte.'

'En dus? Niemand zal een traan laten als er een paar verraders het loodje leggen.'

'Nu niet, misschien, niet zolang het momentum bij de Oekraïners ligt, maar dat kan veranderen. Als dit over een paar jaar uitkomt, kunnen we worden beschuldigd van oorlogsmisdaden.'

'Dat kunnen ze ons niet aanwrijven,' wierp Logan tegen. 'We zijn er alleen maar bij om toezicht te houden op zijn beveiliging. Wat hij doet, heeft niets met ons te maken.'

'Probeer dat maar eens wijs te maken aan een rechter in Den Haag.'

Logan staarde hem aan. 'Donder toch op. Je bent hartstikke paranoïde, maat.'

'Is dat zo? Hoe zit het dan met die dinosaurussen die in Noord-Ierland werkten? Dat was decennia geleden en die krijgen daar nu mee te maken. Dit soort rotzooi blijft je altijd achtervolgen.'

'Hij heeft een punt,' gaf McVeigh na een ogenblik toe.

Carter draaide zich naar hem om. 'Hoe lang is deze rotzooi al aan de gang, Billy?'

'Vanaf de eerste dag.'

'Dat denken we,' zei Webb, 'we weten het niet zeker.'

Hij keek naar McVeigh, die zei: 'De generaal en zijn team waren er in het begin omzichtiger mee. De laatste maanden zijn ze extremer geworden.'

'En onvoorzichtig,' voegde Webb eraan toe.

'En dus?' vroeg Logan. 'Hoe kan iemand er verdomme ooit achter komen wat ze hier doen?'

'Loslippigheid,' zei Carter, 'of gelekte beelden. Het kan op heel veel manieren gebeuren.'

Hij dacht aan Makarenko, die de minister van Defensie in zijn kantoor had gefilmd, toen die door Koltrov werd afgetuigd. Hij vroeg zich af hoeveel vergelijkbare filmpjes de kolonel in het verleden had gemaakt, hoeveel er online hadden gestaan of op de mobieltjes van andere officieren terecht waren gekomen.

‘Er hoeft maar één iemand te zien te zijn die een klem op de ballen van een verdachte zet om ons om heel verkeerde redenen op de voorpagina’s te laten verschijnen,’ ging hij verder.

‘En het is niet alleen de generaal,’ zei Webb.

De anderen keken hem aan.

De enorme man uit Birmingham keek de gang door, om zich ervan te vergewissen dat de Oekraïners hem niet konden horen voordat hij verderging. ‘Een paar dagen geleden hoorde ik Popov in de kantine tegen zijn maten praten. Hij schepte op over hoe ze de laatste kerel te grazen hadden genomen die we hebben gearresteerd. Ze hebben allerlei verziekte dingen met hem uitgespookt. Hij zei dat hij wel een filmpje had willen hebben als aandenken.’

‘Maar wij hebben niks gedaan,’ protesteerde Logan. ‘Niet persoonlijk. We mogen niet eens de kamer in tijdens een verhoor.’

‘Denk je dat journalisten dat onderscheid zullen maken? Na alle rotzooi die boven tafel is gekomen over Afghanistan?’

Carter had staan denken, terwijl hij naar het gesprek luisterde, en zijn opties overwogen. Hij probeerde uit te vogelen hoe hij de reputatie van het Regiment kon redden.

Hij zei: ‘We moeten een rapport naar het hoofdkantoor sturen, zodra we terug zijn in het kamp. We moeten hen op de hoogte brengen.’

‘Wat voor verschil maakt dat?’ Logan maakte een wanhoopsgebaar. ‘Dat zal er niet voor zorgen dat de generaal de verdachten niet langer middeleeuws aftuigt, nietwaar?’

Carter zei langzaam: ‘Ik wil dat op papier staat dat wij de generaal en zijn team erop hebben aangesproken om onze bezwaren tegen zijn verhoormethoden duidelijk te maken. Ik wil onszelf beschermen, voor het geval er over tien jaar door de politie op onze deur wordt geklopt, omdat ze eens rustig met ons willen praten.’

‘Dat is onzin, Geordie. Dat zal nooit gebeuren.’

‘Misschien niet, maar ik neem geen risico. Ik weet niet hoe het met jou zit, maar ik kan heel goed zonder deze rotzooi.’ Hij keek Logan aan. ‘Dit is jouw schuld.’

‘Van mij? Wat bedoel je verdomme?’

‘Je had dit meteen moeten melden toen je besefte dat er iets verdachts aan de gang was.’

‘Laat me met rust, Geordie.’ Logan gebaarde met zijn hand, alsof hij een wesp wegjoeg. ‘Ik voerde alleen maar mijn bevelen uit.’

‘Dat deden de Duitsers tachtig jaar geleden ook.’ Carter begon boos te worden. ‘Het is beroerd genoeg om met Hereford om te gaan. Ik kan heel goed zonder dat gedoe in mijn persoonlijke leven.’

Logan staarde naar hem. Carter dacht dat de kerel kwaad op hem zou worden, maar die zette een paar stappen opzij en ging rechts van de deur staan, naast Webb. Carter stond ziedend van woede naast McVeigh aan de andere kant van de deur.

Ik zal blij zijn als deze klus achter de rug is, dacht hij.

Hij had te maken met het vooruitzicht van een maandenlange missie in de smeltkroes in Oekraïne, waarbij hij kindermeisje moest spelen voor een politiek ambitieuze generaal met weinig respect voor zijn eigen leven en met een voorliefde voor martelen.

Carter dacht: het is een wonder als ik die vent niet een keer een klap geef tijdens de missie.

Het was bloedheet in het bureau. Iemand had de verwarming helemaal omhoog gedraaid. Carter zweette flink in zijn ballistische helm, lichaamsbescherming, gezichtsmasker en handschoenen. De stof die zijn mond bedekte, maakte het moeilijk om te ademen en irriteerde zijn longen.

Hij wenkte naar sergeant Horbasj en vroeg hem in stuntelig Oekraiens om een kop thee. De lijfwacht keek hem onbegrijpend aan. Carter probeerde het nog een keer en deed alsof hij een kop thee dronk. Toen begreep Horbasj het, stak zijn duimen omhoog en liep door de gang weg.

'Kun je ook kijken of ze de verwarming lager kunnen zetten?' riep Logan hem achterna. 'We staan hier te zweten als wetenschappers tijdens een demonstratie van antivaxers.'

Er gingen minuten voorbij.

De vier SAS-soldaten hingen buiten de kamer rond en luisterden naar de gedempte stemmen die te horen waren. Popov stond op een afstandje te kletsen met een politieofficier. Horbasj kwam met vier flesjes water terug. Niet de verfrissende thee waar Carter naar uit had gekeken, maar beter dan niets. Hij draaide de dop eraf, trok zijn gezichtsbedekking omlaag en nam een flinke teug om zijn uitgedroogde keel te smeren.

Eén uur in de middag. Vier uur geleden hadden ze de basis in Njovotsjanka verlaten. Drie uur geleden hadden ze de arrestatie verricht.

Carter berustte erin dat hij een hele tijd niks anders zou moeten doen dan rondhangen en wachten. De rol van lijfwachten. De minder flitsende kant van SAS-missies. Uren verveling, dezelfde dagelijkse sleur, de chef van hot naar haar slepen en naar zijn onzin luisteren.

Zeven minuten later hoorde Carter een duidelijk schurend geluid aan de andere kant van de metalen deur. Het klonk alsof er stoelpoten over de kale vloer van cement werden getrokken.

De stemmen werden luider.

Er klonk een aantal schreeuwen, gevolgd door een gedempte wanhoopskreet en een harde bons.

En toen de knal van een pistool.

Achttien

Carter reageerde ogenblikkelijk, stormde op de deur af, draaide de roestvrijstalen deurkruk om en rende halsoverkop de verhoorkamer in. Hij had zijn geweer aan zijn zijde en zijn ogen flitsten van links naar rechts. McVeigh, Logan, Webb en de twee Oekraïners volgden hem op de hielen.

Toen zag hij het lichaam en stond ineens stil.

Andri Boetko lag op de vloer, met een gat midden in zijn voorhoofd. Bloed, botfragmenten en hersenen glibberden van de muur achter de levenloze minister van Defensie naar beneden. In zijn slappe linkerhand had hij een compact PSM-pistool, dat gemakkelijk te herkennen was aan zijn slanke profiel, stompe loop en met staal omklede behuizing. Er moesten 5.45 x 18 mm Sovjetkogels in en was het favoriete handwapen van hooggeplaatste KGB-officieren, omdat het door zijn kleine omvang gemakkelijk te verbergen was.

Koltrov en Makarenko keken neer op de minister. De kolonel had zijn Glock met twee handen vast en zijn armen uitgestrekt. De loop was gericht op de verdachte op de vloer.

'Shit,' zei McVeigh, toen hij naast Logan en Carter ging staan.

Popov stormde achter de mannen van het Regiment de cel in. Hij bleef in de deuropening staan en zijn ogen flitsten van Boetko naar de generaal.

Carter liet zijn M4 zakken. 'Bent u in orde, meneer?'

De generaal leek hem niet te horen. Hij staarde zonder met zijn ogen te knipperen naar Boetko, alsof hij aan de grond genageld stond door het bloed dat uit de uitgangswond in Boetko's achterhoofd stroomde.

'Meneer? Bent u gewond?'

Koltrov kwam bij zijn positieven. 'Oké,' zei hij schor, 'ik ben oké.'

In de gang klonken steeds luidere voetstappen toen politieagenten kwamen onderzoeken wat er aan de hand was. Een potige agent liep snel de verhoorkamer in en ging op een knie naast de minister zitten. Iemand anders riep dat ze een ambulance moesten bellen.

Boven het geroezemoes uit hoorde Carter de galmende stem van sergeant Horbasj, die de agenten beval uit de buurt te blijven. Tegelijkertijd sprak Webb in zijn radiomicrofoon om de Oekraïense lijfwachten op de hoogte te brengen die buiten het bureau stonden te wachten.

'Schoten gelost, schoten gelost,' rapporteerde hij. 'Blijf waar je bent. Ik herhaal: blijf op jullie post. Niemand komt in beweging tenzij wij iets anders zeggen.'

'Wat is er gebeurd?' wilde Carter weten.

Zonder zijn ogen van Boetko af te wenden zei Koltrov: 'Het lijkt erop dat we de minister hebben onderschat.'

Makarenko stopte zijn Glock in zijn holster en zei afgemeten: 'De verdachte had een wapen op zijn lichaam verstopt. Hij wilde de generaal neerschieten, dus kwam ik in actie om de dreiging te neutraliseren.'

'Shit.'

Koltrov staarde nog naar het lichaam. 'Gelukkig was de kolonel bij me in de kamer. Hij heeft mijn leven gered. Anders...'

Zijn stem stierf weg. Hij wendde zich met nauwelijks onderdrukte woede tot Carter. 'Dit heb jij verkloot,' zei hij.

Carter reageerde verrast. 'Donder op.'

Koltrov liep naar hem toe en snoof door wijd opengesperde neusgaten. 'Jouw mannen waren verantwoordelijk voor het fouilleren van de verdachte. Als ze hun taak naar behoren hadden uitgevoerd, zouden ze het pistool hebben gevonden.'

'Echt niet.' Logan schudde geagiteerd met zijn hoofd. 'Geordie, ik zweer dat ik die vent twee keer heb gefouilleerd, voordat we zijn kantoor verlieten. Hij had helemaal niks bij zich.'

'Hoe verklaar je dit dan?' Koltrov gebaarde naar de PSM in Boetko's hand.

'Dat... dat weet ik niet.'

Carter keek de generaal kwaad aan. 'U kunt ons hier niet de schuld van geven. U had onze raad moeten opvolgen. Als u naar ons had geluisterd, lag hij nu niet daar met een gat in zijn klotehoofd.'

'En ik verwacht dat mijn mannen hun werk doen, in plaats van de hele tijd lopen te mekkeren.'

Carter haalde diep adem. Hij had de grootste moeite om zichzelf onder controle te houden.

Je allerlaatste kans, maat, sprak hij zichzelf toe. Maak hem niet kwaad.

Koltrov sloot zijn goede oog even en ademde uit. 'Het maakt niet uit. Gedane zaken nemen geen keer. Bovendien heeft de minister ons alles verteld wat we moesten weten. Hij heeft de vuile was buiten gehangen. Dat is toch een spreekwoord?'

'Hij heeft alles al verteld?'

Koltrov glimlachte gemeen. 'Ik zei toch al dat mijn verhoortechnieken altijd werken.'

'Wat heeft hij verteld?' vroeg McVeigh.

Carter zei: 'Daar hebben we nu geen tijd voor. Daar hebben we het later nog wel over. Het heeft nu de hoogste prioriteit om u veilig naar het kamp terug te brengen, meneer.'

'Wat doen we met hem?' vroeg Logan. Hij wees naar de minister van Defensie. Het bloed had een glanzende plas gevormd onder zijn lichaam en had zich als een olievlek verspreid.

Carter zei: 'Dat is ons probleem niet. Dat kan de politie wel afwerken.'

De stevig gebouwde officier die de wonden van Boetko had onderzocht, ging rechtop staan en sprak Popov aan in razendsnel Oekraiens.

'Wat zei hij?' vroeg McVeigh aan de kapitein.

'Hij zegt dat hij verklaringen moet afnemen. Van de generaal en van iedereen die aanwezig was. Ook van ons dus. Hij zegt dat er een volledig onderzoek moet worden gedaan.'

Carter zei: 'Zeg maar tegen hem dat hij dat regelt met de mensen van de generaal. We kunnen op een andere dag terugkomen om een verklaring af te leggen.'

Popov vertaalde dat weer. Hij wachtte op het antwoord van de officier en zei toen tegen Carter: 'Hij is bang dat hij ons niet kan laten gaan. Hij zegt dat dat vervelend is, maar dat hij een procedure moet volgen.'

'Dat interesseert me geen bal. Iemand heeft zojuist geprobeerd de generaal te executeren. We vertrekken nu. Of wil die kerel verantwoordelijk worden gehouden voor het leven van de generaal?'

Carter wachtte niet op het antwoord van de officier. Hij was niet van plan om een of andere omhooggevallen Oekraïense koddebeier te laten bepalen wat hij moest doen. Hij draaide zich om en liep de gang in. Hij gebaarde naar Popov en Horbasj dat ze voorop moesten lopen, met Koltrov, Makarenko en Zintsjenko achter hen, gevolgd door Carter en de SAS-mannen. Dezelfde formatie als toen ze het bureau in gingen. Ondertussen nam Logan contact op met het team buiten om hun te laten weten dat ze op het punt stonden naar buiten te komen.

'Meteen terug naar de basis,' zei hij. 'Ik herhaal: de chef gaat meteen terug naar de basis via Route Charlie. De verdachte is dood, maar de chef is ongedeerd.'

Een groepje mannelijke en vrouwelijke agenten had zich verzameld in de gang. Kapitein Popov bulderde tegen hen in het Oekraiens en beval hen ruimte te maken voor de generaal.

'Het klopt niet,' mompelde Logan door zijn gezichtsbedekking. 'Ik heb hem goed gefouilleerd, de minister. Die vent had niks bij zich, Geordie. Dat weet ik verrekte zeker.'

'Hoe is hij dan aan dat wapen gekomen?' vroeg Carter.

'Dat weet ik niet.' Logan schudde weer met zijn hoofd. 'Ik weet wel dat deze klus nog moeilijker is geworden.'

'Daar heb je gelijk in.' Carter ademde verbitterd uit en fluisterde: 'Tussen jou en mij: ik begin te denken dat het onmogelijk is om deze vent uit de problemen te houden.'

Om twee uur 's middags waren ze terug op de luchtmachtbasis in Njovotsjanka. Het konvooi van drie voertuigen nam een andere route uit Kyiv, maar het uitzicht veranderde niet echt. Carter en Logan zeiden weinig tijdens de rit. Koltrov zat het grootste deel van de tijd met Makarenko te smoezen, terwijl Zintsjenko over haar telefoon zat gebogen en met hoge snelheid berichten verstuurde. Carter vroeg zich af of ze weleens vijf minuten niet op haar telefoon keek.

Ze kwamen bij de controlepost met zandzakken buiten Njovotsjanka en doorliepen dezelfde procedure als die ochtend, maar dan omgekeerd. Ze lieten hun identiteitsbewijs aan de soldaten zien die de weg bewaakten die naar de luchtmachtbasis liep. Hun identiteitsbewijzen werden weer vluchtig gecontroleerd. Het konvooi volgde de weg nog een halve kilometer voordat het bij het privéverblijf van Koltrov afremde. Logan liet de motor draaien, terwijl de generaal, Makarenko en Zintsjenko achter uit de Suburban klommen.

Zodra ze veilig in het gebouw waren, trok het konvooi weer op. Ze reden tweehonderd meter door naar het geasfalteerde terrein bij het hoofdverblijf waar ze de wagens onder de camouflagenetten parkeerden. De soldaten van beide lijfwachtteams stapten uit de Suburbans en liepen samen naar de slaapverblijven.

Carter trok zijn gezichtsbedekking af en zei: 'Ruim je spullen op. Ik spreek jullie over twintig minuten in de kantine.'

Hij liep de gang in.

'Waar ga je naartoe?' vroeg Logan.

'Ik moet Hereford op de hoogte brengen van de situatie.'

De anderen liepen de trap op, terwijl Carter naar de kleine, afgesloten kamer liep met de kluis ter grootte van een koelkast en met de wapenkast. Hij graaide de satelliettelefoon uit het dockingstation, koos het nummer van de OPS-ruimte en bracht verslag uit aan het hoofdkantoor: de details over de arrestatie van de minister van Defensie, het verhoor, de aanslag op het leven van de generaal. Hij benadrukte de behandeling van de verdachte en vertelde hun de verhalen over martelingen en buitenrechtelijke activiteiten. Carter dekte zichzelf in: hij had nog anderhalf jaar te gaan in het Regiment en was niet van plan tijdens zijn pensioen voor iets te worden aangeklaagd.

Hij zette zijn spullen boven, hield zijn M4 bij zich en voegde zich bij de rest van het team in de kantine. Ze zaten aan een andere tafel dan de Oekraïners en verorberden porties lauwe worstjes, eieren, friet en zuurkool. Logan veegde zijn bord schoon, liet een stevige boer en stond op. Hij liet zijn geweer tegen zijn stoel staan.

'Wat ga je doen?' vroeg McVeigh.

'Een tweede portie,' antwoordde Logan. 'Het heeft geen zin om al dat eten te verspillen.'

'Heb je nog steeds honger?'

'Uitgehongerd, maat.' Logan klopte op zijn buik en grinnikte. 'Ik lust wel een paard.'

'Dat is dus niet veranderd,' grapte Webb en lachte samen met McVeigh.

'Hufter.'

'Serieus, je zou moeten letten op wat je eet.' McVeigh stopte een stuk worst in zijn mond en prikte met zijn vork naar Logan. 'Vooral op jouw leeftijd.'

'Mijn leeftijd?' herhaalde Logan. Hij vertrok zijn gezicht. 'Donder op. Zo oud ben ik nou ook weer niet, hufter.'

'Niet in de burgermaatschappij, misschien, maar dit is het Regiment. Hier gelden andere regels. Je hebt je beste tijd gehad.'

Logan wees met zijn vork naar de jongere man. 'Solliciteer je naar een hengst, jongen?'

'Ik zeg het maar gewoon. Je wordt aftands. Het lijkt me logisch dat je dan beter voor jezelf moet zorgen. Supplementen, een dieet, dat soort dingen. Dan blijf je scherp.'

'Ik neem geen advies aan van iemand uit Manchester. Ik zou nog liever mijn eigen oogleden afsnijden met een roestig mes.'

'Wat jij wilt.' McVeigh viel weer op zijn eten aan.

'Wij kunnen het nog goed aan,' zei Logan na een korte pauze. 'Geordie en ik doen het al jaren. We waren al in Irak bezig toen jullie nog een luier aanhadden.'

'Ja, dat was toen, maar we leven nu, opa. Binnenkort ga je missies uitvoeren achter een looprek.'

Webb barstte uit in gelach. Carter at afwezig. Hij dacht aan Koltrov en Boetko en zijn jongere broer, aan de aanslagen op de president en de generaal, de twee populairste mensen in het land die beiden kort na elkaar het onderwerp van moordaanslagen waren geweest. Dat kon maar één ding betekenen: de Russen waren hun activiteiten aan het opvoeren.

Iets anders zat hem ook dwars, iets wat al in zijn achterhoofd zat sinds ze eerder die middag waren vertrokken bij het politiebureau. Hij keek op van zijn bord toen Logan terugkeerde bij de tafel met een bord vol koolhydraten en vlees.

Carter zei: 'Weet je absoluut zeker dat de minister geen wapen bij zich had, toen je hem fouilleerde?'

'Absoluut zeker.' Logan smeerde boter op een dikke boterham.

Carter zei: 'Een PSM is klein, gemakkelijk te verbergen. Die had je kunnen missen.'

'Echt niet.' Logan legde zijn mes en vork neer en keek Carter strak aan. 'Die vent had niks bij zich in zijn kantoor. Dat zweer ik.'

'Hoe kun je dan verklaren dat hij dat pistool bij zich had in het bureau?'

Webb streek bedachtzaam over zijn kin. 'Misschien heeft hij het wapen na zijn arrestatie in handen gekregen.'

'Hoe? Hij had handboeien om. We hebben hem vanaf de achterbank van de auto in het oog gehad, de hele weg naar het bureau.'

McVeigh was gestopt met kauwen en keek aandachtig naar Carter. 'Wat wil je daarmee zeggen?'

Carter dacht terug aan het tafereel in de verhoorkamer, aan Koltrov die de plasticuffs verwijderde en eiste dat de deur van de cel tijdens het verhoor dicht bleef.

'Niks,' antwoordde hij na een pauze, 'het is waarschijnlijk niks.'

Ze aten hun bord leeg en haalden plakken appelcake en iets te drinken. Zwarte koffie voor Carter, thee met melk voor McVeigh, water voor Webb. Die leek nooit iets sterkers te drinken. Logan verslond een tweede plak cake. Hij dacht eraan om een derde portie te halen, toen een pafferige officier in burgerkleding de kantine in kwam en recht op de SAS'ers afliep. Hij bleef voor hun tafel staan en schraapte zijn keel. Een van de loopjongens van de generaal, vermoedde Carter.

'Kan ik je helpen, makker?' vroeg Carter.

De man zei: 'Generaal Koltrov wil jullie spreken.'

'Ons allemaal?'

'Ja.'

'Waar?'

'In de OPS-kamer van de generaal.'

'Nu? Nu meteen?'

'Ja,' zei de loopjongen.

'Waarom?' vroeg McVeigh. 'Waar gaat het over?'

De loopjongen haalde zijn schouders op.

'Niet erg spraakzaam, hè?' zei Logan lollig. 'In vergelijking met hem ben jij een kletskous, Patrick.'

Webb keek met een blik die kon doden naar de man uit Liverpool. 'Grappig, heel grappig,' zei hij met uitgestreken gezicht. 'We liggen allemaal dubbel van het lachen.'

'Kan dat überhaupt, met jouw omvang?'

Carter sloeg de korrelige drab van zijn koffie achterover en stond op. 'Ga ons maar voor, makker. We zullen eens kijken wat de generaal wil.'

Ze verlieten hun woonblok en volgden de loopjongen over de basis. Drie uur 's middags. Er hingen lage, dikke grijze wolken, waar regen uit dreigde te vallen. Een gure wind sneed als een mes door de basis. Carter schatte dat de temperatuur dicht in de buurt van nul kwam; het was misschien maar vier of vijf graden. Hij herinnerde zich dat Logan had gezegd dat het in de winter onder nul kon worden. Mensen hadden geen warm water of elektriciteit en vroren dood in hun eigen huis. Het was het moment van de waarheid voor Oekraïne en voor het vermogen om de agressor uit het oosten te blijven weerstaan.

Na tweehonderd meter bereikten ze het slaapblok waar de generaal en zijn staf verbleven. De loopjongen knikte naar de twee dienstdoende bewakers bij de ingang, hield een beveiligingskaart tegen de kaartlezer naast de deur en leidde de vier mannen van het Regiment daarna door een lange gang en een trap op. Op de eerste verdieping sloegen ze af naar rechts en liepen door tot een deur halverwege de overloop.

Ze wachtten terwijl de loopjongen met een bos sleutels rommelde. Aan het eind van de gang zag Carter een open deur die toegang bood tot de slaapvertrekken van de generaal. In de kamer zat een vrouw op de rand van een onopgemaakt bed.

Carter herkende haar meteen. Het was een van de meisjes van de generaal: de brunette die hij die ochtend het gebouw had zien verlaten. Ze zat met haar lange benen over elkaar en staarde in een zakspiegeltje naar haar gezicht terwijl ze met haar haar bezig was.

'Ze zijn er vroeg vandaag,' gaf McVeigh als commentaar.

Logan zei bewonderend: 'De grote man heeft het gevoel dat hij iets te vieren heeft. Hij heeft groot gelijk. Ik zou hetzelfde doen, als ik in zijn schoenen stond.'

De brunette keek omhoog van het spiegeltje naar de soldaten buiten de kamer. Carter keek haar kort aan, voordat onzichtbare handen de deur dichtsmeten.

De loopjongen opende de deur van de OPS-kamer en gebaarde hen naar binnen in een krappe ruimte met dezelfde uitstraling van een Sovjetgevangenis als het hoofdverblijf. Het was een OPS-kamer in de zin dat een Trabant een auto was. Er stond een tafel en er stonden stoelen. Een raam met tralies keek uit op de rij vervallen administratiegebouwen en hangars. Er zaten scheuren in de muren en op sommige plekken was de verf afgebladderd. Daardoor waren stukken metselwerk te zien. In de hoek stond een prullenbak die helemaal vol zat met verpakkingen van chocoladerepen en met koffiebekers.

'Wacht hier. Generaal Koltrov komt zo bij jullie,' zei de loopjongen voordat hij de kamer verliet.

'Eerst nog een vluggertje waarschijnlijk,' zei Logan, met een spoor van jaloezie in zijn stem. 'Daar zou ik ook geen nee tegen zeggen. Rondingen op alle goede plekken. Mijn soort vrouw.'

'Wie is dat niet dan?' vroeg McVeigh retorisch. 'Je zou nog met een lantaarnpaal neuken als die naar je keek.'

Logan zag er gekwetst uit. 'Hebben je ouders je niet geleerd dat je respect moet hebben voor mensen die ouder zijn dan jij?'

McVeigh lachte cynisch. 'Echt niet. Ze hadden het te druk met zich bezatten.'

Ze wachtten.

Twee minuten later werd de deur weer opengegooid. Generaal

Koltrov kwam de ruimte in, braaf gevolgd door kolonel Makarenko en Zintsjenko. Ze gingen tegenover Carter en zijn collega's zitten. Zintsjenko voltooide een berichtje op haar telefoon en zette die op stand-by. Logan knipoogde naar haar en grinnikte insinuerend. Zintsjenko leek er niet van onder de indruk te zijn.

Koltrov zette zijn vingers tegen elkaar op tafel en zei: 'Er is een ontwikkeling geweest. Iets wat we met jullie moeten delen. Maar eerst moeten we bepaalde… garanties hebben.'

Carter vroeg: 'Wat voor garanties?'

Makarenko zei behoedzaam: 'Wat we jullie gaan vertellen, mag buiten deze kamer niet worden herhaald. Het is bijzonder gevoelige informatie die van heel groot belang is voor de staat.'

Carter maakte een gebaar met zijn handen. 'Prima. Dat beloven we. Kom er maar mee op de proppen.'

'Proppen?'

'Wat willen jullie ons vertellen?'

Koltrov wisselde een blik met Makarenko en zei: 'Voordat die strontzak van een Boetko een pistool op me richtte, bevestigde hij iets wat we eerder al eens hadden gehoord van andere collaborateurs die we hebben verhoord.'

'Gemarteld, bedoel je.'

'Dat is toch hetzelfde? Jullie Amerikaanse vrienden zijn volgens mij dezelfde mening toegedaan, als het klopt wat ik heb gehoord over de technieken die ze in het verleden bij terroristen hebben gebruikt.'

De Oekraïners lachten. Carter keek somber naar de generaal. Hij was moe na de tocht naar Kyiv, de arrestatie en de gevolgen van de schietpartij. 'Vertel nou maar gewoon waarom we hier moesten komen.'

Koltrov stopte met glimlachen, keek hem strak aan en zei: 'Er is een verrader op een hoog niveau in Oekraïne, iemand aan de top van de piramide. De identiteit van die persoon is bij slechts vier mensen in het Kremlin bekend, inclusief de president zelf.'

'Hoe hoog?' vroeg Logan. 'Ik zou zeggen dat de minister van Defensie behoorlijk hoog in de voedselketen zat.'

'Veel hoger.' Koltrov lachte zelfgenoegzaam. 'Ministers komen en gaan. Dat zijn spreekbuizen. Het individu waar ik het over heb, is een van de machtigste personen in het land.'

'Wie is hij?'

'Of zij,' voegde Carter eraan toe.

'Ik ben bang dat ik die informatie niet met jullie kan delen.'

Makarenko schraapte zijn keel en zei: 'We weten al een tijdje van het bestaan van die persoon, maar we hadden nog geen naam. Wel vermoedens. Dankzij die afvallige hond Andri Boetko zijn we zeker van de identiteit.'

'Waarom vertellen jullie dit aan ons?' vroeg Carter.

'We moeten dringend een persoonlijke ontmoeting met de president regelen. We moeten hem vertellen wat er aan de hand is.'

'Kunnen jullie hem niet via een beveiligde telefoonlijn bereiken?'

'Geen enkele lijn is absoluut veilig,' zei Koltrov. 'Er is altijd een kans dat de Russen meeluisteren. Dat zou hun de gelegenheid geven om de verrader te laten verdwijnen voordat we hem kunnen arresteren. Nee. Dit moet persoonlijk worden gedaan. Een andere manier is er niet.'

'Maar Volosjyn is ondergedoken,' merkte McVeigh op. 'Ze hebben ons verteld dat hij niet van plan is zijn gezicht weer te laten zien voordat de verraders zijn gevonden.'

'Dat hebben we besproken. Hij is bereid om in dit geval een uitzondering te maken, gezien de inzet.'

'Hebt u met hem gesproken?'

Koltrov knikte. 'Een uur geleden. We hebben een... productief gesprek gehad. De president begrijpt de situatie en is het ermee eens dat dit te gevoelig is om via de telefoon te bespreken. Hij gaat ermee akkoord om ons op korte termijn te ontmoeten.'

'Waar is hij nu?'

'In een verblijfplaats ergens op het platteland, in de oblast Mykolajiv. De precieze locatie is strikt geheim.'

Logan hield zijn hoofd schuin. 'Dat is toch dicht bij het front?'

'Wat wil je daarmee zeggen?'

'Waarom zou Volosjyn zich daar verstoppen? Als hij bang is om afgeknald te worden, zou hij in Kyiv moeten zitten, waar geen enkele klootzak bij hem in de buurt kan komen.'

Zintsjenko had tot nu toe niets gezegd, maar nu zei ze: 'De president is van plan een verrassingsbezoek te brengen aan de eenheden aan het front in het zuiden.'

'Slecht idee,' zei Webb. 'Dat hele gebied is een gehaktmolen.'

De persofficier zei: 'Daarom is dat bezoek zo belangrijk. Zoals jullie weten, is het zuiden het brandpunt van onze tegenaanvallen geworden. De Russen houden voorlopig nog stand, maar als onze troepen de vijand voor de winter terug kunnen dringen naar de oostkant van de Dnjepr, betekent dat een grote overwinning.'

'Ik hou ervan als je zo praat,' zei Logan.

Zintsjenko keek hem ijzig aan.

Carter keek even naar Webb. De menselijke berg had een zorgelijke gezichtsuitdrukking.

'Waarom is hij in dat gebied?' vroeg Carter. 'Om het moreel te verbeteren?'

Zintsjenko knikte licht. 'De soldaten in het gebied hebben te maken gehad met de ergste gevechten uit de oorlog. Een bezoek van de president zal een opsteker voor hen zijn, voorafgaand aan een nieuwe opmars in de richting van Cherson.'

'Dat moet wel belangrijk zijn, als Volosjyn bereid is om zijn gezicht te laten zien, gezien de dreigementen tegen hem.'

'Zijn staf is ertegen,' gaf Makarenko toe, 'maar de president is vastbesloten om dat bezoek af te leggen. Zelfs als hij maar één procent verschil kan maken bij het resultaat, vindt hij dat dat het risico waard is.'

'Hoe veilig is zijn onderduikplek?' vroeg Carter.

Koltrov glimlachte even. 'Maak je je zorgen om je broer?'

'Ik denk niet aan Luke. Ik vraag me gewoon af waarom we de president niet kunnen ontmoeten in zijn hol. Dat moet gemakkelijker zijn dan een groep mensen vooruit te sturen om een andere plek veilig te stellen.'

'Dat hebben we al voorgesteld, maar de president heeft dat geweigerd.'

'Waarom?'

Koltrov en Makarenko keken elkaar van terzijde aan. De kolonel zei: 'Volosjyn laat geen bezoekers toe in zijn verblijfplaats. Zijn adviseurs zijn bang dat de locatie openbaar wordt gemaakt en dat hij daardoor wordt blootgesteld aan een mogelijke aanslag. Zelfs wij weten niet waar hij zit.'

'Daarom kunnen we onze informatie niet over de telefoon doorgeven,' zei Koltrov. 'We denken dat de Russen langs het front apparatuur hebben verstopt om via een opgevangen telefoontje de precieze locatie van zijn verblijfplaats te achterhalen en daar raketten op af te sturen.'

'Waar en wanneer is die ontmoeting?'

'Morgen,' antwoordde Koltrov. 'Ergens in de oblast Mykolajiv, niet ver van het front, op een rendez-vous dat wordt bepaald door jullie collega's binnen de lijfwachten van Volosjyn. Ik laat het aan jullie om de details te regelen.'

'Wat is het plan, zodra we bij het rendez-vous aankomen?' vroeg Carter.

'Ik overleg met de president en vertel hem wat we weten. Dan maken we plannen om het individu in kwestie te arresteren – de verrader die zoveel ellende en schande over onze natie heeft uitgestort.'

'Kunnen we die informatie vertrouwen?'

'Dat geloof ik wel, ja. We proberen nog steeds de details bevestigd te krijgen, maar tot dusverre klopt de informatie van Boetko. Er is geen reden om aan zijn beweringen te twijfelen.'

'Wie is er van onze kant aanwezig bij het overleg?'

Makarenko zei: 'De normale procedure. Iedereen in deze kamer plus kapitein Popov en zijn team. Je moet hen na deze bijeenkomst instructies geven.'

Webb was de hele tijd stil geweest. Nu zei hij: 'Dit is een verrekte slecht idee, meneer. Het is niet veilig.'

'Onzin. Ik zal goed worden beschermd. Ik heb al mijn lijfwachten bij me, en de president heeft de zijne. Of vertrouw je je eigen kunnen niet?'

Webb negeerde die vraag. 'Misschien moeten we wachten tot de president terug is in Kyiv.'

'Nee,' snauwde Koltrov, 'ik moet hem meteen spreken. Deze informatie is te belangrijk om mee te wachten tot hij terug is. Dit kan niet wachten.' De generaal keek fronsend op zijn horloge. 'Andere vragen?'

'Nee, meneer.'

'Dan stel ik voor dat jullie contact opnemen met je vrienden. Ze verwachten jullie telefoontje. Ik moet me ondertussen met andere zaken bezighouden.'

'Zaken? Laat me niet lachen,' zei Logan toen ze de trap afdaalden en naar de hoofdingang liepen. 'Eerder een feestje met Miss Oekraïne zelf.'

Webb zei behoedzaam: 'We hebben een groter probleem dan het seksleven van de generaal.'

Carter keek om naar hem. 'Waar denk je aan, Patrick?'

Webb leek te aarzelen en zei: 'Het zuidelijke front is blijkbaar de hel op aarde: raketten, drones, artillerie. Op een steenworp afstand van de zwaarste gevechten in het land.'

'Wat is je punt?' vroeg McVeigh.

'Die bijeenkomst is vragen om problemen. We zouden er niet mee door moeten gaan.'

Carter zei: 'Daar kunnen we ons nu geen zorgen over maken. Het enige wat we kunnen doen, is aanpakken en de klus klaren. Erin en eruit, zo snel als we kunnen. Een bliksembezoek. Op die manier gaan we het doen.'

'En hopen dat we voor de verandering een keer geluk hebben,' voegde Logan er grimmig aan toe, 'want dat zullen we verrekte hard nodig hebben.'

Ze liepen de korte afstand naar hun verblijf op de basis terug, zetten sterke koffie en thee en kwamen weer bij elkaar in het kantoor. Carter pakte de aan de antenne verbonden satelliettelefoon, terwijl de anderen hun uitrusting controleerden, hun telefoon oplaadden en kaarten van oblast Mykolajiv en oblast Cherson bestudeerden om zichzelf vertrouwd te maken met de hoofdwegen, steden en andere strategisch belangrijke punten.

Carter draaide het nummer voor de OPS-ruimte in Hereford en vroeg de officier van dienst om hem door te verbinden naar de satelliettelefoon van zijn broer. Net als in een telefooncentrale, maar met extra versleuteling van militaire kwaliteit. De officier zette hem in de wacht, terwijl de verbinding tot stand werd gebracht. Hij hoorde een korte serie klikjes. Toen zei een stem: 'Jamie? Hallo?'

'Ben je verrast me te horen, maatje?'

Een bekende lach reisde door de lijn. 'Helemaal niet. Typisch grotebroergedrag om het gras voor mijn voeten weg te maaien.'

'Ja, dat is precies de reden waarom ik naar deze kloteplek ben gekomen, om te voorkomen dat jij alle eer opstrijkt.'

'Hufter.'

Carter glimlachte warm. 'Ik vind het fijn om je stem te horen, Luke.'

'Dito.'

'Van wie heb je gehoord dat ik in het land ben?'

Luke zei: 'Het hoofdkantoor, gisteren tijdens het avondgebed. Ze zeiden dat je de lijfwacht bent van een van onze vrienden in het leger.' Hij pauzeerde. Carter kon hem bijna zien grinniken aan de andere kant van de lijn. 'Je doet me weer na. Je kunt tegenwoordig niet eens meer een originele missie voor jezelf bedenken, nietwaar?'

'Maar het is duidelijk dat ik het beter doe dan jij.'

Luke barstte weer in lachen uit. Een paar honderd kilometer verderop, maar de afstand tussen hen smolt helemaal weg.

Carter zei: 'Ik hoor dat je in een goed blaadje bent gekomen bij de chef.'

'Ja.' Luke klonk nu gespannen. 'Het is niet dat ik dat niet leuk vind. Verdomme, ik zou mijn kop liever niet boven het maaiveld uitsteken als dat betekende dat die vent niet meer van die stomme risico's nam.'

Dat klonk heel erg als zijn broer, vond Carter. Luke had nooit belangstelling gehad voor eervolle vermeldingen of medailles of loftuitingen van zijn meerderen. Hij bleef gewoon op de achtergrond en deed het werk van een soldaat. Door en door een strijder. Hard erin gaan, je werk zo goed mogelijk doen en alle ruis vergeten. Dat was het motto van Luke.

Misschien had ik die benadering ook moeten proberen, dacht hij.

'Dat gevoel ken ik,' zei Carter mistroostig. 'Onze kerel denkt dat hij de reïncarnatie van Napoleon is.'

'Daarom is hij waarschijnlijk zo populair. Hij dreigt onze man zelfs te overschaduwen met zijn capriolen. Je kunt je wel voorstellen hoe dat is ontvangen.'

'Als een beker vol koud braaksel, durf ik te wedden.'

'Dat klopt wel ongeveer,' bromde Luke. 'Onder ons gezegd en gezwegen maakt de president zich zorgen over Koltrov die steeds in de schijnwerpers staat. Hij wil zichzelf weer laten zien. Het zal een klotekarwei zijn om hem veilig te houden, nog los van die ontmoeting die hij met jullie man wil hebben.'

'We zitten in hetzelfde schuitje, maatje. We hebben te maken met een paar alfamannetjes met een ego ter grootte van een zonnestelsel.'

Luke was even stil. 'Volosjyn vraagt zich af waarom de generaal zijn bevindingen niet via de telefoon wil bespreken,' zei hij.

'Dat heb ik me ook afgevraagd.'

'Ze zouden via deze lijn met elkaar kunnen kletsen,' stelde Luke voor, 'als hij bang is dat de Russen meeluisteren.'

'Dat heeft geen zin. Hij wil dit onder vier ogen doen. Hij is heel hardnekkig.'

'We staan hier op de drempel van het Russisch front, maat.'

'Is het zo erg?'

'Erger, zo'n miljoen keer. De Russen hebben de frontlinie verzadigd met drones en mobiel luchtafweergeschut. We kunnen onder geen enkele voorwaarde vanaf onze locatie naar het rendez-vous vliegen. We moeten rijden. Dat zul je moeten afstemmen met de OPS-mensen, maar ik vermoed dat jullie dat ook zullen moeten.'

Carter zei: 'Waar is het rendez-vous?'

'Gemeentehuis in Zolodjansk, veertig kilometer ten noorden van het front. Ik zal de coördinaten naar je opsturen. We zien elkaar morgen na de middag, om vier uur. Over vierentwintig uur.'

Carter fronste zijn wenkbrauwen. 'Is het daar veilig?'

Luke zei: 'Het is de enige veilige plek in de buurt. Het gemeentehuis doet ook dienst als de schuilkelder van het stadje. Er zitten daar op dit moment heel veel burgers in de kelder.'

'Over hoeveel mensen hebben we het?'

'Vierhonderd of zo. Iedereen die niet uit het stadje is gevlucht. Vrouwen en kinderen. Oude mannen die niet geschikt zijn voor militaire dienst. Mensen die nergens naartoe kunnen.'

'Bewakers?'

'Plaatselijke militie. Vrijwilligers. Voor zover ik weet, zijn het eerlijke jongens, maar hun uitrusting is heel basaal. AK-74's en zo.'

'Laten we dan maar hopen dat we niet op hen hoeven te vertrouwen tijdens een vuurgevecht.'

'Nog één ding,' zei Luke en pauzeerde even. 'We moeten ook een nep-rendez-vous regelen.'

Carter dacht daarover na. Het Regiment gebruikte een nep-rendez-vous om de kans te vermijden dat een bijeenkomst was verklapt. Lijfwachtteams zochten en zetten een nep-rendez-vous op enkele kilometers van de echte locatie op. Deelnemers aan de bijeenkomst werden niet op de hoogte gebracht van het plan, om een veiligheidslek te voorkomen. Zodra ze in de buurt kwamen van de nep-plek, veranderden de lijfwachtteams van richting en reden naar het echte rendez-vous.

'Denk je dat er een kans is dat de Russen dit ontdekken?'

'Dat weet ik niet,' antwoordde Luke, 'maar ze hebben in elk geval ontdekt dat de president een bezoek zou brengen aan Balanivka.'

Ze spraken lang verder over de planning van de missie. Ze bespraken transportmiddelen, routes naar en terug van het gemeentehuis. Codes om alles af te blazen als een van de teams in een vijandelijke hinderlaag liep of als een van de voertuigen onderweg technische problemen kreeg. Als een van beide zijden een probleem tegenkwam en de bijeenkomst moest afblazen, moesten ze daarover contact opnemen met het andere team en het rendez-vous in de steek laten.

Ze spraken ook over de volgorde van aankomen. Degene die het eerst aankwam, moest de locatie veiligstellen: een beveiligingskordon opzetten, het gebied controleren op mogelijke dreiging en een ontvangstploeg positioneren langs de aankomstroute van de andere partij.

Carter zei: 'Wij zullen zorgen voor het veiligstellen. Ik stuur een van onze jongens vooruit met de Oekraïners om ervoor te zorgen dat het gebouw schoon is, voordat we jullie groen licht geven.'

'Negatief. De president wil de eerste persoon ter plekke zijn.'

‘Maar dat is tegen de procedures van het Regiment. De president is onze hoogste prioriteit. Wij zouden degenen moeten zijn die het rendez-vous veiligstellen.’

‘Ik heb dat niet besloten,’ zei Luke humeurig. ‘De president wil de burgemeester van Zolodjansk spreken voor de bijeenkomst met jullie man. Daarna gaan we rechtstreeks terug naar de schuilplek van de president.’

‘Het is riskant, Luke. Jullie man geeft zich dan langdurig bloot. Hij zou na ons bezoek met de burgemeester moeten praten.’

‘Jamie, dat heb ik geprobeerd, maar het helpt niet. Hij wil niet luisteren.’

‘Verdomme. Wat maakt het voor verschil?’

‘Onder ons gezegd en gezwegen denk ik dat het een ego-ding is. Hij wil laten zien dat hij hoger is dan Koltrov, zoals een koning die een van zijn edelen aan zijn hof ontvangt om een punt te maken.’

Carter kauwde even op die gedachte. Het was overduidelijk dat er nogal wat wrijving was tussen Volosjyn en Koltrov. In het openbaar leken ze de beste vrienden te zijn, sloegen ze elkaar op de rug en glimlachten ze in de camera’s, maar er bestond geen twijfel over dat de president de generaal als een echte bedreiging zag. Dat kon een probleem worden. Er werden slechte besluiten genomen als mensen hun beoordelingsvermogen lieten beïnvloeden door persoonlijke agenda’s. Dan werden er fouten gemaakt en kwamen er mensen om het leven.

‘Wie zijn de andere jongens in je team?’ vroeg hij.

‘Taff Hedges, Tyler Dunk en Josh Bowman.’

‘Bowman?’ Carter wreef over zijn voorhoofd. ‘Ik dacht dat die weg was bij het Regiment.’

Hij zei niets over de verhalen die de ronde hadden gedaan in Credenhill, die impliceerden dat Bowman een drugsprobleem had. Pijnstillers, zeiden ze. Een paar jaar geleden was hij zonder verklaring uit het kamp verdwenen. De meeste jongens hadden natuurlijk aangenomen dat zijn vertrek iets te maken had met de geruchten over drugs.

'Hij was gedetacheerd bij de Cel,' zei Luke. 'Twee jaar. Hij is een paar maanden geleden teruggekomen. Jullie waren samen op missie, nietwaar?'

'Irak,' zei Carter. 'Dat lijkt een mensenleven geleden.'

Ze praatten nog even door om details te verduidelijken en alle hokjes voorafgaand aan een missie af te vinken. Het hoe, waarom en wanneer. Ze spraken af om weer contact met elkaar op te nemen, zodra Carter de Oekraïners had geïnstrueerd en contact had gehad met de OPS-ruimte van het Regiment. Ze hadden het kort over het gedrag van de generaal en de schietpartij in het politiebureau. Terwijl hij zat te luisteren, besefte Carter ineens hoezeer hij zijn broer miste.

'Na die bijeenkomst kunnen we even bijkletsen,' zei hij. 'Net als vroeger.'

'Daar hou ik je aan.'

'En Luke?'

'Ja?'

'Doe voorzichtig morgen.'

Luke grinnikte. 'Dat moet jij nodig zeggen. Ik meen me te herinneren dat jij altijd degene was die in de problemen kwam toen we jong waren.'

'Ik meen het. Als de informatie van de generaal klopt, is er een hooggeplaatste functionaris die voor de Russen spioneert. Dat kan iedereen zijn, zelfs een van de mensen uit de kring van jouw chef.'

'Dat durf ik te betwijfelen. Niemand komt dicht in de buurt zonder volledig doorgelicht te zijn.'

'Doe me gewoon een lol en zorg ervoor dat je de adjudanten van Volosjyn vanaf nu goed in de gaten houdt.'

Carter herinnerde zich de belofte die hij zijn moeder op haar sterfbed had gedaan, hoe hij haar klamme hand in de zijne had genomen en had gezworen dat hij altijd voor Luke zou zorgen, wat er ook gebeurde.

'Ik ben een grote jongen. Of je het gelooft of niet: ik kan voor mezelf zorgen.' De toon was vriendelijk en achteloos, maar klonk ook een beetje scherp. Dat vleugje rivaliteit tussen de broers had bij beiden altijd dicht onder het oppervlak gezeten, ondanks hun onbreekbare band.

'Dat weet ik, Luke.'

'Maak je over mij maar geen zorgen. Concentreer je gewoon op het onder controle houden van jouw chef. Als we ons aan het plan houden, komt alles in orde.'

'Ik hoop dat je gelijk hebt, in jouw én mijn belang.'

Carter klikte de satelliettelefoon uit en bracht Webb, Logan en McVeigh op de hoogte van het plan voor de volgende dag. Hij vertelde hun over het nep-rendez-vous, de signalen om de bijeenkomst af te blazen en de bijeenkomst in het gemeentehuis in het stadje Zolodjansk in oblast Mykolajiv. Het hardnekkige vasthouden van Volosjyn aan het als eerste aankomen op het rendez-vous, in tegenspraak met de standaardprocedures van het Regiment.

Hij belde weer met Hereford en vroeg de officier van dienst om inlichtingen over het zuidelijke front. Die ging daarnaar op zoek en bevestigde even later wat Carter al had vermoed. Naar het rendez-vous vliegen was absoluut onmogelijk. Het hoofdkwartier had informatie gekregen dat de Amerikanen een mobiele raketlanceerinrichting ten zuiden van Zolodjansk hadden ontdekt met een effectief bereik van vijftig kilometer. Het was hun niet gelukt om de precieze locatie te vinden en vermoedden dat daar meer van die inrichtingen in de buurt verstopt konden zijn. Bovendien hadden drones met explosieve koppen aanvallen uitgevoerd op Oekraïense doelen in enkele aanpalende districten, waarbij pantservoertuigen en artilleriebatterijen waren uitgeschakeld in een poging om hun heerschappij in de lucht te ontzeggen. Tot nader order mocht er niet worden gevlogen in de buurt van het rendez-vous.

Om zes uur lieten ze Popov en Horbasj halen. Carter bestelde meer koffie en bracht hen op de hoogte over de bijeenkomst met Volosjyn. Daarna bestudeerden ze de route heel gedetailleerd.

'De afstand tot het rendez-vous vanaf onze positie is vijfhonderd kilometer,' zei Carter. 'De reis zal ongeveer zeven uur duren.'

Hij bekeek de kaart weer heel aandachtig. Zolodjansk. Een kleine agglomeratie met zo'n vijftienduizend inwoners, op een dunbevolkte vlakte. Veertig kilometer naar het zuiden was het front, hoewel de informatie daarover elke keer dat Carter koffie zette leek te veranderen. Eenheden aan beide zijden verplaatsten zich van hot naar haar, heroverden met de grond gelijkgemaakte dorpen en verlieten verdedigbare posities. De Oekraïense tegenaanval in het zuiden was in volle gang, maar de Russen sloegen fel van zich af, terwijl ze wanhopig probeerden een steunpunt op de westelijke oever van de Dnjepr te behouden. Ze hadden op sommige plekken zelfs terrein gewonnen en dorpen weer ingenomen die eerder door de Oekraïners waren bevrijd.

Tien kilometer ten zuidoosten van het rendez-vous stond de kerncentrale bij Holjovika. Voor zover de OPS-officier van dienst wist, hadden de Oekraïners daar nog de controle over, hoewel de Russen het gebied de laatste dagen agressief hadden gebombardeerd.

Carter zei: 'We stoppen onderweg op veilige plekken om de wagens bij te tanken, iets te eten en onze benen te strekken.'

'Waarom rijden we er niet in één keer naartoe?'

'We hebben die pauzes nodig, want het is een lange reis. Het is belangrijk dat we scherp zijn als we Zolodjansk bereiken. Als we moe zijn, lopen we het risico dat iemand een fout maakt of slordig wordt.'

'Waar stoppen we?' vroeg Popov.

Carter wees op een paar enclaves die waren omcirkeld. 'De eerste is een kampement van de militie in een oude Sovjetlegerbasis. De tweede is een verzamelpunt, een vooruitgeschoven basis voor Oekraiense eenheden. Daarvandaan gaan we rechtstreeks naar het rendez-vous.'

'We moeten de generaal goed in de gaten houden als hij niet in het voertuig zit,' mijmerde Logan, terwijl hij over zijn kin streek. 'We weten hoe kien die kerel erop is om zijn fanatieke fans te ontmoeten.'

'Zijn er Russische aanvallen in het gebied geweest?' vroeg Popov.

'We hebben rapporten gekregen over beschietingen die Russische houwitsers op de nabijgelegen stadjes hebben uitgevoerd. Er zijn vooral verdedigende posities en civiele infrastructuur onder vuur genomen.'

Carter vertelde hun over de Russische raketlanceerinrichtingen en het vliegverbod.

'Drones?'

'Meer dan genoeg langs het front,' zei Logan. 'Dat is de reden voor het vliegverbod, maar de route zelf zou volgens de Amerikanen per auto veilig genoeg moeten zijn.'

Carter keek op van de kaart. 'We moeten een verkenningsploeg samenstellen. Een ontvangstteam van vier man.' Hij knikte naar Horbasj. 'Sergeant, jij hebt de leiding over dat team. Je volgt deze route, twintig kilometer voor het konvooi uit,' voegde hij eraan toe en volgde met zijn vinger de route op de kaart. 'Je moet kijken of er onderweg dreigingen zijn en voorafgaand aan onze komst elke pauzeplek veiligstellen. Dat betekent dat je de hele tijd radiocontact onderhoudt en ogen in je achterhoofd moet hebben. Als je iets ziet wat link is, wat dan ook, wil ik het horen.'

'Geen probleem, baas,' zei Horbasj.

'Zodra we bij een pauzeplek komen, nemen wij de verantwoordelijkheid over de beveiliging over en gaan jullie verder naar het volgende punt.'

Popov zei: 'Vertel me hoe het met dat nep-rendez-vous zit.'

'Dat is hier.' Carter wees op een punt op de kaart, ten noordoosten van het echte rendez-vous. 'Bedrijfsterrein aan de rand van Pokrozirka. Daar is een T-splitsing in de hoofdweg, vijftien kilometer vanaf de ontmoetingsplek. In oostelijke richting loopt de weg recht naar Pokrozirka. Via de westelijke afslag gaan we naar Zolodjansk. Als we bij die splitsing komen, slaan we rechts af en rijden we naar het echte rendez-vous.'

'Weet de generaal van dit plan?'

'Nee,' zei Logan. 'Buiten deze kamer zijn onze jongens binnen de lijfwachten van Volosjyn de enige mensen die weten waar het echte rendez-vous is. Niemand anders komt dat te weten tot we bij de T-splitsing komen.'

Popov trok een pijnlijk gezicht en klakte nadenkend met zijn tong. Hij zei: 'Daar wordt de generaal niet blij van. Hij houdt er niet van als er informatie wordt achtergehouden.'

'Jammer voor hem. Zo gaan we het doen.' Carter keek de kapitein strak aan. 'Je moet niemand anders over het echte rendez-vous vertellen. Helemaal niemand. Die informatie is alleen bestemd voor de lijfwachten.'

Popov verstijfde. 'Ik begrijp het.'

'Echt? We nemen hier namelijk een serieuze gok. We komen gevaarlijk dicht bij de frontlinie. Als er aan een van beide zijden een lek is, als de Russen het echte rendez-vous te weten komen, rijden we een hinderlaag in.'

Horbasj stak zijn handen omhoog. 'Maak u geen zorgen. We zullen die informatie geheim houden. U kunt op ons vertrouwen, baas.'

Carter keek hem nog even aan en ging daarna verder met de instructies. 'Jullie mannen moeten hun slaapzakken meenemen, en rantsoenen voor vierentwintig uur. We verblijven na afloop van de bijeenkomst 's nachts in het verzamelpunt. Dat is veiliger dan hierheen rijden tijdens de avondklok.'

Ze besteedden de uren daarna aan het aanscherpen van het plan. De hele avond kwamen er nieuwe inlichtingen uit de OPS-ruimte van het Regiment: actuele verplaatsingen van vijandelijke troepen, satellietbeelden van Zolodjansk en het omliggende gebied, blauwdrukken van het gemeentehuis in de Radzenzkystraat.

Een netwerk van ondergrondse gangen liep van het kelderniveau naar andere plaatselijke overheidsgebouwen. Popov legde uit dat dat een standaard vereiste was voor plaatselijke leiders van de Communistische Partij. Veel van de tunnels dateerden uit de dagen van de Koude Oorlog en waren gebouwd in voorbereiding op een kernoorlog. Een aandenken aan een vervlogen tijdperk. Dat dacht de wereld althans.

Rond acht uur gingen Webb en McVeigh de auto's in orde maken: ze controleerden de banden, oliepeil en remvloeistof en zetten jerrycans met diesel, dekens, flessen water, calorierijke snacks en reserveaccu's in de achterbak. Er werd niets aan het toeval overgelaten.

Carter belde Makarenko, zei dat hij naar de instructieruimte moest komen en bracht hem op de hoogte van het plan, afgezien van de informatie over het nep-rendez-vous. De kolonel uitte zijn ongenoegen over een autorit van zeven uur en drong in plaats daarvan aan op een helikoptervlucht, maar Carter was onvermurwbaar en gaf Makarenko het bevel de volgende ochtend om acht uur klaar te staan. Die was ook niet blij met dat bericht. Hij zag er waarschijnlijk tegen op om de generaal te vertellen dat hij minder tijd met zijn meisjes kon doorbrengen.

Even later ging Makarenko weg. Carter en zijn collega's gingen snel even iets eten in de kantine, voordat ze hun uitrusting controleerden: wapens, munitie, ballistische helmen en lichaamsbescherming. Ze voerden de afgesproken frequentie met het team van Luke in hun persoonlijke radio's in, zodat ze tijdens de reis naar het zuiden konden communiceren met de andere SAS-jongens.

Carter bewaarde ook het beveiligde telefoonnummer van zijn broer op zijn wegwerptelefoon en zorgde ervoor dat de accu vol was. Uit voorzorg voor het worstcasescenario. Als de radio onbetrouwbaar bleek te zijn, had hij een manier nodig om het andere team te bereiken, maar hij hoopte dat het niet zo ver zou komen. Het gebruik van een niet-beveiligd apparaat in een vijandige omgeving was een serieus risico.

Om elf uur maakte hij een eind aan de instructie. Toen ze opstonden, zag hij dat Webb bezorgd naar de kaart keek.

'Laten we hopen dat de Russen morgen geen bommenregen laten neerkomen op het gemeentehuis,' mompelde hij. 'De OPS-ruimte denkt dat het gebied nu al weken te grazen wordt genomen.'

'Als er zwaar spul wordt afgeschoten,' zei Carter, 'zal Hereford ons dat bijtijds laten weten. Dan blazen we de bijeenkomst af. Ze houden ons de hele reis op de hoogte.'

Webb knikte licht en maakte een geluid achter in zijn keel. 'Toch zou het beter zijn als die helemaal niet zou plaatsvinden.'

'Waarom doe je verdomme zo moeilijk?' reageerde Logan geprikkeld. 'Het is gewoon een routinebezoekje aan het front, maatje. Dat hebben we de afgelopen maanden al tig keer gedaan.'

'Niet naar zo'n linke plek als dit.' Webb keek op. 'We hebben de twee meest gezochte doelwitten in het land op één plek en op een steenworp afstand van de frontlinie. Gemakkelijk af te knallen. Het zal een wonder zijn als we dit afwerken zonder dat er iets fout gaat.'

'Kop op, kerel,' zei McVeigh. 'Bekijk het eens op deze manier. Als we dit verkloten, hoef je in elk geval niet meer te luisteren naar de flauwe grappen van Logan.'

Logan keek naar hem. 'Dat is niet leuk, maat.'

'Je hebt gelijk. Ik heb jouw tragische pogingen om het plaatselijke talent te charmeren gezien. Dat was pas hilarisch.'

Carter stond op en zei: 'Ga slapen, jongens. We moeten morgen helder zijn. We komen hier om zeven uur precies bij elkaar voor de laatste instructies en controle van onze uitrusting. We vertrekken om acht uur.'

Toen de bleke ochtendzon negen uur later opkwam, kwamen de vier soldaten van Squadron A van het 22ste SAS uit hun verblijf tevoorschijn en liepen naar een rij Suburbans die aan de andere kant van het platform stonden geparkeerd. Elk van hen droeg zijn M4, halfautomatische Glock-pistool en een klein rugzakje met proviand en onmisbare dingen voor de lange reis naar de frontlinie. Daarnaast had Patrick Webb, de beste sluipschutter van het team, het L115A4-geweer in een hoes bij zich en twee magazijnen met tien NAVO-patronen van 7.62 x 51 mm.

Kapitein Popov stond naast de wagens op de mannen van het Regiment te wachten, samen met een ander lid van de Oekraïense lijfwacht. Sergeant Marko Syrota was een slungelige streep pis, zat vol acne en zag er jong uit, maar was een competente soldaat. Sergeant Horbasj en de drie andere mannen van de verkenningsploeg waren een kwartier eerder vertrokken in een niet-gepantserde Land Rover die ze hadden geleend van de staf van de generaal. Ze zouden het terrein bekijken, elke mogelijke dreiging melden en informatie verstrekken aan de rest van het konvooi.

De twee Oekraïners stapten in een van de Suburbans. Carter en Logan liepen naar de middelste wagen in het konvooi. Webb en McVeigh namen de achterste wagen. Ze voerden dezelfde controles uit als de dag ervoor, reden in zuidelijke richting, stopten voor het verblijf van de generaal en lieten de motoren draaien terwijl ze buiten wachtten.

Dertig seconden later kwamen de twee meisjes naar buiten, met handtasjes met panterprint en bontjasjes in hun handen. Ze klommen in de zilvergrijze Touareg. Vlak daarna kwam generaal Koltrov uit het gebouw, gevolgd door Makarenko en Zintsjenko.

De persofficier ging bij Makarenko en Koltrov in de middelste wagen zitten, op de stoelen achter Carter en Logan. Carter gaf Popov via de radio het signaal dat ze er klaar voor waren en het konvooi zette zich weer in beweging.

Twee minuten later reden ze de basis af en volgden de hoofdweg in zuidelijke richting, op weg naar de frontlinie.

Negentien

De route liep vanaf Njovotsjanka in zuidoostelijke richting, grofweg parallel aan de Dnjepr. Even later hadden ze het stadje verlaten en werden de deprimerende woonkazernes vervangen door asfalt met aan weerszijden bomen. Door ruimte tussen de bomen zag Carter een enorme vlakte die zich naar de horizon uitstrekte, met hier en daar hoogspanningslijnen en groepjes boerderijgebouwen.

Generaal Koltrov had heel slechte zin. Hij snauwde geïrriteerd tegen Zintsjenko toen ze iets tegen hem wilde zeggen en keek de eerste dertig minuten uit het getinte raam.

'Het is niet logisch,' zei hij ten slotte.

'Meneer?' vroeg Carter.

'Naar de bijeenkomst rijden. Waarom konden we niet gewoon met een helikopter gaan? Dat zou maar een fractie van de tijd hebben gekost.'

'Meneer, ik weet zeker dat kapitein Popov heeft gezegd dat er een vliegverbod is rond het rendez-vous. Auto's zijn de enige veilige optie,' zei Carter, die zich inhield.

'Maar ik ben altijd naar het front gevlogen als ik bij mijn jongens op bezoek ging. Soms waren de Russen zo dichtbij dat je er bijna op kon spugen. Ik snap niet waarom het nu anders is.'

'We volgen gewoon het advies dat de Amerikanen ons hebben gegeven, meneer.'

'Ik heb het druk. Tienduizenden soldaten zijn van mij afhankelijk om de vijand te verslaan. Ik kan het me niet veroorloven om dagen te verspillen door als een of andere pakkettenbezorger over de weg te rammelen.'

'Ja, meneer. Het spijt me, meneer.'

Carter wist niet wat hij anders kon zeggen.

Koltrov keek met gefronste wenkbrauwen naar het landschap dat voorbij flitste. 'Ik begrijp het niet. Waarom wil Volosjyn per se op een industrieterrein afspreken?'

'Misschien wilde hij uit de buurt van bebouwde omgevingen blijven, zodat het moeilijker is om een hinderlaag te leggen.'

De generaal snoof woedend. 'Hoe lang duurt de reis?'

'Zeven uur, meneer. Acht, inclusief de pauzes. We komen om vier uur aan, precies op tijd voor de bijeenkomst.'

'Het zou me niet verbazen als Volosjyn te laat komt, zodat hij het genoegen kan smaken om mij als een of andere waardeloze idioot te laten wachten. Dat zou niet de eerste keer zijn.'

'Mijn broer heeft de leiding over het lijfwachtteam. Dat zal hij niet laten gebeuren.'

Koltrov ging achteroverzitten en staarde weer naar het vale landschap.

Waarschijnlijk pissig omdat hij de komende nacht niet bij zijn meisjes kan doorbrengen, dacht Carter.

Makarenko keek de hele tijd op zijn horloge. Hij zag er zenuwachtig uit. Ongeduldig. Als een zakenman in een trein die bang is dat hij te laat zal komen op een afspraak met een belangrijke klant.

Ze reden verder door het saaie landschap, dat kilometers aan een stuk niet veranderde, alsof het terrein zichzelf herhaalde. Carter zag oceanen van suikerbietakkers, waarvan de felgroene rozetten in keurige rijen stonden. Ze scheerden langs een reeks armoedige gehuchten die hier en daar te zien waren op het platteland dat zo vlak was als een biljarttafel. Groepjes bakstenen huizen van één verdieping, met afbrokkelende muren en een dak van golfplaten, afgeschermd door een verroest metalen hek, waren via een netwerk van onverharde paden met elkaar verbonden.

Af en toe nam Horbasj contact op met Carter om hem op de hoogte te brengen van de voortgang van de verkenners. Die voerden hun bevelen uit en hielden de hele tijd een afstand van twintig kilometer tussen henzelf en het hoofdkonvooi in stand.

Na nog eens twee uur meldde Horbasj zich weer via de radio om te rapporteren dat ze de eerste pleisterplaats hadden bereikt. Het kamp van de militie.

'Alles in orde hier,' antwoordde hij. 'Geen problemen te zien. Het beveiligingskordon is opgezet. We staan klaar om jullie te verwelkomen.'

'Roger,' zei Carter. 'We zijn er over vijftien minuten.'

Ze troffen de verkenningsploeg in een tentenkamp aan de rand van een vervallen stadje in oblast Tsjerasky. Horbasj en de drie andere Oekraïners droegen de beveiliging van het kamp formeel over, klommen weer in de Land Rover en vertrokken.

De generaal en Zintsjenko maakten van de gelegenheid gebruik om hun benen te strekken en de plaatselijke militiecommandant te begroeten, onder de toeziende blik van Popov, sergeant Syrota, Webb en McVeigh. Carter nam contact op met de officier van dienst in Hereford en vroeg om de laatste informatie over de situatie in en rond Zolodjansk. Er was geen nieuws, was het antwoord.

'Geen spoor van de verstopte lanceerinrichting, maar we zijn nog steeds aan het zoeken.'

Twintig minuten later waren ze weer onderweg. Het konvooi van drie voertuigen was al snel weer op volle snelheid. De generaal en zijn staf voerden achter in de auto steels overleg en Carter wisselde op zijn radio van kanaal en ging naar de frequentie van het team van zijn broer.

'Luke, ben je daar?'

'Ik ben er, maat,' was het antwoord. 'Wat is jullie situatie?'

'We zijn onderweg,' meldde Carter. Hij keek naar de klok op het dashboard. 'Nog vijf uur te gaan.'

'Roger. Wij vertrekken over ongeveer een uur. Problemen aan jullie kant?'

'Nee,' zei Carter, 'alles gaat prima.'

Tot zover, dacht hij.

'Mooi. We nemen weer contact op, zodra we ter plaatse zijn.'

'Tot straks, Luke.'

'Een reünie met jouw lelijke kop. Net wat ik als kerstcadeau wilde krijgen.'

'Brutale aap.'

Hij beëindigde het gesprek, ging terug naar het kanaal van de lijfwachten van de generaal en richtte zijn aandacht weer op de weg.

Logan zei op gedempte toon: 'Geordie, ik durf te wedden dat je vorige week niet had gedacht dat je nu in de richting van een oorlogsgebied zou rijden.'

'Vorige week vroeg ik me rond dit moment af of ik nog een toekomst had in het Regiment.'

Logan keek hem schuins aan. 'Hoe lang moet je nog?'

'Anderhalf jaar. Als deze klus achter de rug is, ben ik klaar.'

Ze praatten zachtjes. Hun stemmen gingen bijna verloren in het gedreun van de motor van de Suburban. De generaal en zijn kolonel discussieerden in hun eigen taal ergens over en schonken geen aandacht aan de twee mannen voorin.

'Wat ga je dan doen?' vroeg Logan. 'Als dit achter de rug is.'

Carter vroeg zich af waarom Logan belangstelling had voor zijn plannen na zijn pensioen, maar dacht dat hij de tijd gewoon vulde met praten over koetjes en kalfjes.

Toen dacht hij: we zijn ongeveer even oud en zijn tegelijk bij het Regiment en door de Selectie gekomen. Hij komt ook in de buurt van zijn pensioen en vraagt zich waarschijnlijk af wat hij met de rest van zijn leven moet doen. Net zoals ik. De vraag waar elk lid van het Regiment vroeg of laat mee te maken krijgt.

'Nou, ik ga niet naar de universiteit. Dat weet ik zeker, niet net zoals Billy.'

'Vind je dat hij zijn tijd verspilt?'

Carter dacht even na en zei toen: 'Nee, dat is de toekomst voor die jongens. Mijn broer, Luke, denkt er hetzelfde over en staat te trappelen om aan een of andere managementcursus mee te doen.'

Logan gromde afkeurend. 'Hij moet zich laten nakijken. Ik laat nog liever mijn tanden uit mijn kaken trekken dan dat ik in een klaslokaal ga zitten om aantekeningen en zo te maken. Echt niet.'

'Ze hebben geen keuze, makker. Je kunt tegenwoordig zonder die dingen niet verder komen.'

'Flauwekul. Certificaten, diploma's? Dat is hetzelfde als medailles, Geordie, alleen voor de sier. Ervaring is wat er echt toe doet. Dat is altijd al zo geweest, als je erover nadenkt. Weten hoe je soldaat moet zijn.'

Carter glimlachte verbitterd. 'Zo werkt het niet meer. Werkgevers willen meer zien dan een referentie van het hoofdkantoor en een paar littekens.'

'De wereld gaat naar de kloten, jongen.'

'Misschien heb je gelijk.' Carter zweeg een paar minuten. Toen zei hij: 'En jij? Heb jij al plannen?'

Logan knikte enthousiast en zijn ogen lichtten op. 'Ik ga met een paar andere jongens een kroeg openen in Hereford. Dan sta ik de rest van mijn leven achter de bar naar oude oorlogsverhalen te luisteren en naar het plaatselijke talent te lonken. Gewoon een paradijs, man.'

'Is dat alles? Is dat wat je de rest van je leven gaat doen? Biertjes tappen en knokpartijen beëindigen?'

'Ik hoef niks anders. Ik ben niet geïnteresseerd in veel geld verdienen of in het leiden van een bedrijf, zoals sommige jongens. Alles wat ik nodig heb, is genoeg geld voor vrouwen en bier, in die volgorde.'

Carter grinnikte. 'Je bent tevreden met simpele dingen, Scott.'

'Dat komt doordat simpele dingen het beste zijn. Een mooie vrouw, een lekker koud biertje, geld in je zak. Wat wil je nog meer?'

'Daar zal ik op toosten, zolang de drankjes van het huis zijn.'

Logan trok zijn neus op. 'Vergeet het maar. Als je naar mijn kroeg komt, moet je voor de drank betalen. Ik ben niet van plan om er een liefdadigheidsinstelling van te maken, gierige hufter.'

Ze moesten allebei lachen, maar toen Carter weer naar de weg keek, kreeg hij het bekende ongemakkelijke gevoel in zijn buik.

Het was tijd geworden om de feiten onder ogen te zien. Hij zou alleen nog maar achteruitgaan. Hij heeft zijn beste tijd gehad, had McVeigh sarcastisch gezegd, maar Carter wist dat daar een kern van waarheid in zat. De vooruitzichten van een veteraan met alleen een middelbareschooldiploma en een eredoctoraat aan de Universiteit van het leven waren beperkt. De gedachte dat hij de rest van zijn leven zou moeten doorbrengen in een of ander bedrijf waar hij zich dood zou vervelen, joeg hem angst aan.

Het soldatenleven had hem een doel gegeven en had betekenis in zijn leven gebracht. Het Regiment was zijn roeping geweest.

Hij had geen behoefte om op de lange duur in Hereford te blijven. Daar waren te veel nare herinneringen, te veel spoken. Dat zou misschien werken voor een relaxed iemand als Logan, maar niet voor Carter. Hij had een visioen dat hij in zijn eentje in een hoekje van zijn stamkroeg zat te drinken, terwijl de jonge rammen in zijn richting keken en tegen elkaar fluisterden.

Dat is Geordie Carter. Nou, vroeger was dat een keihard lid van het Regiment en hij heeft een en ander in Mali gedaan. Dat kun je je nu nog maar moeilijk voorstellen, nietwaar. Hij heeft zichzelf verwaarloosd. Heel tragisch.

Nee, dacht Carter, het is het beste om zo ver mogelijk bij Hereford uit de buurt te blijven en opnieuw te beginnen.

En dan? Hij wist het niet. Carter had het talent om te doden. Hij had een manier gevonden om die vaardigheid te gebruiken in het Regiment, maar in de burgermaatschappij was er geen plek voor mannen zoals hij. In elk geval niet in de wereld van nu.

Hij sloot zijn geest af voor zijn negatieve gedachten en dwong zichzelf zich te concentreren, terwijl ze in zuidoostelijke richting door de buitenwijken van Kryvy Rih denderden.

Nog honderdtwintig kilometer naar het rendez-vous, zei hij tegen zichzelf. Dat is niet ver meer.

Ze kregen het bericht van de verkenners dat bij het verzamelpunt in een van de westelijke wijken van de stad alles in orde was, en stopten daar. Carter herhaalde de overhandiging met Horbasj, waarna de verkenningsploeg op pad ging naar de eindbestemming. Logan, Webb en Syrota sleepten de jerrycans uit de achterbak van de drie Suburbans en vulden de halflege tanks bij. McVeigh en Carter haalden heel slappe thee bij een geïmproviseerde kantine in een tent. Koltrov hield een geïmproviseerde toespraak voor de soldaten en werd flink toegejuicht.

Carter vroeg aan de officier van dienst, die drieduizend kilometer verderop zat, nogmaals hoe de situatie was. 'Niet bevestigde meldingen van schoten en beschietingen,' was het antwoord. 'Ten zuiden van het rendez-vous in Zolodjansk. In de buurt van de kerncentrale in Holjovika. We wachten op meer details. Voorlopig kun je doorgaan.'

Hij wisselde van kanaal en nam contact op met zijn broer. Die bevestigde dat de president en zijn lijfwachten onderweg waren naar het echte rendez-vous bij Zolodjansk. Verwachte aankomsttijd was 15.00 uur, zei hij. Dat gaf hun voorafgaand aan de aankomst van Koltrov een uur de tijd om het kordon op te zetten en het dreigingsniveau in te schatten. Hij beloofde iets te laten weten, zodra ze bij het gemeentehuis waren gearriveerd.

Ze verlieten het verzamelpunt iets na twee uur, reden vanuit Kryvy Rih nog veertig kilometer naar het westen en daarna naar het zuiden tussen weilanden vol grazende koeien, geknotte bomen en bouwvallige schuren vol verroeste landbouwwerktuigen door. Een kromgebogen oude vrouw met een hoofddoek om en een dikke winterjas aan schuifelde over straat met een zak aardappelen. Taaie mensen, dacht Carter, gehard door tachtig jaar oorlog, hongersnood en tirannie, maar niet gebroken. Ze leidden hun dagelijkse leven en deden wat nodig was om te overleven. Zijn soort mensen.

Misschien nog meer dan zijn eigen stam, overwoog Carter. Hij herkende zijn geboorteland tegenwoordig nog maar nauwelijks. Mensen hadden het over gevoeligheden en privileges en micro-agressie, maar hier heerste macro-agressie op grote schaal: bloedbaden, slachtpartijen en massagraven. Het bloederigste conflict in Europa sinds de Tweede Wereldoorlog. Geen cultuurstrijd maar een echte. Mannen en vrouwen die vochten en met duizenden sneuvelden om een idee in stand te houden dat misschien wel het allerbelangrijkste idee was: dat mensen het recht hadden om hun eigen toekomst te bepalen.

Om precies drie uur kraakte de stem van zijn broer in zijn oortje om hem te laten weten dat ze veilig waren aangekomen bij het gemeentehuis. Een paar kilometer verderop kwam het konvooi in het volgende stadje aan. Lange rijen geblutste auto's en wagens reden de andere kant op. Tientallen mensen sjokten aan de zijkant van de weg, gebukt onder hun wereldse bezittingen.

'Waar komen die vandaan?' vroeg Logan.

'Berjansk,' zei Koltrov, 'het dorp hiernaast. Iedereen vertrekt daar om aan de beschietingen te ontkomen.'

'De Russen gaan flink tekeer dus,' zei Carter.

'Nog erger dan je denkt. De meeste gebieden in de buurt van de frontlinie zijn de afgelopen twee weken onafgebroken beschoten. Er is bijna niemand meer over. Spooksteden.'

'Laten we hopen dat ze niks in de buurt van het rendez-vous laten neerkomen. Anders zijn we zwaar de sjaak.'

Koltrov glimlachte zelfgenoegzaam. 'Je hoeft je geen zorgen te maken. Ons zal niets overkomen.'

Carter keek de generaal in de achteruitkijkspiegel vragend aan. We rijden een gebied in dat gevaarlijk is blootgesteld aan vijandelijke artillerie, zei hij tegen zichzelf. Drones, mobiele raketlanceerinrichtingen. Allerlei mogelijke dreigingen. En toch was er op het gezicht van die vent geen spoortje bezorgdheid te zien.

Toen herinnerde hij zich wat Logan een paar dagen eerder had gezegd tijdens de rit van de grens met Polen.

Die vent gedraagt zich alsof kogels hem niet kunnen deren. Het is net alsof hij niet echt gelooft dat hij het gevaar loopt om vermoord te worden.

Op dat moment had Carter aangenomen dat het alleen een pose was, een opvoering van de generaal die de rol speelt van de onvervaarde strijder om de manschappen te inspireren tot heldhaftige inspanningen op het slagveld. Nu moest hij die mening echter herzien.

Koltrov gelooft dat echt, besefte hij.

Terwijl ze de frontlinie naderden, meldde Horbasj zich weer via de radio en rapporteerde dat de verkenners Zolodjansk hadden bereikt en zich bij Luke en de anderen hadden gevoegd. Vijf minuten later kwam het konvooi bij de T-splitsing waar een gehavend verkeersbord stond. Als ze naar links gingen, zouden ze naar het nep-rendez-vous in Pokrozirka rijden. Naar rechts was de weg naar het feitelijke rendez-vous in Zolodjansk, vijftien kilometer verderop. Twintig minuten rijden vanaf die splitsing.

Carter keek weer even op het klokje in het dashboard: 15.39 uur.

De weg was leeg. Popov en Syrota, die voor hen reden, vertraagden enorm bij de T-splitsing, sloegen rechts af naar Zolodjansk en verhoogden de snelheid weer. Logan nam dezelfde bocht en bleef vlak achter zijn voorgangers; de snelheid nam toe tot zeventig kilometer per uur.

Koltrovs gezicht vertrok van woede. 'Idioten!' kraste hij. 'Jullie gaan de verkeerde kant op. Je moet omdraaien!'

Logan zei niets en staarde strak vooruit, concentreerde zich op de weg en volgde het voorste voertuig dat naar het westen denderde. Achter hen vormden Webb en McVeigh de achterhoede van het konvooi.

'Wat doe je verdomme?' bulderde Koltrov. Hij gebaarde met zijn hand naar de achterruit. 'Heb je me niet gehoord? Pokrozirka is die kant op, gek!'

Carter zei: 'Het rendez-vous is niet in Pokrozirka, meneer.'

De generaal staarde naar het achterhoofd van Carter. Zijn gezichtsuitdrukking ging heen en weer tussen geschoktheid en verontwaardiging.

'Waar dan wel?' vroeg hij kil.

'Zolodjansk. Het gemeentehuis, meneer, in de Radzenzkystraat. Dat is het echte rendez-vous.'

Koltrov keek hem via de achteruitkijkspiegel smerig aan. Zijn wangen waren rood aangelopen. Hij had zijn kaken zo hard op elkaar geklemd dat je een koevoet nodig zou hebben om ze van elkaar te krijgen.

'Je hebt tegen me gelogen,' zei hij.

'Protocol, meneer. We hadden geen keus, gezien de dreiging voor u en de president.'

Koltrov begon iets te antwoorden, maar ging zwijgend achteroverzitten. Zijn gezicht straalde zijn woede uit.

Carter wisselde van frequentie om zijn broer op de hoogte te brengen van hun voortgang, maar de verbinding viel steeds weg. Hij probeerde het na een halve minuut nog een keer. Deze keer hoorde hij alleen maar ruis. Hij ging terug naar het kanaal van zijn eigen team en het lukte hem om contact te krijgen met Popov, maar na een paar seconden werd het op het net ineens weer stil.

Hij draaide zich om naar Logan. 'Werkt jouw radio? Het lukt mij niet om de mannen te pakken te krijgen.'

'Mij ook niet.' Logan haalde zijn schouders op. 'Misschien zijn de andere jongens van frequentie veranderd.'

Carter schudde zijn hoofd. 'De autoradio doet het ook niet,' voegde hij eraan toe terwijl hij die probeerde.

'Misschien zit er een stoorzender in het gebied, een van de onze om de Russen te storen.'

'Nee, dat kan niet. De officier van dienst zou dat tegen ons hebben gezegd.'

'Wat is er verdomme dan aan de hand?'

Carter gaf geen antwoord. Hij zette de radio uit en staarde uit het zijraam. Ze reden nu hard door het dorp Berjansk: een aantal half verwoeste flats en verlaten gebouwen aan weerszijden van een hobbelige doorvoerweg, omgeven door stoppelige akkers met bomkraters en de verroeste staartstukken van Russische raketten. Geen teken van leven behalve een paar verwilderde honden en hier en daar een oude man die in het puin snuffelde.

Tien kilometer naar het rendez-vous, zei Carter tegen zichzelf. We zijn er bijna.

15.49 uur.

Verder naar het zuiden, op enkele kilometers afstand achter de akkers, staken de betonnen koeltorens van de kerncentrale bij Holjovika de lucht in. Enorme grijze kegels, waaruit witte kolommen waterdamp de middaglucht in werden gestuurd.

Koltrov haalde zijn telefoon tevoorschijn en staarde een paar lange tellen naar het schermpje. Hij zag er bezorgd uit.

'Shit,' zei hij.

Carter keek op naar de achteruitkijkspiegel. 'Wat is er, meneer?'

'Ik heb een bericht. Van de president. Ik moet hem meteen bellen.'

'Nu?' Carter draaide zich om in zijn stoel. 'Maar we zijn bijna bij het rendez-vous.'

'Hij zegt dat het dringend is. Een kritieke situatie.'

'Bel hem dan terug.'

Hij stond er niet bij te juichen dat de generaal een slecht versleutelde telefoon gebruikte in een gebied dat kwetsbaar was voor Russische raketaanvallen, maar het was te laat om daar nu nog iets aan te doen.

Koltrov gebaarde naar zijn telefoon. 'Ik heb geen signaal, geen bereik.'

'Ik ook niet,' zei Makarenko. Hij vloekte en hield zijn telefoon bij het raam, als een opzichter die naar optrekkend vocht zoekt. 'Ik heb niets, niet één streepje, nul.'

Carter probeerde zijn collega's nog eens te bereiken. De verbinding haperde. Hij kon een paar tellen een fragment van een zin horen voordat het kanaal ineens uitviel. Hij probeerde contact op te nemen met Hereford, om te zien of zij hem konden vertellen wat er aan de hand was, maar hij ervoer dezelfde problemen toen hij de officier van dienst te pakken probeerde te krijgen. Zijn radio werkte niet en die van Logan ook niet.

Shit.

Hij zat nog te bedenken wat hij moest doen, toen Koltrov naar voren leunde en naar de horizon wees.

'Daar!' Hij wees naar een garage aan de andere kant van de weg. Het enige gebouw dat te zien was. Bij de winkel van een benzinestation waren een werkplaats en een receptiegebouwtje.

'Stop daar!' beval Koltrov. 'Daar zullen ze een vaste lijn hebben. Die kan ik gebruiken.'

Logan keek vragend naar Carter.

In theorie was een niet geplande stop tegen de procedures van het Regiment, maar in werkelijkheid stond het negeren van een Oekraiense generaal, de op een na machtigste man in het land, gelijk aan carrièrezelfmoord. Hij deed tandenknarsend een manmoedige poging om zijn frustratie te verbergen en zei tegen Logan: 'Je hebt hem gehoord. Stop bij de garage.'

'Maar... Jezus! Geordie...'

'Doe het maar,' mompelde Carter. 'Stop de wagen.'

De radio kwam heel even tot leven. Carter had net genoeg tijd om de mannen in de twee andere wagens bij te praten voordat de lijn weer dood was.

Logan draaide de weg af, remde kort en parkeerde achter Popov en Syrota op het voorterrein van de garage. McVeigh en Webb stopten twee meter achter hen. De teams uit de voorste en achterste auto stelden zich snel in een verdedigende formatie op, Popov en McVeigh stapten uit hun voertuig en namen met geheven geweer een vuurpositie in om de toenaderingswegen te dekken. Syrota en Webb bleven achter het stuur zitten, klaar om een snelle ontsnapping te kunnen maken als dat nodig was.

'Het ziet er leeg uit,' zei Logan terwijl hij het terrein in ogenschouw nam.

Carter knikte afwezig en keek rond. Het stalen rolluik van de ingang tot de garage voor voertuigen was gesloten. Het was donker bij de receptie van de garage en in de winkel. Op enige afstand lag een hoop schroot en in de verte wuifden akkers vol tarwe in de ruisende wind.

Tweehonderd meter naar het westen leidde een andere weg in zuidelijke richting naar de kerncentrale. De vage grijze schoorstenen aan de horizon doorbraken het verder saaie landschap.

Carter zei tegen Logan: 'Wacht hier en laat de motor draaien. Ik zal de generaal naar binnen vergezellen. Als het er veilig uitziet, blijf ik in de buurt en dek de achterkant van het gebouw.'

'Een van ons zou bij de chef moeten blijven,' zei Logan, 'zolang hij in het gebouw is.'

'Absoluut niet,' grauwde Koltrov. 'Dit is een privégesprek. Vertrouwelijk.'

Carter zei geërgerd: 'We mogen u niet uit onze ogen laten, meneer. Dat is onbespreekbaar.'

Koltrov gebaarde naar zijn ondergeschikte. 'Anton zal me vergezellen in het kantoor. Hij is meer dan capabel om mogelijke problemen de baas te blijven.'

Carter dacht na over de wijsheid om met een driesterrengeneraal te discussiëren. Toen zei hij: ‘Snel dan. We moeten hier over vijf minuten weer weg zijn.’

‘Ik zal mijn best doen.’

Koltrov en Makarenko klommen uit de wagen. Carter liet Logan en Zintsjenko in de Suburban achter en haalde de generaal en zijn plaatsvervanger in, toen die over het voorterrein naar de garage liepen. Een deur aan de rechterkant leidde naar de winkel; door de smerige ruit zag hij een kassa achter een scherm van plexiglas, koelvitrines, planken vol middelen om auto’s schoon te maken en snacks.

Hij liep op de andere deur af, links van de winkel, die toegang gaf tot de receptie van de garage. Carter drukte op de klink, er klonk een piepje en hij stapte een klein kantoor in met aan één kant een wachtruimte. Een oude computer op het bureau met een telefoon met vaste lijn ernaast, tussen bergen papieren en gereedschap. Aan de muur hingen vergeelde affiches van klassieke auto’s en van modellen in bikini.

Aan de linkerkant scheidde een slordige afscheiding het kantoor van de werkplaats. Het glazen scherm was naar binnen geblazen en het tapijt was bezaaid met scherven. Carter liep naar de afscheiding, waarbij hij het glas onder zijn schoenen vergruizelde, en keek van links naar rechts door de werkplaats. Er stond een brug met een ondergrondse smeerput van zes meter lang en een meter breed. Het leek op een graf dat lag te wachten tot er een doodskist in werd neergelaten. Carter zag apparaten om banden te vervangen, wielen uit te lijnen, en remmen en koplampen te testen, maar geen mensen, geen monteurs of klanten. Het was veilig genoeg.

‘Nou?’ vroeg Koltrov ongeduldig.

Carter zei: ‘Denk eraan. Snel graag. We kunnen hier niet lang blijven rondhangen. Ik hou aan de achterkant de nooduitgang in de gaten, zodat we u aan alle kanten hebben gedekt.’

‘Ja, ja, oké.’

De generaal wurmde zich langs hem heen, greep de hoorn van de haak en keek naar Carter. Hij stond te wachten tot die niet meer binnen gehoorsafstand was.

Carter snapte de hint. Hij liep naar de nooduitgang aan de achterkant van het kantoor, duwde de balk omlaag en liep naar buiten. Hij stond aan de rand van een groot parkeerterrein aan de achterkant van de garage, met een rij olievaten, een berg reserveonderdelen van machines en een paar stapels autobanden waar geen profiel meer op zat. Vlakbij zoemden vliegen rond een container vol stinkende rotzooi.

Hij bekeek het terrein grondig, vond een baksteen naast de container en stopte die tussen de nooduitgang en de deurstijl. De stopwatch in zijn hoofd begon te tikken, terwijl hij van links naar rechts keek. Hij was gespitst op het kleinste teken van dreiging, zoals een voorbijganger of het verre geluid van een naderende drone of auto. Het gebied was echter volkomen verlaten.

Een spookstadje, dacht hij.

Hij hoorde generaal Koltrov in het kantoor praten met zijn gebruikelijke schurende stem. De conversatie volgde een gemakkelijk te herkennen patroon: zo te horen was Koltrov het grootste deel van de tijd aan het woord. Carter was te ver weg om precies te begrijpen wat hij zei, maar hij herkende de taal meteen. Het was geen Oekraïens, maar Russisch.

Carter ging dichter bij de deur staan en spitste zijn oren.

Hij had genoeg tijd doorgebracht met missies in Oekraïne om de twee talen van elkaar te kunnen onderscheiden. Een jonge officier uit de plaatselijke commando-eenheid die hij had opgeleid, had het hem bij een paar biertjes uitgelegd. Russisch en Oekraïens leken in sommige opzichten op elkaar, maar waren ook anders. Een product van hun gedeelde culturele geschiedenis, maar dat gold ook voor hun verschillen. Carter kon misschien twee derde volgen van wat Koltrov zei. In elk geval genoeg om het te begrijpen.

'Het doelwit is niet op weg naar Pokrozirka,' zei de generaal tegen de persoon aan de andere kant van de lijn. 'Je moet zoeken naar een konvooi van twee voertuigen dat via de T1508 Zolodjansk nadert, op weg naar het gemeentehuis in de Radzenzkystraat. Het doelwit rijdt in die richting.'

Carter stond heel stil en voelde een koude rilling over zijn ruggengraat sijpelen. Even vroeg hij zich af of hij de generaal verkeerd had verstaan. Toen sprak Koltrov echter weer en herhaalde dezelfde woorden langzamer en luider, zodat de persoon aan de andere kant van de lijn hem goed begreep. Toen wist Carter het zeker; hij had zich niet vergist.

Ik weet wat ik net heb gehoord, dacht hij. De generaal vertelt iemand waar de president te vinden is. Hij heeft de missie zojuist verknald.

Hij reageerde meteen. Hij rukte de zware deur van de nooduitgang open en liep gedecideerd door het kantoor, met zijn gehandschoende rechterhand om de kolf van zijn M4 geklemd, waarvan de loop omlaag wees.

Generaal Koltrov stond achter het bureau naast de afscheiding en sprak in rap Russisch in de telefoon. Makarenko stond in zijn buurt, met zijn armen voor de borst gevouwen.

Bij het geluid van de naderende voetstappen van Carter keken de mannen ineens op. Koltrov keek hem verrast aan.

'Waar ben je mee bezig?' siste hij. 'Ik zei toch dat je buiten moest wachten. Weet je niet hoe een bevel klinkt als je er een krijgt?'

Carter negeerde die vraag. 'Met wie bent u aan het praten?' wilde hij weten.

'De president. Dat heb ik tegen je gezegd.'

'Onzin.' Carter wees naar de telefoon. 'Ik heb u net Russisch horen praten.'

Koltrov stond stokstijf stil. Makarenko liet zijn armen zakken en zette een halve stap in de richting van het chaotische bureau.

Carter bleef de generaal aankijken. 'Vertel me,' zei hij, 'vertel me wat er verdomme aan de hand is.'

Koltrov zei niets en keek heel even naar Makarenko. De twee mannen wisselden een blik van verstandhouding en een plotselinge beweging flitste door een van de ooghoeken van Carter. Vanuit zijn drie uur.

Hij draaide zich snel om.

Hij zag dat de kolonel een zware pijptang van het bureau greep. Carter begon zijn geweer op te tillen, maar zelfs terwijl hij dat deed, wist hij dat hij te traag had gereageerd. De Oekraïner had tijd, snelheid en natuurkunde aan zijn zijde. Hij had zijn rechterarm al omhoog gezwaaid; de volgende tel sloeg hij met de pijptang met veel kracht naar Carter.

Het gietijzeren gereedschap raakte hem op zijn kaak. Een verblindende pijn schoot door Carters jukbeen en vandaar zijn schedel in. Net als bij een tandarts die in al zijn tanden tegelijk boorde. Makarenko pakte het geweer van hem af. Toen hij opkeek, zag hij dat de kolonel over hem heen gebogen stond, met zijn rechterkant stevig om de Glock die hij uit zijn holster had gehaald.

De zwarte opening van de loop was precies tussen de ogen van Carter gericht.

Twintig

Carter bewoog zich niet.

Een paar tellen lang zei niemand iets. Makarenko hield de Glock op Carter gericht, bereid om het kantoor met zijn hersenen te versieren. Koltrov manoeuvreerde zich naar de zijkant van het kantoor en legde de hoorn langzaam op de telefoon terug. Op het bureau lag de met bloed bedekte pijptang te glimmen in het zwakke licht van de lampen.

Een gevoel van sufheid daalde als een wolk neer achter de ogen van Carter. Hij schudde zijn hoofd in een futiele poging om helder te worden en hees zichzelf op zijn knieën. Bij elke beweging schoot er pijn door zijn schedel. Achter in zijn mond zat er iets los; hij hoestte en spuugde een stuk van een gebroken tand uit die met slijmerig bloed was bedekt. Zijn ogen draaiden zich langzaam naar het M4-geweer dat op een paar meter afstand lag. Net buiten zijn bereik.

Koltrov glimlachte. 'Daar moet je niet eens aan denken.'

Hij snauwde een bevel naar Makarenko. De kolonel liep bij het bureau weg en schopte het geweer verder uit de buurt van Carter. Hij bleef zijn wapen op Carter richten, terwijl de generaal knielde en de Glock uit Carters holster haalde. Hij schoof de slede open om de kogel uit de kamer te halen, liet de clip los en stak het volle magazijn en het lege wapen in zijn zak. Daarna ging hij weer rechtop staan en liep achteruit bij Carter vandaan, tot hij naast Makarenko stond.

Carter moest hevig hoesten. Hij veegde het bloed van zijn mond en probeerde zijn gedachten te ordenen. Dat was niet gemakkelijk, nadat hij met een tang op zijn gezicht was geslagen. Langzaam trok de wolk op en er viel iets op zijn plaats in zijn hoofd.

Er is een verrader op een hoog niveau in Oekraïne, had de generaal tegen hem gezegd op de luchtmachtbasis in Njovotsjanka. *Iemand aan de top van de piramide.*

'Jij,' hijgde hij tussen amechtige ademtochten door. 'Jij werkt voor... de Russen.'

Koltrov lachte kort achter in zijn keel. 'Ja,' zei hij.

Het koude gevoel verspreidde zich door Carters buik en veranderde zijn bloed in ijs. 'Hoe lang al?'

'Al jaren, al sinds ik een jonge officier was.'

Carter knikte versuft. Het beroepsmatige deel van zijn hersenen werkte op kwantumsnelheid om gegevens te decoderen, hoeken en afstanden en een massa andere factoren te berekenen.

Hij kon Makarenko niet uitschakelen. Zodra hij zich bewoog, zou de kolonel van dichtbij schieten. Dat was geen optie. Hij kan de M4 ook niet grijpen. Die lag buiten zijn bereik. Zelfs als het hem zou lukken om naar het wapen te springen, zou het hem twee of drie seconden kosten om het te pakken, rond te draaien, op Makarenko te richten en te vuren. Een mensenleeftijd, in termen van een vuurgevecht. De kolonel zou hem doorzeven voordat hij een schot zou kunnen lossen.

Hij zat muurvast.

Denk na, zei het stemmetje in het limbische deel van zijn hersenen. Je moet snel iets bedenken. Anders ga je er hier aan.

'Waarom?' vroeg hij.

'Bedoel je waarom ik me aan Moskou heb verbonden?'

Carter knikte zwak en dacht: je moet tijd winnen en hem aan de praat houden. Je moet je concentreren om in leven te blijven. De ene seconde na de andere.

'Ging het... om geld?'

Koltrov grinnikte vol leedvermaak. 'Alleen een Engelsman zou die vraag stellen. Geld had er niets mee te maken. Het was een vaderlandslievend besluit, een kwestie van doen wat goed was voor mijn land.

Sommigen van ons in het leger waren niet blij met wat er na de Koude Oorlog in Oekraïne gebeurde. We waren getuige van de protesten in Kyiv, de toenaderingsgesprekken met de EU en de NAVO. We raakten gedesillusioneerd. Sommigen van ons praatten onder vier ogen met elkaar, kleine groepjes soldaten met dezelfde ideeën. Dat was het moment waarop de Russen me benaderden via een van hun agenten, een officier in onze veiligheidsdienst. Ze wisten waar mijn sympathieën lagen. Ze vertelden me hun plannen met Oekraïne, met mij. Ze lieten me inzien dat de echte dreiging niet uit Rusland kwam, maar uit de NAVO.'

'Je verraadt je eigen volk.'

De generaal glimlachte kil. 'Als je het over verraders wilt hebben, moet je met Volosjyn beginnen. Hij is degene die ons volk heeft verraden, door zijn ziel te verkopen aan de parasieten uit het Westen.'

De aderen in de slapen van Carter bonsden wild. 'Flauwekul. Je werkt voor een verrekte tiran.'

Koltrov staarde naar hem. 'De Russische president is niet degene die ons naar de vernietiging leidt; dat doet Volosjyn. Hij denkt dat het Westen hem steunt, maar hij is misleid. De fascisten in de NAVO geven niet om Oekraïne. Ze proberen ons te destabiliseren met loze beloften. Daarna verkopen ze wapens en moedigen ze ons aan om onze broeders uit het oosten te doden.

De Russen zijn in elk geval onze Slavische broeders. We hebben een gedeelde geschiedenis, een gedeelde cultuur. Wat hebben we gemeenschappelijk met jullie leiders in Groot-Brittannië en Amerika? Niets!

De president denkt dat hij door alle Oekraïners wordt gesteund, maar dat is een illusie. Er zijn mensen die het belang van ons land aan het hart gaat,' schepte Koltrov op. 'In de veiligheidsdiensten, in de kerk en ook op andere plekken. Wij zijn met veel meer mensen dan Volosjyn, of wie dan ook, zou geloven. Nu is het tijd geworden om de macht te grijpen, zodat ons land niet ten onder gaat aan een ramp.'

'Door voor de vijand te werken?'

Koltrov schudde van nee. 'Door het land aan Rusland terug te geven.'

De generaal zag de blik vol ongeloof op het gezicht van Carter, keek hem schuin aan en kneep zijn oog zonder ooglapje half dicht. 'Twijfel je eraan dat wij zullen winnen?'

'Jouw vriendjes zijn in de verdediging gedrongen en gebruiken veroordeelden als kanonnenvoer. Ze zullen de witte vlag uiteindelijk toch moeten hijsen.'

Koltrov glimlachte neerbuigend. 'Je bent een goede soldaat, net als die broer van je, maar jullie zijn moordenaars, geen strategen. Jullie zien het grotere plaatje niet. Ik wel.'

De vent stond nu op te scheppen. Carter kon de gloed in zijn goede oog zien, als van een prediker die een massa gelovigen toespreekt. Hij wachtte tot de generaal verderging.

Hou hem aan de praat, dacht hij. Blijf tijd winnen.

'Oekraïne zal deze oorlog verliezen. Misschien niet meteen, maar uiteindelijk zal Rusland winnen, omdat jullie vrienden de wil om te vechten zullen verliezen, net als in Afghanistan en Irak.'

Carter zei: 'Je vergist je.'

'Echt?' Koltrov lachte cynisch. 'Kijk naar het nieuws. De publieke opinie is al aan het schuiven. Ik heb de verhalen gezien over mensen die boos zijn over de kosten van benzine voor hun auto of het verwarmen van hun huis. Overal in Europa maken politici bezwaar tegen het geld dat wordt uitgegeven aan de oorlog in Oekraïne. Over een jaar of twee hebben ze er genoeg van om de prijs daarvoor te betalen. Net als altijd. De aanvoer van wapens zal opdrogen. Wat gebeurt er dan? Onze soldaten moeten het dan in hun eentje rooien tegen Rusland. Dat gevecht kan Oekraïne niet winnen.

De waarheid is dat we veiliger zijn onder de vleugels van Moskou. Rusland is onze echte vriend, niet de NAVO of de EU of iemand anders. Het is in ons belang om ons bij Rusland aan te sluiten, om een nieuw bondgenootschap te vormen. Een Groter Rusland, een Slavisch rijk, dat strijdt tegen het fascisme en de chaos en hypocrisie van het Westen. Dan zullen we sterk zijn, sterker dan we ooit zijn geweest. De rest van de wereld zal beven voor het nieuwe Slavische rijk.'

'Wat een luchtkasteel,' zei Carter. 'Dromenland. Je zit dan onder het juk van het Kremlin.'

'Dat is beter dan een marionet van Amerika zijn. Die route leidt naar vernedering. Samen zullen Oekraïne en Rusland echter grootse dingen verrichten, veel grootse dingen.'

'Echt niet. Nooit van z'n leven. Volosjyn zou nooit instemmen met zo'n akkoord.'

'Natuurlijk niet,' zei Koltrov. 'Daarom moeten we hem kwijt zien te raken.'

Carter keek hem vol ongeloof aan. 'Dat telefoontje,' zei hij.

Koltrov glimlachte kil, maar zijn gezicht straalde. Hij zei: 'Over een paar minuten, als onze Russische vrienden het konvooi van de president in het vizier krijgen, zal een stel Tornado-raketten het voertuig treffen voordat ze bij het rendez-vous aankomen. Dan is Volosjyn dood.'

Carter bleef de generaal aanstaren. Hij hoopte heel erg dat op zijn gezicht niet de geringste emotie was te lezen. Hij begreep namelijk ineens dat Koltrov een fatale misrekening had gemaakt.

Hij weet het niet, zei Carter tegen zichzelf. Hij denkt dat de generaal nog steeds op weg is naar het gemeentehuis. Hij weet niet dat die al bij het rendez-vous is.

Dat was een logische aanname. Koltrov zou natuurlijk denken dat zijn team het eerste zou aankomen om het rendez-vous veilig te stellen. De normale procedure schreef voor dat het belangrijkste doelwit als tweede moest aankomen, om de tijd te beperken dat die persoon was blootgesteld aan een aanval van de vijand.

Koltrov glimlachte weer en zei: 'Zodra de dood van de president is gemeld, zal er een noodkabinet bij elkaar worden geroepen. Ik zal worden beëdigd als de nieuwe president, natuurlijk na een gepaste periode van rouw. Dat ligt bij voorbaat vast, gezien mijn aanzien bij het volk. Niemand zal het aandurven om mij uit te dagen. Het land zal naar mij kijken als leider. Dan kunnen we eindelijk beginnen met het terugbrengen van Oekraïne naar Moedertje Rusland.'

'Dat zal nooit gebeuren,' zei Carter. 'Het volk zal je in het begin steunen. Jezus, misschien accepteren ze zelfs dat je vredesonderhandelingen voert, maar zodra je vriendschappelijk begint om te gaan met Rusland, keren ze je de rug toe.'

Koltrovs glimlach werd nog breder. 'Een beeld kan veranderen. Denk je dat het Duitse volk in zijn algemeenheid Joden verafschuwde voordat de nazi's aan de macht kwamen?'

Carter gaf geen antwoord.

'Het Kremlin heeft een plan. Het is niet gemakkelijk om de publieke opinie te veranderen, maar het kán. Ze zullen verhalen in de media zetten om mijn tegenstanders zwart te maken, lastercampagnes lanceren, de mensen verpletteren die mij trotseren. Dat zal eerst stilletjes gedaan worden. Zo stil dat het niemand opvalt. In de loop van de tijd zullen we de Oekraïners opzetten tegen het Westen. Als ik dan spreek, zal het volk mij volgen, omdat ze weten dat ik een echte patriot ben.

En mijn politieke vijanden? Rusland helpt al bij het elimineren van de mensen die mij zouden kunnen bedreigen.'

Carter voelde een vreselijk gewicht op zijn schouders rusten. Hij vergat de dof bonkende pijn in zijn kaak en zijn gebroken tand.

Hij zei: 'De mensen van de vijfde kolonne, de verraders op wie jij jacht hebt gemaakt.'

'Loyalisten,' zei Koltrov, 'mensen die waarschijnlijk het nieuwe regime niet zouden steunen. Mijn contactpersoon heeft hun namen aan mij doorgegeven.'

'Ze waren onschuldig.'

'Niet allemaal. Sommigen waren schuldig aan corruptie, omdat ze geld wegsluisden uit budgetten, overheidscontracten regelden voor familieleden en vrienden, dat soort dingen. Hoe luidt het spreekwoord ook alweer? Er is geen rook zonder vuur.'

Carter dacht aan de minister van Defensie. Er draaiden radertjes in zijn hoofd. Hij herinnerde zich de wanhopige betuigingen van onschuld van Boetko toen hij werd gearresteerd, en het onbegrijpelijke besluit van Koltrov om de handboeien van de verdachte vlak voor het verhoor los te knippen. Het PSM-pistool.

'Hij was niet gewapend, hè? Boetko. Toen je hem arresteerde. Je hebt hem gewoon vermoord en daarna dat wapen bij hem gelegd zodat het eruitzag als zelfverdediging.'

'Ja.'

'En... de anderen?'

'Degenen die we konden chanteren of omkopen om voor het Kremlin te werken? Die werden vrijgelaten. De anderen, die weigerden om de belangen van Moskou te dienen? Die hebben we geëxecuteerd.'

'Je bent hartstikke gek.'

'Nee.' Een vastberaden blik flitste in het oog van Koltrov. 'Ik doe gewoon wat nodig is om mijn land te laten overleven. Als er slachtoffers vallen, dan is dat gewoon zo.

Natuurlijk kon ik mijn geluk niet op, toen Volosjyn mij persoonlijk vroeg om leiding te geven aan het uitroeien van dissidenten in de gevestigde orde. Het bood me een ongelooflijke kans. Ik kon mijn vijanden elimineren, iedereen doden die mij ervan zou kunnen verdenken dat ik niet loyaal was aan het fascistische regime. Ze zeggen immers dat het geluk dappere mensen toelacht.'

Carter keek onwillekeurig even naar Makarenko.

Koltrov zag zijn gezichtsuitdrukking en grinnikte speels. 'Ja, Anton werkt ook voor ons. Hij hoort al vanaf het begin bij ons. Ik heb hem zelfs persoonlijk gerekruteerd.' De grijns op het verweerde gezicht van de generaal liep van oor tot oor. Hij voegde er trots aan toe: 'Je kijkt naar de volgende stafchef van Oekraïne.'

'Wie nog meer?' vroeg Carter. 'Wie zijn er nog meer bij betrokken?'

Hou hem aan de praat, dacht hij.

'Een paar anderen. Hoge officieren die jij niet kent. En dat is alleen nog maar het leger. Er zijn er veel meer, die bereid zijn om te dienen zodra Volosjyn is uitgeschakeld. We hebben een compleet schaduwkabinet klaarstaan.'

De klok in het hoofd van Carter tikte door.

Hij dacht dat er zo'n vijf of zes minuten waren verstreken sinds Koltrov zijn Russische vrienden had gewaarschuwd. Hij klampte zich aan de hoop vast dat een van de jongens op het voorterrein genoeg zou krijgen van de vertraging. Er zou iemand naar de garage kunnen komen om te kijken wat er aan de hand was en hen interrumperen.

Denk na, dacht Carter. Er moet een uitweg zijn. Dat moet!

'Maar je wordt de hele tijd in de gaten gehouden,' zei Carter. 'Je wordt vierentwintig uur per dag beschermd. Ik durft erom te wedden dat de inlichtingendienst jou ook in het oog houdt. Die gasten houden iedereen in de gaten.'

'Dat klopt. En dus?'

'Hoe heb je dan verdomme contact kunnen opnemen met je Russische vriendjes? Dat had iemand ondertussen toch moeten merken.'

'Ik heb een contactpersoon,' zei Koltrov, 'een tussenpersoon. Irina, een van de meisjes. Zij geeft informatie door aan Moskou.'

In het hoofd van Carter viel een puzzelstukje op zijn plaats. De brunette.

De generaal keek op zijn horloge. 'We hebben al te veel tijd verspild hier.'

Hij snauwde een bevel in het Oekraïens tegen Makarenko. *Doe het.* Hij liet zijn plaatsvervanger het smerige klusje opknappen.

Carter slikte.

Het eindspel.

Terwijl de twee mannen met elkaar praatten, verplaatste hij een hand rustig naar de aan-uitknop van zijn radio. Hij hoopte wanhopig dat de verbinding was hersteld, zodat hij de andere jongens kon bereiken. Toen zag de generaal wat hij van plan was en glimlachte geamuseerd, net als Makarenko.

'Doe maar geen moeite,' zei Koltrov. 'Dat werkt niet. Elektronische tegenmaatregelen met een systeem dat alles stoort. Radiosignalen, satellieten, gps-apparaten. Zelfs masten voor mobiele telefonie.'

Daarom wilde de generaal hier stoppen, dacht hij. Omdat hij de Russen moest inlichten over de echte locatie van het doelwit, moest hij een vaste lijn vinden. Hij wist dat zijn mobiele telefoon niet zou werken.

Makarenko's vingers verstrakten zich rond de kolf van zijn pistool. 'Tijd om te sterven,' zei hij.

Carter verstijfde. Angst sijpelde door zijn ingewanden. Geen angst voor de dood, maar iets ergers. Hij was bang om te verliezen.

Hij staarde zonder met zijn ogen te knipperen naar de kolonel en naar de Glock.

Je moet er niet bang uitzien, zei het stemmetje in zijn hoofd. Dat moet je die hufter niet gunnen.

Carter wachtte. Toen hoorde hij een luid kletterend geluid links van hem, van buiten het kantoor.

Zijn blik schoot naar de afscheiding.

Door het gat zag hij een monteur met een bierbuik in een versleten overall uit de smeerput kruipen. Een paar passen van hem vandaan stond een graatmagere knul in vergelijkbare kledij stokstijf naast een werkbank. Er lag een gereedschapskist op de grond naast hem; de inhoud ervan lag verspreid over de vloer. Tangen en schroevendraaiers en hamers.

Koltrov en Makarenko draaiden zich allebei tegelijk om en keken naar de stoorzenders in de werkplaats. De kolonel richtte zijn Glock in dezelfde richting. De magere monteur zag het pistool en stak zijn handen in doodsangst omhoog. Zijn gezette maat was eindelijk uit de put gekomen en stond als bevroren.

Carter dacht dat de monteurs het hele gesprek in het kantoor hadden gehoord. De bekentenis van de generaal, het plan van Rusland om Volosjyn te vermoorden en Koltrov als een marionet te installeren. Hij raadde dat ze tot hetzelfde besluit waren gekomen: stiekem naar buiten glippen om alarm te slaan, terwijl de aandacht van de generaal en de kolonel op Carter was gericht. Toen had de magere vent geklungeld en de gereedschapskist omver geschopt.

Daar had hij Koltrov en Makarenko door afgeleid.

Beiden hadden zich van Carter afgewend en keken met volle aandacht naar de monteurs.

Carter had één seconde om in actie te komen.

Meer had hij niet nodig.

Hij lanceerde zichzelf naar Makarenko en beukte tegen de kolonel vlak voor die een schot kon afvuren. De Oekraïner hapte naar adem terwijl hij achteruit strompelde en de Glock glipte uit zijn hand. Hij botste tegen het bureau, waardoor alle troep op de grond viel voordat hij omviel. Carter landde boven op de kolonel. De twee mannen rolden over het tapijt en sloegen naar elkaar. Makarenko vocht wild en Carter werd verrast door zijn kracht. Het volgende moment schopte hij van zich af, waardoor hij Carter van zich af trapte, en ineens lag hij boven op zijn tegenstander. Hij hield Carter vastgepind en zijn stinkende handen klauwden naar zijn keel om hem te wurgen.

Vanuit zijn ooghoek zag Carter de pijptang liggen. Hij greep er wanhopig naar en rekte elk pees in zijn lichaam, maar het lukte niet. Makarenko kneep harder. Carter kreeg geen adem en voelde het bloed opzwellen in zijn hoofd en op zijn oogballen drukken. Hij tastte weer naar de tang. Zijn vingertoppen bereikten het koude metaal en hij kon de tang naar zich toe trekken. Hij deed een laatste inspanning, sloot zijn vuist om het handvat en sloeg hard toe. Hij raakte Makarenko met een doffe dreun op de zijkant van zijn hoofd.

De kolonel viel kermend van pijn op zijn zij. Carter krabbelde meteen overeind, gooide de tang weg en dook naar de Glock. Hij greep het pistool, draaide zich pijlsnel om, zag dat de Oekraïner hem weer aanviel, richtte het halfautomatische wapen op de romp van de man en schoot.

De Glock was een geweldig ontwerp. Er zat geen veiligheidspal aan de zijkant van het wapen. In plaats daarvan schakelde de schutter de beveiliging simpelweg uit door druk uit te oefenen op het trekkermechanisme. Daardoor werden kostbare seconden bespaard tijdens een vuurgevecht. Je hoefde alleen maar te richten, de trekker helemaal in te drukken en het wapen zijn werk te laten doen.

Dat was precies wat Carter deed.

De loop vlamde.

Er spoot een kogel uit en sloeg van heel dichtbij in het middenrif van de kolonel. Een gemakkelijk schot voor iemand van het Regiment. Op een afstand van twee meter was het moeilijker geweest om te missen.

Het schot klonk oorverdovend in het kleine kantoor. Makarenko schokte en viel achterover, waarbij zijn benen zich onder hem vouwden. Hij zakte op het tapijt, als een bokser die na een knock-out onderuitgaat.

Het geluid van laarzen bereikte de oren van Carter. Het belletje van de deur van de receptie rinkelde en toen denderde Logan het kantoor in. Die keek rond en nam het tafereel in zich op: het kapotte computerscherm, de bebloede tang, de Glock in de rechterhand van Carter, Makarenko die op het tapijt lag en naar de wond in zijn maag greep, terwijl bloed zijn uniformjasje bevlekte.

In de werkplaats kwamen de twee monteurs overeind en renden naar de achteruitgang.

Generaal Koltrov was nergens te zien.

Webb, McVeigh en Popov voegden zich bij Logan in het kantoor. Ze hadden hun M4 in de aanslag en waren klaar om die in te zetten.

Webb ging op één knie naast Makarenko zitten om zijn verwondingen te onderzoeken. Logan knipperde snel met zijn ogen. 'Wat is hier verdomme aan de hand?'

'De generaal ...' begon Carter. 'Waar is die gebleven?'

'Buiten. Hij kwam in paniek naar buiten gerend,' zei McVeigh. 'Hij schreeuwde om hulp en zei iets over een aanval.'

Carter zei: 'Koltrov is de verrader. Hij is...'

De knal van een pistool onderbrak hem. Die klonk buiten het gebouw. Daarna hoorden ze het ronken van de motor van een auto en het hoge gekrijs van autobanden die over asfalt slippen.

Carter greep zijn M4. 'Hou hem tegen!'

De vijf soldaten renden naar de ingang. Carter stormde door de deur en richtte zijn aandacht op het voorterrein. Syrota lag op de grond met zijn ledematen in onnatuurlijke hoeken en met een plas bloed onder hem. De voorste Suburban was verdwenen.

'Daar!' riep McVeigh.

Honderd meter verderop scheurde het gestolen voertuig over de hoofdweg naar het westen. Zijn snelheid nam snel toe.

Carter rukte zijn M4 omhoog en zette het wapen op volautomatisch. Zijn rechterkant zat stevig om de kolf en zijn linkerhand had de verticale greep aan de onderkant vast. Hij richtte via het telescoopvizier op de achterbanden en vuurde een salvo van vier kogels af.

Die waren te hoog gericht, schampten de achterbak en veroorzaakten sterren in de achterruit. Logan en McVeigh hadden hun geweer ook in de aanslag en richtten ook op de wagen. Ze volgden Carter met het bestoken van de achterkant van de Suburban met salvo's gloeiend lood.

De remlichten lichtten op voordat de wagen hard met piepende banden naar links overhelde en een spoor gesmolten rubber achterliet bij de afslag van de hoofdweg af. Daarna kwam hij weer rechtop en denderde naar het zuiden. Hij verdween uit het zicht en de brullende motor klonk steeds zachter. Op weg van Zolodjansk vandaan.

'Waar gaat hij verdomme naartoe?' vroeg Logan tussen enkele happen adem door.

'Frontlinie,' zei McVeigh en vloekte. 'De klootzak slaat op de vlucht.'

Carter draaide zich af van de weg. Zijn hoofd tolde en zijn hart ging als een gek tekeer.

Popov zat geknield naast Syrota. Hij keek op en schudde zijn hoofd licht. 'Hij is dood.'

'Zintsjenko?' Carter keek over het voorterrein. 'Waar is die gebleven?'

Webb gooide de portieren van de andere twee wagens open om naar binnen te kijken.

'Hier niet,' riep hij. 'Niets van haar te zien. Zij is ook weg.'

'Die zal wel bij de generaal zitten,' mijmerde Logan.

'Shit,' zei Carter.

'Gijzelaar?' vroeg McVeigh hardop af.

'Misschien.'

Hij liep snel terug naar het kantoor. Logan schreeuwde naar hem en wilde weten wat er aan de hand was. Carter gaf geen antwoord. Hij dacht na over de president, zijn broer, het rendez-vous en de aanstaande dreigende situatie voor hun leven.

Hij stommelde het kantoor in, liep snel naar het bureau, legde zijn M4 neer en pakte de telefoon met de vaste lijn. In de hoek maakte Makarenko een soort nat zuigend geluid. Donker, olieachtig bloed werd gestaag uit de wond in zijn buik gepompt.

De deur rinkelde weer toen Logan het kantoor in stormde, met Popov, McVeigh en Webb op zijn hielen. Carter viste zijn wegwerptelefoon uit zijn zak, zocht het nummer van het mobieltje van zijn broer, pakte de hoorn van de haak en tikte de cijfers op de telefoon in.

Logan zei: 'Maat, wat er is verdomme aan de hand?'

'Koltrov werkt voor de Russen,' zei Carter. 'Ze hebben dit georganiseerd. De bijeenkomst met Volosjyn is een val.'

Logan zag er verbijsterd uit en kon even geen woord uitbrengen. 'Weet je dat zeker? Maar hoe...'

'Ik hoorde hem over de telefoon met de Russen praten. Hij verklapte waar het rendez-vous is. De Russen zijn van plan Volosjyn vandaag te vermoorden met een raketaanval en hem te vervangen door Koltrov. Ik moet de anderen waarschuwen.'

'Shit.'

'Hoe zit het met hem?' McVeigh knikte naar de gewonde kolonel. Die lag op de vloer te kronkelen, terwijl hij zijn buik vasthield. Hij ademde oppervlakkig en fluitend, alsof hij door een rietje ademde.

'Hij hoort er ook bij,' zei Carter.

'Jezus.'

Carter had het hele nummer getikt en bad dat de elektronische tegenmaatregelen van de vijand niet helemaal tot in Zolodjansk zouden reiken.

Er viel een hemeltergende pauze terwijl de lijn probeerde contact te maken met het mobieltje van Luke in Zolodjansk, op vijf kilometer afstand. Daarna klonk de bekende kiestoon.

Luke nam na de derde toon op. 'Hallo?'

'Luke, luister naar me,' zei Carter ademloos.

'Jamie?' vroeg Luke verbaasd. 'Ben jij dat?'

De lijn kraakte en siste en een herhaalde klik klonk over de lijn, vaag hoorbaar op de achtergrond. Carter dacht dat de ontvangst in het gemeentehuis wel slecht zou zijn.

'Het rendez-vous is verraden,' zei hij. 'Je moet de president daar weghalen, nu meteen.'

'Waar heb je het over? Waar zit je ergens?'

'Ik heb geen tijd om het uit te leggen. Je moet me gewoon vertrouwen. Er zitten Russen in jullie gebied en die zijn op dit moment actief op zoek naar jullie coördinaten. Haal Volosjyn daar weg en rij naar de stad. Hou radiostilte in acht, als dat kan. Wat je ook doet: blijf niet waar je bent.'

Voordat Carter nog meer kon zeggen, hoorde hij een raar geluid op de lijn. Het duurde een paar tellen voordat hij het herkende als een gedempte stem, schor en omfloerst. Onduidelijk. Hij kon niet horen wat die stem zei, maar het klonk Russisch.

'Wie is daar bij je?' vroeg hij.

'Niemand.'

'Ben je alleen?'

'Ik sta in de gang, buiten het kantoor van de burgemeester. De chef wacht samen met de burgemeester tot jullie komen opdagen. Er is verder niemand hier, maatje.'

De stem werd vager en daarna kwam het klikkende geluid weer terug, luider deze keer.

Carter vroeg: 'Heb je dat gehoord?'

'Wat?'

'Dat geluid.'

'Ik hoor niks. Het is hier rustig.'

'Maar... O, verdomme.'

Carter voelde zijn polsslag versnellen en zijn maag kromp in elkaar van angst.

Aan de andere kant van de lijn trok Luke dezelfde conclusie. 'Verdomme,' fluisterde die. 'Jamie, dit is een open lijn!'

De Russen, realiseerde Carter zich. Die hebben meegeluisterd en weten nu dat de president bij het rendez-vous is.

Er kwam maagzuur omhoog in zijn keel en dat mengde zich met de smaak van bloed in zijn mond.

Hij wist een beetje over het Tornado-s-raketsysteem. De nieuwste Russische technologie en een verbeterde versie van de oude lanceerinrichtingen van het Rode Leger. Op een truck stonden zes lanceerbuizen. De laatste tijd waren de Russen die gaan gebruiken voor het afvuren van met precisie geleide raketten. Honderden kilo's springstof per raketkop, met een maximum effectief bereik van 120 kilometer. Ze konden een gebouw met de grond gelijk maken, met iedereen in dat gebouw erbij.

Inclusief de president, en zijn broer.

Het telefoontje had misschien veertig seconden geduurd. Er waren er nog eens veertig nodig om de Tornado-lanceerinrichtingen te richten, maar misschien ook minder. De bemanning ervan wilde niet langer dan strikt noodzakelijk op één plek blijven rondhangen. Zodra ze hadden gevuurd, was hun positie bekend bij elke Oekraïense eenheid in de omgeving. Tien seconden na het afvuren van de raketten zou er een golf granaten op hen afkomen.

'Maak dat je daar wegkomt!' bulderde hij. 'Luke! Wegwezen! NU!'

Eenentwintig

Er klonk ineens een hoop herrie aan de andere kant van de lijn.

Carter hoorde mensen in paniek schreeuwen en gillen. Chaos. Boven de herrie uit schreeuwde zijn broer een bevel naar iemand. Er klonk een doffe dreun, zoals van een stoel die omvalt, en daarna werd het gesprek ineens afgebroken.

In de receptie van de garage stond Carter aan de grond genageld, met de hoorn nog in zijn hand. Hij stond naar een dode lijn te luisteren.

De druk in zijn borst werd heviger, ondraaglijk. Hij kon niet meer ademen en niet nadenken.

Logan staarde hem aan.

'Wat?' vroeg hij. 'Wat is er, maat? Wat zei hij?'

Carter schudde zijn hoofd en voelde zich misselijk.

Hij dacht aan de burgers in de geïmproviseerde schuilkelder onder het gemeentehuis.

'Geordie?'

Vierhonderd mensen, dacht Carter. Vrouwen, kinderen, oude mannen. Mensen die nergens naartoe kunnen.

Hij zei: 'We moeten de burgemeester waarschuwen, zodat hij die mensen meteen uit de kelder kan halen.'

Webb tikte op de aan-uitknop van zijn radio om te kijken of die weer werkte. 'Nog steeds niks. We hebben ook geen telefoonnummer van het kantoor van de burgemeester. Er is geen enkele manier om contact met hem op te nemen.'

'Verdomme!'

'Wat is er aan de hand?' vroeg McVeigh.

'De Russen hebben het rendez-vous in het vizier,' zei Carter.

En ik ben degene die hen daarheen heeft geleid, dacht hij.

'Hoe kan dat?' vroeg Popov.

'Dat telefoontje. Dat moeten ze hebben afgeluisterd. Een open lijn.'

'Mijn god.'

Het volgende moment klonk er in de verte een reeks rommelende knallen. Carter had het gevoel dat er een bajonet in zijn buik werd gestoken. Toen wist hij het: de raketten hadden het doel geraakt.

De kleur trok weg uit het gezicht van Logan. 'Jezus nog aan toe.'

Carter probeerde zijn broer weer te bellen.

Geen gehoor.

Wanhopig probeerde hij het mobieltje van sergeant Horbasj, terwijl hij vocht tegen de toenemende angst in zijn borst. Zijn handen beefden toen hij het nummer koos.

De telefoon ging een hele tijd over, maar... geen gehoor.

Hij klampte zich wanhopig vast aan de hoop dat de raketten op de een of andere manier hun doel hadden gemist, maar hij wist dat dat niet waarschijnlijk was. De Tornado's waren veel accurater dan de oude lanceerinrichtingen van de Sovjets. Ze waren uitgerust met apparatuur die afwijkingen van de richting corrigeerden en werden geleid met gps. Allerlei moderne technologieën. Ze waren accuraat en kwamen binnen een paar meter van het doel neer.

Hij probeerde zichzelf te troosten met de gedachte dat de schuilkelder enkele van de mensen erin had beschermd tegen de inslagen. Een paar misschien, maar niet allemaal. Veel meer mensen zouden zijn gedood, verdampt in de ontploffing of doodgedrukt onder het puin.

Zijn schuld. Bloed aan zijn handen. Vierhonderd levens.

Hij legde de hoorn terug op de haak.

Carter probeerde zichzelf te verplaatsen in de laarzen van Koltrov:

je bent op de vlucht en het is bekend dat je een verrader bent. Wat doe je nu dan?

Er begon zich een plan te vormen.

Hij knikte naar Popov en zei: 'Hoe ver is het van hier naar de frontlinie?'

'Ongeveer vijftig kilometer. Niet meer.'

Logan staarde naar hem. 'Denk je dat de generaal daarnaar op weg is?'

'Zou jij dat niet doen dan?'

'Ik ben het ermee eens,' zei Popov. 'Hij is verraden en kan nergens anders naartoe.'

'Zelfs als dat het geval is,' zei McVeigh, 'kunnen we die hufter nooit op tijd inhalen.'

'Misschien wel,' zei Popov aarzelend.

Carter draaide zich om naar de Oekraïense kapitein. 'Hoe?'

'Via de zuidkant van de centrale in Holjovika en achterafweggetjes door het platteland. Dat gaat sneller dan via de snelweg, want er zijn geen controleposten. In elk geval niet voor zover ik weet,' voegde hij eraan toe.

'Weet je de weg?'

'Ik heb familie in Cherson. Ik heb die route vaak genomen.'

'Kent de generaal die route langs die weggetjes?'

Popov schudde van nee. 'Hij is geboren en getogen in Kyiv, een buitenstaander. Alleen de lokale bevolking kent hier de weg.'

'Hij kan ook niet op zijn gps vertrouwen,' bracht Webb in. 'Het systeem ligt plat.'

Carter greep zijn M4 en klikte die aan zijn wapenriem. Hij pakte de wegwerptelefoon, stopte die in een van de zakken aan de zijkant van zijn jas en zei: 'Kom op. We vertrekken.'

'Wat wil je met die daar doen?' vroeg Webb en gebaarde naar Makarenko.

Carter liep naar de kolonel en richtte de M4.

'Nee,' kraste Makarenko.

'Jawel.'

De kolonel liet zijn met bloed besmeurde tanden zien en keek uitdagend. 'Jullie zijn er allemaal geweest. Jullie zullen allemaal...'

Het geweer blafte twee keer. Twee kogels spoten uit de M4 en boorden twee gaten in Makarenko's voorhoofd, waardoor het tapijt werd versierd met zijn hersenen. Zijn mond werd slap en zijn ogen rolden omhoog, alsof iemand hem had losgekoppeld van de stroom.

'Wat bedoelde hij?' vroeg Logan behoedzaam.

'Joost mag het weten,' zei Carter. 'Kom, we gaan.'

Hij rende naar buiten.

De klok die in zijn hoofd tikte, vertelde hem dat Koltrov een voorsprong van vier minuten op het team had. Hij schatte dat het een uur rijden was naar de frontlinie, maar er zouden vertragingen zijn: militaire controleposten, gebombardeerde voertuigen die de weg versperden. Carter wist zeker dat de reis van de generaal niet gladjes zou verlopen, niet midden in een oorlogsgebied.

Het gaat erom spannen, wist hij. We moeten de hele weg gas geven en hopen dat de binnenwegen niet zijn afgesloten.

Carter liep snel naar de dichtstbijzijnde Suburban. 'Jullie pakken de andere wagen,' beval hij Webb en McVeigh. 'Blijf vlak achter ons. Wij rijden voorop.' Hij bleef naast het portier aan de chauffeurskant staan en keek om de beurt even naar Popov en naar Logan. 'Jullie twee rijden met mij mee.'

Webb en McVeigh haastten zich naar het tweede voertuig, terwijl Carter het portier aan zijn kant opentrok en achter het stuur ging zitten. Popov ging naast hem zitten en Logan sprong achterin. De twee mannen deden hun gordel om terwijl Carter de Chevrolet V8-motor startte.

Hij reed het voorterrein van de garage af, reed snel een paar honderd meter naar het westen en sloeg toen scherp naar links af. De Suburban schudde toen die bocht op volle snelheid werd genomen.

Carters handen zaten muurvast om het stuur terwijl hij vocht om de wagen onder controle te houden. Na de bocht slingerde de wagen nog eens vijftig meter voordat hij weer recht reed. Toen stampte Carter op het gaspedaal. Achter hen namen McVeigh en Webb dezelfde bocht op volle snelheid en kleefden aan de bumper van hun collega's.

'Weet je het zeker, Geordie?' vroeg Logan terwijl ze naar het zuiden denderden.

'We kunnen niet in dit gebied blijven en we kunnen ook niet naar het rendez-vous gaan. We kunnen de officier van dienst ook niet waarschuwen. De Russen hebben met hun elektronische apparatuur alles lamgelegd. Het komt nu op ons aan.'

Logan zei aarzelend: 'We komen wel heel dicht in de buurt van de vijand. Ik ben niet van plan te sneuvelen omdat jij een doodswens hebt.'

Carter zei: 'Die klootzak kent de naam van iedereen uit de vijfde kolonne in het land. Ik laat die informatie niet door mijn vingers glippen.'

Ze scheurden verder.

Carter vertelde hun over de neponderzoeken naar verraders in de regering, over Koltrovs genadeloze eliminatie van iedereen die hem verdacht of die misschien niet loyaal zou zijn aan het nieuwe regime. De elektronische tegenmaatregelen, de Tornado-raketlanceerinrichtingen en het plan van het Kremlin om zijn populariteit te misbruiken om Oekraïne weer op het oosten te richten.

'Verdomme,' zei Logan.

'Die klootzak heeft overal aan gedacht,' zei Popov verbitterd. 'Hij moet dit al maanden aan het plannen zijn.'

'Verspilde moeite. De generaal is er nu geweest. Zijn grote geheim is onthuld. Het beste waarop hij kan hopen is dat hij zijn leven kan slijten in een of andere datsja in Moskou.'

'Niet per se,' zei Carter.

Logan fronste zijn wenkbrauwen. 'Wat bedoel je daarmee?'

'Die vent heeft een talent om zichzelf te verkopen. Je hebt zelf gezien hoe de mensen op hem reageren als ze hem zien. Hij heeft miljoenen aanhangers in het leger. Hij kan de beschuldigingen afdoen als leugens, zichzelf in een martelaar veranderen en de president ondermijnen.'

'Als we aannemen dat die nog in leven is,' bracht Popov in.

'Ja,' zei Carter grimmig.

Ze raceten verder. Carter bleef proberen de wegwerptelefoon van Luke te bereiken, maar had geen succes. Hij schatte dat er tachtig of negentig seconden waren verstreken tussen het einde van het gesprek met zijn broer en de raketaanvallen. Genoeg tijd om het gebouw te verlaten? Dat wist hij niet, maar terwijl ze naar het zuiden raceten, voelde hij een dwangmatige behoefte aan wraak opvlammen in zijn aderen en als gloeiende kolen branden in zijn borst.

Koltrov gaat hiervoor boeten, zwoer hij. *Daar zal ik voor zorgen.*

Na een paar kilometer leunde Popov ineens naar voren en wees naar een Oekraïens legerkamp aan de zijkant van de weg, op een kleine open plek achter een rij dennenbomen.

Een menigte soldaten hing rond bij enkele geïmproviseerde tenten. Een handjevol mannen pookte in een walmend kampvuur, in een futiele poging om de vochtige kou af te weren. Anderen rookten een sigaret of maakten hun wapen schoon. Er lag een stapel granaatwerpers naast een vervallen hut, zag Carter, samen met enkele canvas rugzakken met elk drie raketten erin. Dicht in de buurt daarvan controleerden een paar mannen een drone met een optische camera aan het frame.

Toen ze de voertuigen dichterbij zagen komen, stapten twee soldaten de weg op. Ze begonnen fanatiek te zwaaien en maakten het universele gebaar dat de wagens moesten stoppen.

Carter deed dat en stapte met Logan en Popov uit de Suburban. McVeigh en Webb parkeerden hun auto vlak achter hen en voegde zich bij hun makkers, terwijl de Oekraïense soldaten naar hen toe sjokten. Hun laarzen glibberden door de dikke modder.

De mannen zagen er verfomfaaid uit, zag Carter. Hun uniform was gescheurd en gerafeld, hun gezicht was smerig. Een van de mannen had een bebloed verband rond zijn hoofd. Zijn maat was mager, vijftien of twintig centimeter langer en had een uitgemergeld gezicht en een volle snor. Het zag eruit alsof de mannen zich al maanden niet hadden gewassen of een warme maaltijd hadden gehad.

Popov sprak de soldaten in zijn moedertaal toe. Op een bepaald moment realiseerden de mannen zich dat ze met een hoge officier stonden te praten en gingen in de houding staan met hun borst vooruit. De man met de snor gaf een lang antwoord en gebaarde met zijn arm naar de centrale. Terwijl hij sprak, verscheen er een grimmige blik op het gezicht van Popov.

'Wat zei hij?' vroeg Carter, toen de twee mannen waren uitgesproken.

Popov likte over zijn lippen. Hij zei haperend: 'De Russische zwijnen hebben de frontlinie aangevallen. Een verrassingsaanval. Onze eenheden werden gedwongen zich terug te trekken uit hun posities.'

'Verdomme,' zei McVeigh.

'Wanneer?' vroeg Carter.

'Een paar uur geleden. Vanmorgen,' zei Popov.

'Dat verklaart de inlichtingen die we onderweg hierheen van de officier van dienst in Hereford hebben gekregen,' zei Logan.

Carter knikte.

Niet bevestigde meldingen van schoten en beschietingen, had Hereford gewaarschuwd. In de buurt van de kerncentrale in Holjovika.

Hij zei: 'Hoe ver zijn de Russen hiervandaan?'

Popov bracht de vraag aan Snorremans over.

'Twee kilometer,' zei de kapitein, die het antwoord van de man vertaalde. 'Dit is de laatste Oekraïense positie voor de frontlinie. Daarom hebben deze mannen ons laten stoppen. Ze zeggen dat het te gevaarlijk is om verder te rijden.'

Om dat punt te benadrukken bewoog Snorremans een vinger over zijn keel om het doorsnijden daarvan te simuleren.

'Twee kilometer?' McVeigh trok zijn wenkbrauwen hoog op. 'Dat betekent dat de Russen bij de centrale zijn.'

'Ja.' Popov vertrok zijn gezicht en werd bleek. 'Ze hebben Holjovika een paar uur geleden ingenomen na zware beschietingen. De verdedigers kregen het bevel om zich terug te trekken naar deze positie. De meesten zijn ontsnapt, maar sommige van hun wapenbroeders niet. De Russen sloegen hard toe, zeggen deze mannen. Ze hebben de hoogspanningskabels zelfs uitgeschakeld.'

'Gaat er geen stroom naar de centrale?' vroeg Carter.

Popov schudde van nee. 'Er zijn dieselaggregaten ter plaatse. Die zouden de reactoren veilig aan de gang moeten houden, tot er een team naartoe kan worden gestuurd om de aanvoer van elektriciteit te herstellen.' Hij voegde er bij wijze van uitleg aan toe: 'Het is niet de eerste keer dat dit gebeurt. We zijn gewend aan dit soort incidenten. De Russen zijn beesten. Het maakt hun allemaal geen donder uit.'

Snorremans zei weer iets. Popov stelde hem een paar vragen en sprak daarna met zijn gewonde collega. Carter luisterde steeds ongeduldiger naar hun gesprek. Elke seconde die ze bij het kamp verspilden, gaf Koltrov meer tijd om aan zijn achtervolgers te ontkomen.

'Wat?' wilde Carter weten. 'Wat heeft hij gezegd?'

Popov vertaalde: 'Hij zegt dat ze kort geleden een andere auto deze kant op zagen komen. Hetzelfde model en dezelfde kleur als deze.'

'Koltrov,' zei Logan en sloeg met zijn hand tegen zijn dijbeen. 'Dat kan niet anders.'

Popov maakte een aarzelend gebaar.

'Wat is er, kapitein?' vroeg Carter.

Popov keek hem recht in zijn ogen. 'Ze zeggen dat hij in de richting van Holjovika reed.'

'Weten ze dat zeker?'

'Ja. Ze zagen de auto naderen en probeerden de chauffeur te waarschuwen om niet verder te rijden, maar die wilde niet luisteren.'

Popov wees op een afslag naar rechts, zo'n tweehonderd meter voorbij het kamp. 'Ze gingen die kant op, zegt deze man.'

'Waar gaat die naartoe?'

'Het is de toegangsweg. Die loopt rechtstreeks naar de centrale.'

'Helemaal nergens anders naartoe?'

'Nee, alleen naar de centrale. Dat weten ze heel zeker.'

'En voorbij de centrale? Is daar nog iets?'

Popov schudde snel van nee. 'Holjovika is een uithoek. Alleen akkers en de rivier liggen eromheen. Je kunt daarvandaan nergens heen. Het is een... hoe zeg je dat ook alweer?'

'Een doodlopende straat.'

'Ja.' Popov knipte met zijn vingers. 'Doodlopend. De generaal zit in Holjovika. Daar bestaat geen twijfel aan.'

'Wat doet hij daar verdomme?' vroeg Logan.

'De dichtstbijzijnde veilige plek misschien,' zei Popov. 'Als hij naar het front rijdt, zouden de Russen hem per ongeluk voor een vijand kunnen aanzien en hem doodschieten voordat hij de kans kreeg om zichzelf te identificeren.'

Carter zei: 'Weten we hoeveel Russen er bij de centrale zijn? Welke uitrusting ze hebben? Vraag dat eens.'

Carter wachtte terwijl de kapitein de soldaten ondervroeg.

'Ze denken dat het maar een bij elkaar geraapte eenheid is,' zei Popov. 'Genoeg om de centrale te bezetten tot er versterkingen komen.'

'Andere vijandige eenheden in het gebied? Luchtafweergeschut? Tanks?'

'Nee, volgens hen niet. Al het zware geschut van de Russen is op andere plekken nodig.'

'Als die centrale zo slecht verdedigd wordt, waarom hebben deze kerels hem dan niet heroverd?' vroeg Logan zich af.

'Ze hebben geen voertuigen om een aanval mee uit te voeren. Ze moesten de pantserinfanterievoertuigen en tanks naar een dorp in het oosten sturen. Hun kameraden lopen het gevaar omsingeld te worden en hebben die hulp nodig. Deze mannen hebben het bevel gekregen om deze positie te behouden en de vijand in de gaten te houden tot ze in staat zijn de centrale te heroveren.'

Carter keek naar de soldaten die met de drone bezig waren en daarna weer naar Popov.

Hij zei: 'Zeg dat ze een drone boven de centrale moeten hangen. We moeten naar de Russische posities kunnen kijken. Als we eropaf gaan, moeten we precies weten waar we mee te maken hebben.'

Popov keek hem met uitpuilende ogen aan. 'Wil je doorgaan? Ben je gek geworden?'

'We zitten maar op twee kilometer van de centrale. We hebben de verantwoordelijkheid om de generaal gevangen te nemen als dat kan.' Hij keek Popov strak aan. 'Geef het bevel, kapitein.'

Die sprak tegen de soldaten. De kerel met het verband stak zijn duimen omhoog en grijnsde.

Popov zei: 'Oké, ze sturen de drone de lucht in.'

'We moeten ook een paar van hun raketwerpers hebben,' zei Carter. 'Twee zou genoeg moeten zijn, met zo veel mogelijk raketten.'

'Oké.'

Het bevel werd doorgegeven aan de soldaten. Een van de mannen van het droneteam maakte het apparaat klaar om op te stijgen, terwijl zijn makker een tablet met een touchscreen bediende. De vier propellers van de drone zoemden, het apparaat kwam van de grond en steeg tot boven de top van de dennenbomen. Daar hing ze een paar seconden te slingeren in de wind, maar kantelde toen voorover, ging soepel op weg in de richting van de centrale en verdween uit het zicht.

Terwijl ze op nieuws van de drone wachtten, liepen McVeigh en Webb naar de stapel raketwerpers naast de schuur en kruiden er twee met munitierugzakken erbij naar het voorste voertuig. De Oekraïners leken verheugd te zijn om hun reserve-uitrusting te kunnen overhandigen. Hoewel ze het bevel hadden gekregen om hun post niet te verlaten, waren ze duidelijk gefrustreerd omdat ze zich uit de centrale hadden moeten terugtrekken. Het vooruitzicht dat ze konden bijdragen aan de dood van Russische soldaten woog zwaarder dan het ongemakkelijke gevoel dat ze hun wapentuig aan de mannen van de SAS schonken.

Carter zag dat Snorremans via zijn eigen radio zat te kletsen. Hij keek naar Popov en zei: 'Hebben ze hier wel verbinding?'

De kapitein vertaalde de vraag en zei: 'Ja. Ze zeggen dat die een tijdje weg was, maar sinds een paar minuten weer werkt.'

'De Russen moeten hun stoorzenders hebben uitgezet, zodra ze die raketten hebben afgevuurd,' speculeerde Logan.

Carter frommelde snel aan zijn aan-uitknop en probeerde zijn broer te pakken te krijgen via de tactische radio. Nog steeds geen antwoord; alleen maar een lange stilte.

Hij begon het ergste te vrezen.

Er klonk geschreeuw bij het droneteam. Carter liep met Logan en Popov snel naar hen toe. Ze gingen rond de operator staan en keken naar de beelden met hoge resolutie op het scherm van de tablet.

Deze keer hadden ze geen vertaling nodig. Carter wist meteen waar hij naar keek: beelden van de kerncentrale vanuit de lucht. Een uitgebreid complex van koeltorens, hoogspanningsmasten, opslagplaatsen voor uitgewerkte kernbrandstof, verdeelstations en magazijnen, aan de westkant begrensd door een meanderende rivier en omheind met een hek met prikkeldraad erbovenop. Zes reactorgebouwen domineerden het middelste deel van de centrale; in elk daarvan stond een reusachtig betonnen vat. Een geasfalteerde weg liep in een rechte lijn van oost naar west, naar de hoofdingang. Er stond een wachtpost naast de poort, die werd bemand door een paar Russische soldaten. Carter zag een bouwterrein aan de linkerkant van de weg, op zo'n zeshonderd meter ten oosten van de poort, met zware machines en bergen grind en zand.

Achter de poort lag een grote parkeerplaats voor een kantoorgebouw van vier verdiepingen, op een afstand van misschien vijfhonderd meter van de poort. Een stel burgervoertuigen was dicht bij het gebouw geparkeerd. Van werknemers, vermoedde Carter, die aan het werk waren om de centrale midden in een oorlog te laten draaien. Hij zag twee gepantserde voertuigen ten zuiden van het gebouw. Aan de noordkant stond een rij onderhoudseenheden en opslagplaatsen.

Drie versterkte posities van zandzakken stonden in een verdedigingslinie op zo'n honderd meter voor het hoofdgebouw. Er liepen daar een stuk of twaalf Russische soldaten rond die hun handen verwarmden boven de vlammen van een vuurtje in een olievat, een sigaret rookten, iets dronken of op hun telefoon staarden. Eén blik was genoeg om te zien dat die mannen van slechte kwaliteit waren, het onderste uit de kan van het Russische leger. Dat was het gevolg van de verlammende verliezen die hun bevelhebbers de laatste maanden hadden geleden. Nu moesten die hun uitgedunde eenheden aanvullen met niet-opgeleide rekruten en gevangenen.

'Zijn er nog meer vijandige posities rond de centrale?' vroeg hij.

Popov stelde die vraag aan de droneoperator. Die bewoog de joysticks, zodat het beeld op de tablet veranderde terwijl de drone boven de centrale ging cirkelen, als een vliegtuig dat moet wachten op toestemming om te landen.

'Nee,' zei Popov, 'er is niets anders. Ik zei het toch al: een bij elkaar geraapt zootje.'

'Tot de versterkingen komen,' bracht Logan in herinnering.

Popov haalde zijn schouders op. 'Dat is waar.'

Twaalf vijanden, dacht Carter. Plus de twee bij de wachtpost. Laten we aannemen dat er nog een paar in de gebouwen zitten, in de controlekamer en andere essentiële infrastructuur, om de werknemers te bewaken. Vier of zes man misschien. In totaal misschien twintig verdedigers. Dat levert niet de beste kansen op, maar ook niet de slechtste.

'Is de generaal te zien tussen die bewakers?' vroeg Logan.

Carter boog zich voorover en tuurde naar de camera, terwijl de drone weer een laag rondje over de centrale uitvoerde.

'Negatief,' zei Popov. 'Die is niet te zien. We hebben geen visuele bevestiging. Alleen soldaten in Russisch uniform. Geen officieren.'

'Waar is hij dan?'

Carters blik werd getrokken door een gebouwtje van één verdieping in de vorm van een scheepscontainer, ten zuidoosten van het kantoorgebouw. Er stond een auto op een paar meter afstand van dat gebouwtje.

Een zwarte SUV. De gestolen Suburban.

'Daar,' zei Carter en wees de anderen op die auto. 'Dat is het bewijs. De generaal is daar.'

'Hij moet in het gebouw zitten,' merkte Logan op. 'De deur aan de zijkant lijkt open te staan. Hij zit binnen.'

'Waarom? Wat zit er in dat gebouwtje?'

'Dat weet ik toch ook niet, Geordie. We weten nu in elk geval dat hij daar is. Dat is alvast iets.'

Carter prentte zich de vijandige posities, de plattegrond van de centrale, beschermde gedeelten, blinde vlekken en obstakels in. Hij keek naar de poort, de parkeerplaats, zichtlijnen. Haastig formuleerde hij een plan in zijn hoofd. Het was niet erg geraffineerd en hij zou er geen originaliteitsprijs voor krijgen, maar ze hadden geen tijd om iets ingewikkelds te bedenken. Ze moesten er snel op afgaan, voordat de Russen hun verdediging konden opkrikken.

De klok tikt verder, wist hij.

Hij zei tegen Popov: 'Zeg tegen je makkers dat we de centrale meteen gaan innemen. Ze moeten via hun radio alle bevriende eenheden in het gebied waarschuwen dat wij dat doen. Ze moeten de drone ook in de lucht houden om uit te kijken naar eventueel naderende Russische eenheden.'

Popov vertaalde het plan voor de soldaten. Daarna gaf Carter zijn team instructies.

'We gaan het op deze manier doen,' zei hij. 'We rijden met beide wagens naar de ingang van de centrale. Patrick en Billy, jullie stoppen hier op de toegangsweg.' Hij wees naar het bouwterrein voor de hoofdingang. 'Begin de wachtposten te beschieten met het sluipschuttersgeweer, terwijl wij verder rijden en de poort rammen. Jullie zitten dan op zeshonderd meter van de poort en dus ver buiten het bereik van de bewakers.

Zodra we zijn doorgebroken, nemen we een positie in aan de linkerkant van de parkeerplaats, met de wagen als beschutting. Dat zou ons een directe zichtlijn op de vijandige doelen moeten geven. Daarna komen jullie naar ons toe, terwijl wij de klootzakken te grazen nemen met raketwerpers en uit elkaar jagen. Tot slot schakelen we de overlevenden nog uit.'

Logan zei: 'Misschien is het beter als we het opgeven, Geordie, en wachten tot de Oekraïners op volle sterkte zijn en er klaar voor zijn om de centrale aan te vallen.'

Carter schudde van nee. 'Het duurt een tijd om zo'n verzoek door de hiërarchie te loodsen. Tegen die tijd hebben de Russen hun verdediging versterkt en zit de generaal veilig en wel achter de vijandige linies. We moeten er nu op afgaan.'

'Hoe zit het met onze richtlijnen? We moeten ons nergens in mengen.'

'Die kunnen de pot op,' snauwde Carter. 'We zijn er nu zo dichtbij dat we nog een kans hebben om die lul in te rekenen.'

Hij keek Logan ontoegeeflijk aan. 'De generaal is iets geniepigs van plan in die centrale,' ging hij verder. 'Ik ben van plan te ontdekken wat. Of heb jij soms een beter idee?'

'Laat ook maar,' zei Logan. 'We doen het gewoon.'

Tweeëntwintig

Ze klommen in dezelfde volgorde als eerst weer in de wagens: Carter, Logan en Popov in de voorste Suburban, McVeigh en Webb in het tweede voertuig. Webb had zijn sluipschuttersgeweer in elkaar gezet en geladen; het was dus klaar voor gebruik zodra ze in de buurt van het doelwit kwamen. De twee SUV's reden weg bij het Oekraïense kamp en raasden de weg af, waarbij ze de afslag naar rechts namen die Snorremans had aangewezen. Ze volgden Koltrov in zijn voetsporen en raceten naar de energiecentrale die twee kilometer verderop stond.

Terwijl Popov en Logan hun wapens controleerden, veranderde Carter van frequentie, drukte op zijn aan-uitknop en probeerde het kanaal van zijn broer weer.

Hij wachtte en deed een schietgebedje.

De langste pauze ooit volgde, maar toen klonk er een hese stem in zijn oor. 'Jamie? Ben jij dat?'

Een onbeschrijflijk gevoel van opluchting schoot door Carter heen. De misselijkmakende spanning die hij in zijn spieren had gevoeld, begon iets af te nemen.

'Luke. Godzijdank. Is alles goed met je?'

'Met mij… met mij gaat het goed, maat.'

'En de president?'

'Die is hier ook.'

'Is hij gewond?'

'Een paar schrammen en sneetjes, maar verder is hij ongedeerd. De andere jongens zijn hier ook. Jouw mannen en de mijne. Het scheelde niet veel, maar we waren net op tijd weg.'

Carter zei: 'Hoe dan?'

'Er was een tunnel in de kelder. Die loopt naar een kantoorgebouw aan de andere kant van de straat.'

Luke stopte met praten en hoestte hevig. Carter hoorde vaag verontruste stemmen op de achtergrond. Mensen sputterden en schreeuwden en riepen naar elkaar. Hij hoorde ook iets anders. Het geluid van ambulancesirenes.

'Luke, de burgers. In de kelder. Zijn zij...?' Hij kon zichzelf er niet toe brengen om de zin af te maken.

'Niet doen, Jamie. Laat het los.'

'Vertel me alles.'

Zijn broer zuchtte. 'We hadden geen tijd.' De stem van Luke werd verstikt door emotie. 'We moesten de chef in veiligheid brengen. Dat had de hoogste prioriteit. Dat begrijp je wel. We waren van plan terug te gaan om de anderen te halen, voordat de raketten insloegen, maar toen... Het spijt me, makker.'

Carter slikte moeizaam. 'Hoe erg is het?'

'De hulpdiensten zijn er,' zei Luke, de vraag ontwijkend. 'Ze doen wat ze kunnen. Het was jouw schuld niet. Niemand kon er iets aan doen.'

'Luke, hoe erg is het verdomme?'

Er viel een oorverdovende stilte. 'Het ziet er niet goed uit. Het gebouw is met de grond gelijkgemaakt. Er zijn overal brandjes en overal ligt puin. We hadden geen tijd,' herhaalde Luke, als een mantra.

Er brak iets in Carter. De opluchting die hij had gevoeld, was meteen verdwenen en werd vervangen door een ziekmakend schuldgevoel dat als een harde klont achter in zijn keel ging zitten. Een grimmige gedachte schoot keer op keer door zijn hoofd, als een liedje dat steeds opnieuw begint: mijn schuld. Ik ben verantwoordelijk.

Er waren mensen gestorven. Honderden misschien.

Hij vocht tegen dat stemmetje en probeerde ertegenin te gaan met kille logica.

Je moest dat telefoontje plegen, zei hij tegen zichzelf, je moest je broer waarschuwen over het feit dat de locatie was verraden.

Dat was op één niveau waar. De bescherming van het leven van de leider van Oekraïne woog zwaarder dan elke andere afweging. Een lelijke waarheid misschien, maar ze waren dan ook in een smerige oorlog verwikkeld. Het verlies van Volosjyn zou een onmetelijke klap voor het nationale moreel zijn geweest.

Dat argument liep echter op de klippen van zijn overdonderende schuldgevoel. Hij had de locatie van de president verraden aan de Russen en nu waren er honderden burgers dood.

Door mij, wist hij.

Er zat niets in zijn mentale kluis om hem te helpen verwerken wat hij had gedaan. Hij had het gevoel dat hij werd verzwolgen door een bodemloze put van schuld, een put waarvan hij toen al wist dat hij er nooit uit zou kunnen ontsnappen, ongeacht hoe hard hij vocht. Het leven in het Regiment bereidde je voor op afzien en gevaar, de stress van de strijd en een miljoen andere dingen, maar er was geen cursus over hoe je moest omgaan met het bloed van onschuldigen aan je handen.

Jij bent verantwoordelijk, zei het stemmetje in zijn hoofd. Jij bent verantwoordelijk voor de dood van misschien wel honderden mensen. Daar kun je niet aan ontkomen.

'Jamie?' vroeg zijn broer. 'Ben je er nog?'

'Ja,' kon Carter uitbrengen. Zijn mond was kurkdroog. 'Ik... ben er.'

'Waar zijn jullie nu?'

'We achtervolgen de generaal. Hij is ertussenuit geknepen, maar we weten waar hij zit. We rijden er nu naartoe.'

'Zitten jullie in de buurt? Ik kan een paar mannen jullie kant op sturen en zich onderweg bij jullie laten voegen.'

'Daar is geen tijd voor. Concentreer je op het beveiligen van de president. Ik laat het je weten zodra we de generaal hebben ingerekend.'

'Roger.'

'Kun je iets voor me doen, Luke?'

'Wat?'

'Zeg tegen de mensen dat het me spijt. Zeg hun… dat ik hoop dat ze me kunnen vergeven.'

Er viel een lange stilte op het kanaal. Even vroeg Carter zich af of de Russische stoorzenders terug in de lucht waren gekomen.

Toen klonk de stem van zijn broer in zijn oor. 'Jamie, het was jouw schuld niet. Dat weet je toch?'

'Ik weet het.' Carter pauzeerde. 'Pas goed op jezelf, Luke.'

'Ja. Jij ook.'

Carter beëindigde het gesprek en concentreerde zich weer op de weg.

Ze naderden de centrale nu. Minder dan twee kilometer te gaan. Popov bleef in verbinding met de Oekraïners in het kamp. De drone zou tijdens de aanval in de lucht blijven en uitkijken naar eventuele versterkingen die hun richting op kwamen.

'Nog geen teken van meer doelwitten,' rapporteerde de kapitein. 'Geen andere verdedigingsposities rond het complex.'

'Laten we hopen dat dat zo blijft,' zei Logan.

Ze reden een halve kilometer verder, langs de restanten van een Oekraïense kolonne die was getroffen door de recente artilleriebeschietingen op Holjovika. Achtergelaten uitrusting: tourniquets en veldflessen, rugzakken, wapens en helmen. Lege hulzen en de uit elkaar gerukte resten van enkele pantserinfanterievoertuigen op wielen. Daartussenin lagen de lichamen van vier dode Oekraïense soldaten. Carter keek rond, maar zag geen aanwijzingen dat er nog Russische eenheden in het gebied rondhingen.

De kerncentrale in Holjovika stond recht voor hen.

Carter nam snelheid terug tot minder dan dertig kilometer per uur en reed voorzichtig in de richting van het doelwit. Zijn ogen schoten van links naar rechts, op zoek naar mogelijk dreigende situaties, maar de kust leek veilig te zijn.

De kerncentrale zelf was enorm, groter dan hij er op de beelden van de dronecamera had uitgezien. Honderd hectare misschien. De omvang van een groot winkelcentrum aan de rand van een stad. Een lappendeken van niet bebouwde velden lag aan de noord- en de zuidkant van de centrale.

Mogelijk twintig verdedigers, zei Carter tegen zichzelf.

Op papier een ongelijke strijd, maar bekwaamheid maakte veel goed. Tegen de SAS maakte een groep slecht opgeleide rekruten geen kans. Zodra de kogels begonnen te vliegen, zouden ze snel vluchten voor hun leven.

Hoopte hij.

Nog één kilometer tot het doelwit nu.

Carter zei via de radio tegen Webb en McVeigh: 'Laatste stuk tot het doelwit. Bereid je voor om te stoppen als ik het teken geef.'

'Laat maar weten,' antwoordde McVeigh. 'Wij zijn er klaar voor.'

Terwijl ze verder reden, vroeg Carter zich weer af waarom de generaal naar Holjovika was gevlucht.

De kerel had gemakkelijk verder naar het zuiden kunnen gaan. Het dichtstbijzijnde Russische kampement kon niet ver daarvandaan zijn. Hooguit vijftien of twintig kilometer. In plaats daarvan was Koltrov opzettelijk naar een slecht verdedigde kerncentrale gegaan, omsingeld door Oekraïense eenheden en bewaakt door een handjevol waardeloze Russen. Waarom?

Wat had Zintsjenko er allemaal mee te maken? Was ze gegijzeld of spande ze samen met Koltrov?

Ik weet het niet, dacht Carter. Maar één ding weet ik wel: ik zal verdomme antwoord krijgen op mijn vragen.

Zevenhonderd meter tot het doelwit.

Bij de wachtpost zagen de twee Russische soldaten de Suburbans over de toegangsweg naderen en keerden zich naar hen toe.

'Twee doelwitten in het zicht bij de poort,' bevestigde Carter aan McVeigh en Webb via de radio.

'Roger,' zei McVeigh.

De bewakers waren uitgerust met AK-74's, de standaarduitrusting voor Russisch voetvolk. Behoorlijke wapens, maar waardeloos op meer dan vijfhonderd meter afstand. De L115A4 die Webb bij zich had, kon een doelwit op meer dan het dubbele van die afstand omleggen.

Carter bleef doorrijden en richtte de voorkant van zijn wagen op de poort.

'Wij stoppen nu,' zei McVeigh.

Carter keek in zijn achteruitkijkspiegel. Achter hen draaide de tweede wagen van de weg in de richting van het bouwterrein en kwam haaks op de weg tot stilstand, naast een graafmachine, zodat het portier aan de chauffeurskant op de wachtpost in de verte uitkeek.

Het volgende moment vlogen de portieren open. McVeigh en Webb sprongen op het asfalt; de man uit Birmingham torste het sluipschuttersgeweer. Beide mannen knielden achter de voorkant van de wagen, zodat ze beter waren beschermd tegen afgedwaalde kogels. Webb zette de pootjes van het geweer op de motorkap; zijn hoofd lag tegen de wangbeschermer. McVeigh had de rol van spotter en keek door het Trijiconvizier op zijn M4. Hij leidde zijn collega naar de doelwitten. Als het eerste schot van Webb zijn doel miste, zou McVeigh kijken waar de kogel neerkwam en Webb dienovereenkomstig instructies geven om te compenseren voor de wind en andere factoren.

Carter reed door.

Vijfhonderd meter van de ingang nu.

De twee Russen liepen vanaf de poort naar voren, met hun AK-74's gericht op het voertuig dat op hen afkwam.

Op vierhonderd meter afstand spatten er vlammen uit de loop.

'Omlaag!' schreeuwde Carter terwijl hij zijn hoofd liet zakken.

Logan en Popov doken in elkaar en namen de botshouding aan, terwijl een regen van kogels tegen de motorkap sloeg. Eén kogel raakte de voorruit en vloog langs Carter, een paar centimeter boven zijn hoofd. Een andere sloeg in de hoofdsteun in.

Carter hield zijn hoofd lager dan het stuur en reed nu bijna blindelings. Hij hoorde de knal van de gedempte L115A4 niet, toen Webb zijn eerste schot op de Russen afvuurde, maar hij zag de treffer wel.

Driehonderd meter naar het westen tuimelde de bewaker aan de linkerkant omver en viel als een zak bakstenen op de grond. Zijn makker stopte met het sproeien van kogels en begon naar dekking in de wachtpost te rennen. Het juiste besluit, maar het was te laat voor hem. Hij was pas halverwege toen Webb hem raakte. Carter zag een nevel van bloed uit zijn hoofd spuiten, één moment voordat de Rus op zijn buik op de grond viel.

Tweehonderd meter tot de poort nu.

Aan de andere kant van de parkeerplaats waren de Russen tussen de versterkte positie gewaarschuwd door de geweerschoten. Ze reageerden traag op de dreiging, moesten hun helm en wapen nog zoeken en renden rond als kippen zonder kop. Luie soldaten die na een paar weken basistraining de oorlog in waren gestuurd. Ze stonden op het punt om te boeten voor hun gebrek aan professionaliteit.

Carter stampte hard op het gaspedaal.

De wagen schoot vooruit. De snelheidsmeter kroop naar negentig kilometer per uur.

Nog honderd meter te gaan.

Carter schatte dat de afstand tussen de poort en de met zandzakken opgebouwde versterkingen ongeveer vierhonderd meter was. Die versterkingen stonden zestig of zeventig meter van het administratieve hoofdgebouw. De zuidkant van de parkeerplaats was leeg; vanuit die positie zouden Carter en zijn makkers ongehinderd zicht hebben op de drie versterkte posities aan de voorkant van het gebouw. Het betekende echter ook dat ze zelf gemakkelijke doelwitten waren zodra ze door de poort waren gebeukt. Ze moesten zich achter de wagen verschuilen en erop losgaan met hun raketwerpers, voordat de vijand hen op de korrel kon nemen.

Hij zag al die details een seconde voordat de Suburban over de doodgeschoten Russen hobbelde.

Daarna ramde hij de poort.

De bumper raakte hem het eerst. Er sprongen vonken af en het gekrijs van metaal dat langs metaal schuurt, was oorverdovend. Toen een paar van de beter georganiseerde Russische verdedigers kogels begonnen af te vuren op het voertuig dat op hen af reed, troffen die het radiatorscherm of maakten sterren in de voorruit. Carter hield het stuur stevig vast. Plotseling waren ze de poort door en denderden ze over de parkeerplaats. Hij ging op weg naar een punt op vijftig meter ten zuidwesten van de poort, stampte daar op de rem, wrong het stuur de andere kant op en kwam slippend tot stilstand. Een andere kogel doorboorde het zijraampje aan zijn kant en miste hem ternauwernood voordat die in het dak van de auto belandde.

'Eruit!' bulderde hij tegen de anderen. 'Eruit!'

Popov en Logan doken vanaf de achterbank naar buiten. Carter rende rond de auto en voegde zich achter de SUV bij hen. Hij maakte zich klein, terwijl weer een salvo in de andere kant van de SUV sloeg, de motorkop doorzeefde en een van de banden doorboorde.

Logan gaf hem een van de raketwerpers en een rugzak, pakte er zelf ook een en kroop snel naar een achterwiel. Carter nam zijn positie achter de motorkap in. Popov zat rechts naast hem en de Oekraïense kapitein liet zijn wapen op de motorkap rusten, klaar om Russische doelwitten vol lood te pompen zodra ze zich lieten zien. Hun positie bood de drie soldaten vrij zicht op de vijandelijke stellingen.

Er zat al een antitankgranaat in de raketwerper. Carter zette de rugzak op de grond, klapte het ijzeren vizier boven aan de loop open, verwijderde de veiligheidsklep uit de andere kant van de stalen buis, scheurde de veiligheidspin eraf en ging op zijn knieën in een schiethouding zitten. Hij liet het houten deel van de loop op zijn schouder rusten. Zijn linkerhand omklemde de kortere achterste handgreep en zijn rechterhand de pistoolgreep die verder naar voren zat.

Carter haalde de hamer over, krulde zijn wijsvinger om de trekker en richtte op de meest linkse versterkte positie.

Hij schoot.

De granaat kwam sissend uit de raketwerper. Carter werd door verstikkende rook omhuld. De scherpe geur van buskruit kneep zijn keel dicht en zijn ogen begonnen te prikken.

Driehonderdvijftig meter van hem vandaan verdween de versterkte positie achter een draaikolk van oranje vlammen, toen de granaat doel trof en de zandzakken versnipperde.

De ontploffing schakelde de soldaten niet uit, maar had wel het bedoelde effect. Ze kwamen in beweging. De vier Russen renden naar rechts en sprintten in de richting van de pantservoertuigen ten zuiden van hen.

Ze kwamen niet ver.

Popov had de gedaanten al in het vizier. Hij vuurde een paar salvo's van drie kogels af en doodde een van hen, terwijl Carter de lege raketwerper opzij gooide. Hij richtte de M4 die voor zijn borst hing en bracht het goede nieuws aan de andere twee Russen met gerichte schoten. Popov raakte de laatste in zijn nek. Die zakte een paar meter van zijn dode makkers in elkaar; zijn linkerbeen trok spastisch.

Carter keek rond, terwijl Logan een granaat afvuurde op de meest rechtse versterkte positie en een voltreffer plaatste. Een golf rook werd omhoog gespuugd, samen met een berg brandend materiaal. De rook dreef de lucht in, het gordijn trok op en Carter zag dat twee van de Russen dekking zochten achter de onderhoudsgebouwen dertig meter naar het noorden.

Een derde man strompelde verward bij de versterkte positie vandaan; zijn darmen hingen uit zijn buik. Carter verloste hem met een snel schot in het hoofd uit zijn lijden en dook daarna achter de Suburban in elkaar, toen een van de Russen in de middelste versterkte positie het vuur opende. Kogels trokken links en rechts van het voertuig sporen in de grond en Carter werd getroffen door een heleboel kleine glasscherven.

Terwijl het vuurgevecht verderging, bleef hij het aantal dode vijanden tellen. Zeven verdedigers waren tijdens de eerste aanval uitgeschakeld. Er waren dus nog zes Russen: vier in de middelste versterkte positie en twee achter de onderhoudsgebouwen.

Plus de soldaten die de werknemers in de gebouwen bewaakten.

Hij keek even over zijn schouder, door het gat waar de poort had gestaan. Bij het bouwterrein op zevenhonderd meter afstand klommen Webb en McVeigh snel in de Suburban en raceten vanaf de graafmachine de weg op, naar hun makkers.

Logan haalde een tweede granaat uit de rugzak. Die stopte hij in de lanceerbuis, zette de raketwerper op zijn schouder en richtte het vizier op de middelste versterkte positie. Hij drukte de trekker in.

Er sisten vlammen uit het achtereind van het wapen.

De granaat vloog over de parkeerplaats en ontplofte.

Een vuurbal golfde rond de versterkte positie.

Mannen schreeuwden en vluchtten alle kanten op.

Een verminkte Rus kroop weg uit het bloedbad; hij was de helft van zijn gezicht kwijt. Carter schoot hem door zijn hoofd, waardoor zijn schedel in rode pulp veranderde.

Ondertussen waren Webb en McVeigh tot stilstand gekomen bij de drie aanvallers in de tweede Suburban. Ze namen posities in achter het motorblok en begonnen op de drie vluchtende Russen te schieten. Die gooiden hun wapens weg en probeerden een veilige plek te vinden. Hun vastberadenheid ging over in volledige paniek.

Een van hen viel voorover; hij was door een salvo uit het geweer van McVeigh in zijn buik getroffen. Een tweede Rus rende weg bij het vuurgevecht. Carter raakte hem drie keer in de buurt van zijn ruggengraat. De man viel voorover, alsof hij struikelde, en kwam op zijn buik neer. Voor de goede orde schoot Carter nog eens twee kogels op hem af. De derde Rus smeet zichzelf achter een van de pantservoertuigen, op zijn hielen gezeten door kogels van Popov die hem ternauwernood misten.

Een moment later stormden twee soldaten uit de voorkant van het gebouw en schoten wild op de Suburbans. Twee mannen in overall en met een helm op sprintten de Russen voorbij zodat Carter die even niet kon zien. De Russen doken achter de pantserwagens voordat hij hen op de korrel kon nemen.

De arbeiders renden verder naar de dichtstbijzijnde auto's, terwijl de strijd om hen heen woedde. De Russen bleven ongerichte schoten op de voertuigen afvuren; een van de arbeiders gilde toen een afgedwaalde kogel hem in zijn been trof. De andere man draaide zich om om zijn getroffen vriend te helpen, maar werd zelf door een paar kogels in zijn borst geraakt. Hij viel naast een aftandse Skoda op de grond.

Carter dacht: drie vijanden achter de voertuigen. Twee achter de onderhoudsgebouwen. We zijn aan de winnende hand.

De laatste verdedigers vochten hard terug en kwamen af en toe tevoorschijn uit hun dekking om op de wagens te schieten, voordat ze weer uit beeld verdwenen. Kogels sloegen een halve meter naast Carter in de grond.

Logan stopte weer een granaat in de raketwerper. Popov en McVeigh beschoten de nog levende Russen met korte salvo's. Webb had zijn sluipschuttersgeweer op de onderhoudsgebouwen gericht en zat klaar om de vijand te doorzeven, zodra Logan hen daar verjoeg met de raketwerper.

Carter zette zijn handen aan zijn mond en riep naar zijn collega's. 'Dek me! Ik heb dekkingsvuur nodig!'

Logan keek achterom naar hem. 'Waar ga je naartoe?'

'De generaal zoeken.'

Hij kon niet wachten tot de jongens de resterende soldaten hadden uitgeschakeld. De generaal moest de schoten wel hebben gehoord en Carter dacht dat er een grote kans was dat Koltrov op de vlucht was geslagen zodra de kogels begonnen rond te vliegen.

Ik heb geen tijd meer, wist hij. Ik moet nú in beweging komen.

Hij pauzeerde even achter het stuur en wachtte tot Logan zijn M4 had gepakt. Daarna begonnen ze paarsgewijs kogels op de laatste verdedigers af te vuren. Logan en McVeigh schoten eerst, zodat de Russen achter hun dekking bleven zitten. Zodra hun magazijn leeg was, zouden Webb en Popov het overnemen, zodat er constant werd geschoten. Op die manier voorkwamen ze dat de Russen op Carter konden schieten.

Zodra Logan en McVeigh begonnen te knallen, sprong Carter achter de Suburban vandaan en zette het op een lopen. Hij ging zigzaggen, toen hij op het gebouw in de vorm van een scheepscontainer afging dat op tweehonderd meter op zijn elf uur stond. Hij rende zo hard als zijn vermoeide benen hem konden dragen over de lege parkeerplaats.

Hij hoorde een kreet in het noorden, toen de Russen Carter zagen en enkele salvo's op hem begonnen af te vuren. Het geknal van hun AK-74's verscheurde de lucht. Hij hoorde de harde tikken van kogels die op het asfalt afketsten; een andere kogel schoot vlak langs hem heen. Ze kwamen dichterbij, besefte hij. Toen blaften de M4's ten antwoord, terwijl Logan, McVeigh en de anderen hun furieuze dekkingsvuur bleven geven.

Carter rende verder en dwong zijn lichaam om sneller te gaan.

Blijf doorgaan, dacht hij. Niet opgeven nu. Je bent al zo ver gekomen.

Hij zette door, passeerde de gestolen Suburban en bereikte met drie grote passen het gebouw van één verdieping. Aan niets was de functie van het gebouw te zien. Het was gewoon een gebouw zonder ramen met versterkte metalen muren en aan één kant een deur die half open stond. Er scheen fel licht door de smalle spleet. Carters oren vingen het mechanische gezoem van generatoren op.

Geen teken van de generaal of Zintsjenko.

Carter hief zijn M4 op en liep in de richting van de deur. Die duwde hij voorzichtig verder open en sprong naar binnen.

Drieëntwintig

Hij kwam in een lange, smalle ruimte terecht, die fel werd verlicht door een reeks tl-buizen. Er liep een stalen looppad door de hele ruimte, voorbij een stel dieselgeneratoren die elk op een verhoogd metalen plateau stonden. Carter telde er twaalf die een lange rij vormden. Aan het andere uiteinde van het looppad, voorbij de laatste generator, was een aparte kleinere ruimte waar grote elektrische apparaten in stonden. Zekeringen en stroomonderbrekers.

Het was zo heet als een oven in de kamer. Een oorverdovend gemotoriseerd gebrom vulde de ruimte. Wisselstroomgeneratoren stonden te draaien, vergezeld door het geluid van de generatoren die de centrale lieten werken. Noodapparatuur, bedacht Carter, bedoeld om Holjovika veilig te laten draaien tot de stroom kon worden hersteld.

Boven het mechanische gezoem uit hoorde hij een ander geluid.

Een vettige, schorre stem die Russisch sprak.

Generaal Koltrov.

De stem kwam uit de kleinere ruimte.

Er welde een vreselijk gevoel op in Carter.

Hij liep voorzichtig over het looppad en stak de ruimte tussen elke generator over. Het geluid van zijn laarzen op het metalen oppervlak ging verloren in het geluid van de machines die overal in het gebouw stonden te dreunen.

Toen hij dichterbij kwam, werd de stem van de generaal duidelijker. Koltrov klonk alsof hij zijn stem verhief. Als een politicus die een menigte toegewijde aanhangers toespreekt tijdens een verkiezingsbijeenkomst.

Buiten het gebouw klonk een donderend geluid, toen Logan weer een raket op de vijand losliet. Het vuurgevecht zou snel afgelopen zijn, wist Carter. De enkele laatste Russen zouden zich overgeven of op de vlucht slaan, zodra ze beseften dat het spel uit was.

Nog twee of drie minuten, wist hij. Dan hebben we de controle op de centrale heroverd.

Hij bleef bij de drempel staan en spitste zijn oren. Koltrov was nog steeds met zijn gedragen stem aan het praten. Met zijn flinterdunne kennis van het Russisch herkende Carter maar af en toe een woord of zinsnede. De generaal noemde de Russische president bij naam. Hij had het over de overwinning en vijanden en volledige opofferingsgezindheid.

Carter wrong zichzelf door de opening en zwaaide zijn wapen in een wijde boog van links naar rechts en terug.

Er stonden een paar reusachtige apparaten in metalen kasten aan de linkerkant van de ruimte, elk met een scala aan knoppen en wijzerplaten en controlepanelen. Het leek een beetje op een serverruimte of een experimenteel computerlaboratorium uit de jaren vijftig. Hij vermoedde dat het noodapparatuur was om kritische systemen in de kerncentrale van stroom te voorzien in het geval van onverwachte stroomuitval, zoals Russische artilleriegranaten die de elektrische stroomvoorziening uitschakelden.

Midden in de kamer, op niet meer dan vier of vijf passen, stond generaal Koltrov.

Zintsjenko stond voor hem en filmde hem met haar smartphone. Koltrov sprak rechtstreeks tot dat apparaat en stak een ronkende rede in het Russisch af terwijl hij beschuldigend naar de lens wees.

Koltrov stopte met spreken zodra Carter de ruimte in liep. Hij draaide zich snel om en begon naar het pistool in de holster aan zijn riem te reiken. Toen zag hij dat de M4 op zijn brede borst was gericht en stopte.

Heel langzaam liet Zintsjenko haar telefoon zakken.

Generaal Koltrov staarde naar de SAS-soldaat. Zijn wangen gloeiden van woede en verontwaardiging.

'Jij!' snauwde hij. 'Hoe heb je… maar dat doet er niet toe. Het is volbracht.' Hij glimlachte, maar er was een etherische kalmte in Koltrovs gezichtsuitdrukking te zien die Carter van zijn stuk bracht. 'Ik ben klaar.'

'Waarvoor?' gromde Carter.

Koltrov ontweek die vraag en zei snerend: 'Je had me niet hierheen moeten volgen. Dit is en was jouw strijd niet. Nu zul je ervoor boeten, met je leven. Jullie zullen er allemaal voor boeten.'

'Wat bedoel je verdomme?'

'De Russen zijn bang om te doen wat nodig is om te winnen. Ze begrijpen niet dat we bereid moeten zijn om tot het uiterste te gaan, om het hoogste offer te brengen als we de fascisten willen verslaan. Pas dan kunnen we de absolute overwinning op het Westen behalen.

Anderen zijn bang voor de gevolgen, maar ik niet. Ik ben bereid om te doen wat gedaan moet worden om onze vijanden te vernietigen, zelfs als dat mijn leven kost.'

De generaal keek even naar de achterkant van de ruimte.

Een paar passen achter Zintsjenko was een nooduitgang. Daarnaast stond een cilindervormige eenheid op de vloer, niet groter dan handbagage, in een met piepschuim geïsoleerde draagtas van canvas. Het deksel was verwijderd. Er zat een mechanische tijdklok op de zichtbare bovenkant van het aluminium vat, samen met enkele schakelaars en wijzerplaten.

Carter staarde ernaar en voelde zijn ingewanden in ijs veranderen.

Hij keek naar een bom en wel naar een draagbaar tactisch kernwapen met een beperkte explosieve kracht. Hij nam tenminste aan dat het een kernwapen was. Het leek op het exemplaar dat hij in Tadzjikistan had gezien en hij had geruchten gehoord dat de Russen in het geniep honderden van dergelijke wapens hadden overgebracht naar veilige locaties in heel het bezette deel van Oekraïne. De kleinste hadden een explosieve kracht in de buurt van een kiloton. Dat stond gelijk aan duizend ton dynamiet. Een fractie van de vernietigende kracht van Hiroshima, maar heel goed in staat om strategische doelen zoals een dam of een brug van de aardbodem te vagen.

Of om een kerncentrale te vernietigen.

Hij bleef naar de bom staren. Hij herinnerde zich de laatste woorden van Makarenko, vlak voordat Carter zijn hersens tot pap had geschoten.

Jullie zijn er allemaal geweest. Jullie allemaal.

Nu begreep hij het.

'Over een paar minuten zal die bom ontploffen.' Koltrov stak trots en tartend zijn borst naar voren. 'Ik zal eervol sterven. Ze zullen mij herinneren als een held van Groter Rusland, als de man die het Westen op zijn knieën heeft gedwongen. Ik zal jullie allemaal met me meenemen in de dood.'

Carter had het plan van de generaal meteen door. Zodra de draagbare bom ontplofte, zouden de noodgeneratoren en de rest van de kritische infrastructuur van de centrale vernietigd worden, zodat de stroom voor de koelsystemen zou worden afgesneden en de reactoren oververhit zouden raken. Dat zou leiden tot een rampzalige meltdown.

De resulterende ontploffing zou enorme wolken radioactief materiaal verspreiden. Heersende winden zouden die naar een groot deel van het oostelijk en noordelijk deel van Europa waaien en de Oostzeestaten, Polen, Hongarije, Tsjechië en Oostenrijk, allemaal lidstaten van de NAVO, blootstellen aan dodelijke stralingsniveaus. De fallout zou verwoestend zijn en voor talloze doden zorgen. In vergelijking daarbij zou Tsjernobyl op een klein probleempje lijken.

Bovendien, realiseerde hij zich grimmig, zou de NAVO zich gedwongen voelen om te reageren op een doelbewuste aanval. Carter dacht terug aan de reportage die hij een paar dagen eerder op televisie had gezien. Hij herinnerde zich het verhulde dreigement van de Amerikaanse minister van Buitenlandse Zaken om Rusland te straffen als het de nucleaire streep zou oversteken.

Een snelle, harde vergeldingsactie die haar weerga niet kent, had de minister beloofd.

Dat kon van alles betekenen, maar in elk geval een krachtige militaire reactie. De VS kon de Zwarte Zeevloot vernietigen of actief doelen in Rusland op de korrel nemen.

Escalatie zou niet te vermijden zijn.

De Derde Wereldoorlog.

Uitroeiing door kernwapens.

Buiten het gebouw was het schieten afgenomen tot sporadische salvo's. Carter wist dat de strijd om de centrale bijna afgelopen zou zijn. Op dit moment maakten McVeigh, Webb, Popov en Logan korte metten met de laatste vijanden. Op de manier van het Regiment.

Onwetend van de naderende dreiging van een nucleair Armageddon.

Carter hield zijn wapen op Koltrov gericht. 'Schakel hem uit,' zei hij.

Koltrov glimlachte maar zei niets.

Carter voelde dat de spieren in zijn nek zich tot strakke strengen spanden. 'Schakel die bom uit of je bent er geweest.'

'Dat kan ik niet. Het ontstekingsmechanisme is geactiveerd. Het is te laat.'

'Onzin.'

Koltrov lachte onplezierig. 'Denk je dat ik bluf? Idioot. Ongeacht wat ik doe: ik ga eraan. Moskou zal me dit niet vergeven. Ze zouden me in een of ander kamp in Siberië laten wegrotten. Zo'n dood is niet waardig. Hier kan ik tenminste als martelaar sterven.' Hij lachte.

Carter voelde de druk in zijn schedel toenemen. Het geklop ging onophoudelijk en meedogenloos door.

'Je hebt verloren, Engelsman.'

Koltrov keek veelbetekenend naar de persofficier en zonder woorden communiceerden de generaal en Zintsjenko met elkaar. Toen blafte Koltrov een bevel tegen haar in het Russisch. Eén woord. Carter begreep het meteen.

Rennen.

Zintsjenko draaide om haar as en rende naar de nooduitgang.

Carter zwaaide automatisch zijn geweer in haar richting.

Hij was heel even afgeleid, waardoor zijn aandacht een fractie van een seconde niet op Koltrov was gevestigd. Dat was een vergissing. Hij zag vanuit zijn ooghoek namelijk een snelle beweging, toen de generaal zijn Glock uit zijn holster griste en tot op schouderhoogte ophief.

Er klonk een luide knal toen Carter zich terugdraaide naar de generaal. Er vlamde een scherpe pijn op aan de rechterkant van zijn romp, alsof hij door een zwaargewichtbokser tegen zijn ribben was geslagen. Carter richtte zijn M4 op Koltrov en schoot twee keer. Hij raakte hem twee keer boven in de borst, waar hij essentiële delen doorboorde.

De generaal zakte in elkaar.

Carter keek om zich heen, maar Zintsjenko was nergens te zien.

De achterdeur stond wijd open. Hij strompelde naar voren om aan de achtervolging te beginnen, maar toen hoorde hij het stemmetje in zijn achterhoofd.

Laat haar maar gaan, zei het stemmetje tegen hem.

De bom, dacht hij. Schakel de bom uit.

Hij wankelde naar het kernwapen. Het kostte heel veel moeite om zijn ene voet voor de andere te zetten. De simpele handeling van het lopen liet hem naar adem snakken. De pijn in zijn zij was ondraaglijk, alsof iemand een speer tussen zijn ribben had gestoken. Hij verloor zijn evenwicht bijna, liet zijn M4 los, hield zichzelf overeind tegen een schakelkast en keek omlaag naar zijn uniformjasje.

Bloed. Hij was bedekt met vers bloed. Zijn eigen bloed.

Carter worstelde zich uit zijn kogelwerende lichaamsbescherming en uit zijn jasje en keek omlaag om zijn wonden beter te bekijken. Twee kogels hadden zich in de zijkant van zijn borstholte geboord, een centimeter of vijf boven de onderste ribben. Beide ingangswonden waren diep. Hij bedacht dat er een hoop troep mee naar binnen zou zijn gezogen. Stukjes textiel, vuil en wie weet wat nog meer. Bovendien bloedde hij hevig.

De elementaire kennis die Carter had opgedaan tijdens de EHBO-cursus van de SAS vertelde hem dat hij een serieus probleem had. Een geperforeerde lever en de galbuis misschien ook. Enorm intern bloedverlies. Een grote kans om te sterven.

Hij haalde een noodverband uit een van de tasjes van zijn uitrusting, scheurde de verpakking open, bracht het verband rechtstreeks op de wonden aan en wikkelde het rond zijn borst. Binnen een paar tellen was het materiaal doorweekt.

De pijn nam verder toe en was erger dan hij ooit had ervaren. De onzichtbare speer reet zijn ingewanden open. Carter was er slecht aan toe. Hij werd misselijk, alsof hij wagenziek was, maar een miljoen keer erger. Hij dacht dat hij moest overgeven. De inspanning om overeind te blijven vereiste de laatste beetjes van zijn resterende kracht.

Hij liep moeizaam naar de generaal, ging op zijn knieën naast hem zitten en greep zijn kraag. Koltrov verdronk in zijn eigen bloed.

'Hoe kan ik die bom uitzetten?' wilde Carter weten.

Koltrov had een stuiptrekking toen de pijn door zijn lichaam trok. Hij hoestte bloed op en rochelde. Carter schudde hem stevig heen en weer.

'Hóé?'

De generaal opende zijn gebarsten lippen een fractie. Er droop bloed uit zijn mondhoeken. Hij kon niet praten. Het licht in zijn rechteroog doofde uit. Carter had dat eerder zien gebeuren, bij makkers en tegenstanders op het slagveld. Het lichaam erkende zijn eigen beperkingen en hees de witte vlag.

Carter liet de kraag van de generaal los, liet hem op de vloer stikken in zijn eigen bloed en strompelde naar de kernbom. Het schieten was gestopt en Carter concludeerde dat zijn collega's de Russische bewakers hadden uitgeschakeld.

Hij knielde naast de bom en inspecteerde het ontstekingsmechanisme aan de bovenkant. De hendel stond in de aan-positie en er brandde een rood lampje om aan te geven dat het wapen was ingeschakeld. Een rij draaiende cijfers telde de tijd tot de ontploffing af in uren, minuten en seconden.

Carter keek op het schermpje.

00 06 23

Hij had minder dan zeven minuten.

Genoeg tijd.

Misschien.

Er was geen kans dat hij midden in een oorlogszone geëvacueerd kon worden. Elke helikopter van een bevriende partij liep het risico om door Russisch luchtafweergeschut uit de lucht te worden geschoten. In de kille, wrede logica van Carters geest woog de dreiging voor hun leven zwaarder dan de minieme kans om zijn eigen leven te redden.

Hij bloedde leeg.

Dood, dacht hij, ik ga dood.

Carter wist dat hij er was geweest. Daar was hij zekerder van dan ooit van iets anders in zijn leven. Het bloedverlies, de diepe wonden, het misselijke gevoel achter in zijn keel. De waarheid was onontkoombaar: hij had nog maar een paar minuten te leven. Vijftien, misschien minder.

Hij moest hopen dat hij lang genoeg in leven zou blijven om de bom buiten het bereik van de centrale en alle burgers of militairen in de buurt te brengen.

Hij reikte met een met bloed bevlekte hand naar zijn radio. 'Jongens, ik ben gewond. Ik herhaal: ik ben gewond.'

'Shit,' klonk het antwoord van Logan in zijn oortje. 'Waar zit je, maat? Blijf daar; dan komen we je halen. We zijn ongeveer klaar hier. We controleren de lichamen nu.'

'Laat dat maar,' zei Carter. 'Maak dat je hier wegkomt. Ga naar het Oekraïense kamp. Nu.'

'En de generaal?'

'Hij heeft een bom ingeschakeld. Ik denk... ik denk dat het een draagbare kernbom is. Hij is van plan de hele centrale op te blazen en een meltdown te veroorzaken. Jullie moeten jullie biezen pakken.'

'Maar... hoe zit het dan met jou?'

'Ik ben zwaar gewond. Mijn lever is aan gort. Ik ga het niet redden.'

'Echt niet, stomme idioot. We gaan hier niet zonder jou weg. Vergeet dat maar.'

Carter haalde pijnlijk adem en zei: 'Luister naar me, makker. Iemand moet die bom zo ver mogelijk hiervandaan brengen.'

'Maar... er moet toch ook een andere mogelijkheid zijn. Dat moet,' herhaalde Logan, alsof hij zichzelf probeerde te overtuigen.

'Die is er niet. Hij kan niet worden uitgeschakeld. Ga er nu vandoor. Ik zorg voor de bom.'

Carter wachtte niet op een antwoord. Hij zette zijn radio uit, ging op zijn hurken zitten, stak zijn armen door de banden die aan de olijfgroene canvas tas vastzaten en tilde de bom op. Die was zwaarder dan hij had verwacht. Dertig kilo of zo, alsof hij een verzwaarde rugzak om had aan het einde van de Testweek.

Hij strompelde door de nooduitgang en dwong zijn vermoeide lichaam om sneller te lopen. Elke stap veroorzaakte een nieuwe stekende pijn in zijn zij.

Carter vertrok zijn gezicht van de vreselijke pijn toen hij rond het gebouw liep en naar de gestolen Suburban hinkte die twintig meter verderop stond. In de verte zag hij dat McVeigh, Webb, Logan en Popov in een van de wagens sprongen. Het voertuig draaide in de richting van de klok over het asfalt, reed voorzichtig door de poort en vertrok via de toegangsweg. Een paar tellen later was het uit het gezicht verdwenen.

Hij zette het kernwapen naast de passagierskant van de Suburban, leunde naar binnen en liet zijn ogen door de auto dwalen. Hij vond de sleutel in een van de bekerhouders en zond een stil dankjewel naar de God in wie hij nooit had geloofd.

Carter zette de bom met moeite op de passagiersstoel. De wijzerplaat met de tijd gaf nog vijf minuten tot de ontploffing aan.

Hij klikte de versterkte nylon draagband van zijn geweer los, maakte er een lus mee rond de stoel en de bom en trok die strak aan, zodat het wapen goed vastzat. De wegen rond de centrale zaten vol kuilen en hij wilde niet dat het ding heen en weer schudde terwijl hij bij de beschaving vandaan reed. Hij gooide de losse M4 op de achterbank, kwam op de een of andere manier bij het portier aan de chauffeurskant en moest even uitrusten toen de misselijkheid hem dreigde te overweldigen. Hij zag vlekken toen hij zwaar achter het stuur plofte. Elke ademtocht veroorzaakte een brandende pijn in zijn borst.

Hij vocht ertegen en duwde die weg.

Het is alleen maar pijn, zei hij tegen zichzelf. Daar moet je niet aan toegeven.

Ga op weg.

Hij startte de motor en navigeerde het fabrieksterrein af. Hij reed op volle snelheid over de toegangsweg en sloeg rechts af, zodat hij verder naar het zuiden reed, in de richting van het Russische front. Weg van het Oekraïense legerkamp en zijn makkers van de SAS. Weg van de kerncentrale en het spookbeeld van radioactieve wolken die over het continent raasden.

Hij reed hard en gaf plankgas. De motor gromde overbelast. Er reden in dit gebied geen andere auto's op de weg. Het was omstreden gebied. De Russen zetten hun schaarse middelen in tegen de Oekraïense strijders die de naburige dorpen verdedigden. Ze konden de mankracht niet missen om controleposten te bemannen of om kampen op te zetten bij kruisingen.

Carter kreeg het steeds moeilijker om zich op de weg te concentreren. Er kropen zwarte golven aan de rand van zijn zicht naar binnen. Zijn oogleden voelden zwaar aan, alsof er loden gewichten in waren genaaid. Carter merkte dat hij het gevaar liep om weg te zinken in bewusteloosheid. Meer dan iets anders wilde hij het voertuig stoppen en zijn ogen sluiten.

Nee, sprak hij zichzelf toe. Nog niet. Nog een klein stukje verder.

Na vijf kilometer bereikte hij een open plek aan de rand van een bebost gebied. Een verlaten gebied. Hij zag geen gebouwen, geen boerderijen of hutten of andere tekens van menselijke bewoning, alleen velden en bossen, waarvan de herfstbladeren opgloeiden. Op zijn eigen manier was het er prachtig. Er waren slechtere plekken om te sterven. Hij vond dat hij dat even goed op deze plek kon doen als ergens anders.

Carter stopte de auto en zette hem op de handrem.

Het tijdmechanisme op de bom tikte naar twintig seconden.

De zwartheid verspreidde zich en drong op naar het midden van zijn zicht. Zijn mond was zo droog als schuurpapier. De misselijkheid werd minder. Hij kon zijn vingers of tenen niet meer voelen. Zijn borst en benen waren doorweekt door zijn eigen bloed, liters bloed.

Hij was zo moe, zo vreselijk moe.

Hij staarde uit het raam, maar kon niet veel zien. Niet meer. De duisternis daalde neer op zijn zicht, alsof er een donkere sluier over de wereld was getrokken. De pijn was afgenomen en hij voelde zich licht in zijn hoofd.

Als dit de dood is, dacht hij, is die niet zo erg. Er is niks om bang voor te zijn. Helemaal niks.

Hij sloot zijn ogen en telde de laatste seconden van zijn leven af. Hij dacht aan zijn broer. Hij dacht aan de dode mensen tussen het puin van het gemeentehuis. Hij dacht aan de Leeuw van Oekraïne die in zijn eigen bloed verdronk, en aan een belofte die hij een eeuwigheid geleden had gedaan aan een moeder die hij niet meer had.

Vijf seconden.

Vier.

Drie.

Twee.

Een.

Vierentwintig

Credenhill. Twaalf dagen later.

De groep rouwende mensen die zich in de eetzaal van de sergeants had verzameld, was somber gestemd. De onderofficieren van het Regiment en de mannen van Squadron D waren hun stil respect komen betuigen aan hun gevallen kameraad. Ze dronken een biertje en wisselden verhalen uit over Jamie Carter. Een goede opkomst, vond Luke, alles bij elkaar genomen. Zelfs de commandant, een man die er bekend om stond dat hij een hekel had aan zijn broer, had zich even laten zien. Jamie had geen gemakkelijk karakter gehad en was nooit de populairste man in het kamp geweest, maar elk lid van het Regiment respecteerde hem vanwege zijn kwaliteiten als soldaat. Dat telde zwaarder dan populariteit.

Ze hadden hem eerder die middag begraven, onder de vaalgrijze lucht, op de begraafplaats bij de kerk van het Regiment in Credenhill. Het was een eenvoudige en korte dienst geweest. Afgezien van Luke was er geen familie om om Jamie te rouwen, geen vrouw of kinderen, en een buitenstaander had de conclusie kunnen trekken dat de dode man een tragisch, eenzaam leven had geleid. Die zou zich vergissen. Jamie had bij de broederschap van het Regiment gehoord.

Scott Logan liep op hem af en glimlachte ongemakkelijk. Logan, McVeigh en Webb waren naar Hereford teruggeroepen na de dood van Koltrov en met de rest van Squadron A tot nader orde op standby gezet.

'Hoe gaat het, jongen?' vroeg hij.

Luke haalde zijn schouders op. 'Het gaat wel.'

'Gecondoleerd.'

'Bedankt, maat.'

Logan krabde zich in zijn nek en zocht naar de juiste woorden. 'Die broer van jou had ballen. Hij kon moeilijk doen, maar dat wist jij ook wel, denk ik.'

'Ja, dat klopt.'

Logan aarzelde. 'Ik... ik was de laatste persoon die met hem heeft gesproken. Voordat... het gebeurde.'

Luke keek op van zijn biertje. 'Wat heeft hij gezegd?'

'Hij dacht niet aan zichzelf. Zelfs toen, aan het eind, maakte hij zich er alleen zorgen over dat wij veilig moesten ontkomen.'

Luke glimlachte flauwtjes. 'Dat klinkt inderdaad als iets wat Jamie zou doen.'

Logan staarde in zijn glas, alsof hij inspiratie hoopte te vinden in zijn biertje. 'Hij was een held,' zei hij, 'ik wil dat je dat weet. Een legendarisch lid van het Regiment. Voor wat hij deed, heb je moed nodig. Er zijn er niet veel die hetzelfde zouden hebben gedaan.'

'Dat weet ik.'

Ze zwegen, terwijl ze af en toe een teug van hun bier namen.

Luke was in de nasleep van de aanval teruggeroepen naar Hereford. Hij had in Oekraïne willen blijven om zijn taak uit te voeren, maar het hoofdkantoor had dat afgewezen. Ze wilden hem de tijd geven om om zijn broer te rouwen, zeiden ze. Om zijn hoofd leeg te maken, om tot rust te komen. Hij was trouwens toch bijna aan het eind van zijn opdracht gekomen. Iemand anders zou zijn plek in het team innemen.

De dag voordat hij vertrok, had president Volosjyn hem terzijde genomen en onder vier ogen zijn dank uitgesproken. Hij wist maar een paar details over de aanval op Holjovika, maar genoeg om te weten welk offer zijn broer had gebracht en welke crisis hij daarmee had afgewend. Hij had eraan toegevoegd dat Luke altijd een vriend in Kyiv zou hebben. Als er iets was wat hij kon doen…

De president deugde, dacht Luke. Hij was eerlijk en hield zich aan zijn beloften. Dat was tegenwoordig een zeldzame eigenschap van politici. Hij hoopte dat de man ongedeerd zou blijven. Zolang Volosjyn aan het roer stond en werd gesteund door opleidingen, steun en uitrusting van de NAVO, hadden de Oekraïners een redelijke kans om de binnendringers op de lange termijn te verslaan.

Na de terugkeer van Luke in het kamp was hij ondervraagd. Hardcastle was erbij geweest, samen met de commandant van Squadron A en een officieel uitziende vrouw die hij niet herkende. Hardcastle had haar voorgesteld als Ellen Kendall en had gezegd dat ze bij Vauxhall hoorde. Luke had geconcludeerd dat ze daar een hoge positie had.

Bij een kop koffie hadden ze de omstandigheden rond de dood van zijn broer besproken. Luke had wat losse stukken informatie opgepikt van de andere jongens in Squadron A, maar had het hele verhaal niet gekend. Meldingen over de aanval op de centrale en de bom waren meedogenloos de kop in gedrukt, net als over de aanwezigheid van de president tijdens de raketaanval op het gemeentehuis. Ze wilden de Russen geen pr-overwinning bezorgen door te laten merken hoe dicht die bij het doden van de president waren gekomen.

Om dezelfde reden was het verraad van Koltrov uit de media gehouden. Het officiële standpunt was dat de generaal moedig was gesneuveld toen hij een tegenaanval leidde tegen Russische eenheden rond Holjovika. Ter erkenning van zijn acties was hem postuum de hoogst mogelijke onderscheiding gegeven: Held van Oekraïne.

Volgens de getuigenis van Logan en de andere mannen in het beveiligingsteam van Koltrov had Jamie geloofd dat de generaal een tactisch kernwapen met beperkte explosieve kracht in de centrale had geplaatst. Onderzoekers van het ministerie van Defensie hadden de mogelijkheid van een draagbaar kernwapen echter uitgesloten. Op basis van de kracht van de explosie en het onderzoek van onderdelen op de plek van de ontploffing hadden ze geconcludeerd dat Carter was gedood door een conventionele bom van hoge kwaliteit. Vergelijkbare wapens waren door Oekraïense eenheden aangetroffen in andere kerncentrales die ze de laatste weken op de vijand hadden heroverd. De bommen waren geplaatst om aan te tonen dat de Russen bereid waren de centrales op te blazen, maar Six geloofde dat het Kremlin nooit van plan was geweest ze daadwerkelijk te gebruiken. Ze stonden er alleen maar voor de show, zeiden ze.

Hoewel zo'n wapen minder krachtig was dan een kernbom, had het toch voldoende kracht om de generatorruimte te verwoesten en serieuze schade te veroorzaken aan de rest van de centrale. Door hem te verplaatsen naar een veilige plek buiten Holjovika had Jamie Carter ternauwernood de nachtmerrie van radioactieve fall-out afgewend. Een ontploffing in de centrale zou bijna zeker een agressieve reactie hebben opgeroepen bij een Amerikaanse president die stond te popelen om zijn militaire spierballen te laten zien. In plaats daarvan was de bom zonder schade aan te richten ontploft in een onbewoond deel van het Oekraïense platteland.

Twee dagen na de dood van zijn broer waren er berichten geweest over een raketaanval op een Russische militaire basis in de buurt van Donetsk. Daarbij waren honderden soldaten gesneuveld, onder wie een tweesterrengeneraal en enkele hoge officieren van de FSB. Officieuze rapporten beweerden dat de missie was uitgevoerd als vergelding op een Russische aanval op het gemeentehuis in Zolodjansk. Daarbij waren tweehonderdtachtig burgers gedood, van wie velen waren verpletterd in de kelder.

'Het is heel erg jammer dat we Koltrov niet levend in handen hebben gekregen,' had Hardcastle tijdens de ondervraging gezegd. 'We zouden graag met hem hebben gesproken om de namen te achterhalen van de andere verraders in Oekraïne. Het maakt echter niet veel verschil.'

Kendall had uitgelegd dat Six terug zou redeneren. Ze zouden het onderzoek heropenen naar mogelijke verdachten die Koltrov met opzet niet had gearresteerd. Ze namen daarbij aan dat enkelen van hen in elk geval Russische agenten waren die de generaal had proberen te beschermen. Dat zou tijd kosten, zei Kendall, maar ze zouden uiteindelijk de resterende verraders weten te vinden, voor zover ze niet al naar Rusland waren gevlucht.

'Is er iets bekend over de persofficier die bij Koltrov was?' had Luke gevraagd.

'Zintsjenko?' Hardcastle zag er heel even geïrriteerd uit. 'Ik ben bang van niet. Ze is in rook opgegaan, voor zover wij weten.'

Kendall had gezegd: 'We denken dat ze via de frontlinie van de Russen is ontsnapt. Als ze nog in het Oekraïense deel van het slagveld zat, was ze al lang opgepakt. Ik betwijfel of we ooit nog iets van haar zullen horen.'

Ze hadden diplomatiek geglimlacht en Luke de gebruikelijke waarschuwing gegeven dat hij de dood van zijn broer met niemand mocht bespreken. De feiten zouden alleen bekend zijn bij een handjevol mensen in het Regiment en in Whitehall. Officieel was Jamie Carter per ongeluk om het leven gekomen door een afgedwaalde Russische kogel toen hij een beschermende taak uitvoerde in het zuiden van Oekraïne.

'Het spreekt voor zich,' zei Hardcastle, 'dat we niet kunnen melden dat je broer betrokken was bij rechtstreekse gevechten met Russische eenheden. Dat zou gelijkstaan aan toegeven dat we volledig betrokken zijn bij het conflict. Dan zouden we te maken krijgen met een politiek oproer. Downing Street en het Witte Huis zijn het daar helemaal mee eens.'

'Prima,' had Luke gezegd. Hij had niet de behoefte om de degens te kruisen met het hoofdkantoor omwille van de dood van zijn broer.

Toen had Hardcastle zich voorovergebogen en hem recht in de ogen gekeken. 'Ik hoop dat ik dit nooit hoef te herhalen, Luke. Je bent een goede soldaat, dus ik weet dat ik je kan vertrouwen, maar als je hier ook maar iets van doorvertelt, villen we je levend. Dan is je carrière het minste waar je je zorgen over moet maken. Daar zal ik persoonlijk voor zorgen. Ben ik duidelijk genoeg?'

'Ja, chef.'

Aan het eind van de ondervraging had Hardcastle hem bevolen om een tijdje met verlof te gaan.

'Neem een paar weken vrij,' had hij gezegd. 'Ga op vakantie, rust uit. Praat bij met je makkers. Rouw om je broer. Denk erom dat je wel scherp blijft. Zodra je terug bent van verlof, meld je je bij mij.' Hij had er met een kort glimlachje aan toegevoegd: 'We hebben een klus voor jou, Luke.'

'Een klus, chef?'

Kendall knikte. 'Ik heb begrepen dat je motor rijdt?'

'Ja, chef.'

'Is dat een passie van je?'

'Dat zou je wel kunnen zeggen.' Luke had over zijn kin gestreken. 'Wat is die klus?'

'Daar hebben we het later nog wel over. Het gaat in elk geval om een buitengewoon vertrouwelijke opdracht. Een opdracht die perfect is voor iemand met jouw bijzondere... interesses.'

In de eetzaal begon het aantal rouwende mensen af te nemen. Mensen keerden terug naar hun werk en verlieten de bijeenkomst zo snel ze dat konden doen zonder onbeleefd te lijken. Alsof Luke besmettelijk was, alsof verdriet een virus was dat je kon oplopen. Hij vond het prima. Hij moest toch een hoop dingen regelen. Het huisje van zijn broer moest worden opgeruimd. Banken en creditcardmaatschappijen en honderden andere bedrijven moesten op de hoogte worden gebracht van zijn overlijden. Een paar jongens hadden afgesproken om elkaar later in Hereford te treffen om op hun dode collega te toosten, maar Luke had gezegd dat hij niet kwam. Voor het eerst in zijn leven wilde hij alleen zijn.

Hij dronk net zijn glas leeg, toen de telefoon van Logan overging.

De man uit Liverpool ontgrendelde zijn mobieltje en opende het nieuwe bericht. Hij las het, klikte op een link en keek.

Hij fronste zijn wenkbrauwen. 'Verdomme,' fluisterde hij.

'Wat is er?' vroeg Luke. 'Wat is dat?'

Logan gaf de telefoon aan hem.

Op het scherm was het laatste nieuws van de website van Sky News te zien. Er was een video bij het artikel gevoegd. Een kort stukje liet wijlen generaal Koltrov zien die met zijn bekende leren ooglapje op in een soort generatorruimte stond en een lange, boze tirade afstak tegen het scherm in wat als Russisch klonk. De ondertitels suggereerden dat de generaal zich erop voorbereidde om een martelaar van zichzelf te maken.

Onder de video beweerde een kort artikel dat de video een paar uur geleden op mysterieuze wijze was geüpload op sociale media. Onweerlegbaar bewijs, zei het artikel, dat generaal Koltrov de hele tijd voor het Kremlin had gewerkt. De videoclip was overal in Rusland te zien, ging het artikel verder. Het was de populairste video die ooit in dat land was gedeeld: veertig miljoen keer bekeken en dat aantal groeide nog steeds.

De nieuwe held van Rusland.

Nawoord

Hallo!

Dank je wel voor het oppakken van *Koud rood.*

In het voorjaar van 2022 begon Rusland aan zijn invasie van Oekraïne. Dat was het begin van een wrede oorlog die de toekijkende wereld heeft geschokt en ontzet.

In die tijd voorspelden veel experts vol vertrouwen dat het Russische militaire apparaat Kyiv binnen een paar dagen of weken zou innemen. Door een combinatie van moed en opofferingsgezindheid, steun van de NAVO en de EU en het geklungel van Russische eenheden weigerde Oekraïne zich over te geven. Een belangrijk onderdeel van hun succes bij het weerstaan van de agressors was de moed die door hun burgerlijke en militaire leiders werd getoond.

Dergelijke bekende personen zijn onvermijdelijk doelwitten voor een toenemend wanhopige vijand. Terwijl Rusland probeert weer het initiatief te nemen, kun je je gemakkelijk voorstellen dat het Kremlin pogingen om belangrijke openbare personen te vermoorden intensiveert. In die context is er maar één team in de hele wereld dat in staat is om de Oekraïense leiders veilig te houden: de SAS. Hun unieke opleiding en specialistische vaardigheden maken het Regiment tot de beste van de klas als het aankomt op missies om mensen van dichtbij te beschermen. Uit dat eerste idee werd dit verhaal geboren.

Dit is mijn meest actuele boek tot nu toe. Schrijven over dit conflict was geen licht genomen besluit, maar ik had het gevoel dat het belangrijk was om de verschrikkingen te beschrijven van een conflict dat af en toe leek op de slagvelden van de Eerste Wereldoorlog. We hebben de mensheid op haar slechtst gezien: marteling, verkrachting en moord op een onvoorstelbare schaal, en het achteloos bombarderen van scholen en ziekenhuizen. We zijn echter ook getuige geweest van de opmerkelijke heldenmoed van Oekraïense verdedigers, in hun strijd tegen een corrupte en despotische buitenlandse macht. Een strijd die ons, naar ik hoop, eraan heeft herinnerd hoe belangrijk het is om onze moeizaam verworven vrijheden te verdedigen.

Als je meer over mijn boeken wilt horen, kun je naar bit.ly/ChrisRyanClub gaan en daar deel uitmaken van de Chris Ryan Lezersclub. Aanmelden is zo gebeurd en er zijn geen kosten en geen addertjes onder het gras.

Bonnier Books UK zorgt ervoor dat je gegevens privé en vertrouwelijk blijven en dat die nooit zullen worden overgedragen aan een derde partij. We sturen je geen bergen e-mails, maar nemen gewoon af en toe contact op met nieuws over mijn boeken. Je kunt je op elk moment ook gewoon weer uitschrijven.

Als je betrokken wilt raken bij bredere gesprekken over mijn boeken, kun je een recensie van *Koud rood* plaatsen op Amazon, GoodReads, elke andere webwinkel, op je eigen blog en sociale media of erover praten met vrienden, familie of leesclubs. Andere lezers worden geholpen als jij je gedachten deelt, en ik vind het altijd leuk om te horen wat de ervaringen van mensen zijn als ze mijn boeken lezen.

Nogmaals bedankt voor het lezen van *Koud rood.*

Het ga je goed,

Chris Ryan